edition suhrkamp 2651

Thomas Meineckes Frankfurter Poetikvorlesungen im Wintersemester 2011/12 in erweiterter Fassung.

»Meinecke baute einen Plattenspieler auf und legte zum Auftakt seiner Vorlesungsreihe den Song *False Start* von Bikini Kill auf. Anschließend zitierte er Texte über seinen Roman *Tomboy*. Konsequenter kann man die Erwartungen, die mit der Poetikdozentur verbunden sind, nicht enttäuschen. Ihre Spielregeln hat der Autor zwar mit der Annahme der Dozentur anerkannt. Allerdings steht er in der Tradition der Dekonstruktion: Es gilt, *mit* den Spielregeln *gegen* diese zu spielen. Meinecke macht sich in seiner Vorlesung zugleich zur erzählten Figur. Mit seiner Aneinanderreihung von Zitaten hat er eine brillante Performance zur Dekonstruktion des Autorbegriffs geliefert. Wer zwischen den Zeilen lesen kann, wird in den vorgetragenen Zitaten zugleich eine präzise Beschreibung von Meineckes Erzählweise erkannt haben.«

Jesko Bender in der *Jungle World*

Thomas Meinecke ist Schriftsteller, Musiker und DJ im Radio und in urbanen nächtlichen Clubs, außerdem Mitbegründer der Band *F.S.K.*, in der er bis heute spielt. Seine Romane erscheinen im Suhrkamp Verlag, zuletzt *Lookalikes* (2011).

Thomas Meinecke

Ich als Text

Frankfurter Poetikvorlesungen

Suhrkamp

Erste Auflage 2012
edition suhrkamp 2651

Originalausgabe

Satz: TypoForum, Seelbach
Druck: Druckhaus Nomos, Sinzheim
Umschlag gestaltet nach einem Konzept
von Willy Fleckhaus: Rolf Staudt
Printed in Germany
ISBN 978-3-518-12651-6

Ich als Text

1 Dienstag, 10. Januar 2012

GESCHLECHT UND CHARAKTER / PARIS IS BURNING / GENDER TROUBLE / DIE IMAGINIERTE WEIBLICHKEIT / KUNSTSTOFF / I WANNA BE YOUR JOEY RAMONE

BIKINI KILL: FALSE START
(Hanna/Vail/Wilcox/Karren) aus der LP REJECT ALL AMERICAN, Kill Rock Stars, 1996 (aufgenommen 1995)
3:09

Silvia Bovenschen in *Deutschlandfunk*, 02. 12. 1997:
Studio LCB: Thomas Meinecke liest aus (seinem Manuskript) *Tomboy*
(...) Für mich ist das schon so etwas wie eine *Menschliche Komödie*, die hier noch mal versucht wird – von Balzac'scher Dimension. Also, das könnte man unendlich ausweiten. Nur, daß hier eben nicht mehr die Vorstellung besteht, daß man unmittelbar ins pralle Leben greifen kann, (...) sondern das Ganze ist ein Beobachten, was der Erzähler hier vornimmt, ein Beobachten der dritten Ordnung. Auch die Figuren definieren sich ja als beobachtete Beobachter. (...) Sie beobachten sich selbst, sie beobachten einander, sie definieren sich über diese Beobachtungen selbst. Ja, sie stellen sich sozusagen selber her. Und kommen jetzt, da sie sich auf höchstem Niveau sozusagen beobachten, aufgrund zum Beispiel dieser Gender-Diskussionen und anderer subjektauflösender Theorieelemente, in große Schwierigkeiten. (...)

Jochen Bonz, *Meinecke, Mayer, Musik erzählt*, Verlag Intro, Osnabrück, 1998, S. 38 ff.:

Im Sinne von Thomas Meinecke

(...)

Thomas Meinecke: Aber was du mit dem Anderen gemeint hast, weiß ich jetzt immer noch nicht genau.

Jochen Bonz: Damit meine ich die Subkultur, sie ist das Andere zum Mainstream.

TM: Weil es ja auch so ein Modethema überhaupt ist: DAS ANDERE, THE OTHER – das ist ja jedes zweite Routledge-Buch.

JB: Was ja noch nicht so war, als du The Church of John F. Kennedy *geschrieben hast.*

TM: Überhaupt nicht. Das ist '90 bis '92 geschrieben. Während der Zeit, in der es auch handelt. Es ist aber erst '96 erschienen. Und in dem Ding, das ich jetzt geschrieben habe, geht es ganz stark NUR um diesen Kram.

JB: In diesem Gender-Roman.

TM: (Lacht.) Der hoffentlich nicht als »dieser Gender-Roman« bekannt werden wird.

JB: Der Gender-Roman heißt Tomboy *und spielt zwischen dem Odenwald und Ludwigshafen; die BASF in Ludwigshafen und der Odenwald sind so die beiden Begrenzungsreihen.*

(...)

TM: Ich finde es auch super da, was da alles zusammenkommt: (...) Heidelberg ist das Headquarter der U.S. Army. Dann ist die BASF Erbe der IG Farben und hat diese ganzen Kunststoffe mit erfunden, diese 60er-Jahre-Kleidungskunststoffe, was auch eine ganz große Rolle in dem Buch spielt. Dieser Nylon-Kram. Und der Odenwald wiederum ist so eines dieser komischen mythosgeladenen Mittelgebirge, mit den Nibelungen, komischen Pilzraucherkommunen, die da drin rumwohnen, Krautrock. Ein wunderbares Gemisch. Dann hat Judith Butler in Heidelberg eine Zeitlang studiert.

JB: Tritt sie in deinem Roman auch auf?
TM: Ja, aber sie tritt dummerweise in München auf. (Lacht.)
JB: Wieso?
TM: Sie hat in München einen Vortrag gehalten, und ich bin dann da hin und habe sie hinterher gefragt, ob sie ihn auch in Heidelberg hält, was sie, glaube ich, eine etwas merkwürdige Frage fand. Weil sie es eben nicht getan hat. In Berlin hat sie ihn noch gehalten, nicht in Heidelberg. Für mich wäre das aber sehr praktisch gewesen, dann hätte ich das so schön in meinen Roman einflechten können ...
JB: Warum nimmst du es da so genau mit der Wahrheit?
TM: Nehme ich irgendwie schon. Ich habe dann meine Figuren extra nach München fahren lassen.
(...)
Ich habe Anfang der 80er noch nicht gewußt, daß die ganze Zeit schon Leute wie Foucault das tolle Zeug schreiben. Und ich habe auch den Eindruck, daß das alles heute viel besser verfügbar ist. Natürlich auch mit dem Fluch dieses Segens: daß man dann vielleicht in einem Meer von Theorie einfach so rumpaddeln kann. Was Lacan angeht, habe ich schon länger geahnt: Da ist was. Ich weiß aber auch jetzt noch nicht ganz genau, was. Vielleicht muß man Lacan eher so wie Jazz nehmen. Ich kann ihn gar nicht so viel anders nehmen, wie wenn ich mir ein Solo anhöre. Cecil Taylor, Archie Shepp, so etwas. Etwas, das an der Grenze der Verständlichkeit dahinschlingert. Das ist okay, weil ich ja nicht wissenschaftlich arbeite. Ich bin nur so wahnsinnig neugierig auf das ganze Zeug, wo ich instinktiv merke, das muß mich jetzt was angehen.
(...)

Helmut Böttiger in *Frankfurter Rundschau*, 29.08.1998:

Theorie ist Pop

Eine Tonspur geht in die andere über: Thomas Meineckes Roman *Tomboy*

Unmerklich ist in den letzten Jahren die Theorie zur Literatur geworden. Während das angestrengt Belletristische immer mehr an Boden verliert, hat das Wissenschaftliche immer phantastischere Züge angenommen. Waren schon die typischsten Sätze Adornos reine Wortmusik, so führte das über seinen unwillkürlichen Nachfolger Foucault hin zu den wahrhaft belletristischen Autoren nach der Moderne: Wer würde Lacan, Derrida, Deleuze anders lesen können denn als Assoziationsfreiräume für eigene Selbstvergewisserungen, für jenes Entrücken in andere Sphären, das vormals der Literatur vorbehalten war? Die Begriffe der Erkenntnis überlappen schon längst die ursprüngliche Naivität, die früher Voraussetzung für literarische Fiktionen war, sie sind mittlerweile oft vor den konkreten Erfahrungen da. Deswegen wirken literarische Konstruktionen immer bemühter und verkrampfter, während das theoretische Diskurs-Vokabular viel soundbetonter zu sein scheint. So wird beispielsweise Judith Butler heute mit derselben Haltung gelesen wie früher Ingeborg Bachmann oder Christa Wolf. Mit ihrem *Gender Trouble*, dem *Unbehagen der Geschlechter*, hat die US-Amerikanerin genau jenen Nerv getroffen, den auch die beiden Vorgenannten meinten. Und sie liefert, als Nebenprodukt, das spürbarste Unterfutter für Thomas Meineckes Gegenwartsroman *Tomboy*, der das landläufige Erzählen zwar völlig ignoriert, aber dennoch ein genaueres Zeitpanorama entwirft als viele, die das literarisch plakativ wollen.

(...) Die Figuren in diesem Roman sind Spielfiguren, die den landläufigen Zuschreibungen von Identität nicht entsprechen: Vivian Atkinson, der Tomboy, ist zwar als Identifikationsfigur angelegt, als »Heldin«, aber das hat mehr als nur einen

doppelten Boden. Vivian ist keine Identifikationsfigur, sie bildet einen Text. (...) Vivian, Frauke, Korinna, Hans und die anderen gerieren sich zwar wie Comicfiguren, immer auf die jeweilige Situation bezogen, ohne Vergangenheit, ohne Zukunft – aber sie bilden etwas ab, was von der konkreten Zeitgeschichte vorgegeben ist.
(...) Das Erzählen ist Meineckes Sache nicht. Er setzt Assoziationen aneinander, er sampelt, er spielt mit bereits Vorhandenem. Endlos scheinende Theorie-Suaden wirken wie Rhythmusmaschinen. Es geht zwar immer um Ver- und Enthüllung, um Verführung, um die äußeren Reize der Mode und der Körper – doch die Figuren sind nur Puppen, Satzglieder. Die einzige Sexszene, die in diesem Buch voller Gender-Debatten und erotischer Aufladung stattfindet, ist eine sorgsam aufgebaute Modellsituation, ein Höhepunkt: Korinna dringt mit einem Dildo in Vivian ein. (...) *Tomboy* ist ein Text, der seine Un-Form lustvoll ausstellt, er kümmert sich nicht um literarische Kategorien. Und er entzieht sich auch dem wohlfeilen Lob, gegen politische Correctness zu verstoßen. Er hat nichts mit der literarischen Tradition zu tun, bringt aber eine neue ein. *Tomboy* ist ein Beleg dafür, wie sich die Grenzen zwischen den Kulturen zu verschieben beginnen und die in sich geschlossenen Zirkel der Musikszene nun bis ins Haus Suhrkamp hinüberdiffundieren können, weil sie mittlerweile selbst eine Geschichte haben. Pop, das Rhythmus- und Selbstgefühl des Augenblicks, wird in der deutschsprachigen Gegenwartsliteratur eine immer größere Rolle spielen. (...)

Thorsten Jantschek in *Journal am Morgen*, Radio Bremen (2), 01.09.1998:
Thomas Meinecke: *Tomboy*
Thorsten Jantschek: (...) *Interessanterweise spielt das Buch einmal nicht in Berlin, sondern im Dreieck aus dem altehrwürdigen Mannheim, dem von der modernen Arbeitswelt der BASF*

geprägten Ludwigshafen und dem universitären Heidelberg. Als sollte es das Motto für Meineckes entmetropolisierte Literatur sein, wird der Ludwigshafener Ernst Bloch zitiert: »... das Alte zu plündern, zu Neuem zu montieren, gelänge vom Standort solcher Städte am besten.« – Das Alte plündern, zu Neuem montieren, besser läßt sich diese Art von Literatur kaum charakterisieren: Meineckes Roman ist nämlich aus Hunderten von Textfragmenten lustvoll montiert, oder, musikalisch gesprochen, gesamplet.

Thomas Meinecke: Was mich fasziniert an der Musik und am Sampling, ist, daß es möglich ist, mit Zitaten zu arbeiten und sie zu rekontextualisieren, dadurch auch anders aufzuladen, auch zu entladen und gar nicht mehr spürbar werden zu lassen – praktisch dieses Arbeiten mit zwei Plattentellern, wo man – mit einem Crossfader – sozusagen zwei Musiken gleichzeitig laufen lassen kann, die eine in die andere übergehen lassen kann und plötzlich die Platte runternimmt vom Plattenteller, von der das Publikum die ganze Zeit denkt, sie zu hören. Und so habe ich eigentlich auch mein Buch geschrieben. Ich hatte nicht eine Kiste Platten stehen hier an diesem Tisch, sondern mehrere Stapel Bücher standen hier rum. Ich hatte einfach das Gefühl, nach einer gewissen Strecke Butler wäre es mal wieder Zeit für ein bißchen Weininger oder Mark Twain oder de Maistre ... Das wäre die Plattenkiste, wo ein Alban Berg und daneben ein jodelnder Cowboy steht. (...)

Hans-Peter Kunisch in *Süddeutsche Zeitung*, 05./06.09.1998:
Berichte aus bohemistischen Kreisen
Thomas Meinecke sucht die deutschen Spuren amerikanischer Feministinnen auf

(...) Warum schreibt ein Mann über vierzig einen Roman über sehr dekorative Feministinnen? Äußerst korrekt und alle Vorurteile von vornherein unterwandernd, hat Thomas Meinecke seinen neuen Roman »Meiner Mutter, meiner Frau, meiner Tochter« gewidmet. Darin liegt nicht allein Ironie. In einem Interview hat Meinecke im März dieses Jahres seine Faszination durch die vom Unbehagen am Geschlecht inspirierten amerikanischen Denkerinnen nicht unglaubwürdig begründet: es fehle ihnen noch »diese Definitionsarroganz«, wie sie viele philosophische Diskurse längst entwickelt hätten. (...) Doch *Tomboy* ist weder Theorie noch »schöne Literatur« im klassischen Sinn. Mit einer an Thomas Mann erinnernden Grazie und Geschwätzigkeit, die sich selber immer wieder ironisiert, sorgt Meinecke für einen literarisch-theoretischen Zwischenbereich, der sich weder aufs »logische Argumentieren« noch auf krachledernes Taten-Erzählen allein verlassen will. (...) Ohne die kindliche Vorstellung von abschließenden »Ergebnissen« bedienen zu wollen, unter der zu viele theoretische Texte leiden, wirft Meinecke die ideensucherischen Netze seiner artistischen Sprache aus und fördert, im nichtsnutzigen Tun und Gerede seiner Figuren »aus bohemistischen Kreisen« funkelnde Denk-Anregungen zu Tage. Und entwirft Beispiele von Lebenspraxis, die unübersehbar einiges Schöne für sich haben. (...) »Identität« zeigt sich nicht mehr in qualitativen Sprüngen. Sie manifestiert sich in unendlicher Differenzierung. Von Meinecke, 1955 in Hamburg geboren, Pop-Musiker, Radio DJ und Schriftsteller, wird man keinen staatstragenden Gesellschafts-Roman erhalten. Aber genau beobachten und schreiben, das kann er.

Jörg Drews in *Badische Zeitung*, 15.09.1998:
Alle Menschen werden Schwestern
Gedanken-Pop: Thomas Meineckes Roman *Tomboy*
(...) Was den Jargon angeht, war das übrigens in Kotzebues *Hyperboräischem Esel* nicht anders, nur wurde damals die wuchernde idealistisch-frühromantische Begriffsbildung (sprich: Kauderwelsch) aufs Korn genommen. Allerdings ist *Tomboy*

keine Satire, der Autor gar nicht gehässig, vielmehr auf eine undurchsichtig wohlwollende Weise fair gegenüber seinem Personal, und das macht die Sache erträglicher und unheimlich zugleich. (...) Mit Pokerface und sehr agil laviert er zwischen einer Heiligsprechung seiner Figuren wie deren theoretischer Idole und deren Satirisierung. Er inszeniert sie mit einer Art lächelndem Respekt, und gerade das macht seine – gewissermaßen »objektive« – Ironie umso durchdringender. (...) Meinecke schlüpft scharfsinnig in alle Arten von Diskursen und kann – da Miss Atkinson Notizen zu ihrer Diss zu machen hat – alles zitieren, was nicht niet- und nagelfest ist: Otto Weininger und Lukács, Donna Haraway und Žižek, Xavier de Maistre und Sir Galahad, so daß man sich wie in einem auf charmante Weise wildgewordenen elektronischen *Notebook* vorkommen kann – und in einem Heimatroman zwischen der BASF und Ludwigshafen, Heidelbergs schöner steinernen Brücke und dem östlichen Odenwald, wo Vivian ihre schwangere Freundin Korinna Kohn besucht, deren Heiner verhaftet worden ist ..., was aber nur ein augenzwinkernder Tribut ist an sowas wie »Handlung« oder »Verwicklung«. (...) Wir (...) erwähnen noch, daß Meineckes Erzählrhythmus analog ist dem *drive* der Nervosität, der Eleganz von gewissen Pop- und Rockstücken; und diese außerordentliche Qualität des Buches zu beschreiben, gibt es noch kein brauchbares Vokabular. (...)

Thomas Groß in *die tageszeitung*, 18.09.1998:
Sohn des Krauts
Der Autor als literarischer Plattenspieler: In seinem Roman *Tomboy* folgt Thomas Meinecke den komplizierten Windungen zwischen Text, Mann und Frau – und das mit beträchtlicher Geschwindigkeit. In der Disco drehen sich 120 Widersprüche pro Minute!
Die beträchtliche Umdrehungsgeschwindigkeit des Romans

ist bereits nach drei Seiten erreicht. (...) Höhepunkte im Sinne von Pointen sind dabei weniger von Interesse als gleitende Kommunikationsprozesse. (...) Die ganze Welt ist diesen wilden Deutern zum Text geworden. (...) *Tomboy* hat kein Zentrum, aber eine Art Leitmotiv. (...) Je promisker die Diskurse werden, desto rapider sinkt die Chance der ProtagonistInnen, sich noch auf irgendeine Weise geschlechtlich zu vermischen. Es kommt zu dem Paradox, daß vor lauter Reden über Sex keiner mehr stattfindet. (...) In *Tomboy* simuliert Thomas Meinecke – wie in all seinen Schriften – das Drehmoment eines Turntables. In endlosen Windungen, die immer dann, wenn das Arrangement auf eine Pointe hinauszulaufen scheint, breaken, die Tonart wechseln, weiteres Material zugespielt bekommen, zirkuliert der Text um eine verborgen bleibende Mitte wie ein literarischer Plattenspieler. Als Diskursmischmaschine aber sprengt er die Schablonen des psychologischen Erzählens. Meineckes Figuren sind keine HeldInnen »aus Fleisch und Blut«, sie sind Textgeburten, die in einer Versuchsanordnung begehrend wie reflektierend aneinandergeraten. Das Reflektierenmüssen sei »die tiefste Melancholie jedes echten und großen Romans«, heißt es an einer Stelle im Rekurs auf Georg Lukács. In Variation dieses Motivs sind Vivian, Hans, Frauke und die ganze Bande sprechende Puppen für ein Arrangement des Autors selbst. (...) Meinecke nimmt kein Milieu »aufs Korn«, er prozessiert die Widersprüche, in die die Gefühle sich verstricken, wenn die Gedankenbewegung erst einmal in Gang gesetzt ist, exemplarisch aus. *Tomboy* ist also weniger ein Roman als eine Theorieerzählung, ein Essay über Identität und deren produktive Verfehlung. (...) Klar, daß das beim Lesen nicht *nur* Spaß macht, es nervt auch – aber mit Attitüde. Die phänomenale Leistung dieses Gedankenromans bemißt sich an dem, was er nicht ist: kein Sittengemälde in Plakafarbe, keine traditionelle Rückkehr des Erzählens, kein weiterer Frontbericht aus der kleinen

Welt des Rave – ganz generell nichts, was nicht mit sich selbst im Streit läge. (...)

Irene Bazinger in *Jungle World, Die linke Wochenzeitung*, 30.09.1998:

»Do We Truly Need a True Sex?«

Thomas Meineckes Roman *Tomboy* ist Trivial Pursuit für Gender-Fans

(...) *Tomboy* ist eine endlos lange, souverän in sich variierende Minimal Music. Man muß das Buch nicht am Anfang beginnen, man kann vor- und zurückspringen und hat dabei keinen Verlust. Es passiert wenig, erzählt wird kaum, gequatscht wird unaufhörlich. Geschickt hat sich Meinecke eine Strategie des Fragezeichens zugelegt, mit der er die unvermeidlichen theoretischen Abgründe überwinden kann: »Wie hatte es kommen können, daß das Männliche, als lauthals tönendes, identitätsstiftendes Prinzip, dem Weiblichen lediglich die stille Nebenrolle als dessen diffuses Anderes eingeräumt hatte? Beziehungsweise: Lag in der damit identitätszersetzenden Funktion des Femininen nicht gerade dessen Qualität?« Diese und weitere Probleme beschäftigen auch die weibliche Hauptfigur Vivian Atkinson, genannt Tomboy. (...) Warum gilt der Ausdruck Tomboy ausschließlich für Mädchen? Was ist ein Hemdblusenkleid? »War Vivians Vulva ein materiell-semiotischer Erzeugungsknoten? Fraukes Busen nichts als das zwingende Resultat einer ausschließlich diskursiven Konstruktion? Was sollte an Homosexualität perverser sein als Heterosexualität mit Verhütungsmitteln? Gilt denn der Dildo als Dekonstruktion oder Rekonstruktion des männlichen Kostüms, und was steckt da nun eigentlich in mir drin: ein Penis oder der Phallus?«

(...) Die Leistung des Autors besteht darin, daß Theorie nicht trocken raschelt, und wenn, dann mit Absicht. Getragen von einer ironisch-groovigen Baßlinie, kommt *Tomboy* wunderlich leicht daher. *Tomboy* ist als Trivial Pursuit für Gender-Fans von beachtlichem Gebrauchswert. (Wer schrieb 1980: *»Do We Truly Need a True Sex?«* – Richtig, Foucault im Vorwort zu den Memoiren des 1868 verstorbenen Hermaphroditen Herculine Barbin.)

Ulrich Kriest in *Spex, Magazin für Popkultur*, Nr. 10/1998:
Spröder werden!
Was haben Sleater-Kinney mit Judith Butler mit BASF mit Heidelberg zu tun? Thomas Meinecke sampelt Schriften, Alltag, Theorie und bleibt seiner alten Prämisse treu: »Keine Geschichte erzählen, nichts erfinden.«
(...)
Ulrich Kriest: Die Figuren in Tomboy *lesen, denken, diskutieren, überprüfen ihre Thesen im Alltag, betreiben ihren Alltag mittels ihrer Theorien, lesen sich ihre Exzerpte vor. Ist dieses Verwischen der Grenzen nicht auch etwas paranoid und nebenher etwas spröde?*
Thomas Meinecke: Es ist nicht so, daß Theorie gelebt wird, sondern ich finde es spannender, daß Alltag theoretisiert wird. Überschwappen der Theorie ins Alltägliche. Leute, die denken und lesen, das ist meiner Meinung nach Action genug. Denken als Handlung. Insofern wird schon eine Geschichte erzählt, irgendwo.
UK: An einigen Stellen von Tomboy *herrscht eine auffällige und auch komische Windstille. Da ist dann kein Gesprächspartner, kein Buch, kein Zettelkasten zur Hand. Das wird thematisiert. Macht sich das Buch auch über die vorgeführte Szene lustig? Oder ist das selbstironisch?*
TM: Das Buch ist voller Respekt geschrieben. Und wenn es Ironie darin gibt, dann ist es vielleicht eine romantische Ironie. Oder eben eine Selbstironie. Wenn gelacht wird, dann lache ich über mich selber. Über mein Unvermögen, mit diesen Issues wirklich adäquat umgehen zu können, weil es mir

einfach auch zuviel ist. Man lacht also vielleicht auch über den Autor, der inmitten dieses Geflechts auch verschwindet, vielleicht. Hoffentlich!
(…)

Jochen Hörisch in *Neue Zürcher Zeitung*, 06. 10. 1998:
Fremdgehende Heimatliteratur
Thomas Meineckes Roman *Tomboy*
Um bei der Besprechung eines Romans, der (dazu noch zumeist in Frageform) ständig um Fragen der richtigen Etikettierungen und der korrekten Etikette zwischen den vielen Geschlechtern kreist, mit literaturkritischen Etikettfragen zu beginnen: Kann ein Roman zugleich postmodern den Dernier cris der strukturalistischen, dekonstruktivistischen und feministischen Theorieszene nachhören und zugleich ein Heimatroman sein? Ja, er kann, es geht, sie kommen zusammen – die beiden Stränge des Romans *Tomboy* von Thomas Meinecke.
(…)
Das Eigenartige an diesem Buch: Was sich in einer solchen Zusammenfassung eher abstoßend modisch liest, ist lustvolle, witzige, geistreiche und durchaus auch spannende Lektüre. Und dies, obwohl oder weil Meinecke auf die vom Figurenarsenal doch naheliegende Möglichkeit verzichtet, einen erotischen bis pornographischen Roman zu schreiben. Um einen verwegenen Vergleich ins Spiel zu bringen – das Alltagsleben des Heidelberger Tomboys ist so spannend wie das von Hans Castorp auf dem Zauberberg. So als wollte sich Thomas Meinecke über den ewigen Geschichtsidentitätssucher Thomas Mann und dessen Konversationsroman lustig machen, multipliziert Meinecke die von Mann anvisierten Geschlechtsprobleme ins Unendliche. (…)

Hubert Winkels in *Die Zeit*, 08. 10. 1998:
Was ist die Sache, Mann? Die Frau
Thomas Meinecke betreibt den Geschlechterdiskurs in Romanform
(...) Ein außergewöhnliches Programm, für das man so leicht kein literarisches Beispiel wird beibringen können. Thomas Meinecke hat sich entschieden, einen ganz besonderen theoretischen Diskurs, nämlich den feministischen der Gender Studies, nicht nur zum Romanthema, sondern zum Roman selbst zu machen. (...) Meinecke erzeugt einen Textzwitter aus Erzählung und theoretischer Spekulation, arbeitet, nicht vertiefend, sondern verwischend, an der Differenz zwischen Literatur und Theorie.
(...) Diesem Abheben, den Übergängen gilt Meineckes besonderes Augenmerk. Der praktizierende Discjockey zeigt sein poetisches Geschick nicht nur in den Kreuzblenden, mit denen die philosophischen und literarischen Diskurse ineinandergeschoben werden, sondern auch im Gegenschnitt von banalen nordbadischen Realien mit den sexuell stimulierten Zerebralien seiner studentischen Romanbesatzung. Es ist bemerkenswert, wie viele Binnenreime und auch Kalauer Meinecke auf dem Feld sexueller Lektüre des Alltags erntet. Allerdings: Die Figuren des Romans, die jenseits einer diskursiven Rollenzuweisung kaum eine Identität gewinnen – getreu dem zitierten Grundsatz, das Subjekt sei nur eine Schnittstelle von diskursiven Praktiken, sozialen Einschreibungen und politischen Machtdispositiven –, die Figuren des Romans kommen in erster Linie als Kleiderständer für grassierende Theoriemoden in Betracht. Und diese Formulierung ist hier nicht despektierlich gemeint. Kommt doch dem Kleiderwechsel eine enorme Bedeutung zu.
(...) Zwar ist Ironie Meineckes Mittel, all die anflutenden theoretischen Ansprüche zu brechen in bizarren Personenkonstellationen, Übertreibungen und ornamentalen Ausschweifun-

gen. Aber daß er überhaupt in der Lage ist, über 250 Seiten eine gewisse Intensität zu halten, das hat schon mit der nachgerade paranoiden Klarsicht des von einer einzigen Signifikationsmacht besessenen Erzählers zu tun. Es gibt keinen Funken Kontingenz im Roman. Nichts ist einfach, was es ist. (…)

Jörg Lau in *Tages-Anzeiger*, 16. 10. 1998:
Die Frau ist ein Mann, den es nicht gibt
Thomas Meinecke hat einen Roman über die Irrungen und Wirrungen des Geschlechterthemas geschrieben. In *Tomboy* gibt's wenig Handlung, dafür viel Grübelei
Seit einigen Jahren gewinnt auch im deutschsprachigen Raum eine Theorie an Bedeutung, für die es bisher keinen überzeugenden deutschen Terminus gibt: Gender studies. (…) Man sollte sich von der modischen Anmutung des Materials dieses Romans nicht blenden lassen: Es werden zwar exquisite Fundstücke aus dem Pop-Wissen des Autors einmontiert (Meinecke ist Discjockey und spielt in seiner eigenen Band F.S.K.). Es wird zwar kaum eine denkbare Konstellation der Geschlechter ausgelassen in diesem Reigen – Höhepunkt: Penetration Vivians durch die unterdessen schwangere, bisexuelle Korinna mittels eines Dildo. Aber in gewisser Weise hat *Tomboy*, ein Ideenroman der Geschlechterrollen, etwas ungeheuer Altmodisches, eigentlich Vormodernes: Die Figuren sind ganz und gar Allegorien eines Problems, einer Haltung, einer Meinung. Sie werden dadurch zu Objekten einer Autorenherrlichkeit, die mit ihren leeren Platzhaltern ganz ohne Einschränkungen durch Psychologie oder Plotgesetze nach Gutdünken verfahren kann. Wäre da nicht eine alles durchziehende Ironie, so würde die Lektüre oft ziemlich unerträglich. Sie wird es manches Mal freilich gerade wegen der Ironie. So benutzt der Erzähler etwa penetrant abgenutzte Stilmittel aus dem Journalismus, um Distanz zu seinen Figuren zu markieren. Noch

nach mehr als hundert Seiten werden uns längst wohlbekannte Personen wie Vivian und Korinna mit öden Wendungen wie »die vierundzwanzigjährige Heidelbergerin« beziehungsweise »die siebenundzwanzigjährige Karlsruherin« vorgestellt. Das hat, pardon, bei aller Formbewußtheit etwas vom Muff vergangener Zeiten, als Fahrräder gerne »Drahtesel« genannt wurden. Ein ernsthafteres Problem von *Tomboy* ist, daß die Handlung des Romans nicht recht von der Stelle kommt. Seine Struktur, wenn man so sagen kann, ist Grübeln. (...) Dies freilich hängt aufs Engste mit der zugrundeliegenden Theorie zusammen, die aus dem Nicht-Ankommen eine Tugend gemacht hat. Die Gender studies ziehen ja schon das Thema selbst, die bloße Vorhandenheit einer binären Opposition, in den Mahlstrom ihrer Analysen. Anders als der auf Anerkennung, Integration und Gleichberechtigung zielende Feminismus der ersten Phase zielt der postmoderne Differenzfeminismus Judith Butlers auf Dekonstruktion, Subversion und letztlich Überwindung des Geschlechterschemas selbst. (...) Man kann sich fragen, ob dies – die Auflösung des Körpers im Text – nicht gerade eine typisch männliche Phantasie ist, mag sie auch als letzte mögliche Steigerung des Feminismus daherkommen. Immerhin, man kommt durch dieses Buch auf solche vertrackten Fragen. Man wird mehr und mehr in eine grüblerische Angeregtheit versetzt, was kein geringes Lesevergnügen bedeutet. Thomas Meinecke hat den ersten Roman unseres Fin de siècle geschrieben, in dem sich die letzten Hoffnungen auf einen radikalen gesellschaftlichen Wandel zusehends auf das Geschlechterverhältnis beschränken. Wer ihn liest, weiß am Ende mehr über die Chancen und Sackgassen dieser Engführung des Denkens. Und von welchem neuen Roman der letzten Jahre hätte man dergleichen schon behaupten wollen?

Manfred Hermes in *Texte zur Kunst*, 8. Jg., H. 32/1998:
Vivian rennt.
***Tomboy* von Thomas Meinecke**
Das neue Buch von Thomas Meinecke – Gründungsmitglied der Münchner Popband F.S.K und neuerdings verstärkt im Literaturbetrieb aktiv – ist äußerst positiv aufgenommen worden. Fast sieht es so aus, als hätte das deutsche (Pop-)Feuilleton in seinem Projekt, aus feministischer Theoriebildung und ihrem sozialen Niederschlag im Universitätsmilieu einen Roman zu machen, eine politisch korrekte Alternative zur neodezisionistischen Prosa eines Rainald Goetz gefunden. Doch Meineckes methodische Entscheidungen erscheinen nicht weniger fragwürdig: Wer sich in den Alltag von Theorieszenen hineinimaginiert, die immer die Frage nach dem Ort und Status von Sprechhandlungen gestellt haben, muß auch den Schreibtisch beleuchten, an dem feministische Geschichtsschreibung in Literatur verwandelt wird. Ist der Autor auch tot, so schreibt er doch weiter. Nicht aus Eigennutz, sondern als Instanz, die aus vorhandenen Texten neue macht. Zu diesem Zweck hat sich Thomas Meinecke in das Geheimwissen der Geschlechtertheorien verbissen. Er ging daraus nicht als Feminist, sondern als Romancier hervor. Im Roman *Tomboy* wurde kaum etwas ausgelassen. (...) Aus diesen Bausteinen errichtet Meinecke ein Gebäude, das nicht zuletzt auch auf den Stilmerkmalen Verumständlichung, sprachliche Ältlichkeit oder Anglizismenvermeidung errichtet ist. In dieser Distanzattitüde ist die Vorliebe einer Zeit gut erkennbar, da der Ironie noch jedes Mittel recht war, um sich etwa den Wunsch zu erfüllen, deutsche Gegenwart darzustellen. Für das Gender-Thema hat das zur Folge, daß es einerseits zum Kanon und kompakten Wissensgebiet stilisiert, andererseits in die völlige Ambivalenz gezogen wird: Alles ist ironisch und ernstgemeint, anmaßend und beflissen, spitz und ungenau, zu dick und zu dünn, ausgeklügelt und nicht ausgeklügelt genug. Das

ist gut an der Beschaffenheit der Beschreibungen zu erkennen. Obwohl hier einiges Aufheben um das Thema Mode gemacht wird, verharrt dieses auf einem eher traurigen Niveau. Ähnliches könnte man über die Beschreibung von Landschaften und Körpern sagen. (...) Vor allem aber gilt: »Everybody is gay«, bloß Meinecke selbst nicht. (...)

Eckhard Schumacher in *Bielefelder StadtBlatt*, 03.12.1998:
Gender Studies
Thomas Meineckes *Tomboy*
(...) Hätte *Tomboy*, der neue Roman, ein Zentrum, würde dort vermutlich Judith Butlers *Gender Trouble* stehen und all jene Diskurse vernetzen, die sich um Fragen der Dekonstruktion von Feminismus und Identitätspolitik winden. Aber auch wenn damit ein Feld beschrieben ist, auf dem sich der Roman – von Heidelberg aus – bewegt, funktioniert es nicht unbedingt als einheitsstiftende Kraft. *Tomboy* erzählt, ohne große Psychologisierung oder Handlungsfixierung, immer schon mehr als eine Geschichte, die man nacherzählen kann. Als Ergebnis von ausufernden Lektüren stellt der Roman vielmehr den Versuch dar, Theorietexte in Form der Erzählung zu bringen – und sie dabei mit dem zu konfrontieren, was ihnen auch im sogenannten wirklichen Leben zustoßen kann. Mit Mißverständnissen und merkwürdigen Aneignungen. (...) Während sich an den Universitäten bemerkenswerte Widerstände gegen das formiert haben, was der Einfachheit halber als Mode abqualifiziert wird, hat sich in den letzten Jahren an den Rändern der Akademien eine Form des Lesens ausgebildet, bei der ›Theorie‹ nicht mehr nur wissenschaftsintern durchgearbeitet, sondern auch mit Kunst-, Politik- oder Popdiskursen kurzgeschlossen wird – und dabei durchaus an die Stelle tritt, die traditionell für ›Literatur‹ vorgesehen ist. (...) Aber *Tomboy* ist nicht nur ein Buch über Formen ›illegitimer‹ Theorierezeption zwischen dekonstruktivem Feminismus und

nordwestamerikanischen Frauenpunkrockplatten. Der Roman ist auch selbst ein Produkt dessen, was er beschreibt. (…)

Rainald Goetz, *Abfall für alle. Roman eines Jahres*, Suhrkamp, Frankfurt am Main, 1999, S. 634 ff.:
(…)
1934. Hubert Winkels lehnt an Warhols Hesse, erklärt mir, warum alle Hesse so hassen. Erzählt von seiner neuen Fernsehsendung, die Bestenliste, dem Literaturmagazin. Kapielski, beim Voraus-Essen am Abend vor der Aufzeichnung, mit dem Gestus: ihr werdet nicht erfahren, wer ich bin. Jochen Hörisch kommt dazu, er hat auch über Meinecke geschrieben, auch heute, oder war es gestern?, in der Zürcher oder wo?, Hubert Winkels in der Zeit. Sie reden über ihre Kritiken, über Meinecke, wie sie ihn finden. Da steht er auch schon selber. Wird gefragt, ob er die Kritiken schon gelesen hat. Ja, nein, vielen Dank. Er bedankt sich bei Herrn Hörisch für die positive Kritik, entschuldigt sich bei Hubert Winkels, daß er die Kritik zwar gesehen hat, aber noch nicht gelesen hätte. Ich: jetzt muß man sich bei den Leuten schon bedanken, für die Kritiken. Meinecke macht einen Bückling, ironisch.
(…)
1757. Dann sitze ich in einer brüllheiß überheizten Badewanne, so heiß, daß es mich nur so fröstelt von innen her, und lese Hubert Winkels Meinecke-Kritik. Die ist vielleicht lang. Was Hubert Winkels von dem Buch denkt, erfährt der Leser nicht. Ich weiß es ja, weil er es gestern mündlich gesagt hat, in etwa 17 Sekunden. Warum schreibt er es nicht? Weil er das Buch erklärt, anstatt es zu kritisieren. Langweilig. Daumen runter, braucht kein Mensch, verstehende Kritik. Kritik muß doch selber Gas geben, nach eigenem Gesetz.
1840. Frauen, Körper, Phallus, die ganze speziell daran drangehängte Theorie: ich weiß nicht, wie man sich als Nichtfrau

dafür interessieren kann. Meineckes Buch wird es mir ja vielleicht erklären. Wir reden über die geplante Werbung für unsere Bücher. Die Überschrift muß, wenn dann, natürlich POP heißen, finde ich. Thomas hatte gedacht an »Plattenspieler«. Wir laufen zusammen durch die Hallen, einmal runter und rüber und wieder rauf, richtung Beute. Er meint: du folgst mir, indem du vor gehst, genau richtig, wie ich sage, ich folge dir. Hallo bei Katja Diefenbachs B-Books, die wegen Negri mit Fanzis ID-Verlag im Streit liegen. Später, wie ich bei Kiepenheuer sitze, erklärt mir Uwe Timm, daß das doch ziemlich nerven würde, bei mir: das von ihm sogenannte Namedropping. Interessante Vorstellung, daß man als Schriftsteller was GEGEN NAMEN haben kann. Bei ID bewundern wir das Cover des Alien-Buches.

(...)

020. Mit Thomas Meinecke, Andreas Neumeister und Peter Weber sitze ich dann am anderen Tisch. Sie erzählen vom gestrigen Beute-Abend, wie alles war. Zweieinhalb Stunden Podium, statementartig: zwanzig Minuten geht das, z. B. Ebermann. Dann kommt Isabelle Graw. Redet von was anderem. Dann der nächste. Wenn man sich inhaltlich locker machen kann, hält man es wahrscheinlich ganz gut aus oder hat sogar daran Spaß. Thomas ist demnächst auch vorgeladen, bei Texte zur Kunst, er hat gestern seine Vorladung gekriegt, sagt er. Dann reden wir noch mal über die geplante Werbung. Thorsten Ahrend kommt dazu. Es soll jetzt also supersimpel werden. Links steht ein Wort: POP. Dann kommen die Umschläge der Bücher, ohne Text. Dann, schön groß: SUHRKAMP VERLAG. Fertig.

(...)

110. Drinnen ist es gar nicht so übervoll. Thomas: vielleicht ist irgendwo was sogenanntes Wichtiges. Er zuckt zusammen und stöhnt leicht angestrengt, wie ich wieder zum Notizbuch greife. Verstehe ich. Die Notiererei nervt natürlich alle, auf die

Dauer, klar. Zerstört immer neu die Unmittelbarkeit der Situation, für die anderen, für mich besteht die eh nicht. Egal. Was war eben noch wichtig? Wichtig für uns ist jetzt vorallem Bier. Andreas und Thomas bestellen Grappa. Es wird auch überhaupt nicht aufgehört zu reden. Ganz im Gegenteil, ganz im Gegenteil.

(...)

1236. Der Platin-Style der jungen Wilden bei Kiepenheuer macht so gute Laune. Der Anzug von Benjamin von Stuckrad-Barre, in der schönsten Farbe der Welt, ich weiß nicht wie sie in Klamottendeutsch heißt, eine Art Silbergrau, und perfekt geschnitten und sonstwas, es schaut einfach NUR gut aus. Und kommt mir selber als ein solcher Fortschritt vor, styletechnisch gesehen, gegenüber uns, den Suhrkamp-Boys, den B-Boys aus München, Neumeister, Meinecke und ich. Style ist ja Gabe, Gegebenes, kann man gar nichts dran drehen. Jeder hat seinen Vorteil, seinen Ort, sein Spezielles. Ich bin natürlich gerne B-Boy, ist ja klar. Dann aber mit Platin-Style-Menschen zusammen sein und böse Dinge tun, böse.

(...)

2010. Abfall – denke ich plötzlich, wie ich in der Küche sitze, ein Süppchen esse und im Falter, den ich aus Wien mitgebracht habe, ein Interview-Porträt von Thomas Meinecke als DJ Gender Studies lese – ist genau genommen mein zweiter Roman. Nach Irre. Personal, Abenteuer, Welt, Held, Leben.

(...)

Hubert Winkels in *Deutsche Literatur 1998, Jahresüberblick*, hg. von Volker Hage, Rainer Moritz und Hubert Winkels, Reclam, Stuttgart, 1999, S. 24 f.:

Einleitung

(...)

Ein Extrem, an dem man sich gut orientieren kann, markiert der Münchner Autor Thomas Meinecke mit seinem Roman

Tomboy. Er schließt seinen Text ganz direkt an einen spezifischen universitären Diskurs an, an den feministischen oder Gender Studies, der vor allem in den USA populär ist und großen Einfluß sowohl in den Kulturwissenschaften wie in den öffentlichen Debatten hat. Es ist schon ein Kunststück, wie es Meinecke gelingt, Theoriekonstruktionen auf personale Verhältnisse zu übertragen. Der Roman zitiert häufig das Wort von der »gender impersonation«, also der Geschlechtsverkörperung, das im Kern besagt, das Geschlecht einer Person sei ein kulturelles Konstrukt, und wenn schon nicht frei gewählt, so doch keinesfalls natürlich gegeben. Nach diesem Modell kann man auch Meineckes Konstruktion der handelnden Figuren begreifen. Sie verkörpern einen Mix aus Theorieversatzstücken. Was besagt, daß sie über das Zitieren und Reflektieren zeitgenössischer Theoreme hinaus nicht nur ihre gesamte Weltwahrnehmung entsprechend strukturieren, sie handeln auch wie Vollzugsorgane eines ihnen vorgängigen Diskurses. (...)

In den Figuren, die ihr Leben wie einen zu schreibenden Text angehen, gibt Meinecke seine Konstruktionsarbeit rückhaltlos preis. Er macht erst gar keinen Versuch, seine Figuren lebendig oder die Handlung suggestiv zu machen. Er freut sich, auf das Konstruktive aller Weltverhältnisse deuten zu können. Zur diebischen Freude an der Entoriginalisierung der Welt in der Anverwandlung fremder Rede, kommt die Lust an der Zuspitzung und Übertreibung. Das sexuelle Feld wird von Meinecke mit textuellen Verweisen extrem und damit komisch gedehnt. (...)

Claudia Kramatschek in *ndl, neue deutsche literatur*, 47. Jg., H. 1/1999:

Am Mischpult
Sound und Sampling in neuer Erzählliteratur

(...) Mit *Tomboy*, einem Roman über *das* postmoderne Thema schlechthin: über die Theorie der Geschlechterkonstruktion, hat Meinecke zugleich auch ein hypermodernes Textgebilde geschaffen. Wie in einem rhizomartigen Gebilde schließt er darin das von ihm zugrundegelegte und bedachte Material – nichts weniger als die Geschichte des Ich, dessen Grabesruhe in diesem Jahrhundert der Psychoanalyse und der Dekonstruktion empfindlich gestört wurde – mit sich selbst kurz, verkettet in bewußt hybriden Satzkaskaden alles mit allem und entwickelt in dieser Überlagerung eine Art Kartographie, die die Komplexität der heutigen Welt bzw. die Unmöglichkeit eindeutiger Sinnzuschreibungen noch formal zum Ausdruck bringt. (...) Meinecke ersetzt den erzählten Fortgang seiner Geschichte durch einen überwiegend interrogativ verfaßten Satzstil und erfindet so eine Art Text- und Lesemaschine, die sich selbst beständig generiert und destruiert – der Leser weiß da nicht immer, ob er fluchen oder lachen soll. Autorisierte Chronologie wird hier abgelöst durch eine Diachronie der Ereignisse. Wie am Mischpult fügt Meinecke in die Fragen seiner Protagonisten vielschichtige Anekdoten – da ist mal die Rede von Judith Butler, die selbst in Heidelberg studierte, oder von D. H. Lawrence, der seine Braut fast nötigt, ein Dirndl zu tragen; oder von Elvis Presleys künstlicher Aufrüstung seines Phallus – und verwandelt anhand dieser ›Stimmen‹ den Text in ein Tondokument, dessen diverse ›Spuren‹ auf vorwitzige Weise geschichtsträchtig sind. (...)

Nathalie Gremme in *Freiburger FrauenStudien*,
4. Jg., H. 2/1998, *Cross-dressing und Maskerade*:
Flüssig-kristallin wachsende Theorie zum Mitmischen
Thomas Meinecke: *Tomboy*
(...) Denken und Lesen ist *action* genug für Meinecke. Und so fragt die eine oder andere geneigte Leserin während der Lektüre von *Tomboy*, warum da eigentlich wirklich ›nur‹ über Genderthemen oder gendertheoretisch über andere Theorien

oder gendertheoretisch über Kultur und Politik gesprochen wird. Daß die Figuren sich, wie oft von KritikerInnen lamentiert wurde, nicht entwickeln würden, stellt sich jedoch bei genauerer Betrachtung als nicht richtig heraus. Es handelt sich hier allerdings nicht um einen bürgerlichen Bildungsroman, nicht um die Herausbildung einer idealen Identität und nicht um die richtige Darstellung der Geschichte, sondern um Perspektiven und Fragmente. Die Figuren, die sich um Vivian und ihre Magisterarbeit zum Thema *gender trouble* tummeln und die unterschiedlichsten Materialisierungen von Fragestellungen verkörpern, mit ihren unterschiedlichen Hintergründen und Lebenssituationen, dienen hierfür als Kleiderständer (übrigens textil und textuell). (...) Aber eigentlich gibt es sie in *Tomboy* doch, die so oft vermißten Tränen, Fehlreaktionen, emotionalen Auswege, Verhaltenstestphasen und Lernprozesse. (...)

Eberhard Rathgeb in *Frankfurter Allgemeine Zeitung*, 12.05.1999:
Vom interplanetarischen Wesen überwältigt
Nackte Helden pflegen keine Körperkontakte mehr
Es werden, sagt Michel Houellebecq in seinem 1994 auf französisch und in diesem Jahr auf deutsch erschienenen erfolgreichen Roman *Ausweitung der Kampfzone*, »zwischenmenschliche Beziehungen zunehmend unmöglich«. Mit deren Verlust verringere sich die Zahl der Geschichten. Michel Houellebecqs Roman nimmt eine Stimmung auf, die über Frankreich hinausreicht, auch in anderen Neuerscheinungen zu finden ist und ihre Vorläufer hat. (...) Von einem besonderen Nebel, den Theorien über Geschlecht und Charakter und Körper, handelte Thomas Meineckes Ende letzten Jahres veröffentlichter Roman *Tomboy.* Meinecke ließ ein, zwei, drei junge Menschen in das Universum der Zuschreibungen und Deutungen sich aufmachen, auf der Suche nach einer passenden theoreti-

schen Fiktion über den Körper, die ihrem Selbst eine Form geben könnte. Der Körper ist da, doch welche Bedeutungen er trägt, welche Wörter ihm passen, das ist nicht von vornherein ausgemacht. Nicht einmal die sinnliche Gewißheit ist so gewiß. Was bleibt also vom Ich nach den Ideologien, nach den Gewißheiten darüber, was Realität ist? Das Selbst ist erstmal nur noch eine Fiktion, die einen nicht abstürzen läßt, ein Sicherheitsgurt, den man um seinen Körper schnallt. (...)

Gerald Fiebig in *testcard*, Nr. 7/1999, *Pop und Literatur*:
Jäger und Sampler
Literatur und DJ-Culture – eine Nachlese
Drei Jahre, nachdem Ulf Poschardt in *DJ Culture* den vom (Selbst-)Verständnis als DJ-als-Musiker herbeigeführten Paradigmenwechsel in der Popmusik kulturtheoretisch aufgearbeitet hat, vollzog sich dieser Wechsel 1998 nun auch in der Literatur. Oder zumindest in den Klappentexten: in *Tomboy* von Thomas Meinecke würden die verschiedenen inhaltlichen Facetten »zu einem mehrspurigen Track abgemischt«, (...). Bei genauerem Hinsehen erweist sich jedoch jeder Roman als ein ›mehrspuriger Track‹ bzw. mehrstimmiger Text aus verschiedenen gesellschaftlichen Sprechweisen, Jargons, Argots, Fachsprachen, Codes und Dialekten, der, ob nun in Form des wörtlichen Zitats oder einfach durch die Dialoge zwischen verschiedenen Figuren, nie mit ›der‹ Stimme des Autors redet. »Der Autor hat gleichsam keine eigene Sprache, doch er hat einen eigenen Stil, sein organisches, einheitliches Gesetz des Spiels mit Sprachen und der Brechung seiner ursprünglichen (...) Intentionen in diesen Sprachen.« So formulierte bereits in den Vierzigern, also lange vor dem Anbruch der selbsterklärten literarischen DJ-Culture, der sowjetische Literaturtheoretiker Michail M. Bachtin in seinem Aufsatz *Das Wort im Roman*. Weil er unter Stalin meist in der sibirischen Verbannung lebte, wurde er im Westen, genauer gesagt zunächst in

Frankreich, erst Ende der Sechziger bekannt. (Der Popintellektuelle würde ergänzen: gerade, als dort auch das Wort ›discothèque‹ aufkam!) Ebenfalls in Frankreich hatte derweil Roland Barthes, einer der Wegbereiter des Poststrukturalismus, (...) eine ähnliche Theorie der Mehrstimmigkeit des Romantextes aufgestellt, welche das Konzept der Stimme (im *geschriebenen* Text ja immer eine bloße Metapher!) so ernst nimmt, daß sie einerseits mit Notenbeispielen, andererseits mit Begriffen wie *fading*, *off*-Stimme und Stereophonie arbeitet. (...) Poschardt bescheinigt der Praxis des DJs, daß sie den anmaßenden Begriff des Autors bzw. des Künstlers als aus den Tiefen seiner Seele schöpfendes und schaffendes Genie zurechtgestutzt habe: denn der DJ zeigt ja jedem, der es sehen will, daß er nicht aus einer vagen Tiefe schöpft, sondern aus seiner Plattenkiste. Indem er diese Platten mixt, gehen die einzelnen, einem autonomen Autor zugeschriebenen ›Kunstwerke‹ (die einzelnen Stücke) in dem größeren Ganzen des Clubabends (bzw. dem Mix) auf. Damit ›schafft‹ der DJ aus vorhandenem Platten-Material etwas neues, indem er es für seine Zwecke mixt und manipuliert – er legt ja eben nicht nur ›eine Platte nach der anderen auf‹, sondern vollbringt, wenn man so will, eine kreative Leistung. (...) »Da der Zuhörer das miterlebt, werden zwar weder der Künstler/Autor/DJ noch er selbst als Subjekt aufgehoben, sie sind aber erst recht auch nicht das EINE Subjekt«, sondern »Vielheiten, die durch Bassline und Groove in der Spur gehalten werden«. – Soweit Jochen Bonz, der in seinem aufschlußreichen Interview-Essay *Meinecke, Mayer, Musik erzählt* der Funktion des Samples in verschiedenen Musiken sowie in den Texten von Meinecke und Poschardt nachgeht. Er identifiziert dabei zwei unterschiedliche Funktionen von Sampling, die einem je unterschiedlichen Kunstverständnis zugeordnet werden können. Eine dieser Tendenzen, für die das Sample – wie z.B. im Hip-Hop das Sample von früherer Black Music, von Vorläufern, auf die man sich berufen will – ein mit historischen und sozialen Bedeutungen aufgeladenes Zitat ist, ein Text, mit dem (eine) Geschichte und damit eine politische Bedeutung assoziiert ist, sieht Bonz zurecht in Meineckes Schreibweise sowie in der Musik von dessen Band F.S.K. verwirklicht. Wenn Meinecke sich diese Metapher zu eigen macht, illustriert er damit jenes Verfahren, mit dem sein Text aktuelle Realität und historische Topografien einblendet (z.B. durch die Nachrichten vom Studentenstreik oder die Zitate aus der faschistischen Firmengeschichte der BASF) und durch die ›Kreuzblende‹ (Meineckes schöne Eindeutschung für das Crossfading von einem DJ-Plattenspieler zum anderen) zu Textpassagen von feministischen Theoretikerinnen mit politischen Bedeutungen aufzuladen versucht. Das genau ist das Thema von *Tomboy*, für das die erzählte *Handlung* sichtlich nur einen Rahmen liefert: Können subversive Theorien in der gegenwärtigen gesellschaftlichen Situation in politisches Handeln überführt werden, und wenn ja, wie (ein Studentenstreik wird doch wohl nicht reichen!)? Indem er den *nicht-originalen* Samplingcharakter seines Textes so stark betont, macht Meinecke unsere Sicht der Welt als eine immer schon durch (z.B. von ihm zitierte) Texte produzierte, von bestimmtem (auch politischen) Interesse geleitete Konstruktion kenntlich. Wie der DJ auf Vinyl fixierte Musik aus der Kiste auswählt, wählt der Autor, so Meineckes Position, nur textlich fixierte Realitätspartikel und damit Blickwinkel aus, zu denen der Leser selbst Stellung nehmen muß. »Man lacht also vielleicht auch über den Autor, der inmitten dieses Geflechts auch verschwindet, vielleicht. Hoffentlich!«, so der wohl meistinterviewte Autor der letzten Saison in *Spex* 10/98. Daß nicht nur in zahlreichen Zeitschrifteninterviews, sondern auch in Bonz' Buch zeitgleich zu *Tomboy* bereits eine Art Theorie dieses Romans vorliegt, kommt Meineckes Ansatz entgegen, für den der rudimentäre Handlungsrahmen von *Tomboy* – den es trotz seiner Skepsis gegen das ›naive‹ Erzählen eben doch gibt! – ein Experimentierfeld ist, auf dem er seine Figuren austesten läßt, wie tragfähig zeitgenössische philosophische Theorie (v. a. Judith Butlers Buch über das *Unbehagen der Geschlechter*) für das Verständnis des eigenen Alltags ist. Dieser Selbstreflexion seiner literarischen Fiktion, die Meinecke im Zeichen des ›Sampling‹-Begriffs betreibt, kommt die zeitgenössische Theoriebildung ja ohnehin entgegen, wenn sie darüber reflektiert, daß auch wissenschaftliches Schreiben sich der Formen des Erzählens bedienen muß. (...)

Daniel Lenz und Eric Pütz, *LebensBeschreibungen. Zwanzig Gespräche mit Schriftstellern*, edition text + kritik, München, 2000, S. 152:

Ich muss nicht schreiben, um nicht verrückt zu werden
Gespräch mit Thomas Meinecke – 11. Dezember 1998

(...)

Daniel Lenz/Eric Pütz: Die Pop-Bewegung ist angetreten, um die Festung der sich abschließenden Hochkultur zu stürmen. Mittlerweile aber gehört die Pop-Literatur augenscheinlich längst zum literarischen Establishment. Wie wird sie sich ohne diesen Antagonismus weiterentwickeln?

Thomas Meinecke: Ich habe damit immer ein bisschen Probleme, Pop als Movement zu sehen. Pop darf sich eigentlich gar nicht strategisch als Ganzes verhalten, sondern besteht aus unheimlich vielen, schnellen, unberechenbaren Einzelprozessen. Was mir in der Diskussion über die Pop-Literatur manchmal schief vorkommt, ist, dass Pop irgendetwas Homogenes sei, das sich jetzt irgendwie verhalten müsse, reagieren müsse auf Vereinnahmungsstrategien des bürgerlichen Lagers. Ich finde, dass Pop gar nicht erst ein eigenes Manifest haben darf. Rainald Goetz, Andreas Neumeister und ich – um mal die Suhrkamp-Autoren zu nennen –, wir verstehen uns natürlich unter diesem Begriff »Pop«. Auf der anderen Seite haben schon allein wir drei völlig andere Interessen damit und kommen auch aus unterschiedlichen Löchern. Am liebsten würde ich Pop nur als eine Art Diagnose für irgendetwas akzeptieren, nicht aber als Prognose. Daran liegt mir gar nichts. (...)

Eckhard Schumacher, Vortrag (Manuskript), *X. Internationaler Germanistenkongress Wien 2000*, September 2000:

Pop – Kultur – Wissenschaft

Schreibweisen zwischen Universität und Pop-Diskurs

(...) So wie sich seit Ende der 1970er Jahre in den Kulturwissenschaften, zunächst vor allem in den anglo-amerikanischen Cultural Studies, Versuche abzeichnen, Pop-Phänomene aus wissenschaftlicher Perspektive zu reflektieren, lässt sich etwa zeitgleich auch im Pop-Diskurs ein neues Interesse an Theorie feststellen, das Schreibweisen generiert, mit denen sowohl eingefahrene Modelle von Popjournalismus wie auch akademische Auseinandersetzungen mit Poststrukturalismus, Cultural Studies oder eben Pop problematisiert und konterkariert werden. Über drei Schnitte, verkürzend perspektiviert durch Texte von Rainald Goetz, Diedrich Diederichsen und Thomas Meinecke, werden im Folgenden sowohl popspezifische Umgangsweisen mit Theorie wie auch Verschiebungen auf dem Feld skizziert, das sich in den letzten Jahren zwischen akademisch und popkulturell geprägten Milieus formiert hat. (...)
Was im Pop-Diskurs in den letzten Jahren verschiedentlich etwas aus dem Blick geraten ist, rückt Thomas Meinecke in seinem 1998 veröffentlichten Roman *Tomboy* ins Zentrum der Aufmerksamkeit: die performativen, nicht immer vorhersehbaren Effekte von Schreibweisen, programmatischen Äußerungen und Theorie-Anwendungen. An die Stelle von Grundsatzprogrammen und Berichten zur Lage, die er Anfang der 1980er Jahre selbst vielfach ausbuchstabiert hat, tritt eine Form der teilnehmenden Beobachtung, in der im Modus literarischen

Schreibens sowohl Ausprägungen der ›illegitimen Theorie-Kultur‹ wie auch universitäre Diskussionen aufgenommen und reformuliert werden. Mit erkennbar popgeschultem Misstrauen gegenüber Konzepten wie Erfindung oder Originalität übersetzt Meinecke in *Tomboy* Theorie, in diesem Fall Judith Butlers Version von Gender Studies, in eine Form von Fiktion, die nur insofern fiktional zu nennen ist, als sie einem Realismus verpflichtet bleibt, der seinen *drive* gerade dadurch entwickelt, dass er immer nur vorgefundene Konstellationen aufnimmt und weiterprozessiert. Das, was Diederichsen ›illegitime Theorie-Kultur‹ nennt, wird in *Tomboy* gleichermaßen zum Thema und Verfahren des Schreibens, zum Objekt und Subjekt der Darstellung. Meinecke vergleicht sein Schreibverfahren mit der Arbeit des DJs, der verschiedene Schallplatten aufeinander abstimmt, ineinander überblendet oder gegeneinander ausspielt. Er sampelt und rhythmisiert – im Medium Schrift – das Material, das sich auf und neben seinem Schreibtisch stapelt, konfrontiert seine studierenden Romanfiguren mit Judith Butler und Silvia Bovenschen, Punk Rock und House Music, Modezeitschriften und Magisterarbeiten, und schreibt dabei, lesend und übersetzend, mehr oder weniger einfach mit. Die zuweilen abenteuerlichen, eher metonymisch als metaphorisch motivierten, durch Missverständnisse und merkwürdige Aneignungen noch verstärkten Zusammenhänge, die sich in *Tomboy* zwischen Mannheim, feministischer Theorie, Krautrock, Laufmaschen, Zwangsheterosexualität, Identitätspolitik und House Music abzeichnen, verdanken sich vor allem einer extremen Aufmerksamkeit gegenüber der Sprache. Meinecke entdeckt noch in den alltäglichsten Sprachverwendungen theoretisch, politisch und literarisch affiziertes Material, dessen Mehrfachcodierungen und Ambivalenzen in seiner Verarbeitung nicht geklärt und aufgelöst, sondern offensiv ausgestellt werden. Als Thema und Verfahren des Buchs treten an die Stelle von Antworten Fragen, die ein deskriptives

Potential entfalten, das auch die Probleme und Möglichkeiten, die sich zwischen Universität und Pop-Diskurs abzeichnen, sehr genau adressiert. Meinecke nimmt sowohl Positionen auf, die der Grenzziehung von Goetz nahe kommen, wie auch jene Grenzüberschreitungen, die Diederichsen beschreibt und vollzieht. Er überführt sie jedoch nicht in normative Modelle, sondern stellt in der Arbeit an der Sprache das aus, was auf einer anderen Ebene bei Judith Butler zu einem zentralen Moment von theoretischer und politischer Praxis wird: durch Zitation und Resignifikation produzierte Formen von Ambivalenz. Meineckes Text führt auf diese Weise also nicht zuletzt vor, dass sich die hier über die Begriffe ›Differenz‹, ›Transformation‹ und ›Ambivalenz‹ unterschiedenen Positionen durchaus auch annähern und überschneiden können. Ihr Verhältnis zueinander ist von ähnlichen Interferenzen bestimmt wie das Feld, das die Begriffe ›Pop‹, ›Kultur‹ und ›Wissenschaft‹ umreißen. Aber gerade diese Interferenzen, die auch die Verortung der Schreibweisen *zwischen* universitären und popspezifischen Diskursen betreffen, sind in diesem Zusammenhang äußerst signifikant. (...)

Christine Kanz in *Postmoderne Literatur in deutscher Sprache: Eine Ästhetik des Widerstands?*, hg. von Henk Harbers, Rodopi, Amsterdam/Atlanta, 2000, S. 123 ff.:
Postmoderne Inszenierungen von Authentizität? Zur geschlechtsspezifischen Körperrhetorik der Gefühle in der Gegenwartsliteratur
Feminist theory and postmodernism have developed into today's leading ways of thought. There are a number of affinities in their critique of the enlightenment of modernity, but there are also fundamental differences. There is a common agreement in contemporary theories that categories like ›body‹, ›woman‹, ›man‹, ›sex‹ and ›gender‹ are discursive products. As far as German literature is concerned, a discrepancy can be

noticed between literary theory and literary practice. In the nineties, many literary texts again favour the concept of body as a guarantee of authenticity. Contrarily, we can more easily find postmodern features in the literary texts of former decades, for example in literary texts of the seventies, such as those of Ingeborg Bachmann. The different ways emotions like anxiety are displayed by body-talk and are described in literary texts show the effects of conscious re-staging. The mimetic re-staging of the so-called authentic articulation of emotion by female body-talk (like other so-called natural phenomena) in literary texts shows that the body is artificially constructed both as a place where different kinds of discourses meet and as a place of dissimulation. Those texts (which present the mimetic re-staging of ›authentic‹ articulation of feelings) show that ›femininity‹ and ›masculinity‹ are only cultural constructions and that their ›authenticity‹ (their so-called essence) can be shifted in a playful way. So, some literary texts in the seventies are more postmodern than most of the literary texts in the nineties. Thomas Meinecke's novel Tomboy, *which was published in 1998, can be regarded as an exception.*
(…)
1998 erschien ein Text, der kein Nischenroman ist, und der, obwohl der Genderdiskurs und Feministinnen im Mittelpunkt stehen, schwerlich zur sogenannten Frauenliteratur gerechnet werden dürfte. Er ist von einem Mann geschrieben, und nicht nur für Kennerinnen und Kenner der *gender studies*, sondern auch für Popculture- und Trashculture-Fans gleichermaßen konzipiert. (…) Sämtliche Women-, Men-, Gender-, Queer-, Cyber- und Cross-dressing-Strömungen laufen hier zusammen. Neben der Gendertheoretikerin Judith Butler tummeln sich Namen wie Marjorie Garber, Donna Haraway, Nancy Fraser, Caroline Walker Bynum, Barbara Vinken, Barbara Duden, Silvia Bovenschen oder Luce Irigaray. (…) Alle reden, singen, schreiben in dem Text überall und immerzu über *gen-*

der. Immer wieder läßt Meinecke relativ konkretes gendertheoretisches Wissen einfließen. Wie etwa die These, daß Männlichkeit und Weiblichkeit lediglich soziokulturelle Diskursprodukte sind, daß auch *sex*, das biologische Geschlecht, dem kulturell konstruierten *gender* nicht vorgängig sein kann, da es selbst nur mehr ein diskursives Konstrukt ist, und daß Lacan den Begriff »Phallus« lediglich metaphorisch verwendet wissen will. Seine Kenntnisse zeigen sich auch dann noch, wenn traditionelle Geschlechterrollen ganz offensichtlich vertauscht werden oder wenn Geschlechterklischees auf die Spitze getrieben und dadurch persifliert werden sollen. Fast so wie es Judith Butler in *Unbehagen der Geschlechter* eingefordert hat. Ob Thomas Meinecke wirklich Texte von Lacan gelesen hat oder von Freud ist dabei letztlich gleichgültig. Im Text heißt es denn auch einmal lakonisch: »Wozu Freud lesen, wenn Butler ihn für uns gelesen hat?«

Meinecke hat sämtlichen postmodernen Ansprüchen Genüge getan. Er hat die *gender studies* in einen neuen Kontext gestellt und, für alle, neu aufbereitet. Was hier über sie zu lesen ist, wirkt auf die Gendertheoretikerin im universitären Elfenbeinturm genauso lächerlich wie auf den Trashculture-Fan auf der Straße. Männliche wie weibliche Gendertheoriediskutanden werden entmystifiziert. Die Geschlechterdifferenz wird in den literarischen Text eingeschrieben, eine grundlegende Skepsis gegenüber den Ansprüchen feministischer Vernunft artikuliert. Damit macht Meinecke mit der feministischen Theorie das, was die postmodernen Theoretiker mit der Moderne im Sinn hatten.

Im Gegenzug dazu hat die feministische Theorie verstärkt darauf zu achten, daß ihre ursprünglichen Ziele nicht ›wegrecycelt‹ werden.

Hans-Peter Kunisch in *Aufgerissen. Zur Literatur der 90er*, hg. von Thomas Kraft, Piper, München, 2000, S. 160 f.:

Ein Schelm und alle Theorie
Thomas Meinecke und seine musikalische Buch-Schriftstellerei

(...)

Meinecke experimentiert hier, wie Norbert Niemann in Teilen von *Wie man's nimmt* (1998), mit der Möglichkeit eines Gedanken- und Theorieerzählens, das am ehesten noch in der Tradition von Robert Musil steht und bei Meinecke eine wunderbare Leichtigkeit gewinnt. Wesentlich entpolitisiert – zum ersten Mal hat Meinecke sich in seinem Text weitgehend rausgehalten –, werden seine Figuren von den harmlosen Studentenprotesten des Herbstes 1997, an denen die ältere Frauke Stöver teilnimmt, beim Krocketspielen im Garten, im Dirndl- und Teddybärenkostüm, überrascht. Ein Sittenbild der Gegenwart. Doch Meinecke, spätestens seit der Vereinigung von DDR und BRD repolitisiert, zeigt kurz eine parallele Welt, einen Diskussionszirkel, der die RAF-Kampfschrift *Stadtguerilla und Klassenkampf* (1972) debattiert. »Deren Inhalt in Kürze: Konzerne und Staat; die westdeutsche Innen- und Außenpolitik als Politik der Konzerne; die multinationale Organisation der Konzerne und die nationale Beschränktheit des Proletariats (...), die objektive Aktualität der sozialen Frage, sprich Armut in der BRD; dagegen die subjektive Aktualität der Eigentumsfrage; Reformismus und der Unterschied zwischen CDU und SPD«, kurz: eine Liste von noch zu Beginn des dritten Jahrtausends aktuellen Fragen.

(...)

Moritz Baßler, *Der deutsche Pop-Roman. Die neuen Archivisten*, C. H. Beck Verlag, München, 2002, S. 135 ff.:

Thomas Meinecke *oder* Der Diskurs

Der Diskurs ist die Musik, und nicht umgekehrt. Thomas Meinecke (*1955) ist zwar Discjockey und Musiker der Gruppe Freiwillige Selbstkontrolle (F.S.K.), und er hat die Technik seines Romans *Tomboy* (1998) mit Plattenauflegen und Samplen verglichen, aber es geht in seinem Buch nicht um Musik, sondern es geht um die literarische Archivierung eines Diskurses. Meinecke wählt dazu den Gender-Diskurs der 1990er Jahre, und diese Wahl darf man getrost als kühn bezeichnen. Denn erstens ist das ein Diskurs, der vorwiegend von Feministinnen getragen wird, wodurch dem unambig männlichen Autor von vornherein eine wenig glückliche Position zugewiesen scheint, und zweitens ist es ein durch und durch akademischer Diskurs und damit scheinbar das Gegenteil von Pop, wenn nicht von Literatur überhaupt. Fettnäpfchen allenthalben. Meinecke übersteigt sie durch zwei überaus traditionelle, im gegebenen Falle aber geradezu geniale Kunstgriffe: Er lokalisiert und terminiert den Diskurs. Der Roman spielt in der Umgebung der Universitätsstadt Heidelberg, deren Features – American Barracks, Odenwald, Steinbrüche, Ludwigshafen, BASF – durchaus ein Eigenleben gegenüber dem Diskurs entwickeln, und er folgt dem Verlauf des Jahres 1997, dessen Nachrichtenereignisse konsequent mitberichtet und von den handelnden Personen reflektiert werden. Das ist eine Art freiwillige Selbstkontrolle (…): einigermaßen überschaubare Koordinaten, innerhalb derer sich der Vollständigkeitswahn, wie er jedem Archivierungsprojekt innewohnt, produktiv austoben kann. Denn das Ganze ist zwar durchaus als Experiment »mit der Möglichkeit eines Gedanken- und Theorieerzählens« denkbar, aber weniger, wie Kunisch meint, »in der Tradition von Robert Musil«. In *Tomboy* dient die narrative Form nämlich nicht, wie im *Mann ohne Eigenschaften*, als Medium der Theorie – der Text ist überhaupt nicht essayistisch –, sondern eben als Medium der Archivierung eines Theoriediskurses mit Sitz im – wie auch immer akademischen – Leben. Also wenn schon, dann – statt Musil – wieder einmal eher Flaubert. Wie dessen

Bouvard und Pécuchet, so sind auch Meineckes Helden, allen voran die Hauptfigur Vivian, sowohl Kopisten als auch (Selbst-)Versuchskaninchen des Diskurses. Vivian schreibt eine Magisterarbeit, die das Werk Otto Weiningers mit aktuellen Fragestellungen aus dem Gender-Bereich verbindet. Der Roman nimmt das als Lizenz für das Exzerpieren zahlreicher Zitate, angeeigneter Gedanken und origineller Überlegungen, die die Protagonistin denkt, liest, kommuniziert oder – konsequent in Frageform – »in den Flüssigkristall hämmert«, soll heißen: ihrem Laptop anvertraut. Parerga und Paralipomena einer Heidelberger Magisterarbeit in Gender-Studies – daß man so etwas mal freiwillig als Roman würde lesen wollen! Aber weite Teile des Textes sind exakt in dieser Manier gemacht:

»Hans kratzte sich am Hinterkopf. Mal eine ganz dumme Frage, sagte er: Wenn nun tatsächlich, nach Judith Butler, der Körper ein Text ist und das Subjekt als solches gar nicht existiert, also vielmehr von einer Art, dein Ausdruck, Frauke, Perpetuum mobile auszugehen ist, welches sich in einem, ich sage mal, unablässig plappernden Prozeß der gestischen bis verbalen Sinngebung sowohl manifestiert als erschöpft, ist natürlich auch das sogenannte Weibliche ein Effekt dieser Praxis. Und wenn, wie es bei Meret Oppenheim heißt, die Männer ihre weiblichen Anteile auf die Frauen, welche das patriarchalische Zentralgestirn, Trabanten gleich, umkreisen, projizieren, stellen diese dann eine ausgelagerte Teilmenge dessen dar, was wir einst als männliches Subjekt mißverstanden, nämlich überschätzt haben? Oder eine Restmenge dessen, was, vor Judith Butler, als Objekt zu bezeichnen gewesen wäre? Schon bei Luce Irigaray ist ja sowohl das Selbe als auch das Andere männlich markiert. Ja, was ist denn nun eigentlich eine Frau, mischte sich Angela Guida ganz plötzlich, auffallend ungeduldig, geradezu suggestiv, wieder ein, und was ist in ihr drin?«

Das ist keineswegs eine Ausnahmepassage, sie ist bis in die Syntax hinein typisch für Meineckes Verfahren. (...) Die Figuren sind in der Regel auf der Höhe des Diskurses, wälzen ihn in der vorgeführten Weise um und um und versuchen ihn im übrigen auch praktisch zu leben: in Form Butlerscher Gender-Performanzen. Neben Vivian, dem »zwangsheterosexuellen« früheren Tomboy (d.h. burschikosen Mädchen) aus den Barracks, figurieren ihr feministischer und Handtaschen sammelnder Verehrer Hans, ihre lesbische Freundin Frauke, die über die Vorhaut Jesu dauerpromoviert und Mädchen-Punkplatten sammelt, die bisexuelle und bald von einem Macho schwangere höhere Tochter Korinna (sie sammelt Modellkleider) und schließlich, als nichtintellektueller Prüfstein, die katholische Pizzabedienung Angelo, die als Frauenzeitschriften lesende Angela cross-dresst und als solche den weiblichen Part einer eheähnlichen Beziehung mit Frauke innehat. Zwischen diesen Protagonisten gibt es ein bißchen undramatische Handlung, Partnertausch, einen längeren Besuch Vivians bei Korinna im Odenwald, eine gemeinsame Fahrt zu einem Gastvortrag Judith Butlers in München – aber Handlung wie Personen tragen das Buch nicht, sondern dienen allein dem Transport des Diskurses und seiner Reflexion in immer neuen Konstellationen. Am einzigen beschriebenen Geschlechtsakt läßt sich das demonstrieren: Im Judenwald (Weininger!) führt die hochschwangere (!) Korinna einen Dildo in die mit einem Tennisdress auf Navrátilová (Lesbe!) zurechtgemachte Vivian ein. Nach allem, was man zuvor gelesen hat, sind die diskursiven Aspekte dieser Konstellation nicht mehr wirklich entwirrbar, und ebendies bewegt, so beschäftigt sie in diesem Moment ist, auch die Reflektorfigur Vivian:
»Was sollte an Homosexualität perverser sein als Heterosexualität mit Verhütungsmitteln? Wo wäre Daniel Paul Schrebers unbefleckte Empfängnis dichotomisch einzuordnen? Gilt denn der Dildo als Dekonstruktion oder Rekonstruktion des

männlichen Kostüms und was steckt da nun eigentlich in mir drin: ein Penis oder der Phallus? Die Erinnerung an den Penis oder die Parodie der Kastration? Hat sich der Judenwald als diskursiver Ort geöffnet? Und was spricht aus Korinna Kohns koitaler Konstruktion: das zweischneidige Zwischenprodukt organischen Penisneids oder des synthetischen Cyborgs sprichwörtliche Eigenständigkeit?«

Noch der orgiastische Moment produziert die Magisterarbeits-Frage-Textur (mit einigen Alliterationen als Zugabe). Wenn das kein Höhepunkt ist!

»Würde Vivian Atkinson diesen denkwürdigen, sich momentan vollziehenden (!!!) Sexualakt später einmal beschreiben können? Und in wessen Worten?«

(...)

Das ist keine Parodie, jedenfalls nicht von irgendeinem archimedischen Punkt außerhalb, also beispielsweise von einem antifeministischen Standpunkt aus. *Tomboy* unterscheidet sich auch durchaus wohltuend von den heiteren Campus-Romanen in der David Lodge-Tradition, die bevorzugt poststrukturalistische Theorie durch Konfrontation mit ihrem mehr oder minder akademischen Praxisbezug verhohnepipeln. Meineckes Imitationsverfahren, seine Praxis des Zitierens ohne Anführungszeichen, ist besser mit einem Begriff bezeichnet, den – kaum zufällig – Judith Butler selbst der Parodie entgegengesetzt hat, als Pastiche, »eine neutrale Praxis der Mimikry ohne Hintergedanken der Parodie, ohne den satirischen Impuls, ohne Gelächter, ohne dies untergründig immer noch vorhandene Gefühl, daß es etwas *Normales* gibt, im Vergleich zu dem das, was imitiert wird, eher komisch wirkt. Das Pastiche ist gleichsam eine blanke Parodie (*blank parody*), eine Parodie, die ihren Humor eingebüßt hat.«

Also doch nicht lustig? Butler versieht diese von Jameson übernommene Definition mit einem wesentlichen Zusatz: »Freilich«, schreibt sie, »kann der Verlust des Normalitätsgefühls selbst zum Anlaß des Gelächters werden, besonders wenn sich das ›Normale‹ oder das ›Original‹ als ›Kopie‹ erweist, und zwar als eine unvermeidlich verfehlte, ein Ideal, das niemand verkörpern *kann*. In diesem Sinne bleibt das Gelächter aus, sobald man gewahr wird, daß das Original immer schon abgeleitet war.«

(...)

Sabine Kyora in *Zeitschrift für deutsche Philologie*,
Bd. 122/2003:

Postmoderne Stile. Überlegungen zur deutschen Gegenwartsliteratur

(...) Wie Elfriede Jelinek arbeitet auch Thomas Meinecke mit Diskursvorgaben und deren Wiederholung. Wie Jelinek verhält er sich affirmativ zu seinem Material, um es gleichzeitig zu verschieben. Man könnte seine Schreibweise mit seinem eigenen Begriff als taktische Stilübung bezeichnen. Taktisch schreiben heißt – das zeigen Meineckes Texte –, bestimmte Diskursformen, die unsere Wirklichkeit dominieren, zu wiederholen, sie aber gleichzeitig zu verschieben, so dass ihr Aberwitz erkennbar wird. Diese Diskurse können z. B. literaturwissenschaftlich, feministisch oder politisch sein. Im Zusammenstoß mit Elementen fiktiver Realität werden sie einerseits wiederholt, andererseits wird in dieser Wiederholung auch der willkürliche, in gewisser Weise künstliche Charakter von Diskursformen deutlich. In *Tomboy*, Meineckes 1998 erschienenem Roman, wird so das Nachschreiben und Verschieben des Diskurses der Gender Studies stilistisch mit rhetorischen Fragen vorangetrieben, eine Strategie, die ebenfalls aus dem Diskurs selber stammt. *Tomboy* ahmt Judith Butlers Stil nach: Butler benutzt für ihre Argumentation keine Aussagesätze, sondern formuliert über längere Strecken nur Hypothesen in Frageform. Wie in Elfriede Jelineks Roman *Die Liebhaberinnen* ist also auch der Stil geprägt von den Vorgaben des Diskurses.

»Haben, Sein, Scheinen; diese drei Vokabeln hatte sich Vivian seit letztem Semester hinter beide Ohren geschrieben. Unter welchen Umständen, zu wessen Lasten stand ja fest, war die Vorstellung des Scheinens, das hieß des Schönen Scheins, nämlich jenem des domestizierten Schönen Geschlechts, mit der Oberfläche, dem rein Äußerlichen, und dieses wiederum mit negativen Termini wie Maskerade oder Täuschung verknüpft worden? Beziehungsweise: Weshalb repräsentierte das mit dem männlichen Prinzip assoziierte Sein die vermeintlich untrügerische, sogenannte reale Existenz? Eine typische Männer-Chimäre, befand die Studierende; was aber war von jener sich feministisch gerierenden Vision zu halten, nach welcher in eben dieser Dualität von maskulinem Sein und femininem Schein eine Chance bestünde, den politischen Körper zu subvertieren?«

Meineckes Hauptfigur Vivian ist ebenfalls Autorin, weil sie als Studentin eine Magisterarbeit zu Otto Weininger schreibt. Ihr wird die Nachahmung Judith Butlers vom Erzähler zugeschrieben: Sie bittet den Professor, bei dem sie ihre Arbeit schreibt, sie »interrogativ« formulieren zu dürfen. Diese Fragen erzählt der Text mit. Vivians Nachahmung der Autorinnenrolle und ihre Art des Fragestellens gelingen jedoch in der Hinsicht nicht, als ihre Fragen keine Zusammenhänge stiften, sondern den Diskurs der Gender Studies über seine Grenzen treiben. Dabei wird auch klar, dass die Strategie Butlers, Fragen zu stellen, statt Argumentationszusammenhänge vorzugeben, keinesfalls so offen ist, wie sie es behauptet. Die Fragen, mit denen sie arbeitet, sind zum großen Teil rhetorische Fragen, in denen das eigentlich nur Gefragte auch das Gemeinte ist. Die offenen Fragen, die Vivian formuliert, sind wiederum zwar im Jargon der Gender Studies formuliert, können aber nicht als rhetorische gelesen werden. Einerseits formuliert sie dadurch die Souveränität der Autorinnenrolle, weil ihre Fragen weder von ihr noch vom Leser beantwortet werden können. Andererseits wird der Diskurs der Gender Studies plagiaristisch nachgespielt und dabei gleichzeitig aus den Angeln gehoben. Die »taktische Stilübung«, die dieses Sprachspiel ausmacht, verhindert also die bloße Wiederholung des Diskurses.

»Als die noch kleine Vivian von ihrer kessen Mutter Gerlinde zum ersten Mal das Wort Unisex gehört hatte, dachte sie zuerst, es handelte sich dabei um sexuelle Praktiken am Campus. Schau dir meine Blue Jeans an, hatte Gerlinde Atkinson erklärt und eine albern aufreizende Pose eingenommen, Blue Jeans sind Unisex. (...) Unisex, kam Vivian damals mit sich überein, kann dies alles noch nicht sein; genausowenig wie diese Röcke für Männer, welche alle paar Jahre durch die Illustrierten gingen, steife, kegelförmige Wickel, wie aus billigen italienischen Gladiatorenfilmen. Nein, die humanistische Gilde der Modeschöpfer hatte zu allen Zeiten darauf geachtet, den noch so kleinen Unterschied einseitig, dichotomisch repressiv, hochleben zu lassen; kein Mann hatte jemals im Hosenrock, geschweige denn im Hemdblusenkleid, Karriere gemacht. Was hatten dagegen die schicken auf Damenfiguren geschneiderten Herrenanzüge zu bedeuten, mit denen dreißigjährige Frauen durch die Chefetagen diverser Betriebe kreuzten? War der Globus damit männlicher oder weiblicher geworden? Kein Herr würde in so einen Damenanzug passen, bemerkte Vivians Professor spitzfindig, und wie herum seien die Dinger überhaupt geknöpft.«

Die Darstellung des Kleidercodes ist eine der Möglichkeiten, um hohe Sprachformen und symbolische Sinnhaftigkeit taktisch zu umgehen. Sie bleibt auf der Oberfläche, zeigt aber trotzdem die Bedeutungsmöglichkeiten, die durch Mode in Umlauf gebracht werden. (...)

Eckhard Schumacher, *Gerade eben jetzt. Schreibweisen der Gegenwart*, Suhrkamp, Frankfurt am Main, 2003, S. 9 ff.:

»... gerade eben jetzt ...«

Pop, Literatur, Journalismus

(...) So ist, wie Thomas Meinecke bemerkt, ein großer Teil der Ende der 1990er Jahre entstandenen Pop-Texte nichts anderes als »Erinnerungsliteratur«, geschrieben für die, »die auch gerade alt geworden sind und sich möglichst der gleichen Dinge erinnern sollen«, nostalgische »Verständigungsliteratur«, die sich darauf beschränkt, »in einer Sprache und in einem Stil über Pop-Musik zu schreiben, wie immer schon geschrieben wurde, anstatt über irgendwelche Blumenbeete in Heinrich Vogelers Vorgarten nun über Schallplatten in England«. Diese Form von Pop-Literatur, der man in Büchern von Nick Hornby ebenso begegnen kann wie in Texten von Florian Illies, verdankt ihre Popularität vor allem einem technisch versierten, literarisch weitgehend konventionellen, in seiner Konventionalität jedoch durchaus unkonventionell wirkenden Nacherzählen popkulturell geprägter Sozialisationsmuster. Schreibverfahren, die sich in diesem Sinn auf die Attraktivität ihrer Gegenstände verlassen und so auch Pop zu einem literarisch verwertbaren Thema machen, setzt Meinecke im Blick auf Autoren wie Rainald Goetz und Andreas Neumeister, aber auch im Blick auf seine eigenen Texte das Prinzip entgegen, im Schreiben selbst »nach der Methode Pop zu verfahren«. Wenn er sein Verständnis von Pop dabei als ein »Bezugnehmen, ein Sich-Verlassen auf die Gegenwart« qualifiziert, ist die Verweigerungsgeste gegenüber der »auf Versöhnlichkeit angelegten Erinnerungsarbeit herkömmlicher Erzählliteratur« ebenso vorausgesetzt wie die Anlehnung an eine Form von Gegenwartsfixierung, die Andy Warhol als Pop Art popularisiert hat: »Pop als die totale Gegenwart«. Nicht weil sie vorgibt, die Gegenwart zu verstehen, sondern weil sie unter Vermeidung tiefenhermeneutischer Sinnerkundungen ansetzt, das »zum

Ausdruck« zu bringen, »was gegenwärtig ist«, kann, so Meinecke, eine in diesem Sinn »jetzt-versessene Literatur« zumindest »für fünfzehn Minuten« auch als »Pop-Literatur« verstanden werden. Ein anderer, aus nicht ganz nachvollziehbaren Gründen weniger umstrittener Begriff trifft den an dieser Stelle springenden Punkt allerdings ähnlich genau. Es geht, hier und auf den folgenden Seiten, um eine auffallend häufig auf das vergleichsweise alte Medium der gedruckten Schrift beschränkte Literatur, die man auch in einem etwas engeren als dem üblicherweise in dieser Sache veranschlagten Sinn als Gegenwartsliteratur beschreiben könnte. (...) In Andreas Neumeisters Roman *Gut laut*, der sich schon im Klappentext als Entfaltung der Kategorie des »Ebenjetzt« präsentiert, bestimmt die »Gegenwart als Alles und als Nichts« die narrative und rhythmische Struktur des Textes, Rainald Goetz beschreibt sein fünfbändiges Projekt *Heute morgen*, das 1998 mit der Erzählung *Rave* einsetzt, als eine »zur Zeit erscheinende Geschichte der Gegenwart«; und auch Thomas Meineckes *Tomboy* läßt sich als genau das lesen, was eine der Romanfiguren eher beiläufig entwirft, als »eine noch nie dagewesene Geschichte der Gegenwart«. (...) Auch bei den bereits Ende der 1960er Jahre unter dem Schlagwort Pop-Literatur verhandelten Autoren Hubert Fichte und Rolf Dieter Brinkmann, die Goetz im Zusammenhang seiner *Geschichte der Gegenwart* als »Referenzen« anführt und die auch für Neumeister, Meinecke und Röggla wichtige Bezugsfiguren sind, findet sich eine vergleichbare Fixierung auf die Gegenwart. (...)

Christina Borkenhagen, *Performativität ist/in Tomboy. Pop – Literatur – Theorie*, Master Thesis im Department of Germanic Languages and Literatures, Washington University St. Louis, Missouri, 2003:

Zitat und Exzitation

(...)

Als Modell einer Parodie bzw. »Nachahmung, die den Begriff des Originals verspottet«, führt Butler Fredric Jamesons Konzept des »Pastiche« an: Dieses ist »eine neutrale Praxis der Mimikry, ohne die Hintergedanken der Parodie, ohne satirischen Impuls, ohne Gelächter, ohne dieses untergründig immer vorhandene Gefühl, dass es etwas *Normales* gibt (...). Das Pastiche ist gleichsam eine blanke Parodie (*blank parody*), eine Parodie, die ihren Humor eingebüßt hat.« Butler kommentiert: »Während die Parodie nach Jameson noch Sympathie mit dem Original bewahrt, dessen Kopie es ist, bestreitet das Pastiche die Möglichkeit eines ›Originals‹ bzw. offenbart, was die Geschlechtsidentität betrifft, das ›Original‹ als einen verfehlten Versuch, ein phantasmatisches Ideal zu kopieren, das nicht ohne Verfehlung konsumiert werden kann.« An anderer Stelle, und das ist entscheidend für den hier angestrebten Versuch, das Konzept der subversiven Parodie bzw. des Pastiche auf die Zitatpraxis in *Tomboy* abzubilden, kommentiert Butler Jamesons Konzept ohne expliziten Rekurs auf Geschlechtlichkeit: Obwohl nämlich das Pastiche »ohne Gelächter« auskommen muss, kann »der Verlust des Normalitätsgefühls selbst zum Anlass des Gelächters werden, besonders wenn sich das ›Normale‹ oder das ›Original‹ als ›Kopie‹ erweist, und zwar als eine unvermeidlich verfehlte, ein Ideal, das niemand verkörpern *kann*. In diesem Fall bricht das Gelächter aus, sobald man gewahr wird, dass das Original immer schon abgeleitet war.«
Moritz Baßler hat im Bezug auf *Tomboy* betont, dass dem Pastiche »(f)ür Butler (...) subversive Funktion zu(komme), weil es das scheinbar Natürliche (Heterosexualität) als Kopie entlarvt, im Gegensatz zur Parodie, die, weil standpunktgebunden und somit sozusagen per se besserwisserisch, nicht wirklich subversiv sein könne«. Dies sei aber im Roman weniger der Fall, da Gegenstand des Pastiche »der Gender-Diskurs zu Heidelberg im Jahre 1997 selbst sei«.

In der von mir vorgeschlagenen Lesart ergibt sich jedoch ein anderes Bild. Indem die Zitattechnik die Frage »Wer spricht?« in ein tendenziell unendliches Geflecht auflöst, und zudem markierte (zum Beispiel Weininger-Zitate) mit nicht-markierten Zitaten »crossfadet«, wird das Zitat hochtransformiert. »Was oft genug zitiert wird«, so Menke, »beruft keine Autorität (o)der Autorschaft mehr, sondern die Wiederholtheit und Wiederholbarkeit der Zitationen selbst.« Hierbei erweitert sich »die Spanne von *Autorisierung* und *Anonymität* der (vielen) Stimmen. Topoi sind autorlos oder ›autorlos geworden‹ durch Wiederholungen, die sie zum Gemeinplatz machen.« (Bettine Menke)

Die Technik des Zitierens, von Meinecke als »Sampling« metaphorisiert, treibt diese Entwicklung voran, obwohl sie im selben Moment, im Sinne von »literaturwissenschaftlicher und juristischer Zurechnung« wiederum metaleptisch einen Autor instituiert. Diese »›eine‹ Stimme jedoch«, darauf macht Menke aufmerksam, und man könnte sagen, dass Meinecke es im Schreibprozess vorführt, »*ist* Exzitation aus dem Gemurmel aller, dem Schallraum aller intra- und intertextuellen Echos«.

Axel Dunker in *Weimarer Beiträge, Zeitschrift für Literaturwissenschaft, Ästhetik und Kulturwissenschaften*, Bd. 52, H. 1/2006:

»Alle tanzen, doch niemand kennt die Platten«
Pastiche, Sampling und Intertextualität in Thomas Meineckes Roman *Tomboy*

Thomas Meinecke proklamiert seit seinem ersten Roman *The Church of John F. Kennedy* (1996) das Bild einer nicht-essentialistischen Gesellschaft, in der Kategorien wie nationale Identität oder ethnische Homogenität aufgelöst werden. In seinem zweiten Roman *Tomboy* (1998) wird die Dekonstruktion von Identitäts-Postulaten auf Gender-Ebene fortgeführt.

Literarisch äußert sich das in einer Dekonstruktion formaler

Prinzipien des philosophischen Romans. Philosophische Fragen werden nicht wirklich diskutiert in dem Sinne, daß diskursiv verschiedene philosophische Standpunkte ausgeführt würden. Statt dessen werden Philosophie und Welt als Diskursereignisse dargestellt – was selbst wieder eine quasi-philosophische These ausmacht. Diese wird vor allem formal umgesetzt, was Prinzipien des ›philosophischen Romans‹ aus dem Grenzbereich der klassischen Moderne und der historischen Avantgarde entspricht, in dem sich in der Fortführung Nietzsches das Ende des essentialistischen Philosophierens bereits niedergeschlagen hat. Zu nennen wären hier etwa die Gaunergeschichten Walter Serners aus den zwanziger Jahren des 20. Jahrhunderts oder Carl Einsteins *Bebuquin* (1906/09), dessen Figuren »in erster Linie Repräsentanten erkenntnistheoretischer und philosophischer Positionen« (Vietta/Kemper) sind. Auch hier werden Philosopheme nicht diskursiv erörtert, sondern performativ ausgeführt.

Bei Meinecke äußert sich das in der formalen Analogie zu den in *Tomboy* verarbeiteten Thesen des dekonstruktiven Feminismus, der die Vorgängigkeit der Diskurse noch vor dem biologischen Geschlecht postuliert. Naomi Schor zitiert die Definition des Essentialismus aus dem *Dictionary of Philosophy and Religion*: Essentialismus ist der »Glaube, daß die Dinge über Wesen(heiten) (*essences*) verfügen«. Ein Wesen oder eine Wesenheit ist dann das, »was ein Ding zu dem macht, was es ist« und weiter: »das, was im Hinblick auf einen Begriff oder ein Ding notwendig ist und sich nicht verändert«. Dazu Schor: »Im Kontext des Feminismus ist derjenige ein Essentialist, der, anstatt die Pole von Geschlecht (*sex*) und Geschlechtsrolle (*gender*) sorgfältig auseinanderzuhalten, das Weibliche auf biologische Weiblichkeit projiziert, derjenige, für den der Körper, d.h. der weibliche Körper, wie komplex und problematisch auch immer, der Fels des Feminismus bleibt.« Dann kritisiert sie sofort – gut dekonstruktivistisch – diese Essentialismus-Definition wieder als essentialistisch, was typisch ist in der Bewegung, das einmal Aufgestellte sofort wieder mindestens zu relativieren. Bei Judith Butler wird das fortgeführt zu der These, der »geschlechtlich bestimmte Körper« sei »performativ«, er besitze »keinen ontologischen Status über die verschiedenen Akte, die seine Realität bilden«. Es gibt »keine vorgängige existierende Identität, an der ein Akt oder Attribut gemessen werden könnte«, auch keine körperliche – so die Kritik auch noch an Foucault.

In *Tomboy* wird das – entsprechend dem Wort von Deleuze: »*Allein die Zeichen der Kunst sind immateriell*« – formalästhetisch inszeniert: Die Körper der Figuren sind reine Diskursereignisse. Der Höhepunkt ist in dieser Hinsicht eine Szene im Odenwald, in der die schwangere Korinna Kohn mit einem Dildo in den Körper des Tomboy Vivian Atkinson eindringt: »Hat sich der Judenwald als diskursiver Ort geöffnet?«, so der in Butlerscher Frageform formulierte Kommentar dazu in Vivians innerem Monolog. Die Öffnung des Körpers als Öffnung des diskursiven Ortes – möglich ist das nur in der (eben immateriellen) Kunst, die hier Theoreme Butlers performativ ausagiert. Zur Inszenierung gehört der Aufbau einer wenigstens rudimentären Handlungs- und Figurenkonstellation, die hier durch Vivian, die »perplexe Soldatentochter im weißen Tenniskleid«, das auf Martina Navrátilová, eine der Heroinnen der Lesbenkultur, anspielt, und die schwangere Korinna gebildet wird, die Butlers »lesbischen Phallus« in Form eines Dildos materialisiert. Genau diese Materialisierung, das performative Nach-Inszenieren abstrakter Theoreme des dekonstruktiven Feminismus durch die Figuren des Romans, bringt einen Abstand zwischen Butlers Theorie und dem romanesken Nach-Schreiben dieser Theorie ins Spiel, der nicht anders denn als ironisch zu bezeichnen ist.

(...)

An der oben besprochenen Stelle in *Tomboy* wird die Iro-

nie hergestellt durch ein Butler-Pastiche (die typische Frageform), wobei mit dem Pastiche – und das ist der entscheidende Punkt – einer der zentralen Begriffe Butlers aufgegriffen wird. »Die parodistische Wiederholung der Geschlechtsidentität deckt zudem die Illusion der geschlechtlich bestimmten Identität (*gender identity*) auf, die als unergründliche Tiefe und innere Substanz erscheint« (Butler). Es stellt sich ein »subversive(s) Gelächter im Pastiche-Effekt« (Butler) ein, aber nicht über Butler oder auf Kosten Butlers, sondern mit Butler und dieser Spielform der Gender-Theorie. Andreas Böhn stellt in seinem Buch über das »Formzitat« fest, es gebe eine »Inkongruenz zwischen Pastiche und Vorlage, die auf der Mechanisierung beruh(e), aber keine Inkongruenz innerhalb des Pastiches, im Gegensatz zur Parodie. Je nach Betonung der Inkongruenz kann sich das Pastiche zwischen Hommage und Komik bewegen.« Er belegt das mit einem Zitat aus Yves Sandres Kommentar zu Prousts *Pastiches et mélanges*: (...) Bei Meinecke markiert dieses Schwanken zwischen Hommage und Komik die Ironie, die er im Interview als selbstironisch bezeichnet: »Wenn etwas ridikülisiert wird, dann meine Position, die des Schreibenden, in gewissem Sinne, zumindest ironisiert.« »Der ironische Code«, so Roland Barthes, »den der Diskurs selbst angibt, ist im Grunde das explizite Zitieren dessen, was andere sagen.« Und: »Der Code ist eine Perspektive aus Zitaten, eine Luftspiegelung von Strukturen.«
(...)
Dazu noch einmal der Roland Barthes von *S/Z*: »Ein mehrwertiger Text vollzieht nur dann seine konstitutive Duplizität bis zu Ende, wenn er die Entgegensetzung von wahr und falsch umstürzt, seine Äußerungen (...) keinen expliziten Autoritäten zuschreibt und wenn er jeden Respekt vor Herkunft, Vaterschaft und Eigentum abwendet und die Stimme, die dem Text eine (›organische‹) Einheit geben könnte, zerstört, kurz, wenn er mitleidlos und regelwidrig die Anfüh-

rungszeichen abschafft, die, wie allgemein angenommen, *ehrlicherweise* ein Zitat umgeben.« (...) Wir haben es in *Tomboy* nicht mit einer tautologischen Verdoppelung zu tun, wie es in poststrukturalistischen Literatur-Exegesen häufig anzutreffen ist, sondern – und hier ist auch die ästhetische Differenz-Qualität zu suchen – mit einer ästhetisch-inszenatorischen »Wiederholung« (was erneut ein Schlüsselbegriff Judith Butlers ist), einer performativen Ausformung feministisch-poststrukturalistischer Thesen im Feld des Romans. Sabine Kyora betont, daß in dieser Wiederholung »beim Zusammenstoß mit Elementen fiktiver Realität (...) auch der willkürliche, in gewisser Weise künstliche Charakter von Diskursformen deutlich« wird.

Tomboy erscheint innerhalb von Meineckes Werk deshalb so gelungen, weil sein Programm des (auch politisch zu verstehenden) Nicht-Essentialismus von Gender, Ethnie, Nation usw. mit einem Theorie-Gebäude zusammenstößt, in dem das Gleiche postuliert wird und das dabei mit Begriffen arbeitet, die eine literarische Ausagierung erlauben bzw. selbst quasiästhetische Kategorien verwendet, wenn man Performanz und Diskursivität als etwas dem Ästhetischen nahekommendes verstehen will. Das Durchlässigwerden zwischen Theorie und Erzählung, zwischen Philosophie und Ästhetik, das seit dem späten Roland Barthes Grundtheorem des Poststrukturalismus ist, wird hier von zwei Seiten angegangen – bei Butler von der Theorie-Seite her, viel stärker aber noch bei Meinecke von der Literatur-Seite aus.

Die Differenz zwischen beidem – und vielleicht auch gleichzeitig die politische Dimension von Meineckes Buch – ist in der Selbst-Ironie zu suchen, die sich im (literarischen) Pastiche einstellt und zur (nicht-essentialistischen) Selbst-Infragestellung führt. Die Ironie hat dabei inzwischen die Materialität erreicht. Umberto Eco führt in seiner Auseinandersetzung mit dem Begriff Postmoderne das Gespräch zwischen Liebenden als Vergleich an – »Die postmoderne Haltung erscheint mir wie die eines Mannes, der eine kluge und sehr belesene Frau liebt und daher weiß, daß er ihr nicht sagen kann: ›Ich liebe dich inniglich‹, weil er weiß, daß sie weiß (und daß sie weiß, daß er weiß), daß diese Worte schon, sagen wir, von Liala geschrieben worden sind. Es gibt jedoch eine Lösung. Er kann ihr sagen: ›Wie jetzt Liala sagen würde: Ich liebe dich inniglich‹.« Die Zitation, die die eigene Befindlichkeit ironisiert, ermöglicht es, etwas auszusagen, das zugleich einen Abstand zu sich selbst markiert und doch wieder sehr ernsthaft ist (und hier und jetzt ausgesprochen einen performativen Akt ausmachen könnte). Bei Meinecke findet etwas Vergleichbares in der wohl komischsten Szene des Buches statt: Vivian hat sich »versehentlich autoerotisch erregt« – wobei das Versehentliche hierbei ebenso bezeichnend ist wie das *Auto*erotische –, kann aber vor sich selbst die eigene physische Empfindung nur zulassen, wenn sie dazu Foucault denkt. Der Text vollzieht diese Bewegung in enger Bindung an die Figurenperspektive mit. »Foucault lag schon richtig, dachte sie« – usw. Wirklich »sexy«, um eine von Meineckes Vokabeln aufzunehmen, die schon auf der ersten Seite des Buches auftaucht, ist die Begegnung – der »intercourse« gleichsam – zwischen Diskursen, »Zuschreibungsorgien« wiederum, die »gelesen« werden können (»Würde nun Vivians Laufmasche, den Steinbrüchen des Odenwalds gleich, jemals als sexy gelesen werden können?«), die Uneindeutigkeit herstellen und zwischen Körperlichkeit und Zeichenhaftigkeit changieren. »Sexy« ist *Tomboy* in seiner ästhetischen Brillanz – und die ist so immateriell und unkörperlich wie nur denkbar; sie liefert aber ein Versprechen: »Verschieden von der zweiten Sexualität erscheint das *Sexyhafte* eines Körpers (das nicht seine Schönheit ist) in der Möglichkeit, daß in ihm die Liebespraxis markiert (phantasiert) werden kann, der der Körper in Gedanken unterzogen wird (...). Ebenso könnte man meinen, daß es im Text hervor-

gehobene Sätze gibt, die *sexy* sind: es sind eben in ihrer Vereinzelung verwirrende Phrasen, so als wäre in ihnen das Versprechen, das uns Lesenden auf eine Sprachpraxis hin gegeben wird, so als würden wir nach ihnen suchen, eingedenk einer Wollust, *die weiß was sie will.*« (Roland Barthes: *Über mich selbst*) – »le plaisir du texte« nämlich; »die Lust am Text, das ist jener Moment, wo mein Körper seinen eigenen Ideen folgt – denn mein Körper hat nicht dieselben Ideen wie ich.« (Roland Barthes: *Die Lust am Text.*) Auch bei Barthes ist es nicht der pornographische Text, an dem sich die Lust entzündet; Lektürepraxis und Körperpraxis stehen in einem Analogieverhältnis zueinander, wobei der Körper das Sekundäre ist, aus dem nur durch die Lektüre *jouissance* hervorgehen kann.
(...)

Klaus Birnstiel, *Post-Poetik. Thomas Meineckes Romane im Kontext der Postmoderne*. Magisterarbeit im Fach Neuere deutsche Literatur, Ludwig-Maximilians-Universität München, 2007:

Intertextualität als Paradigma postmoderner Literatur

(...)

Der (...) Befund, daß Thomas Meineckes Texte eine Fülle ›fremden‹ textuellen Materials in den ›eigenen‹ Text inkorporieren, läßt sich theoretisch so reformulieren: Thomas Meineckes Romane weisen einen hohen Grad an Intertextualität auf. Unter ›Intertextualität‹ wird hier das Konzept von Literatur verstanden, das deren Genese aus vorgehender Literatur beschreibt, also ihre textuelle Struktur aus Referenzen auf andere Texte unter weitgehendem Verzicht auf extratextuelle Referenzen rekonstruiert. Die Theorie der Intertextualität, wie sie in Zusammenhängen des französischen Poststrukturalismus entwickelt wurde, verzichtet auf eine Untersuchung extratextueller Referenzen zugunsten der Erschließung der Bezüge *zwischen* den Texten. (...)

Die Theorie der Intertextualität wurde im Anschluß an die Prägung des Begriffs durch Julia Kristeva 1967 entwickelt. Kristevas Begriffsbildung ist inspiriert durch die Lektüre der Schriften des sowjetischen Literaturtheoretikers Michail M. Bachtin, dessen Arbeiten maßgeblich erst von Kristeva selbst in der literaturwissenschaftlichen Diskussion Westeuropas und Nordamerikas verbreitet wurden. Bachtins Vorstellung der ›Dialogizität‹ beziehungsweise ›Polyglossie‹ literarischer Texte versucht begrifflich zu fassen, daß innerhalb eines Textes die prima facie ›monologische‹ Präsenz einer Erzählstimme nicht immer den Tiefenstrukturen eines Textes entspricht, daß also mehrere ›Stimmen‹ innerhalb eines literarischen Textes präsent sein können. (...) Kristeva und andere versuchten mit dem an Bachtin anschließenden Begriff der Intertextualität, die Einheit und Autonomie von Texten beziehungsweise die Einheit und Autonomie von subjektivem (Autor-)Bewußtsein als Annahmen einer bürgerlichen Ideologie zu erweisen und zu überwinden. Betrachtet Bachtin die Dialogizität als Eigenschaft eines Einzeltextes, greift Kristevas Begriffsbildung in einen weiten kulturellen Raum aus, in welchem alle bedeutungstragenden Zeichen, das heißt alle Texte und alle anderen kulturellen Artefakte als immer schon intertextuell zu bestimmen sind, ohne daß der Frage nach intentionalen Akten von Autor-Subjekten Bedeutung zukommt. Damit dekonstruiert Kristeva Text *und* Subjekt, die Figur des Autors wird irrelevant, während der Text respektive der Intertext selbst zum Ort literarischer Kreativität wird. (...) Wenige Jahre später verwendete Roland Barthes für diesen Zusammenhang das räumliche Bild von Literatur beziehungsweise Kultur als einer »chambre d'échos«, in welcher die ›Stimmen‹ aller Texte unaufhörlich nachhallen und interferieren. Kristeva und Barthes verabschieden mit dem individuellen Text auch den individuellen Autor. Wenn Texte nur aus anderen Texten bestehen, ist es nur noch ein kleiner Schritt zum ›Tod des Autors‹, den sowohl Roland Barthes als auch Michel Foucault zugleich beschreiben und verheißen. In seinem einflußreichen Aufsatz *La mort de l'auteur* entwickelt Barthes sein Argument ausgehend von der Beobachtung, daß die Frage ›Wer spricht?‹ in einem literarischen Text nicht sinnvoll und nicht eindeutig beantwortet werden kann. (...) Als primäre Instanz der Sinnkonstitution fungiert bei Barthes also nicht mehr der Autor, aber auch nicht der Text, sondern der Leser, der die mythologische Leerstelle nach dem Tod des »Auteur-Dieu« vertritt: »(L)a naissance du lecteur doit se payer de la mort de l'auteur.« (...) Foucault hingegen argumentiert in seinem im Februar 1969 vor der Société française de philosophie gehaltenen Vortrag *Quèst ce-qu'un auteur?* wesentlich weniger apodiktisch und historisch differenzierter. Auch er stellt fest, daß in der modernen und zeitgenössischen Literatur die Frage nach dem Autor unwichtig wird, das Konzept vom ›Autor‹ ist für Foucault Teil der Geschichte der Neuzeit, die als Geschichte der Individualisierung geschrieben wird: (...) Im Weiteren argumentiert Foucault für eine historische Analyse, die den ›Tod des Autors‹ nicht einfach konstatiert, sondern zu erklären versucht und die Konsequenzen aus dem Wandel des Text- und Autor-Verständnisses bedenkt: (...) Foucault faßt den ›Autor‹ als ›Funktion‹ spezifischer Diskurse auf, die institutionell und juridisch bestimmt ist, historischem Wandel unterliegt und nicht nur auf reale Personen verweist, sondern gleichsam stellvertretend für ganze Diskursformationen stehen kann. (...) In der vom französischen Poststrukturalismus entwickelten Vorstellung der autorlosen *écriture* qua Intertextualität besteht eine Konvergenz literaturwissenschaftlicher und (literatur-)politischer Motive; wie zu zeigen sein wird, liegt hierin auch ein zentrales Element der Post-Poetik der Romane Thomas Meineckes begründet, die in ihren intertextuellen Verfahrensweisen ein ähnliches (literatur-)politisches Projekt verfolgt: Die Dekonstruktion vermeintlich essentieller Identitäten mit dem ästhetischen Mittel der Intertextualität, wie sie bei Meinecke zu beschreiben ist, folgt dem entsubjektivierenden Paradigma der poststrukturalistischen (Intertextualitäts-)Theorie, das dem subjektlosen Subjektbegriff der Diskursanalyse entspricht. (...) Im selben Jahr wie Kristeva, aber aus einem anderen Zusammenhang heraus, formulierte Jacques Derrida sein berühmtes Diktum, es gebe kein Außerhalb des Textes: (...)

Annette Keck, Antrittsvorlesung (Manuskript),
Ludwig-Maximilians-Universität München, 13.06.2007:
Lächerliche Unterhaltung. Oberfläche und Tiefe im Medium des Grotesken
(...) Abschließen möchte ich mit einem Blick auf die Autorschafts- und Schreibkonzepte von Thomas Meinecke und Fanny zu Reventlow, da sie beide die Verbindung von Geschlechtlichkeit, Autorschaft und oberflächlicher Unterhaltungsliteratur produktiv machen. Thomas Meinecke wurde von den Kuratoren der Kölner Ausstellung *Das achte Feld. Gender, Life, and Desire in the Arts since 1960* der Titel des *poeta doctus* der Gender Studies zuerkannt. Er inszeniert häufig zweigeschlechtliche Tinten- bzw. Elektroniktiere in seinen Romanen. (...)
In *Tomboy* findet dieses Schreiben seinen selbstreflexiven ›Höhepunkt‹ in einem grotesken Zeugungsszenario. Die zwangsheterosexuelle Vivian fährt mit ihrer lesbischen und schwangeren Freundin Korinna Kohn in den im Odenwald real existierenden »Judenwald«, um sich dort mit ihr zu vereinigen. Während der Vorbereitungen zitiert sie Judith Butlers Ausführungen zum lesbischen Phallus, der »einen diskursiven Ort eröffne, an dem die stillschweigenden politischen Beziehungen überprüft würden, welche die Aufteilung zwischen Körperzonen und Körperganzem (...) konstituierten«. Doch auf die Theorie folgt die Praxis:

»Die perplexe Soldatentochter im weißen Tenniskleid (i.e. Vivian) legte sich (…) ins feuchte Laub des Judenwalds. (…) Die bisexuelle Tennisspielerin (i.e. Korinna) hatte ihre Zärtlichkeit zunächst auf die als erogene Zonen bezeichneten Leibesinseln der amerikanischen Deutschen verwendet, nun stieß sie den Fetisch vorsichtig in den Unterleib ihres willfährigen Gegenübers. Der Bauch, die Brüste der Schwangeren schaukelten rhythmisch über der Mulde, dem schlanken, unbefruchteten Leib, den aufgerichteten Brustwarzen der aufreizend geschminkten Vivian. Abweichende Körper. Abschweifende Augen. Was sollte an Homosexualität perverser sein als Heterosexualität mit Verhütungsmitteln? Wo wäre Daniel Paul Schrebers unbefleckte Empfängnis dichotomisch einzuordnen? Gilt denn der Dildo als Dekonstruktion oder Rekonstruktion des männlichen Kostüms und was steckt da nun eigentlich in mir drin: ein Penis oder der Phallus? (…) Hat sich der Judenwald als diskursiver Ort geöffnet? Und was spricht aus Korinna Kohns koitaler Konstruktion: das zweischneidige Zwischenprodukt organischen Penisneids oder des synthetischen Cyborgs sprichwörtliche Eigenständigkeit?«
In schönem Pastiche auf Judith Butlers Interrogativstil werden Schwangerschaft (also Biosexualität), Hetero- und Homosexualität, Theorie und Praxis, sexuelle und ethnische Identitäten miteinander in Beziehung gebracht. Der Autor mag – wie schon so oft zu lesen – auch hier ein DJ sein, er stellt aber auf dem Experimentierfeld der Literatur – wie das Feuilleton manches Mal monierte – »Textgeburten« her, Mischwesen aus Männlichkeit und Weiblichkeit, Science und Fiction, Theorie und Klatsch. Damit aber macht er sich genau jenen Effekt zunutze, der sich – nach Keller – aus der Entdifferenzierung der Geschlechter, von Lesen und Schreiben, guter und schlechter Literatur, Wissenschaft und Fiktion, Klatsch und Nachricht ergibt: das Hervortreten des Materials und der Machart. Dieses verstößt gegen die Programmatik des Realismus, wel-

che die Aufgabe des Künstlers in der verklärenden Darstellung der Wirklichkeit lokalisiert. (...)

Thomas Ernst, *Pop – Minoritäten – Untergrund. Subversive Konzepte in der deutschsprachigen Gegenwartsliteratur*, Dissertation im Fach Neuere deutsche Literaturwissenschaft, Universität Trier, 2008:

Pop, Literatur und Subversion: Thomas Meinecke

(...)

Die Nebenerzählung über die terroristischen Aktivitäten Pat Meiers und Bodo Petersens, die sich somit in den politisch-revolutionären Diskurs der Subversion einschreiben, kontrastiert die alltägliche Beschäftigung der anderen Hauptfiguren mit den Theorien der Gender Studies. Beide gehören einer älteren Generation als die anderen Figuren an, Pat Meier ist Jahrgang 1954 und hat sich den Gender Studies gegenüber noch nicht geöffnet, verfolgt eher die materialistischen, linksradikalen und terroristischen Konzepte der 1970er Jahre weiter. Sie »hatte oberhalb der Dossenheimer Steinbrüche einen sogenannten festen Ausguck installiert, im schwer zugänglichen Gestrüpp, von welchem aus sie überwiegend nachts, mit Hilfe diverser optischer Analysegeräte, die am westlichen Horizont wahrhaft gigantisch vor sich hin stinkende Badische Anilin- & Soda-Fabrik, BASF, ausspionierte«. Dieser kurze literarische Auszug beschreibt Topografien und Strategien der Subversion: Das schwer zugängliche Gestrüpp, überwiegend nachts aufgesucht – als Ort; optische Analysegeräte – als Hilfsmittel zur Grenzüberschreitung; die BASF – als ein einem Drachen ähnlichen Feind (›gigantisch‹ und ›stinkend‹).
Pat Meier, die äußerst kritisch zum Chemieriesen IG Farben und deren Nachfolgern Bayer, Hoechst AG und BASF steht und eine »1972er Kampfschrift der RAF (...) an ihrem Busen trug«, lernt Vivians Nachbarn Bodo Petersen kennen, als dieser mit Vivian in eben jenem Steinbruch herumklettert, in dem

zufällig auch Pats Unterstand steht. Petersen arbeitet ausgerechnet bei BASF und lobpreist anfangs sein Unternehmen für »all die zivilisatorischen Errungenschaften der chemischen Industrie«. Doch schon bei diesem ersten Treffen kann Pat Meier Bodo Petersen für »ihre Sache« interessieren, indem sie ihn durch ihr Fernrohr blicken lässt – Petersen selbst ist unglücklich, dass es bereits 1957 »aus betrieblichen Gründen, wie es hieß, werkpolizeilich untersagt worden« war, »Fotografien von seiner Arbeitsstätte anzufertigen«.
Danach tauchen Pat Meier und Bodo Petersen gleichsam in den Untergrund des Erzählten ab, denn weder für die anderen Personen noch für den auktorialen Erzähler ist deutlich, wie sich das Verhältnis zwischen den beiden fortentwickelt: »War es eigentlich okay, daß er sich seinen geliebten Betrieb von einer politischen Extremistin madig machen ließ? Hatte er sich gar in Pat Meier verguckt? Beziehungsweise sie sich in ihn? Oder hielt sie, die Zielstrebige, ihn sich nur, um ihn, den Ahnungslosen, nach und nach zum Hochverräter umzuschulen? Waren denn seine heimlichen Fotos vom Steinbruch aus nicht bereits Werksspionage, ja Sabotage gewesen?« Die Sache wird noch mysteriöser, als Vivian ihren Nachbarn Petersen und Pat Meier zusammen zu hören meint: »Vivian vernahm, synchron mit einem Hustenanfall Bodo Petersens, ein helles Lachen aus dem Treppenhaus. Sollte das etwa Pat Meiers Stimme sein? Die niemand in Handschuhsheim je hatte richtig lachen hören? Vivian schloß ihre Tür zum Flur.« Pat Meier wird über ihr heimliches Lachen wie eine diabolische Gestalt, eine Art ›Rumpelstilzchen‹ inszeniert, während Petersen offenbar schon (von ihr bzw. der von ihr verkörperten Revolution) infiziert worden ist, sich gegen die neuen Viren (In seinem Kopf? In seinem Körper?) noch hustend zu wehren scheint.
Einige Zeit später sieht Vivian »in der Morgendämmerung«, wie Pat Meier (...) aus Petersens Wohnung verschwindet (...).

Am nächsten Morgen klingelt Vivian bei Petersen, dieser trägt noch seinen Schlafanzug, der »auffallend verfleckt« sei, was Vivian sich fragen lässt: »Hatten die beiden Chemie-Fans im Bett mit irgendwelchen Säften herumexperimentiert?« – wobei sich Vivians Vermutungen sowohl auf sexuelle Aktivitäten als auch auf das gemeinsame Anfertigen von Bombensätzen beziehen können. Auch wenn spätestens an dieser Stelle deutlich ist, dass das terroristische bzw. subversive Projekt Pat Meiers inzwischen zu einem gemeinsamen – und allerdings innerhalb der zwangsheterosexuellen Ordnung verorteten – Projekt geworden ist, so sind beide noch nicht völlig in den Untergrund abgetaucht: Petersen versorgt Vivian noch mit Archivmaterial.

Entsprechend kommt es plötzlich und überraschend, als Vivian Atkinson am Ende des Buches zu ihrem Wohnhaus, einem ehemaligen Speicher, zurückkehrt, und »Einsatzfahrzeuge der Polizei vor der Haustür« sieht sowie, »oben angekommen, (...) Bodo Petersens aufgebrochene Wohnungstür; mehrere Kriminalbeamte durchsuchten seine Schränke, verwüsteten seine Einrichtung«. (...)

Das Buch endet mit einem neunzeiligen Absatz, der den politisch-revolutionären und den dekonstruktivistischen Diskurs der Subversion zusammenbringt, geradezu vergleichend: Einerseits sieht Vivian durch ihr Fenster, »wie die Polizeifahrzeuge in Edingens Hauptstraße einbogen«, zum Zwecke ihrer Vernehmung, denn telefonisch teilt Angela/o mit, dass die Polizei auch schon in Handschuhsheim gewesen sei. Andererseits verabreden sich Angela/o und Vivian, morgen ins *MS Connexion* zum Tanzen zu fahren – und schließen mit der entscheidenden Frage: »Was werden wir tragen?« Während also der politisch-revolutionäre Diskurs der Subversion, der die militante Opposition gegen die Staatsorgane und Konzerne als subversive Strategie empfiehlt, die Inhaftierung und das Verschwinden der AktivistInnen nicht in den Untergrund,

sondern in die völlige staatliche Kontrolle zur Folge hat, können die im dekonstruktivistischen Diskurs der Subversion anzusiedelnden politischen Aktivitäten fortgeführt werden. Diese Kreuzung der beiden Diskurse der Subversion steht an prominenter Stelle, am Ende des Buches, kann jedoch auf unterschiedliche Weisen gelesen werden: Als Abgesang auf die terroristischen Konzepte, die symbolisch zum Verschwinden gebracht werden; als Kritik aber auch an der dekonstruktivistischen Subversion, die letztlich doch nur dem privaten Vergnügen zu dienen scheint.
(...)

Xaver Oehmen, *Dem Geschlecht verschrieben. Thomas Meineckes* Tomboy *als literarisches Archiv geschlechtertheoretischer Diskurse*, Magisterarbeit im Fach Neuere Philologien, Johann Wolfgang Goethe-Universität Frankfurt am Main, 2009:
Die narratologische Konfiguration des Archivs
(...)
Wenn Korinna ihrer Kommilitonin Vivian aus Judith Butlers *Das Unbehagen der Geschlechter* vorliest, wird durch die minimalen Umschreibungen des Referenztextes eine Überlagerung vier verschiedener Stimmen erreicht, die mit Genette als extradiegetisch (die ›ursprüngliche‹ Stimme), intradiegetisch (Korinna), metadiegetisch (Butler), und schließlich metametadiegetisch (Lacan) bezeichnet werden: Die Erzählstimme erzählt, daß Korinna erzählt, daß Butler erzählt, daß Lacan erzählt, »daß die Macht des Phallus durch die weibliche Position des Nicht-Habens bedingt ist«. Währenddessen kommentieren die interferierenden Stimmen die jeweils vorhergegangene: Butler kommentiert den Text Lacans (»will er offenbar darauf hinweisen«), Korinna weist auf den Text Butlers hin (»sein und sind natürlich in Anführungszeichen«) und zu guter Letzt verweist die extradiegetische Stimme auf Korinna

(»betonte Korinna Kohn«). In dem Moment aber, in dem Korinna vorliest, daß sich Butler auf Lacan bezieht, entgleitet der erzählenden Stimme die Macht, quantitativ einschreiten zu können, da nicht mehr sie es ist, die Lacan im übertragenen Sinne zu Wort kommen läßt, sondern Butler. Mit jedem neuen Namen setzt eine neue Erzählung ein: Durch die Appropriation und Anagrammierung der Passage Butlers kommt eine Eigendynamik ins Spiel, der die erzählende Stimme als Konsignationsmacht nicht mehr gewachsen ist. (...) Auf diese Weise entsteht eine multimetadiegetische Polyphonie, die mit dem klassischen Lehrbuchverständnis einer archimedischen Erzählposition nicht mehr zu greifen ist, und in der die ursprünglich erzählende Stimme kaum mehr gehört werden kann. Diese multimetadiegetische Erzählebenentektonik geht so weit, daß letztendlich nicht mehr Figuren, sondern nur noch onomatologische Wissenschaftssignifikanten, die kulturellen Codes Barthes', miteinander kommunizieren. Figuren und Handlungen lösen sich in immer wieder neu konfigurierten intertextuellen Räumen auf, und diese intertextuellen Räume absorbieren auch die extradiegetische Erzählstimme. (...)
(...)
Die erzählende Stimme wird immer wieder von anderen Stimmen überlagert, die als Stimmen aus der Wissenschaft, aus dem »Draußen« des Archivs, das Erzählen im Archiv übernehmen. Die erzählende Stimme ist eine nur schwer greifbare Instanz, die sich in sexistischen Kommentaren und der zerstörerischen Einflußnahme auf Diskurse bemerkbar macht. (...) Die Stimme, die Vivian am Fenster in den Roman einführt, die das Erzählen der Figuren erzählt, befindet sich auf der extradiegetischen Erzählebene: Dies ist die Ebene, auf der die »Kanutinnen, womöglich auch Kanuten« an den Gesprächspartnern vorbeipaddeln. Es ist dies die Erzählebene erster Ordnung, auf der die Gültigkeit progressiver geschlechtertheoretischer Diskurse in Frage gestellt wird, und auf der Ge-

schlechter und Sexualitäten binär strukturiert sind. Hier gilt das »schrottreife binäre System«, in das die erzählende Stimme die Figuren einordnet. (...) Und so führt der Roman vor, was Roland Barthes meint, wenn er schreibt, daß der Text »nicht eine Struktur, sondern eine Strukturierung« ist: Die immerwährende Neustrukturierung von Diskurs und Plot, von mono- und polyphonem und damit auch extra-, intra- und metadiegetischem Erzählen. Und wie sich an den Bruchstellen zwischen Diskurs und Plot eine qualitative Differenz zeigt, so kommt auch der Verschiebung von extradiegetischem über intra- bis zu metadiegetischem Erzählen ein qualitativer Bruch zu: Die extradiegetische Ebene der extraheterodiegetisch erzählenden Stimme ist die Ebene der sexistischen Einwürfe und stereotypisch essentialistischen Präjudizes, die eingeschalteten intradiegetischen Ebenen geben Spielraum für avancierte und politisch progressive Emanzipation und Depatriarchalisierung. (...)

Eckhard Schumacher in *Dilettantismus als Beruf*, hg. von Safia Azzouni und Uwe Wirth, Kadmos Kulturverlag, Berlin, 2010, S. 210ff.

Existentielles Besserwissen

Dilettantismus und Professionalität im Pop-Diskurs

(...) In einer Reihe von Texten, die nicht selten selbst das vollziehen, was sie beschreiben, hat Diederichsen mögliche Modelle und Versuchsfelder für diese »Fan-Wissenschaft« skizziert. Neben der bereits skizzierten Ausdifferenzierung einer »›illegitimen‹ Theorie-Kultur« sind dies vor allem die »Figur des coolen Interpreten« und das Prinzip des »existentiellen Besserwissens«. Das Prinzip des »existentiellen Besserwissens« zeichnet sich Diederichsen zufolge dadurch aus, dass es sich von den »offiziellen Institutionen« absetzt und sich »eher durch eine Lebensweise« als durch »veröffentlichte Argumente« legitimiert. Aus der »öffentlichen Vorführung dieser Lebensweise« entstehen, schreibt Diederichsen, verschiedenste Formen von »(konzeptualisierten) Lebenshaltungen« wie etwa Coolness oder Hipness, deren Distinktionsprinzip des existentiellen Besserwissens, »trotz der Öffnung aller möglichen Anstalten, Institutionen und Tageszeitungen für Pop und Subkultur nicht verstanden, nicht diskutiert und überprüft wird«. Den unverständigen Kommentatoren, die, wie Diederichsen schreibt, »das Bild all dieser Aktivitäten mit gesteigertem Interesse und professionalisierter Beschleunigung als Kulturware« verwerten, stellt er die »Figur des coolen Interpreten« entgegen: »Er verkörpert den Souverän, der die Codes auch gerade da beherrscht, wo sie noch für Emotionalität, Ambivalenzen und Kontingenzen stehen, der sich herausnimmt, sie als eindeutig zu behandeln. (...) Cool sein heißt, in der Lage sein, das konventionell Ambivalente und Kontingente so zu behandeln, als sei es denotativ, geplant und berechenbar.« Einen Rahmen, in dem sowohl das »existentielle Besserwissen« wie auch die Figur des »coolen Interpreten« ihren Ort finden, bilden die »an den Rändern des intellektuellen Feldes« ausdifferenzierte »illegitime« Theorie-Kultur und das – trotz Zerfallserscheinungen und »Legitimationskrise« – mit ihr assoziierte »Pop-Dispositiv«.

(...)

(...) In *The Church of John F. Kennedy*, *Tomboy*, *Hellblau* und *Musik* geht es, neben vielen anderen Dingen, in immer wieder neuen Verschränkungen von Pop, Literatur und Wissenschaft um das Verhältnis von Faszination und Wissen, von Begeisterung und Kritik und, nicht zuletzt, von Leben und Lesen. So wird in den Romanen eine Form von Gegenwartsliteratur entworfen, die ihre Themen und ihre Schreibverfahren aus Kontexten wie Popmusik, *Cultural Studies* und *Gender Studies* generiert. Mit erkennbarem Misstrauen gegenüber dem »Prinzip Erfindung und Originalität« übersetzt Thomas Meinecke »Theorie in Fiktion«. Kulturwissenschaftliche Theo-

reme und dekonstruktive Fragestellungen werden zum Material für literarische Texte, sie werden auf Romanfiguren übertragen, seitenweise zitiert, paraphrasiert, referiert und mit popkulturell geprägten Diskursen, dem aktuell anfallenden Tagesgeschehen und den lokalen Eigenheiten geografisch klar markierter Regionen und Orte kurzgeschlossen.
So konfrontiert Meinecke seine Romanfiguren in *Tomboy* mit Judith Butler und Silvia Bovenschen, Bikini Kill und Team Dresch, *Amica* und *Monica*, Otto Weininger und Karl Kraus, und schreibt dabei, lesend und übersetzend, mit. Das Ergebnis dieser Mitschrift kann durchaus komische Züge tragen, im Unterschied zum Satiregestus von *Campus Novels* nimmt Meinecke das, worüber er schreibt, jedoch offensichtlich ernst. Dabei begrenzt er die verschiedenen Diskurse, in die er seine Figuren verwickelt, nicht auf die jeweils vorgegebenen Kontexte und kanonisierten Lesarten, sondern öffnet sie für das, was auch innerhalb ihrer Grenzen nie auszuschließen ist: Missverständnisse, Verwirrungen, Kurzschlüsse. Dass sich in den Verstrickungen zwischen pilzrauchenden Odenwaldgnomen, Judith Butler, Allen Ginsburg, Hölderlin, Krautrock, House Music, RAF und BASF, an denen der Roman *Tomboy* arbeitet, Zusammenhänge ergeben, die weit über die Grenzen von Pop, Identitätspolitik und *Gender Studies* hinauswuchern und sie vielleicht deshalb zugleich präzise beschreiben, verdankt sich vor allem einer ausgeprägten Aufmerksamkeit gegenüber der Sprache. Meinecke entdeckt noch in den alltäglichsten Bezeichnungen und Sprachverwendungen theoretisch, politisch und literarisch affiziertes Material, dessen Mehrfachcodierungen in seiner Verarbeitung nicht geklärt und aufgelöst, sondern aufgenommen und durch Verfahren der Kombinatorik und Montage verstärkt werden. *Tomboy* ist in diesem Sinn weniger eine Form von Gelehrtenprosa, in der Akademiker ihre Gegenstände unterhaltsam aufbereitet wiederfinden können, als vielmehr eine sprachlichperformative Auseinan-

dersetzung mit jenen Diskursen, die sich zwischen Universität und Pop-Diskurs spannen und dabei Theorie nicht zuletzt als eine Form von – auf der Ebene der Sprache ansetzender – politischer Praxis begreifen. Aus literaturwissenschaftlicher Perspektive kann »die Mühe und Sorgfalt, die der akademisch nicht gebundene Autor in die Aufarbeitung der Gender-Studies investiert haben muß«, Verwunderung auslösen: »daß man so etwas mal freiwillig als Roman würde lesen wollen!« Diese Sorgfalt ist aber zugleich ein Grund dafür, dass ein Roman wie *Tomboy* nicht allein als literarische Inszenierung von Fragestellungen aus dem Kontext der *Gender Studies*, sondern auch als Beitrag zur wissenschaftlichen Debatte gelesen und in eine Reihe mit Einführungen in die *Gender Studies* gestellt worden ist. (...)

(...)

Die Suche nach Erkenntnissen, die Meineckes Figuren kennzeichnet, zielt weder hier noch an anderen Stellen auf systematisierbare Ergebnisse ab. Sie wird vielmehr an Formen von Faszination, Lust oder Begehren (und damit auch: Leben) gekoppelt, für die auf Dauer gestellte Wiederholungsschleifen und Modulationen mit nur minimalen Veränderungen kein Problem darstellen. Begriffe wie Sound, Groove oder Intensität, die zur Beschreibung von Meineckes Texten herangezogen wurden, erfassen in dieser Hinsicht wichtige Dimensionen, lenken aber leicht von dem nicht minder wichtigen Aspekt ab, dass Begeisterung und Begehren in Meineckes Texten nie unvermittelt erscheinen. Immer werden sie in sprachlich reflektierte Auseinandersetzungen mit der Frage transformiert, wie man sich als Amateurforscher, Privatgelehrter, Fan oder Magistrandin, die ihren Professor überzeugt, »den zentralen Gedankengang ihrer Magisterarbeit ausschließlich interrogativ formulieren zu dürfen«, in ein Verhältnis zu den zu bearbeitenden Gegenständen setzt.

Auch diese Formen der Theorierezeption und der Auseinandersetzung mit bzw. Konstruktion von ästhetischen, politischen und sozialen Zusammenhängen markieren aufgrund ihrer popkulturell geprägten Maßstäbe – Gegenwartsfixierung, Hedonismus, Fantum – deutliche Differenzen zum akademischen Diskurs. Dabei entfalten die Texte in mehrfacher Hinsicht genau das, was Diederichsen als ›illegitime‹ Theorie-Kultur beschreibt. Meinecke dokumentiert in seinen Romanen Ausprägungen dieser Diskurse, indem er die dort beobachtbaren Praktiken der Theorie bzw. Textverarbeitung in Form einer teilnehmenden Beobachtung nicht nur zum Thema, sondern auch zum Verfahren des eigenen Schreibens macht. Dabei nimmt er den dilettantischen Umgang mit Theorie ebenso ernst wie die wissenschaftlichen Ansprüche der verhandelten Theorien – ohne diese jedoch für die eigene Arbeit zu übernehmen. Auf diese Weise, unterstützt durch das Prinzip, das »Komplizierte als kompliziert« und das »Konstruierte als konstruiert« abzubilden, konstituieren sich Meineckes Texte nicht zuletzt über jene Kopplung von Lektüre- und Schreibverfahren, die Laurence Rickels, eine Figur in *Tomboy*, aber auch ein real existierender Germanist, im Anschluss an Freud, Adorno und Derrida als ein potentiell produktives Prinzip der Literaturwissenschaft skizziert: »at once a mode of close reading and a mood of authenticity – namely, ambivalence.«

So sehr sich dieses Verfahren auf die ›illegitime‹ Theorie-Lektüre und, leicht modifiziert, auf die Figur des ›coolen Interpreten‹ beziehen lässt, so deutlich markiert es zugleich eine Differenz zum Prinzip des ›existentiellen Besserwissens‹. Meinecke setzt in seinen Büchern und mit seinen Figuren nie nur auf ›Leben‹, sondern immer auch auf ein ›Lesen‹, das sich nicht über Strategien des Besserwissens konstituiert. Die Texte sind weder aus einer Position eines gesicherten Wissens noch aus einer des Besserwissens formuliert, entfalten aber gerade deshalb mit ihren Fragen ein deskriptives und diagnostisches Potential, das die Probleme und Möglichkeiten, die sich zwischen Faszination und Wissen oder zwischen Dilettantismus und Professionalität abzeichnen, genau erfassen kann. Auch die Diskussionen um Kompetenz und Kompetenzrhetorik und die in den skizzierten Zusammenhängen anfallenden Deutungshoheitsdiskussionen nimmt Meinecke auf, indem er sie – im Blick auf das zur Diskussion stehende Material, dessen sprachliche Form und dessen performative Effekte – in Frage stellt. Als ein Moment der Störung, als nicht immer reibungslos funktionierende Schaltstelle zwischen den Diskursen rückt er so in die Position eines nicht ganz unprofessionellen Dilettanten, für den Faszination, Kritik und Analyse nicht auseinanderfallen muss, wenn er sich – im Modus literarischen Schreibens – an seinen Figuren und den von ihnen angeführten Zitaten orientiert: »Gilles Deleuze schrieb: Wie läßt sich anders schreiben als darüber, worüber man nicht oder nur ungenügend Bescheid weiß? Gerade darüber glaubt man unbedingt etwas zu sagen zu haben. Man schreibt nur auf dem vordersten Posten seines eigenen Wissens, auf jener äußersten Spitze, die unser Wissen von unserem Nichtwissen trennt und das eine ins andere übergehen läßt.«

Christoph Hägele, *Politische Subjekt- und Machtbegriffe in den Werken von Rainald Goetz und Thomas Meinecke*, StudienVerlag, Innsbruck/Wien/Bozen, 2010, S. 220ff.:
Thomas Meinecke. Der Entwurf eines postsouveränen Subjekts
Das emanzipatorische Projekt des Postfeminismus: Wider alle repressiven Essenzialismen!
(...) Zu den bedeutendsten und an Einfluss reichsten Theoretikerinnen der Gender Studies zählt ohne jeden Zweifel die amerikanische Philosophin Judith Butler, die an der University of California in Berkeley als Professorin tätig ist. Vor allem in den 1990er Jahren erfreuten sich die Thesen und politischen Handlungskonzepte Butlers in der internationalen

Theoriegemeinde einer eindrucksvollen Konjunktur. Der Enthusiasmus, der den Thesen Butlers entgegengebracht wurde, wirkt in Meineckes *Tomboy* nicht nur nach, sondern motivierte den Autor letztlich erst zum Verfassen des Romans. Einer sich selbst überdrüssigen und programmatisch unbehausten Linken, deren Weltbilder und Theorien an der Dynamik der weltpolitischen Entwicklungen zuschanden gegangen sind, stiftet sie neue Erkenntnis und Handlungsfähigkeit. In *Tomboy* werden die ermächtigenden Perspektiven, die von ihrer Theoriearbeit ausgehen, wie folgt resümiert:

»Ein Jahr nach dem sogenannten Deutschen Herbst, 1978, war dann Judith Butler in Heidelberg aufgetaucht (...).«

In dem angelegten Verweis auf das im Jahr 1977 endgültig manifest gewordene Scheitern aller mit der RAF verbundenen Revolutionsutopien, denen Judith Butler gewissermaßen nachfolgt, wird die Hoffnung transportiert, in der postfeministischen Theorie auf neue politische Handlungsoptionen zu stoßen. Anders als die deutsche Terrororganisation, deren unterkomplexer und defizitärer Machtbegriff sie glauben machte, den Staat mit Mitteln der Gewalt existenziell herausfordern zu können, hebt Judith Butler ihrerseits ab auf die konstituierenden und normierenden Effekte von Sprache, Diskursen und Wissensformationen. In der Entfaltung ihrer Theorie stützt sich Butler auf die Arbeiten der französischen Theoretiker Foucault und Althusser, wie auch die sprachtheoretischen Arbeiten John Austins deutliche Spuren im Werk Butlers hinterlassen haben. Angelehnt an die Sprachakttheorie Austins behauptet Butler eine performative Wirkweise illokutionärer Sprechhandlungen, die das, was sie nur zu bezeichnen vorgeben, in Wirklichkeit erst erzeugen und hervorbringen. Butler expliziert in diesem Zusammenhang Diskurse als produktive und wirklichkeitserzeugende Kräfte. Der Ort gesellschaftlicher Machtverhältnisse wird von Butler innerhalb der sprachlichen Tiefenstrukturen identifiziert. Die Macht tritt auf als

ein zugleich produktives wie repressives Vermögen der Diskurse, gesellschaftliche Realitäten zu schaffen und als verbindliche Normen festzuschreiben. (...) Die gesellschaftlich höchst virulente Vorstellung von einer naturwüchsigen, vordiskursiven Essenz der Dinge und Identitäten, auf der letztlich das gesamte Ideen- und Wertegebäude der Moderne ruht, wird von Butler delegitimiert und der Lüge überführt. (...) Auch das als autonom und souverän gedachte Subjekt wird von den dekonstruktivistischen Denk- und Argumentationsbewegungen Butlers mit Verve angegriffen. Wird es in der Moderne noch als selbstbestimmt und einheitlich entworfen, begreift Butler das Subjekt nunmehr als das passive Produkt einer diskursiven Anrufung und Unterwerfung. Neben Foucault rekurriert Butler in ihrem Subjektkonzept vor allem auf die Überlegungen des französischen Philosophen Louis Althusser, dessen Theorem der Anrufung beschreibt, wie ein zuvor noch namenloses, ungeschiedenes Individuum erst durch einen autoritären Zuruf oder eine Adressierung als Subjekt konstituiert und eingesetzt wird. (...)
Da weder die zweigeschlechtlich geschiedenen Identitäten noch das als heterosexuell normierte Begehren einen vor-diskursiven und ontologischen Status in Anspruch nehmen können, müssen sie durch (...) zitierende Wiederholung immer wieder für verbindlich erklärt werden. (...) Identität ist deshalb kein Ausdruck eines vor-diskursiven Seins, sondern das Ergebnis eines performativen Tuns in Permanenz. Es kann nicht überraschen, dass diese Setzung Butlers auch zu den unhintergehbaren Übereinkünften von Thomas Meineckes literarischem Figurenpersonal zählt. In *Tomboy* heißt es dazu einmal, die Einsichten Simone de Beauvoirs und Judith Butlers bestätigend:
»Du bist keine Frau, ergänzte Frauke und überreichte der Brünetten einen fetten Blumenstrauß, aber du tust eine Frau sein. Mann, war das kompliziert.«

(...)
Die Romanhandlung kulminiert schließlich in einem als »Judenwald« apostrophierten Teilstück des Odenwalds. Die sexuell ambivalente, mittlerweile aber das Kind eines inhaftierten Drogendealers austragende Korinna Kohn führt der bekanntermaßen »zwangsheterosexuellen« Vivian ein »permanent erigierte(s), lehmfarbene(s) Kunststoffglied (...)« ein. Die geschilderte Situation ist eindeutig als eine Referenz an die Theorie Judith Butlers zu decodieren, tritt dem Leser doch auch in deren Schriften die Figur des »lesbischen Phallus« entgegen. (...) Auch die penetrierte Vivian und die sich des Phallus bemächtigende Korinna haben im »feuchte(n) Laub des Judenwalds« die einschlägige Textstelle aus den Schriften Butlers auf ihren zitternden Lippen:
»Vivian Atkinson erinnerte sich, vor nicht allzu langer Zeit bei Judith Butler gelesen zu haben, mit dem sinnbildlich lesbischen Phallus werde das Verhältnis zwischen der Logik des ausgeschlossenen Widerspruchs und der Gesetzgebung der Zwangsheterosexualität auf der Ebene der symbolischen und körperlichen Morphogenese angefochten. Ich weiß, ich weiß, sagte Korinna, und sie schreibt weiter, daß das Einbringen des lesbischen Phallus einen diskursiven Ort eröffne, an dem die stillschweigenden politischen Beziehungen überprüft würden (...).«
(...)
Und während Vivian und Korinna mit ihrer Subvertierung der hegemonialen Geschlechterverhältnisse den sogenannten »Judenwald« als einen »diskursive(n) Ort« inszenieren, hat sich auch hier ein »dritter Raum« aufgetan, von dem sich Homi K. Bhabha die progressive Neuverhandlung und Re-Signifizierung kultureller Symbole und Identitäten verspricht. In diesem Zwischenraum konstituieren sich die unterschiedlichen Identitätskonzepte in einem unabschließbaren Prozess der wechselseitigen Referenz und Verschränkung, ohne dass

aber die Kategorien des Eigenen und des Fremden, mittels derer die Subjekte ansonsten angerufen werden, dialektisch aufgehoben oder einfach zugunsten des Nicht-Hegemonialen und Minoritären umgedeutet werden würden. Es tut sich vielmehr ein Möglichkeitsraum auf für den Entwurf hybrider und damit nicht-essenzialistischer Identitäts- und Subjektkonzepte, arbeitet der »dritte Raum« doch der Einsicht zu, dass, wie Bhabha in »Die Verortung der Kultur« schreibt, weder kulturelle noch geschlechtliche Identitäten »(...) einheitlich und festgelegt sind und daß selbst ein und dieselben Zeichen neu belegt, übersetzt, rehistorisiert und gelesen werden können«.
Meinecke verzichtet in seiner Literatur bewusst auf eine tiefen- und entwicklungspsychologische Motivierung und Ausgestaltung seines Figurenensembles. Erzählerische Momente, die das Handeln und Fühlen der Figuren motivieren und begründen, sucht man in seinen Romanen meist vergebens. (...) Ihre letztlich nur notdürftige Konturierung und Verlebendigung wird seinem Figurenkabinett meist durch das Stilmittel attributiver Zuschreibungen zuteil. In *Tomboy* sind Beispiele derartiger Zuschreibungen Legion; ständig ist von einer »Platinblonden«, der »Magistrandin« oder auch der »phallischen Katholikin« die Rede. Dieser literarische Manierismus Meineckes ist aber mitnichten einer nur geringfügig beschiedenen Verfügungsgewalt über das Instrumentarium literarischer Gestaltungsmittel geschuldet, sondern der bewusst provozierte Effekt einer durch poststrukturalistische Überlegungen angeleiteten Entscheidung. (...)
Derart poststrukturalistisch motiviert, arbeitet Meinecke der Abschaffung des autonomen Subjekts zu (...). In einem Interview kleidet Meinecke, darin ganz Butlers interrogativem Stil anhängend, sein literaturästhetisches Bestreben in die Form einer Frage:
»Was soll diese Konstruktion der mitreißenden, starken Romanheldinnen oder -helden eigentlich? Ich habe nicht vor,

eine solche Figur herzustellen. Es ist eher ein Abfallprodukt, daß sie dann doch entsteht.«
(...)
(...) In Johannes Ullmaiers Kompendium *Von Acid nach Adlon und zurück* bemüht sich Meinecke, dem Wahlverwandtschaftsverhältnis zwischen Literat und DJ auf den Grund zu gehen, und entdeckt dabei die folgenden Analogien:
»Daß ich natürlich als Schriftsteller dann trotzdem noch mit Bedeutung hubern muß, ist ja klar, daß ich einfach irgend etwas brauche, was da passiert oder verhandelt wird. Aber im Grunde genommen geht es mir von der Technik her um: Modulieren, Überblenden, Gleichzeitig- oder Parallel-Laufenlassen, Sachen aber auch auseinanderlaufen lassen. Und das ist mein Anspruch, daß meine Texte selbst wie Pop funktionieren und nicht so sehr nur vom Pop handeln, also von irgendwelchen tollen Platten, die wir hoffentlich alle gehört haben.«
(...)
Indem Meinecke (...) darauf verzichtet, Zitate durch die Verwendung der obligatorischen An- und Abführungszeichen zu markieren und deutlich auszustellen, verschwimmt die Unterscheidung zwischen dem Eigenen und dem *gesampelten*, neu kontextualisierten Anderen beinahe bis zur Unkenntlichkeit. Selbst bei ausgesprochen gut ausgebildeten textexegetischen Fähigkeiten ist es letztlich kaum möglich, Eigenleistung und Aneignung genau zu markieren und trennscharf zu unterscheiden. Wer also spricht? Ist es noch der Autor Meinecke oder ist es bereits das rezipierte und zitierte Material? Auch Meinecke selbst muss beim Lesen seiner Bücher »(...) immer kurz überlegen, wer eigentlich redet«. Dass ihm diese Frage nach der Urheberschaft und dem kreativen Schöpfungsakt letztlich völlig unerheblich ist, die von Foucault in den Raum gestellte Frage »Wer spricht?« endlich in dessen Sinne, nämlich mit der Sentenz »Wen kümmert's, wer spricht?« beantwortet werden kann, beweist zweierlei: Zum einen das Ver-

mögen Meineckes, poststrukturalistische Theorie mit den Mitteln der Literatur ästhetisch zu inszenieren, zum zweiten die politische Bedeutsamkeit, die der Literatur Meineckes beizumessen ist. Auch hier entspannt sich wieder ein »dritter Raum« Bhabhas, in dem Eigenes und Fremdes in den Dialog treten, und sämtliche essenzialistisch verstandene Kategorien hinfällig und bedeutungslos werden. (...)

Florence Feiereisen, *Der Text als Soundtrack – der Autor als DJ. Postmoderne und postkoloniale Samples bei Thomas Meinecke*, Königshausen & Neumann, Würzburg, 2011, S. 74 ff.:

Der Leser als DJ

(...) Roland Barthes proklamierte den Tod des Autors und die Wiedergeburt des Lesers. Dem setzte Michel Foucault den Aufsatz *Was ist ein Autor?* entgegen, in dem er den Autor nicht für tot erklärt, sondern darstellt, dass die Begriffe »Werk« und »Schreiben« ihn in anderer Form am Leben erhalten. Er träumt von einer Kultur, die von Diskursen geprägt ist, ohne dass die Funktion eines Autors vonnöten wäre. Als Person existiert ein Autor sehr wohl, doch kommt ihm eben nicht mehr die geniale Position und Autorität als Subjekt zu. Sein Autoritätsverlust rührt davon, dass er als Autor nicht mehr die ›Wahrheit‹ eines Textes festlegt. Über die Rolle des Autors (in Musik und Literatur) hatte Meinecke bereits in *Tomboy* sinniert: »Wen oder was stellt eigentlich eine sexy Liedermacherin dar? Und wie steht sie da? Als Autorin? Als Text? Als Verkörperung ihres Textes? Als Nabel? Als Stimme, welche zur Abstimmung aufruft? Ist sie Subjekt, Objekt, beides zugleich?«

Der lateinische Begriff *auctor* steht für ›Urheber‹, ›Schöpfer‹. ›Schriftsteller‹ verweist auf einen Menschen, der eine Schrift bereitstellt. Historisch ist dies auf Drucksetzer zurückzuführen, die die Schriftzeichen (wenngleich nach spezifischer Vor-

gabe) aussuchten und zu einem Text zusammenstellten. Anstelle des Begriffs ›Autor‹ führt Barthes ›Scriptor‹/Schreiber ein, um die Frage der Werkherrschaft umzuformulieren. Nach Barthes wäre Meinecke dann eher ein Schreiber als ein Autor, da er weder Stimmungen, noch Gefühle in das Werk einbringt, sondern stattdessen »dieses riesige Wörterbuch, dem er eine Schrift entnimmt, die keinen Aufenthalt kennt« (Barthes). Meinecke selbst sieht sich ebenfalls nur als Transmitter:
»Die Summe all dessen, was da passiert, bin ich dann vielleicht, oder ist aus mir gekommen, aber eher durch mich durchgeflossen. Insofern nämlich, als ich ganz viele Lektüre- und sonstige Partikel als solche durch mich hindurch sprechen lasse.« (Lenz/Pütz)
(...)
In Deleuzes und Guattaris *Rhizom* heißt es: »Ein Buch hat weder Objekt noch Subjekt, es ist aus verschiedensten Materialien gemacht, aus ganz unterschiedlichen Daten und Geschwindigkeiten.« Sobald ein Buch einem Subjekt (Autor) zugeschrieben werde, verliere man den Fokus auf die Materialien des Buches (Inhalt). In *Der Tod des Autors* hatte Barthes erklärt: »Linguistisch gesehen, ist der Autor immer nur derjenige, der schreibt, genauso wie *ich* niemand anderes ist als derjenige, der *ich* sagt.« Es verwundert auch nicht, dass Meinecke als Barthes-Leser nichts für die »Autorenherrlichkeit«, wie dies andere zeitgenössische Autoren an den Tag legen, übrig hat. Er begreift sich lediglich als Sprachrohr für alle Diskurse, die er seinen Protagonisten in den Mund legt und so das Publikum mit dem Material kommunizieren lässt.
Seinen verbleibenden Platz in der Rolle des ›Autors‹ hatte Meinecke in seinem Essay *Ich als Text* im Jahre 2000 als »Restmenge alles Beschriebenen, das Unbeschriebene, was übrig bleibt«, erklärt. Er könne »meinetwegen das Subjekt sein ... (die) Restmenge außerhalb meines Textes«. (...)

Tilo Renz in *Poetik der Oberfläche. Die deutschsprachige Popliteratur der 1990er Jahre*, hg. von Olaf Grabienski, Till Huber und Jan-Noël Thon, De Gruyter, Berlin/Boston, 2011, S. 76 ff.:

Wer spricht – und wie?
Thomas Meineckes *Tomboy* als literarische Theorie der Geschlechter

(…)

»Also noch einmal, Angela, denn Angela, Male als auch Female Impersonator, wollte es nunmehr wirklich wissen, und Korinna hatte ihr deutsches Exemplar von Gender Trouble, das Unbehagen der Geschlechter, herbeigeholt: Der Phallus sein bedeutet für die Frauen, so Butler nach Lacan, daß sie die Macht des Phallus widerspiegeln, diese Macht kennzeichnen, den Phallus verkörpern, den Ort stellen, an dem der Phallus eindringt, und den Phallus gerade dadurch bezeichnen, daß sie sein Anderes, sein Fehlen, die dialektische Bestätigung seiner Identität sind; sein und sind natürlich in Anführungszeichen, betonte Korinna Kohn. Wenn Jacques Lacan behauptet, daß der Andere, dem der Phallus fehlt, der Phallus ist, letzteres Wort kursiv, will er offenbar darauf hinweisen, daß die Macht des Phallus durch die weibliche Position des Nicht-Habens bedingt ist und daß das männliche Subjekt, das den Phallus hat, hier jetzt hat in Anführungszeichen, die Andere braucht, die den Phallus bestätigt und somit im, jetzt wieder Anführungszeichen, erweiterten Sinne der Phallus ist. Vivian konnte sich gar nicht erinnern, daß Judith Butler, Lacan referierend, tatsächlich den Terminus Subjekt verwendet hatte. Frauke schon eher. [(…)] Wie aber entsteht der, witzigerweise, blickte Korinna auf, in Anführungszeichen, Schein, daß eine Frau der Phallus beziehungsweise der Mangel ist, der den Phallus verkörpert und bestätigt? Nach Lacan ist dies der Maskerade geschuldet, dem Effekt der Melancholie, die der weiblichen Position als solcher wesentlich ist. Wie sollte sich aber auch ein Mann, fragte Angela Stöver aufgekratzt zurück, so einen Dildo umschnallen können? Vivian war sich nicht sicher und sprach dies auch den Anwesenden gegenüber aus, ob Angela jetzt alles oder gar nichts verstanden hatte.«

Der einführende Satz zeigt an, dass eine Figur, Korinna Kohn, den anderen aus Judith Butlers Klassiker der Geschlechtertheorie der 1990er Jahre, aus *Unbehagen der Geschlechter* vorliest. Meineckes Text zitiert hier zwar weitgehend wörtlich – kleinere Eingriffe sind eine nicht markierte Auslassung (oben in eckigen Klammern), das Hinzusetzen von Lacans Vornamen sowie das Ausschreiben der Abkürzung ›bzw.‹ –, setzt die zitierte Passage aber nicht in Anführungszeichen und gibt auch andere graphische Markierungen der Textvorlage nicht als solche wieder, sondern lässt sie von den Figuren sprechen. Durch das wiederholte »in Anführungszeichen« weist der Text auf deren Abwesenheit erst hin und zeigt an, dass die Grenze zwischen Zitat und übrigem Romantext nicht deutlich markiert ist. Hinzu kommt, dass die Freunde den theoretischen Text nicht nur in ihre Konversation integrieren, indem sie ihn einleiten und ihn anschließend zu deuten versuchen, sondern dass sie sich auch beim Vorlesen immer wieder in den Text einschalten. Das geschieht im Dienste der Textvorlage – als verbale Umsetzung der graphischen Markierungen (neben den Anführungszeichen auch Kursivierungen) –, es geht aber auch schon beim Lesen über diese hinaus, indem die Figuren Butlers Text eigene Lektüreerfahrungen und Deutungen hinzufügen: »Vivian konnte sich gar nicht erinnern« sowie Korinnas kommentierendes »witzigerweise«. Butlers Text und die Rede der Figuren werden dadurch eng miteinander verknüpft. Sie gehen sowohl in der graphischen Repräsentation auf der Textseite als auch im Sinne des literarisch inszenierten fortgesetzten Denkprozesses ineinander über.

Besonders deutlich wird dies, indem Angela (oder Angelo) auf die zitierte Passage *antwortet*. Wen »fragte« sie denn »aufgekratzt zurück«? Judith Butler als Autorin des zitierten Textes, um mit ihr in einen Dialog einzutreten, oder die vorlesende Korinna? Möglicherweise ist ihre Frage auch an Lacan gerichtet, den Butler in der zitierten Textpassage paraphrasiert. An Butlers, Lacans und an Korinnas Stelle antwortet Vivian. Sie versucht, im Sinne der zitierten Theoretikerin zu replizieren, kommt aber nicht zu einer definitiven Erwiderung auf der Grundlage eines abgeschlossenen Verständigungsprozesses des Butlerschen Textes, sondern erwägt Gegensätzliches: Angelas Übersetzung des Phallus – also des zentralen Signifikanten der Geschlechterordnung in der Lacanschen Psychoanalyse – in einen Dildo – also in die materiell konkrete Prothese, die den Penis gewissermaßen vom männlichen Körper ablöst und ihn frei verfügbar macht (wie auch der Phallus nicht an die Anatomie gebunden ist) – könnte die Denkfigur des vorgelesenen Textes ebenso vollkommen verfehlt wie richtig verstanden haben. Angelas Kommentar löst erneutes Nachdenken über die Position der Theoretikerin aus.

Während eines längeren Gesprächs der Gruppe auf der Rückreise nach dem Besuch eines Vortrags der verehrten Judith Butler in München ist es erneut Angela, die die Kommunikation der Figuren antreibt. Zwei Eigenschaften prädestinieren die Figur für diese Rolle: Sie kleidet und verhält sich, obwohl mit männlichen Geschlechtsmerkmalen ausgestattet, als Frau; indem sie (oder er) mit der Grenze zwischen den Geschlechtern spielt, setzt sie ein Handeln um, das in den Geschlechtertheorien, mit denen die anderen Figuren sich beschäftigen, als subversiv angesehen wird; außerdem löst Angela/o wiederholt Gespräche der Freunde aus, weil sie den akademischen Diskurs der Gender Studies kaum kennt und daher zum Prüfstein der Erklärungs- und Übersetzungsarbeit ihrer Bekannten wird. Ich zitiere einen Ausschnitt aus einer Unterhaltung, der zentrale Annahmen der Butlerschen Geschlechtertheorie enthält:

»Angela Guida wollte selbst auf der Autobahn noch nicht einsehen, daß ihre allseits als perfekt empfundene, feminine Gender Impersonation als parodistische Wiederholung diskursiver Bezeichnungspraxen des Geschlechtlichen zu bewerten sei, als subversiver Akt im höheren Auftrag einer revolutionären Multiplikation der Geschlechter, nämlich jenseits des, wie alle im Ford befanden, absolut schrottreifen binären Systems. Andererseits wollte sich Angela ihren Penis, der, laut Frauke, auf einen Frauennamen hörte, keinesfalls wegmachen lassen, was sie lautstark mit der kartesianischen Trennung von Körper und Geist begründete, Vivian Atkinson dagegen in Erinnerung rief, daß auch Simone de Beauvoirs ursprünglich emanzipativ gelesene Unterscheidung von Sex und Gender, also anatomischem und sozialem Geschlecht, diskursiv produziert wurde und in der hierarchisierenden Trennung beider Kategorien letztendlich ganz reaktionäre Biologismen phallogozentrisch festgeschrieben wurden. Sex war nämlich, laut Judith Butler, immer schon Gender. Bereits Lacan hatte auf die Unmöglichkeit des Vordiskursiven hingewiesen. Absolutistische Chimären der Wissenschaft wie Körper, Identität, Subjekt zu denaturalisieren, hieße die heutige Losung, ereiferte sich die Magistrandin. Und a propos Descartes, setzte sie hinterlistig hinzu, ist es denn tatsächlich mit deinem katholischen Glauben vereinbar, den Geist als Innenwelt und den Körper als Außenwelt zu begreifen?«
(...)
In den (...) genannten Beispielen für Verfahren der Bezugnahme auf andere Texte bleiben die Romanfiguren in *Tomboy* grundsätzlich konturiert. Vivian und die anderen lösen sich nicht angesichts einer Fülle von Zitaten in einem polyphonen Text auf, der von unterschiedlichen, nicht weiter charakterisierten Stimmen gesprochen wird. (...)
Dass der Roman in solchen Passagen die Möglichkeit andeutet, den Figuren könnte die Kontrolle über die eigene Rede

entzogen werden, sie könnten Kontur verlieren und in den vorgängigen Text übergehen, hat klar benennbare Funktionen. Das zeitweise Verwischen der Grenze zwischen den zitierten Texten und dem Denken und Sprechen der Figuren macht auf das Problem aufmerksam, zwischen den Vorgaben anderer Texte und den Modifikationen dieser Texte durch die Figuren zu unterscheiden. Dass sich die Grenze zwischen Zitat und Figurenrede gelegentlich als durchlässig erweist, zeigt an, dass Geschlechtertheorien nicht nur das Sprechen der Figuren bestimmen, sondern dass diese umgekehrt auch in die zitierten Theoriekonzepte eingreifen und sie nach ihrem eigenen Verständnis und situativem Bedarf verwenden und verändern. Der Roman fungiert nicht nur als Multiplikator des Diskurses. Er wiederholt und verbreitet die Geschlechterforschung nicht einfach, sondern er arbeitet sie auch um: erstens strukturell grundlegend, indem er sie seinem Figurenpersonal in den Mund legt, sowie zweitens, indem er zeigt, *wie* die Figuren ihre Rede aus den theoretischen Texten beziehen und wie sich die Reden beider Sprecher – der Autorinnen und Autoren von Theorie und der Romanfiguren – an verschiedenen Stellen schwer voneinander unterscheiden lassen, und schließlich drittens, wie die Figuren die Theoriezitate und -referenzen nicht nur wiederholen, sondern auch abwandeln. Punktuelle Verunsicherungen der Antwort auf die Frage, wer spricht, verweisen nicht nur auf die eingeschränkte Kontrolle der Äußerungsinstanz über den eigenen Text, sondern sie deuten umgekehrt auch auf das Problem hin, dass im Einzelnen bestimmt werden muss, auf welche Weise die Texte, die der Figurenrede vorausgehen, im Roman aufgegriffen und bearbeitet werden.

Indem *Tomboy* Texte der Gender Studies in einen Erzähltext überführt, werden sie nicht nur in einen Erzähltext überführt, werden sie nicht nur in Figurenrede umgewandelt, sondern auch in Aktionen von Figuren. Darstellungen von Dialogen und Gedanken sowie von Aufzeichnungen der Figuren dominieren Meineckes Roman. Die wenigen Schilderungen äußeren Geschehens, die *Tomboy* dennoch aufweist, erproben die theoretischen Reflexionen szenisch sowie im lebensweltlichen Alltag, den der literarische Text entwirft.

Angelos Verkörperung von Geschlecht ist in diesem Zusammenhang von besonderem Interesse. Vivian beschreibt Angelas Kleidung und ihr Verhalten auf der Tanzfläche bei einem Besuch mit ihm/ihr und seiner beziehungsweise ihrer Partnerin Frauke im Mannheimer Club HD 800:

»Was war ein Mann, und was war sein Geschlecht? Angela hatte, zu einem plissierten Cheerleader-Minirock in Weiß, ein königsblaues Oberteil an, gewirkt aus nichts als durchsichtiger Spitze, extrem anliegend auf der Haut und, absolut unübersehbar, nichts darunter. Vivian Atkinson, von ihrer eigenen bisherigen Wahrnehmung geplättet, bemerkte an diesem Abend erstmals, daß Angela Stöver, geborene Guida, nämlich Angelo Guida, völlig flachbrüstig war, überhaupt keinen Busen hatte, nicht einmal die Andeutung eines solchen, schon gar nicht einen abnehmbaren. Aber ich habe ja Fraukes Busen, würde sie womöglich, auf ihre schicksalhafte, in herkömmlicher Hinsicht durchweg naturgemäß lesbare Anatomie angesprochen, sagen. (...) Die Italienerin wirbelte unterdessen mit nahezu waagerecht fliegendem Rocksaum über die Tanzfläche. Vivian ertappte sich dabei, nach ihrem Penis Ausschau zu halten, und fragte Frauke: Ist das Lacan? Lacans Penis als Objekt des weiblichen Fetischismus? (...) Daß Angela Stövers Schwanz weiblichen Geschlechts war, machte die Sache nicht weniger kompliziert: Konnte Vivians Blick womöglich ein lesbischer gewesen sein?«

Angelos Äußeres und seine Bewegungen werden aus Vivians Perspektive wiedergegeben. Vivian beobachtet Angelo/a und tritt sogleich hinter die eigene Wahrnehmung zurück, um sie selbst zu analysieren und zu kommentieren. Dabei wird deutlich, dass Vivian bislang davon ausgegangen ist, Angelas Brust habe eine weibliche Form. (...) Vivians Selbstbeobachtung zeigt, dass der ›naturgemäß(en)‹ Lesart von Angelos Anatomie weitere hinzugefügt werden können. Auch den eigenen suchenden Blick nach Angelos Geschlechtsteil hinterfragt sie kritisch. Was für ein Begehren drückt sich in diesem Blick aus? Um die Frage zu beantworten, berücksichtigt Vivian auch die sprachliche Modifikation, die Angelos Penis erfahren hat – Frauke und er/sie haben dem männlichen Genital einen Frauennamen gegeben. Für die Beschreibung des Begehrens in Vivians Blick ist nicht nur die anatomische Klassifikation des Objekts dieses Begehrens von Bedeutung, sondern auch seine sprachliche Benennung.

Dass die Handlungssequenz aus Vivians Perspektive geschildert wird, stellt die Bedeutung der Wahrnehmung für die Konstitution von Geschlechteridentitäten heraus. Der Text bemüht sich nicht etwa darum, die Wahrnehmung von Leserinnen und Lesern zu verunsichern, sondern er zeigt eine Figur, die die Inszenierung der Geschlechtsidentität einer anderen Figur beobachtet und dabei die eigene Beobachtung analysiert. Das Darstellungsverfahren, das Meinecke wählt, zeigt, wie Wahrnehmung in Gedanken der Figur umgesetzt wird und dass sie durch kulturelle Vorgaben beeinflusst ist, die sich wiederum sprachlich fassen lassen. Die Schilderungen körperlicher Handlungen sind in *Tomboy* nicht als solche bedeutsam, sondern in der Überführung in Sprache, insbesondere in die Sprache der Geschlechtertheorien.

Die Transformation von Handeln in Sprache zeigt sich auch noch in einer weiteren Handlungssequenz des Romans, nämlich in der Szene, die den Geschlechtsverkehr zwischen Korinna und Vivian schildert. Vivian verbringt einige Wochen bei ihrer Freundin im Odenwald, im Haus von Korinnas Partner Heiner, einem stadtbekannten Dealer, der gerade in Haft sitzt und von dem Korinna ein Kind erwartet. Eines Nachmittags macht Korinna Vivian zurecht, fährt mit ihr in den Wald und beginnt dort unvermittelt die sexuellen Handlungen. Aufgrund zahlreicher Verweise auf das Äußere und auf die sexuelle Orientierung der Akteure fällt es schwer, das Szenario zu klassifizieren: Der ehemals jungenhafte Teenager Vivian, im Handlungsverlauf des Romans sexuell weitgehend abstinent, wird, geschminkt im Stil der 1980er Jahre und gekleidet in ein abgelegtes weißes Tenniskleid Korinnas, von der zuvor bereits mehrfach als bisexuell bezeichneten, schwangeren Freundin, die eine zum Umstandskleid umgeschneiderte purpurne Richterrobe ihres Vaters trägt, mit einem Dildo penetriert, den sie von Frauke geborgt hat. Die knappe Beschreibung der sexuellen Handlungen geht in reflektierende Passagen über, die das zeitgleich ablaufende Geschehen aus Vivians Perspektive in der Sprache der Geschlechtertheorien zu fassen versuchen. Als Vivians Reflexionen enden, heißt es:

»Eine Kopulation war immer, ganz klar, auch eine phantasmatische bis phantasmagorische Resignifizierung im Koordinatenkreuz von Haben, Sein und Scheinen. Würde Vivian Atkinson diesen denkwürdigen, sich momentan vollziehenden Sexualakt später einmal beschreiben können? Und in wessen Worten?«

(...)

Die Darstellung des Umgangs der Romanfiguren mit Geschlechtertheorien mag – wie literaturwissenschaftliche Analysen zu *Tomboy* wiederholt angemerkt haben – komische Effekte zeitigen, insbesondere wenn die theoretischen Positionen nur mühsam mit dem geschilderten Alltag der Romanfiguren in Verbindung gebracht werden. Bevor man jedoch die Komik des Textes zu fassen versucht, scheint mir zunächst eine Strukturbeschreibung der Poetik des Wissens um Geschlechtertheorien, die Meineckes Roman eignet, nahe zu liegen. Komik kann sich aus dieser Ästhetik des Zitierens von Theorie und des Überführens von abstrakten Überlegungen

in Alltagshandeln durchaus ergeben. Bei einer Lektüre des Textes, dic auf seine parodistische oder gar ironische Dimension abhebt, ist aber zweierlei zu bedenken. Zum einen gehen komische Effekte durchweg – und auch das ist in Auseinandersetzungen mit Meineckes Texten immer wieder herausgestellt worden – mit einem grundsätzlich ernsthaften Umgang mit der Geschlechterforschung einher. (...) Zum anderen ist die Komik, die diesem Roman eigen ist, in hohem Maße abhängig von der Informiertheit der Lesenden. Insbesondere die Frage, ob *über* Geschlechtertheorien oder *mit* ihnen gelacht wird, scheint mir durch die Kenntnisse bedingt zu sein, die Rezipierende von diesen Theorien haben. (...)
(...) *Tomboy* zeigt, dass das Erproben der Theorie zu Problemen und in Aporien führen, dass es aber auch Spaß machen und lustvoll sein kann. Die spezifische literarische Verfasstheit des Romans erlaubt es, Beispiele für mögliche Formen des Umgangs mit den zeitgenössischen Gender Studies zu geben. Indem *Tomboy* Theorie als Praxis darstellt – als Praxis des Nach- und Weiterdenkens, des Beschreibens und Umbenennens –, geht der Text über eine spiegelnde Wiederholung der Geschlechterforschung hinaus. Er tut dies auf der Ebene des erzählten Geschehens ebenso wie auf derjenigen der formalen Darstellung von Geschlechtertheorien. *Tomboy* ist das prominente Beispiel dafür, dass deutsche Popliteratur kurz vor der Jahrtausendwende nicht nur Musikgruppen und Konsumgüter literarisch archiviert hat, sondern auch andere kulturelle Gegenstände wie die akademische Geschlechterforschung. Diese legt Meineckes Roman nicht einfach im hochkulturellen Archiv der Literatur ab, sondern er generiert sie dortselbst auf spezifische Weise.

C.CRADDOCK (»Cr@$#!!!!«, Bakersfield, CA)
auf *Amazon.com*, *Customer Review*, 08.01.2012:
Der Feminist Epistemology Des Nibelungen
(…)
Meinecke weaves quite a tapestry of words, as he quotes freely from Vivian's research material, almost like a DJ sampling music in a megamix medley of hits from Monique Wittig, Judith Butler, Thomas Mann, Willa Cather, Otto Weininger, the Feminist Epistemology of Jacques Lacan, the S.C.U.M. Manifesto of Valerie Solanas, Simone de Beauvoir, bell hooks, Michel Foucault, Sigmund Freud, and the rantings of Richard Wagner. To power her studies tomboy Vivian likes to pound her Texas Instrument to the beat of Sleater-Kinney and Cat Power, although Wagner's Der Ring Des Nibelungen and Lola versus Powerman and the Money-Go-Round, Part One by The Kinks, also merit a mention.
Though the impressive vocabulary of Thomas Meinecke would have provided an excellent opportunity to increase my word power, I chose to just power through without looking up every unfamiliar word in the dictionary, just enjoying the German words and country side. News reports would filter through, giving the novel a feel of a certain time and place. Versace and Lady Diana were two events that pinned the story into a particular time like a butterfly in a specimen box. Along with the tour of gender studies you also got one of the Army Base, Plastic Companies, and Rock Quarries of Germany, and insight into just how West Germany managed to recover so quickly after the war by focusing on innovations in plastic manufacturing.
(…)
The Bottom Line is that I enjoyed this novel once I gave up trying to follow the theoretical arguments, and even the narrative, and just enjoyed the ride. On the autobahn, there is no speed limit!

Jacques Lacan and Feminist Epistemology (Transformations)

The History of Sexuality, Vol. 1: An Introduction by Michel Foucault and Robert Hurley

Gender Trouble: Feminism and the Subversion of Identity (Routledge Classics) by Judith Butler

Across the Acheron by Monique Wittig

Sexes and Geneologies: Sexes and Genealogies by Luce Irigaray and Gillian C. Gill

Sex and Character by Otto Weininger

Three Contributions to the Theory of Sex by Sigmund Freud

Triumph of the Will & Olympia – 2 DVD Special Embossed Tin! by Leni Riefenstahl

I Shot Andy Warhol

Paris Is Burning Starring Carmen and Brooke, Avis Pendavis, Pepper LaBeija, Octavia Extravaganza, et al.

MOVE D: EASTMAN
(Moufang) aus der Doppel-LP KUNSTSTOFF, Source, 1995
6:29

II Dienstag, 17. Januar 2012

DIE DÄMMERUNG VON NANOTECH / THE BLACK ATLANTIC / VENUS AS A BOY / UNHEROIC CONDUCT / ZIEGFELD GIRL / BITBURG AND BEYOND

MICKEY KATZ: NUDNICK, THE FLYING SCHISSEL (Katz/Fields) aus der LP THE MOST MISHIGE, Capitol, 1959

Susanne Messmer in *die tageszeitung*, 03.09.2001:
Eine elegante Einladung zum Dialog
Thomas Meinecke schreibt an seinem Projekt der postkolonialen Literatur weiter: Sein neuer Roman *Hellblau* liest sich oft genug wie ein Bastard aus Detektivgeschichte, Science-Fiction und Historienroman. Was ihn glaubhaft macht, ist, wie er das Vorgefundene mit Schick und Begeisterung vermittelt
Postkoloniale Literatur hat keine Sehnsucht mehr nach Metaerzählungen. Sie braucht keinen Plot, keinen Spannungsbogen, keine Psychologie und nicht mehr das eine, große Identifikationsangebot, das Helden in Herzen schließt. Sie verlangt weder von ihren Autoren noch von ihren Figuren Saft und Kraft, also erlebt haben zu müssen, wovon sie erzählen. Authentizität und Bürgschaft, darauf pfeift sie. Beobachtungen erster Ordnung, auch darauf kann sie locker verzichten. Stattdessen geht es ihr darum, Identitäten als konstruierte zu beschreiben, die sich je nach Kontext ändern können. Konsistente Kategorien wie Nation, Geschlecht oder »Rasse« entlarvt sie so lange als erfunden, bis alle festen Bestimmungen und Bedeutungen ins Schwimmen geraten. Die Welt gilt ihr als unendliche Quelle von Vieldeutigkeit, die es darzustellen gilt. Die in ihr

lebenden Figuren sind Migranten, Cyborgs und Aliens mit fragmentierten, flatterhaften, schillernden Identitäten, die weder eindeutig, naturgegeben und unveränderbar sind, sondern frei wählbar. Deshalb bedeutet postkoloniale Literatur ein Haufen Arbeit. Will man Spaß mit ihr haben, braucht es vorher die totale Neudefinition von Spaß. Vielleicht ist das der Grund, warum einem zum Stichwort postkoloniale Literatur in Deutschland nur wenige Namen einfallen – schon gar nicht aus den Reihen der so genannten Popliteratur, wo es meist um die Darstellung popkultureller Sozialisation mit konventionellen Mitteln geht. So gesehen stellt Thomas Meinecke eine eindrucksvolle, eine funkelnde Ausnahme dar.

(...) All das geschieht mit ungeheurer Leichtigkeit: Alles bleibt immer sehr sinnlich auf ganz konkrete Phänomene bezogen, meist Produkte der Kulturindustrie sowohl des Mainstreams als auch der Subkultur. Theorie wird zu einem Patchwork veranschaulicht, das an ein Rhizom erinnert, an eine Struktur ohne Anfang, Ende oder Hierarchie, die sich unterirdisch verzweigt und verknotet. Alle Brüche und Schnitte werden so stimmig arrangiert, dass es trotzdem groovt. (...) Die irreduzible Komplexität der Welt, die Unmöglichkeit eindeutiger Sinnzuschreibungen wird hier so polyphon zum Ausdruck gebracht, wie es radikaler kaum denkbar ist: Es geht weiter um die Vor- und Nachteile wortloser Musik, die Unmöglichkeit, auf Semantik zu verzichten, solange man noch Soundmaterial sortiert, und die Wiederentdeckung von Semantik im Postsoul nach Techno. (...)

Das, was an diesem Roman so Spaß macht, ist die Emphase des Wirklichkeitsbezugs, die bei Meinecke durchschimmert, seine Freude an der Welt, sein Wille, sich in Vieldeutigkeit zu entgrenzen, anstatt sie zu reduzieren. Verlustgefühle über fehlende Zusammenhänge kommen bei ihm nie auf, stattdessen bejaht er lustvoll die Pluralität und die Entoriginalisierung der Welt. Obwohl Meinecke mal in einem Interview gesagt hat, der Stoff fließe durch ihn hindurch, er als Autor sei nur ein Rädchen, eine Chimäre, liest man doch überall den Enthusiasmus heraus, mit dem er den von ihm beschriebenen Theorien und Wirklichkeiten gegenübertritt. Seine Subjektivität funktioniert weniger über die aktive Gestaltung des Stoffes als über dessen Aneignung. Damit formuliert er die Hoffnung auf die Umgestaltung des autonomen Subjekts als handelndes zu einem Subjekt, das sich durch Erkenntnis definiert. (...)

Thomas Steinfeld in *Süddeutsche Zeitung*, 22./23.09.2001:
Wellensalat
Thomas Meineckes *Hellblau*
(...) Im schnellen Wechsel der Anekdoten, Beobachtungen, Lesefrüchte und Nachrichten treibt Thomas Meinecke das Buch voran, und dabei offenbart er ein beachtliches kompositorisches und dramaturgisches Talent. Der Autor ist ein Discjockey, der seine Platten spielt und dabei ganz in seiner Musik versinkt, weil er im Grunde nur eines will: zum Generator der absoluten Einheit von Publikum und Musik zu werden. Nichts wäre ihm fremder, als mit der Gitarre in der Hand auf der Bühne zu stehen und ein episches Solo darzubieten. Nähe ist das Projekt dieses Autors, Verführung durch imaginären Hautkontakt. Leider verwandelt sich mit dieser Methode alles Fremde schlagartig in Bekanntes, und der Roman nimmt zu seinem Nachteil den falschen Wettbewerb mit den modernen Medien auf. Und welcher Stoff in das Kompendium aufgenommen wird, muss nun nach Maßgabe seiner Aufdringlichkeit entschieden werden – deswegen kommt Mariah Carey, die Frau, deren Hautfarbe man nicht erkennen kann, so oft vor. (...) So erhebt sich hier aus dem »Wellensalat« der Autor: größer, kundiger und mächtiger als der auktoriale Erzähler je war. Nur hat er leider wenig Neues zu erzählen.

Ulrich Rüdenauer in *Der Tagesspiegel*, 23.09.2001:

Ist Mariah schwarz?

Thomas Meinecke schreibt in einem verführerischen Sound

(...) Die Figuren spinnen sich eine gewaltige Textur, in die durchaus ironische Töne eingewoben sind. Aber es entsteht keine festgeschriebene Bedeutung, sondern vielmehr eine Landkarte des Diskursdschungels, durch den sich die Protagonisten schlagen. Nur dass diese Karte, ähnlich wie in Borges' Fabel *Von der Strenge der Wissenschaft*, nicht unbedingt verdichtet ist und keinen deutenden Überblick erlaubt. Sie bildet alles detailgetreu und in Originalgröße ab. Die Perspektiven der drei Ich-Erzähler Tillmann, Yolanda und Cordula fließen dabei mehr oder weniger ineinander. Wer gerade spricht, wird nicht eigens markiert. Man ist, was man liest. Gewissheiten existieren nicht, so dass sich zwar keine Handlung entwickelt, das Bewusstsein der Figuren aber schon. (...) Trotz aller Vielfalt und Bezüge bröckelt dieser Roman nicht auseinander, und er franst nicht aus. Das liest man zum einen an den symptomatischen und für das »Erzählte« äußerst wichtigen Orten, die von den Erzählern vermessen werden: die Atlantikküste (schwarze Ursprungsmythen, deutsche U-Boote), Chicago (Techno), Berlin und Bitburg (deutsche Geschichte). Das liegt zum anderen an den Motiven des Buches, um die herum sich die Anekdoten, Erzählstränge, Exzerpte und Schwärmereien gruppieren. Zentral ist dabei das Wasser, hier fließt alles zusammen. (...)

Reinhard Baumgart in *Die Zeit*, 04.10.2001:

Im Chaos fischen

Thomas Meinecke taucht ab ins Diffuse: *Hellblau*

(...) Er schreibt seine gewagt in Grenzbereichen der Fiktion vagabundierenden Texte offenbar frei von theoretischen Vorgaben. Ja, man darf vermuten, dass Meinecke, ein erfahrener

DJ, diese Erfahrung überträgt auf seine literarische Produktion: Er legt eben auf, mischt, arrangiert vorhandenes Material. Eben noch, in *Tomboy*, hat er immerhin das Kunststück vollbracht, die Zuckungen und Begeisterungen, die Komik und die Krämpfe der aktuellen Gendertheorien zu verwandeln in Erzählung. Wie Comic-Charakter, knallig bunt und überscharf gezeichnet, bewegten sich da Figuren durch den Roman und den Raum Heidelberg und ließen in Sprechblasen zeitgeistiges Denken aus sich herausblubbern. Sie wirkten zwar gesteuert wie Roboter und doch wie menschenecht erzählt, aus Fleisch und Blut, mit Nerven und Träumen. Dieses Wunder wird man nun, wenn Meinecke mit *Hellblau* wieder auflegt, leider nicht erleben. Er bietet nur noch kaum anskizzierte Figuren und hat keine Lust mehr auf Geschichten. Bis auf letzte kümmerliche Reste scheint alles Fiktive aus der neuen Textlieferung herausgeblasen. Dokumentiert wird nur ein besessenes Sammeln von Fakten, Thesen, Sounds. Und worum dreht sich das Ganze, wenn es schon nicht erzählt wird? Denn es dreht sich tatsächlich, in Kreisen, in Spiralen, um einen thematischen Kern, der sich immer wieder zu verlagern, zu entziehen scheint und erst allmählich entdecken lässt. Grenzen und Grenzüberschreitungen, so ließe sich, höchst abstrakt, dieses diffuse Zentrum definieren. (...)

Jörg Magenau in *Frankfurter Allgemeine Zeitung*, 06. 10. 2001:

Jäger und Sampler

Tauchgang im tiefen Meer der Theorie: Thomas Meinecke vollendet seine Trilogie der Differenzen

(...) Meinecke erzählt keine Geschichte mit Konflikten, Irrungen und Wandlungen, sondern liefert einen Forschungsbericht ab. Wie schon *Tomboy* ist auch *Hellblau* ein Versuch, den Diskurs zu erzählen. Wer sich dieser Mühe unterzieht und sich den Herausforderungen des Materials stellt, wird reich belohnt. Es ist ein Lektüreabenteuer ohne Haltegriffe und festen Boden: ein Tauchgang im offenen Meer der Theorie. (...) Meinecke breitet die Fundstücke seiner Forschungen aus wie ein DJ seine Platten. Er legt sie auf, spielt sie an, vergleicht, überblendet, schneidet zusammen und erzeugt aus dem Zusammenklang neue Bedeutungen. Techno-Literatur ist so gesehen das Gegenteil der vielzitierten Popliteratur. Popliteratur kreist um das narzißtische Subjekt. Sie sagt ich, ich und nochmals ich. Techno-Literatur etabliert sich uneitel jenseits des Subjekts. Das autonome »Ich« hält sie für eine fragwürdige Komponente. Sie ist selten deskriptiv, sondern referierend. Im Zettelkasten der gesammelten Lesefrüchte ergibt sich ein subjektives Element allenfalls auf einer Metaebene, in der Summe der ausgebreiteten Fundstücke. (...) Wo Popliteratur sich auf die Beschreibung der Lifestyle-Oberfläche spezialisiert, geht Techno-Literatur in die Tiefe. Meinecke sucht in den Auslaufrillen der Schallplatten nach verborgenen Botschaften. (...)

Jochen Hörisch in *Neue Zürcher Zeitung*, 09. 10. 2001:
Lesen statt leben
Thomas Meineckes Un-Roman *Hellblau*
(...) Meinecke lässt vier wahlverwandte Figuren – Tillmann, Yolanda, Heinrich und Cordula – am Strand von North Carolina einige Sommerwochen verbringen. Immer dann aber, wenn es so scheint, als würde bald Erzählenswertes geschehen, implodiert die Handlung. Man sieht einander beim Duschen und Baden zu, hilft sich dabei, den Rücken zu waschen, und zieht Kleidung aus allen Weltecken an: that's it. Der Hurrikan, der sich der Küste nähert, ist so zerstörerisch nicht, die Epoche der Leidenschaften, der großen Gefühle und der ganz großen Geschichte(n) ist vorüber. Keine Wahlverwandtschaften. Und so heißt die Parole: lesen statt leben. (...)

Ina Hartwig in *Frankfurter Rundschau*, 10. 10. 2001:

Sexy Attachment from Germany

In Thomas Meineckes elektronischem Briefroman *Hellblau* wird um die Wette gemailt und nach U-Boot-Wracks getaucht. Zum Beispiel.

Es ist, grundsätzlich gesagt, schon angenehm, dass dieser Schriftsteller einen nicht mit Theorie verschont. Eine richtige kleine Forschergemeinde versammelt Thomas Meinecke in seinem jüngsten Roman *Hellblau*, eine Gemeinde allerdings, deren Angehörige kaum jemals physisch miteinander in Berührung kommen. Und genau das ist der Witz beziehungsweise zumindest das Konzept des Romans, der vielleicht gar nicht Roman genannt werden sollte, eher Traktat, Materialsammlung, Zettelkasten. Das Textkorpus des Buchs besteht einzig und allein aus E-Mails und Attachments, die mitunter schon mal »sexy« genannt werden, aber auch aus tagebuchartigen Einträgen. Liaisons electroniques machen es möglich, dass Tillmann, Cordula und Yolanda sich im Jahr 2000 per World Wide Web verständigen. Drei Ichs stricken somit an diesem elektronischen Fin-de-siècle-Brief-(also doch)-»Roman«, drei Ichs, die nicht immer spontan zuzuordnen sind, denn – das wäre ein erster Kritikpunkt – alle haben sie dieselbe protokollhafte Sprache, und alle ziehen die Verben weit nach hinten. Fest steht immerhin, dass die drei Forscherfreunde gemeinsam an einem Buch über Techno Music im denkbar weitesten Sinne arbeiten, das schwer unter dem Einfluss diverser Queer-, Gender- und Cultural-Studies ächzt und das zunächst den Arbeitstitel *Abtauchen* trägt, und später, als eine vierstellige Seitenzahl erschrieben ist, *Downtown Atlantis* heißen soll. Aber wie bei Proust erfahren wir keine Zeile aus dem ominösen Werk. Denn Konzept Nummer 2 lautet: Dies ist ein Buch, das entsteht, während ein anderes Buch entsteht. (...)

Thomas Meinecke ist ein begnadeter Ästhet des schrägen

Details. Und trotzdem klappt etwas nicht. Es dürfte mit der über weiteste Strecken virtuellen Kommunikations-Situation zusammenhängen. Einer der Höhepunkte dieses Buchs ist denn auch ein veritabler Ausflug, also eine Handlung im ganz altmodischen Sinne. Tillmann und Vermilion reisen für ein paar Tage nach New York, ins gelobte Williamsburg, um all das Angelesene vor Ort zu überprüfen. Haarklein werden wir nun mit den geschlechtsspezifischen Sitten der Satmarer, der Lubawitscher, der Bobover Chassidim bekannt gemacht, und zwar auf der Folie einer merkwürdig quälenden Ambivalenz. Die Ambivalenz betrifft vor allem Tillmann, der nicht recht weiß, ob er die gelebte jüdische Orthodoxie tolerieren oder – vor dem Hintergrund der Unterdrückung der Frau – verurteilen soll. Fest steht, dass er sich Vermilions Faszination für die Existenz einer dem Westmenschen fremden frommen Ordnung nicht entziehen kann. In einem Laden beobachtet er etwa »zwei bildhübsche junge Frauen«, die ihrerseits das Regal mit den Neuerscheinungen chassidischer CDs studieren: »Sie sind, im Rahmen ihrer religiösen Vorgaben, perfekt modisch gekleidet; allein ihre seltsam seidigen, ins Rotblonde spielenden, kostbaren Perücken irritieren meinen heterosexuellen Blick.« Ist das aber noch ironisch gemeint? (...) Bei allem grundsätzlichen Lob für die Nähe dieser Literatur zur aktuellen Theorie, so scheint es doch, als sei dieser Autor der universitären Korrektheit amerikanischer Machart allzu unkritisch verfallen. (...)

Claudia Kramatschek in *ndl, neue deutsche literatur*, 49. Jg., H. 6/2001:
Grenzüberschreibung
Identitätsdifferenzen – neue Romane von Thomas Meinecke und Michael Roes
Pop goes politics – so könnte man die erstaunliche literarische Grenzaufhebung umschreiben, die der Radio-DJ und Popmu-

siker Thomas Meinecke mit seinen Büchern produziert. Denn in seinen beiden bisher erschienenen Romanen *The Church of John F. Kennedy* (1996) und *Tomboy* (1998) spielt er mit dem spröden kategorialen Denken und unterwirft dessen identitätsstiftenden Mechanismus einer so entlarvenden wie unterhaltsamen Demontage, um dem Postulat des Einen die hybride Vielfalt des Anderen entgegenzusetzen. Wandelte er in *The Church of John F. Kennedy* auf den Spuren deutscher Kultur in einem plötzlich zwitterhaften transatlantischen Amerika, so konfrontierte er in *Tomboy* die starre Geschlechterdichotomie Mann/Frau mit einer schillernden Mehrdeutigkeit des sexuellen Begehrens. Auch in *Hellblau* bleibt er diesem Themenstrang treu – nunmehr gilt sein Augenmerk der Konstruktion ethnischer Identität. Was ist ›schwarz‹, was ist ›jüdisch‹, wie schwarz etwa ist *black culture*, und wie weiß sind die *white negroes* – jene jüdischen Immigranten beispielsweise, die Anfang des letzten Jahrhunderts die populäre Kulturindustrie Amerikas maßgeblich mitbestimmten? So kann erneut von einer Spurensuche die Rede sein, die sich jedoch noch stärker als dissidente Gegenlektüre zur verbürgten Geschichtsschreibung erweist, als es noch für Meineckes ersten Roman galt. Und radikaler noch als zuvor lässt Meinecke die Fakten selbst sprechen: Zeitungsnotate, Wissenschaftszitate, Plattentexte, Anekdoten, Asylpolitik, Psychoanalyse, chassidische Kleiderordnung, Reagan in Bitburg, Hegel, Burke, Fanon und Freud. All das wird zu einem einzigen Datenfluss: entfesselte Theorie, die Meinecke im O-Ton wiedergibt. Das Prosaische ist damit bis an die Grenze der Aufhebung allen Geschichtenerzählens entschlackt, an die Stelle der Narration tritt in *Hellblau* endgültig der Diskurs. Dem sekundiert noch die Rahmenhandlung: Denn der Datenfluss ist ein Datentransfer in situ – per Fax und E-Mail, Telefon und Postpaket; eine Echtzeitvernetzung zwischen drei Figuren, die allesamt mit Forschungsvorhaben rund um das Thema des Buches selbst beschäftigt sind (und in ihrer Personalunion von Akademismus und Subkultur wohl auch als Alter Ego des Autors gelten dürfen). Meinecke hat mit ihnen wortwörtlich Denk-Figuren geschaffen, deren impersonalisierten Stimmengeflecht man folgt wie einer Überlagerung einzelner, aber wiederkehrender Tracks auf einem Endlosband. Das wirkt so wild wuchernd, wie es doch nach und nach seine Komposition offenbart: eine rhythmisierte Kombinatorik von Schnitt und Gegenschnitt, die ihren Gegenstand deutlicher zum Sprechen bringt als jedes kommentierende ›Sprechen über‹. (...)

Ulrich Rüdenauer auf *literaturkritik.de*, 3. Jg., Nr. 12/2001:
Man ist, was man liest
Verführerischer Sound in Thomas Meineckes neuem Roman *Hellblau*
Anfang der 80er Jahre war die Postmoderne noch taufrisch. So genannter Zitat-Pop erlebte seine große Blüte, und der französische Poststrukturalismus erreichte unter den Hipstern eine ungeahnte Popularität. Sogar auf Pop-Platten fanden sich Zeilen wie die folgende von Scritti Politti: »I'm in love with Jacques Derrida / I'm in love with his hardest words.« Es war zu einem kleinen Paradigmenwechsel gekommen. Pop war plötzlich aufgeklärt und intellektuell, und das strahlte aus auf die neuere Literatur. Damals konnte man in einem schmalen und beliebten Merve-Bändchen folgendes lesen: Schreiben, so Gilles Deleuze und Felix Guattari in ihrem »Rhizom«, habe nichts mit Bedeuten zu tun, sondern mit Landvermessen und Kartografieren. Das Produktionspaar unterscheidet zwischen drei verschiedenen Buchtypen: Einen klassischen Typus nennen sie das Wurzelbuch, das die Welt imitiere wie die Kunst die Natur; jede Schicht sei signifikant und subjektiv, verpflichtet einem traditionellen, dichotomischen Denken, das von einem Ursprung ausgehe. Daneben stellen sie die »büschelige Wurzel«, einen Typ, den die Moderne gerne in Anspruch neh-

me. Die Hauptwurzel ist verkümmert, und eine Vielzahl von Nebenwurzeln beginnt wild zu wuchern. Bleibt der dritte Buchtyp, auf den Deleuze und Guattari hinauswollen: der rhizomatische. In ihm erkennen sie das erstrebte »Prinzip der Konnexion und der Heterogenität«. Jeder beliebige Punkt eines Rhizoms, eines sich verästelnden und in alle Richtungen sich ausbreitenden, Knollen und Knötchen bildenden unterirdischen Sprosses, könne und müsse mit jedem anderen verbunden werden. Es gibt keinen Anfang und kein Ende, unaufhörlich wird alles miteinander verknüpft, alles hängt mit allem zusammen. Hierarchien werden aufgelöst, und von einem sprechenden Subjekt kann keine Rede mehr sein. Lange Einleitung, kurzer Sinn: Ein meisterhafter Vertreter dieses rhizomatischen Typus' und ein erklärter »Pop-Sommer-1982-Typ« hat nun sein sechstes Buch und seinen dritten Roman vorgelegt: (...) Schon in seinem letzten Roman *Tomboy* bildete diese Methode, abgeschaut nicht nur von dekonstruktivistischen Theorien (des Feminismus), sondern auch von moderner elektronischer Musik, das Grundprinzip seines Schreibens. Nicht umsonst hat sich ein in *Hellblau* mehrfach erwähntes Techno-Label nach Deleuzes und Guattaris *Mille Plateaux* benannt, jenem Werk, das den schon erwähnten Theorie-Schlager *Rhizom* als einen Teil enthält. Zusammenhänge also überall. Endete *Tomboy* mit der sehr weitreichenden, einen ganzen Zeichen-Kosmos eröffnenden Frage »Was werden wir tragen?«, so antwortet *Hellblau* nun gleichsam mit einem Frotteekleid. (...)

Ulrich Rüdenauer in *Sprache im technischen Zeitalter*, 40. Jg., Nr. 161/2002:
Der Reiz des Rhizomatischen
Ein Gespräch mit Thomas Meinecke über Schreiben unter den Vorzeichen von Techno, die Faszination für bestimmte Orte und hellblaues Frottee
(...)

Ulrich Rüdenauer: Rainald Goetz' Ich-Erzähler in Rave *steckt eher mitten im Geschehen, ein romantisches Ich, das sich mehr oder minder heroisch ins Nachtleben stürzt. Ihre Protagonisten sind dagegen Denkfiguren.*
Thomas Meinecke: Vielleicht kann sich ja auch eine Denkfigur mal in heroische Gefilde verirren. Das habe ich selbst noch nicht ganz herausgefunden. Das ist bei mir in gewissem Sinne experimentell, weil ich meine Figuren nicht entwerfe, sondern sie durch das wachsen und entstehen lasse, was sie tun. (...) Bei *Hellblau* habe ich nach etwa 100, 150 Seiten eine Art Inventur gemacht und überlegt, was das eigentlich für Figuren sind, die dort bei mir durch den Text geistern und die zunächst nur als Ideenträger erscheinen, als Abbild dessen, was sie lesen und was für Platten sie hören. Aber es wachsen dabei trotzdem im klassischen Sinne – analog zu der Definition von Identität als etwas Performativem – »Charaktere« heran. Und bei der Inventur dachte ich dann: Ach, interessant, diese Figur ist vielleicht schon 30, die geht schon auf die 40 zu, wahrscheinlich kennen sich diese beiden aus Bitburg. Das war aber alles nicht geplant.
UR: Sie können aber auch nichts dagegen tun, daß die Figuren gegen Ihre Intention diese Charakterzüge entwickeln?
TM: Ich kann nichts dagegen unternehmen. Durch das, was sie tun, wachsen sie. Ich treffe dauernd Leute, die sagen, sie seien so wie meine Figuren. Genauso viele treffe ich natürlich – oder vielleicht auch mehr –, die sagen, meine Figuren seien überhaupt keine Persönlichkeiten. Da habe ich aber auch nichts dagegen: Was soll diese Konstruktion der mitreißenden, starken Romanheldinnen oder -helden eigentlich? Ich habe nicht vor, solch eine Figur herzustellen. Es ist eher ein Abfallprodukt, daß sie dann doch so entstehen.
UR: Sie verwenden in Hellblau *erstmals Ich-Erzähler, und auch noch drei auf einmal. Wie kam es dazu?*
TM: Ich fand es nach der 20., 30. Lesung aus *Tomboy* selbst ein

bißchen anstrengend, wie weit ich es mit den Attribuierungen und Zuschreibungen getrieben hatte. In jedem Satz hieß es »der arbeitslose Gelegenheitsarzthelfer« oder »die vierundzwanzigjährige Deutsch-Amerikanerin«. Ich wollte nicht mehr diesen starken Erzähler im Spiel haben. Dadurch, daß jetzt mehrere Ichs reden, fallen zudem die gar nicht so wichtigen Markierungen für Übergänge weg. Es reden eben abwechselnd immer drei verschiedene Personen in diesem neuen Roman. Ich mache aber nicht durch Absätze, andere Typographie oder Überschriften klar, wer gerade spricht. Dabei entsteht bei mir der Effekt, daß ich selbst immer kurz überlegen muß, wer eigentlich redet.
(...)
UR: Ihre montagierende Schreib-Technik scheint im neuen Buch noch ein bißchen radikalisiert zu sein. Es ist ja eine Art produktives Sich-Verzetteln.
TM: Produktives Sich-Verzetteln ist wunderbar. Obwohl es bei mir keine Zettel gibt, sondern immer nur den Direktimport. Ich habe aufgeschlagene Bücher um mich herumliegen, und gar nicht das Zwischenlager Zettel.
UR: Liegt darin aber nicht auch die Gefahr der Beliebigkeit, wenn Sie überall Zusammenhänge ausmachen?
TM: Ich hatte noch nicht den Eindruck, daß es beliebig werden könnte. Das sagen immer nur jene, die von der Neuen Unübersichtlichkeit und gegen die Postmoderne reden. Die Dinge reihen sich in einer bestimmten Ordnung aneinander und ordnen sich wie Magnetspäne zu einer fixen Idee. Beliebigkeit tritt da nicht auf. Aber was auftreten kann, ist ein Zuviel – ein nicht mehr bewältigbarer Wust. Und das ist der Moment, wo ich denke, okay, jetzt müssen wir diesen Roman mal endlich in den Landeanflug bringen. Das ist wie bei einem Krimi: Wenn sich am Ende die Verfolgungsjagden häufen, wird es irgendwann ein bißchen hektisch.
UR: Die prinzipielle Offenheit wird ja nicht nur durch zeit-

liche und thematische Vorgaben begrenzt, sondern auch durch die Ortswahl: Bei Tomboy *waren es Heidelberg und der Odenwald, in* Hellblau *sind es nun die Atlantikküste, Chicago, Berlin und Bitburg.*

TM: Ich weiß selbst nicht ganz genau, was es mit meiner Faszination für Orte auf sich hat. Das geht ja so weit, daß ich nur über Orte schreibe, an denen ich tatsächlich gewesen bin, und darum hört das Buch auch in einer Annäherung an Hubert Fichtes Grab und nicht an Fichtes Grab selbst auf, weil ich dort noch nicht war. Es ist fast eine Pingeligkeit bei mir, daß ich diese Orte unbedingt alle gesehen und mich ihrer Magie auch mal ausgesetzt haben will, um festzustellen, ob ich meine Geschichte wirklich dort festmachen kann und nicht künstlich vertäue. Das ist vielleicht etwas ganz Altmodisches an meinem Schreiben: Ich will die Orte bei aller Vermitteltheit auch unmittelbar in meinen Texten haben. Das könnte man als eine Art Erdung oder Vertäuen all dieses frei floatenden Materials, das ich verwende, betrachten. Der Zeitraum ist einfach der Zeitraum, in dem ich schreibe. Diesmal wollte ich nicht nach zwei Jahren – im Takt des relativ erfolgreichen Schriftstellers – schon wieder ein Buch herausbringen. Also ist *Hellblau* genau um ein Jahr dicker als *Tomboy.*

UR: Sie wollen schon so eine gewisse Gleichzeitigkeit: schreiben und die Gegenwart im Hintergrund mitlaufen lassen.

TM: Das ist ein anderes Ordnungselement in meinen Texten. Das, was verhandelt wird, ist tatsächlich das, was an dem Tag in der Zeitung steht, an dem ich es zu Papier oder auf den Bildschirm bringe. Das macht eben auch total Spaß: Du schreibst über Mariah Carey, über ihre Hautfarbe, und plötzlich kommt alle paar Tage in der Vermischtes-Spalte der Zeitung irgend etwas über Mariah Carey. Das kam mir wahnsinnig gelegen. Was ich schade fand, war, daß Hedy Lamarr, eine Woche nachdem ich über sie geschrieben hatte, starb. Und Leni Riefenstahl stürzte, glaube ich, als ich über sie schrieb, mit dem Hubschrauber ab. Mir paßt es also gut in den Kram, wenn ich meinen Text noch mit Tagesaktualität vermengen kann. Aber ausdenken würde ich mir so etwas nicht wollen – und weit herholen auch nicht. Wenn es schon ein Jahr vorher geschehen ist, dann bemühe ich die Nachrichtenmeldung auch nicht. Es ist einfach dieses Galoppieren der laufenden Ereignisse, das ich festhalten will. Ich habe dann das Gefühl, es multipliziert sich sogar noch das Weltgeschehen mit dem, was ich als fixe Idee gerade perpetuiere.

(…)

UR: Was für ein Verhältnis haben Sie eigentlich zu hellblauem Frottee – in Ihrem Buch spielt ein hellblaues Frotteekleid eine gewisse Rolle, und der Einband Ihres Romans suggeriert einen Frotteebezug?

TM: Ich habe das Gefühl, daß Frottee etwas Archetypisches ist. Es ist der Stoff, den fast alle Menschen regelmäßig auf ihrer Haut spüren – in Form von Handtüchern, Waschlappen, Bademänteln. Und von daher ist es ein Stoff, der einem sehr nahe kommt, der auch alle paar Jahrzehnte als Modestoff ins Spiel gebracht wird, sei es als Frotteekleid oder als Unterhose, dann aber auch rasch wieder verschwindet. Was mich an Frottee aber besonders reizt, ist seine Struktur: dieses Häkchen-Ziehen aus einem Gesamten, diese Millionen kleiner Häkchen, die dann wieder im Ganzen verschwinden. Nicht abgerissen sind. Wenn ich das richtig sehe, sind das alles kleine Ösen. Also sagen wir mal: Es reizt mich das Rhizomatische.

Jeffrey Adams in *WLT, World Literature Today*,
Vol. 76, Iss. 2/2002:

Thomas Meinecke. *Hellblau*

(…)

In the case of gender identity, Meinecke asks us to consider the theory advanced by Pamela Robertson, who argues that Mae West's complex screen persona can be explained as the »double

travesty« of a white man who plays a black woman or a black woman who plays a white man who's playing a white woman. Meinecke quotes Robertson, in English: »West's presumed masculinity is mediated by her imitations of female impersonators and is a self-conscious feminine masquerade that plays masculine and feminine codes off each other.« From here Meinecke's associative sampling leaps into a phrase from the Kinks' famously »transgressive« song *Lola*, which implies the subtext: »Marlene Dietrich, Europas fesche Lola, Amerikas Blonde Venus, hat einen schwarzen Schwanz in ihrem weißen Frack.« Further associative links juxtapose Jodie Foster's androgynous screen persona with her desire to produce and star in a film biography of Leni Riefenstahl (»Hitler's Chick«), whose specular fascination with hard masculine bodies and abstract angular forms (the homoerotic subtext of her so-called fascist aesthetics) is a function of her repressed latent *male* homosexuality: Riefenstahl (like Dietrich and Foster) as a male psyche caged in a female incarnation.
Although the complexity of *Hellblau's* textual play defies description and the book must be read in its entirety to be appreciated, the general sense of Meinecke's submerged message seems to be that globalization requires a rethinking of all boundaries and systems, then a remixing of categories to produce hybrid identities capable of sustaining a much higher level of intersubjectivity.

Dagmar Buchwald in *Ethno/Graphie. Reiseformen des Wissens*, hg. von Peter Braun und Manfred Weinberg, Gunter Narr Verlag, Tübingen, 2002, S. 411 ff.:
Correspondances: *Hellblau* von Thomas Meinecke
Für Jochen Hörisch ist Thomas Meineckes Roman *Hellblau* ein Dokument »thalassaler Regressionslust«, und er führt aus: »›Thalassale Regressionslust‹ lautet die schöne Wendung eines frühen Freud-Schülers. Sie bezeichnet das Begehren nach der

Rückkehr in den Uterus und in das feuchte Element, dem alle Gattungen entstammen, bevor sie die Erfahrung von Grenzen machen mussten.« Reinhard Baumgart nimmt hingegen das den Text beschließende (und damit erst so richtig öffnende) Zitat zu Hubert Fichte ernster und sieht im Abtauchen ins Ozeanische weniger eine Regression denn eine Besinnung auf vormoderne Wurzeln für diesen so postmodern wirkenden Text: »Und dann zum Abschied und Kehraus auf den letzten Seiten eine kurze Hommage an Hubert Fichte, diesen Vorläufer, den ethnografischen Sammler, Spekulanten, Collagisten und vor allem Grenzverwischer, Grenzüberschreiter, auf dessen Grabstein in Nienstedten griechisch ein Vers des Empedokles eingemeißelt ist: Einst bin ich ein Knabe, ich bin auch ein Mädchen gewesen, Busch und Vogel und Fisch, der warm aus den Wassern emporschnellt. Da ahnt man, zu spät, wie diese wilden fünf, hätten sie nur das Buch gewollt, um das sie so wirr begeistert herumdenken, ihr Projekt hätten nennen können, müssen: Metamorphosen – ziemlich altabendländisch, unfuturistisch.« In der Tat steht der Meeresgott und Verwandlungskünstler Proteus Pate für diesen Text que(e)r zu Gender, Genre und Generation. Immer wieder taucht die Frage nach Neptun und Poseidon, nach Atlantis auf; warum Venus, »die Schaumgeborene«, eine männliche Namensendung trage; es geht um Meerjungfrauen und den deutschen U-Bootkrieg, um den Mythos Drexciya. Aber unfuturistisch ist dies gerade nicht. Meineckes Roman ist im besten Sinne afrofuturistisch. Wie im Afrofuturismus sind prämoderne Mythen ein Vehikel, Geschichtsschreibung zu dekonstruieren, gerade weil sich die vier oder fünf »Subjekte«, die die Textfragmente einspeisen (aber erst durch sie entstehen), unermüdlich mit Zeit, Geschichte und Geschichtsschreibung befassen. Wie der Afrofuturismus, um den es in Meineckes Buch unter anderem auch geht, ist der Text synkretistisch, handelt von der Hybridität der »Ursprünge«. Beschwört David Toops *Ocean of Sound*

das »Exotische« und die »Exotisierung« in der westlichen zeitgenössischen Musik, zeichnet Paul Gilroy in *Black Atlantic* die Wege der Sklavenverschleppung nach und entlarvt dabei, daß der *grand récit* der europäischen »Moderne« der Folie des »primitiven«, »schwarzen«, »exotischen« Kontinents bedurfte, so geht es Thomas Meinecke in *Hellblau* um die Exotisierung des »Eigenen« und die Anverwandlung, aber nicht Aneignung des »Fremden«. Auf der Strecke bleibt die Illusion einer eindeutigen Identität. Wer oder was ist weiß, wann ist man deutsch, bis wohin geht man als Frau durch, warum ist der jüdische Mann weiblich konnotiert, wie amerikanisch ist afroamerikanisch, wie formbar ist der menschliche Körper, haben Männer einen Venushügel, war Beethoven schwarz, ist die Musik von *Kraftwerk* afrofuturistisch?
Und dabei sind nicht nur die Motive manchmal ein Remix von Fichte, sondern auch die Komposition. Meineckes *Hellblau* ist fast ein weblog oder blog und erinnert so an Fichtes quasi-tagebuchartige Schreibweise, nur daß die Einträge von mehreren ›Personen‹ stammen. (…) Identitäten im modernen europäischen Sinn entstehen dabei nicht, dafür um so mehr Texturen, Korrespondenzen. *Hellblau* kolonialisiert nicht, weil es keine Subjekte im hegemonialen Sinn gibt, die die Welt zum Objekt machen; Texte sprechen; Zitate reihen sich an Zitate; die Figuren konzentrieren, verdichten und bündeln Themenstränge, ohne daß eine Hierarchie zwischen ihnen entstünde.
Die Rezensenten maulen – ein Roman sei das nicht. Ein Roman, so Fichte, gehöre zu den menschlichen Tätigkeiten, die die Realität »besiegen«. Weder Fichte noch Meinecke wollen ›siegen‹, und so untergräbt *Hellblau* das angeheftete Etikett ›Roman‹ und sucht nach dem, was Fichte in *Pubertät* angemahnt hat: »die Freiheit, das Diskrepante zu schreiben, (…) Sprünge, Widersprüche, das Unzusammenhängende nicht kitten, sondern Teile unverbunden nebeneinander bestehen las-

sen, mit zwei falschen, übertriebenen Aussagen die Tatsachen anpeilen.« Und so bleibt es der Leserin überlassen, was sie aus Sätzen wie den folgenden macht: »Im Bus lese ich, über die Schulter einer älteren Dame hinweg, daß die britische Königin Elisabeth II. afrikanische Vorfahren hat. (...) Auch der Ehemann der Königin, Prinz Philip, besitze einen afrikanischen Vorfahren, da er mit Alexander Puschkin verwandt sei.« »RuPaul sagt: Who says black people have to be black?« (...)

Klaus Theweleit, *Der Knall. 11. September, das Verschwinden der Realität und ein Kriegsmodell*, Stroemfeld/Roter Stern, Frankfurt am Main, 2002, S. 96 ff.:

Frau werden

Allerdings gibt es eine schlauere Methode, dem eigenen URTEILS- und OBER-ICH zu entkommen: da ist diese neue Mode, die eigenen gesammelten und eingesammelten Werke besser von einer *Frauenstimme* vortragen zu lassen. Wie Thomas Meinecke es vorführt in seinen Romanen *Tomboy* und *Hellblau*. Peter Handke hat das auch ganz schön vorgemacht, linkshändig, beidfüßig. Man muß dann als Autor beim Schreiben immer drauf achten, »sie« zu sagen, wo sonst »ich« oder »er« stünde: »sie sagte« ... »sie dachte« ... »sie ging« ... und »sie alles-so-weiter«, man fängt ganz anders an zu denken mit einer Frauenstimme, erlöst aus der ewig-männlichen »Er«- und »Ich«-Position. Mit einer Frauenstimme denken verändert mehr als eine Psychoanalyse. Das ahnte schon Nietzsche. (...) Irgendwie kriegen sie das alle hin neuerdings, mit dem Frauenmund. Selbst ein eingefleischter Pop-Kranker und Fußball-Irrer wie Nick Hornby *wollte nicht umhin*, sein Buch vom Trennungskrieg mit seiner Frau mit *ihrer* Stimme zu erzählen. (...)

Alles, das ganze Leben *und mehr*, sagt sich so viel schöner aus einem Frauenmund, mit Lippenstift an den Wörtern, ganze Sätze in Seidenhaut, mit Überraschungen und weiblichen Windungen, mit Wimperntusche und den andern *Siebensachen*, das war eine wirkliche Entdeckung, eine Errungenschaft, das hatte Thomas Meinecke gut bemerkt und auch bewiesen, als er sein Tomboy-Girl aus Heidelberg-Mannheim-Ludwigshafen zauberte, aus Bloch, BASF und Patrick Henry Village, da hatte sich ein klug-attraktives Mädchen draus formen lassen; nicht nur so ein behinderter Frauenkörper, den man nach allen »Regeln der Kunst« entwirft und dem man hinterherschreibt, wie Flaubert seiner Bovary. Nein, eine eigenständige Neugeburt mußte das sein, der Mann selber *als* Frau, das machte den attraktiven Ton, und sowieso: wer liest denn Romane, doch Frauen nur, NUR SIE liest. Und FÜR SIE muß man schreiben, aber mit *ihrer* Stimme, auch als Schreibmann mit 95 kg Lebendgewicht.

So waren sie also, *einer* wie der *andere*, wie das muntere irdische Schlangenvolk, aus einer Haut geschlüpft in die nächste, die geschmeidigere, schönere des literarischen Engelsvolks, und hatten sich dabei – das war nicht der geringste der Nebeneffekte – der schlimmsten aller Männerkrankheiten entledigt, der sonst so unvermeidlichen notorischen männlichen Rechthaberei, die sich einfach einstellt, bei aller Vorsicht, sobald einer *ich* oder *er* nicht nur sagt, sondern auch noch schreibt. Zwar war es mit dem *Rechthaben der Frauen* nicht viel besser. Im Gegenteil. Wenn Frauen immer recht hatten, im Leben, war das genauso unerträglich, es war sogar noch unerträglicher. Aber *im Roman* war das etwas anderes: *in der Literatur*, dieser künstlichen Welt mit eigenen Gesetzen, wo jeder sich sein Schreibgeschlecht selbst frei wählen darf, wo kein Name im Paßport steht, nur »lyrisches Ich« oder »Ich-Erzähler« oder ein anderes mythisches Wesen von erlesener Androgynität. *Hyper-weiblich*, nicht geboren, sondern frei gewählt. Und ohne operative Eingriffe am Geschlecht.

Die Sache schien steigerungsfähig, längst nicht ausgereizt. Der Mund *geschriebener* Frau, die nicht mehr vorgab, einer irgendwo Lebenden zu gleichen, war noch gar nicht recht geöffnet worden im Medium Buch: ein hochkarätiger Wörtergenerator. *Das Ewig-Männliche zieht uns hinab*, das hatte der letzte Double begriffen, im Westen wenigstens, spätestens seit Andy Warhols Dreh mit den Drag Queens ... Big Andy hatte das *als erster kapiert* ... und praktisch komplett umgesetzt ... und nun kam die EU-Kohorte nachgerauscht. Was *im Film* ging, im Foto und im Bild: »daß Frauen durch Männer so viel besser darzustellen sind als durch Frauen selbst«, warum sollte das nicht fürs Schreiben möglich sein ... eben weil es um *désire* ging ... eben weil *nur Männer* sich so wahnsinnig danach *sehnen* können, Frau zu sein ... wo Frauen, zumal schreibende, alle Hände voll damit zu tun haben, ihren »empirischen Körper« gerade zu *verlassen* ... voll damit beschäftigt, diese störende überkodierte Hülle *abzustreifen* ... um aus dem Ewig-Weiblichen im Artistisch-Menschlichen anzukommen endlich ... *in der wirklichen Wirklichkeit*, wie das im Film *Matrix* heißt ... wo Vater, Sohn & Hlg. Geist in einem Mädchen verkörpert sind, das auf den Namen *Trinity* hört... und die Technik des Kickboxens beherrscht ... ausgeführt hoch oben auf den höchsten Dächern von Sydney ... (World Trade Center war zu teuer) ...

... das haben schlaue Männer also flugs bemerkt ... daß die Hüllen des Weiblichen leerstehen zu Hauf und nur darauf warten, gefüllt zu werden ... von fühlenden Männerfingern, die ihre weiblich kodierten Wörterschätze einlassen ins *Flüssigkristall*, wie Thomas Meinecke das entgegenkommende Antlitz seines Laptops zärtlich umschreibt ... nicht mehr, wie Pygmalion, den ersehnten Weib-Leib aus Lehm formen und dann beleben ... nein, sein eigener Frauenkörper *werden* im tastaturbefruchteten Silizium ... Flüssigkristall ... das Wörterbuch des Nicht-Mehr-Menschen schnell auswendig gelernt ... & neuen *Roman* geschrieben ...

Klaus Theweleit, *Der Knall. 11. September, das Verschwinden der Realität und ein Kriegsmodell*, Stroemfeld/Roter Stern, Frankfurt am Main, 2002, S. 167f.:

Trouble with SISTER

SSTR war heiß gelaufen und verlangte Abschaltung.

Ich war mir auch nicht mehr sicher, ob das eine so gute Idee war mit dieser Suchschwester. »Man hört ja doch deine Stimme durch«, sagten erste Leser. »Ein fauler Trick«, hatte Monika *gleich* gesagt. »Was heißt denn ›ironische Brechung‹?« Und: »Bei Thomas Meinecke lernt man ja noch was, über jüdisches Leben und über Freuds und Fließ' Nasen. Du möchtest nur die Berührungen meiden mit den Texten, die du nicht vermeiden kannst. Weil das so *schrecklich* ist, womit du da umgehst. So traurig. SISTER paßt gar nicht dafür, das macht so einen Kind-Ton … wenn schon, dann solltest du sie SADY nennen, Sady von sad.« (…)

SADY also? Oder sie ernster machen, finsterer … aus SISTER die dunklere SINISTER … (…) oder sie ganz verabschieden? »Nenn' sie doch SINATRA … dann ist es wenigstens keine Frau …«

(…)

Moritz Baßler, *Der deutsche Pop-Roman. Die neuen Archivisten*, C.H. Beck Verlag, München, 2002, S. 153f.:

Thomas Meinecke *oder* Der Diskurs

(…) »Wir wissen heute«, schrieb Roland Barthes schon in den 60er Jahren, »daß ein Text nicht eine Wortfolge ist, die eine einzige, quasi theologische Bedeutung transportiert (die Message des Autor-Gottes), sondern ein vieldimensionaler Raum, in dem eine Vielzahl von Geschriebenem, nichts davon originär, aufeinandertrifft und ineinanderläuft. Der Text ist ein Gewebe von Zitaten, die den unzähligen Bereichen der Kultur entstammen.« Ein Text ist, mit anderen Worten, ein Diskursarchiv genau jener Art, wie es Meinecke mit *Tomboy* gelungen

ist. Durch das Pastiche-Verfahren gelingt es ihm, einen begrenzten zeitgenössischen Diskurs im Text zu objektivieren. Indem er seine Figuren zu Kopisten und Trägern des Diskurses macht, kann auch seine Prosa diesen kopieren und tragen, ohne ihn – etwa in Form eines sei es engagierten, sei es parodierenden Autor-Subjektes – selbst zu führen. Jede Stelle seines Romans wird dabei von allen anderen Stellen her, an denen andere Aspekte desselben Diskurses notiert werden, überdeterminiert. Von den Bedingungen des enzyklopädischen Vorwissens und des Geschmacks hat er sich dabei weitgehend freigeschrieben, aber auch auf traditionelle Literarizitätsansprüche nimmt er keine übertriebene Rücksicht. Die Schwierigkeit seiner Prosa (und *Tomboy* wie *Hellblau* (2001) sind, jedenfalls für Nicht-Gender-Experten, sicher keine leichte Kost) ist weniger dem Originalitätsanspruch des Verfahrens geschuldet als dem aufgezeichneten akademischen Diskurs selbst. Um sie zu vermeiden, hätte Meinecke diesen popularisieren müssen – das aber liegt seinem Archivierungsvorhaben ganz fern. Pop-Literatur ohne Popularisierung – geht denn das? Wenn man Meinecke folgt, unbedingt, denn:
»Mit Pop kann man heute noch arbeiten. Man muss nur wissen, dass Tony Blair kein Pop ist.«

Jochen Bonz, *Subjekte der Popkultur. Eine Feldforschung in Popkulturszenen*, Dissertation im Fachbereich Philosophie, Universität Bremen, 2003:

Metapher und Metonymie. Meineckes Text

(…)

Thomas Meineckes Erzählweise besteht zunehmend darin, Themenkomplexe aneinander zu reihen und miteinander zu verknüpfen. Er verwebt sie, wie er selbst sagt, zu einer Textur »im wahrsten Sinne des Wortes«. In *Hellblau* (…) sind die Themenkomplexe unter anderem der deutsche U-Boot-Krieg vor der nordamerikanischen Küste im Zweiten Weltkrieg, das

Tauchen, insbesondere im Zusammenhang mit Leni Riefenstahl, postkoloniale Theoriebildungen zur Afrodiaspora, insbesondere Paul Gilroys (1993) Überlegungen zum *Schwarzen Atlantik*, die diasporische Unterwassermythologie des Detroiter Techno-Projekts Drexciya, die Diskussion rund um Reagans Besuch auf dem Soldatenfriedhof in Bitburg, die Debatte um Zwangsarbeiterentschädigung. Mit Lacan läßt sich der Unterschied zwischen einer klassischen Erzählweise, in der die Protagonisten im Rahmen einer Welt selbstverständlich handeln und dem dort spielenden Begehren folgen, und der Erzählweise Meineckes auf die Begriffe Metapher und Metonymie bringen. Metapher bedeutet hier, daß in der Beschreibung ein Begehren erkennbar ist, das beim Lesen nachvollzogen wird: Die Lesenden sind in eine spezifische Perspektive gesetzt, aus der heraus sie die Handlung in spezifischer Weise betrifft. Anders die Metonymie: Sie beschreibt die Bewegung des Begehrens selbst: die Verschiebung des Attraktionsmoments von Objekt zu Objekt bzw. von Signifikant zu Signifikant.

Auch bei Meinecke gibt es metaphorische Momente in diesem Sinn. Tatsächlich stützt sich seine metonymische Erzählweise einerseits auf die gelegentliche Hervorbringung von Szenen des Begehrens. Die schweifende Textbewegung hält an und plötzlich ist alles da, was eine Welt macht: ein Subjekt, ein Objekt, eine Beziehung. Andererseits zeigt Meineckes Literatur jedoch auch, daß sich das Metonymische auf etwas stützen kann, das aus dem Metonymischen selbst kommt und jenseits von In-der-Welt-Sein und Begehren existiert.

Ich beschreibe beide Verfahren an einem Beispiel. Das Beispiel sind Nylonstrumpfhosen. In *Hellblau* erscheinen sie einmal im Zusammenhang mit Brigitte Bardot. Hier sind sie das »Symbol für geschlechtsreife Weiblichkeit«. Die senkrechten Nähte der Strumpfhose gehen in der Funktion von »Richtungspfeilen« auf, »Verkehrszeichen, die unmißverständlich

auf den femininen Genitalbereich weisen«. Mit den Strumpfhosen ist unzweideutig das Begehren verbunden; Brigitte Bardot bringt in das Textgewebe eine Begehrensszene, ein Bild des Begehrens, eine Metapher.
Das mit ihr beziehungsweise den Strümpfen verbundene Begehren ist allerdings ein besonderes. Das wird im folgenden Zitat deutlich, das Meinecke einer seiner drei Ich-Erzählerinnen in den Mund legt und das direkt an den Abschnitt zu Bardot anschließt. »Als ich ein kleines Mädchen war, erzählte mir meine Großmutter immer wieder, wie sie sich ihre Beine in den letzten Kriegsjahren mit Hilfe von Teeblättern braun getönt hatte, denn durchsichtige Strümpfe hatte es ja keine mehr gegeben; erst von den siegreichen Amerikanern habe sie 1945, in Heidelberg, wieder welche bekommen. Wie sieht denn aber so ein nacktes Frauenbein auch aus? Unmöglich, befand meine bis ins hohe Alter modebewußte Großmutter. War das Bein erst eingefärbt, wurde mit dem Augenbrauenstift eine Naht auf die Haut gemalt. Jetzt konnten die Männer denken, ich hätte tatsächlich ein Paar transparenter Strümpfe an, behauptete meine Großmutter. Wenn sie aber, ach, in den Regen kam, verlief die kostbare Naht sofort, und auch die Farbe der Haut wurde streifig und fleckig.« Die Strümpfe sind offenbar vielmehr Gegenstand des Begehrens als das Bein selbst.
Wieso? Lacan bietet hierfür eine einleuchtende Erklärung an. Im Seminar über die Objektbeziehung beschreibt er in seiner Erklärung des Fetischismus die Funktion des Schleiers. »(W)as im Liebesobjekt geliebt wird«, sei eigentlich »etwas ..., das jenseits von ihm liegt. Dieses Etwas ist zweifellos nichts, es besitzt aber jene Eigenschaft, symbolisch da zu sein. Weil es Symbol ist, kann es nicht nur, sondern muß es dieses Nichts sein.« Gemeint ist: Die Dinge besitzen eine Bedeutung im Rahmen der symbolischen Ordnung, aber sie beziehen diese aufgrund der reinen Struktur des Symbolischen. (...) In den Strümpfen wird der Phallus sichtbar. »Der Schleier, der Vor-

hang vor etwas, ist immer noch das, womit sich die Grund-Situation der Liebe am besten veranschaulichen läßt. (...) Auf dem Schleier zeichnet sich die Abwesenheit ab. Nichts anderes ist die Funktion jedes beliebigen Vorhangs.« (...)

Die Metapher Meineckes stellt so das Begehren geradezu aus. Ich möchte sagen, nur so – als Hervorgehobenes und in seinem Funktionsmechanismus Entlarvtes – kann es sich, als Metapher, im Fluß des metonymischen Schreibens überhaupt behaupten. Und andersherum hat nur in dieser Weise die metonymische Erzählweise etwas von ihr; denn nur indem es hervorgehoben ist, vermag sie in dem mit der Metapher verbundenen Begehren zu gründen.

Als eine Metapher fungiert auch die Welt der chassidischen Juden, mit der der männliche Ich-Erzähler in *Hellblau* über seine Freundin Vermilion in Berührung kommt. Ein Kontakt, der im Laufe der Erzählung an Intensität gewinnt und schließlich im Besuch des Paares in Williamsburg gipfelt, einem von chassidischen Juden bewohnten Stadtteil New Yorks. »Mit klopfendem Herzen« steigt der Ich-Erzähler aus der U-Bahn, aufgeregt über den Vorgang des Eintauchens in eine andere Welt. Er betritt die Metapher, eine Welt, mimt ein Begehren.

Mit den Nylonstrümpfen und den Chassidim ist zugleich auch die Metonymie verbunden. Nicht nur, weil im Text dem Besuch in Williamsburg etwas anderes unmittelbar vorausgeht (Überlegungen zum Staat Israel, zu einem Album des Jazzmusikers Sun Ra, zu Hubert Fichte, zu der sich heute in der Krone einer Madonnenstatue befindlichen Kugel, die 1981 auf den Papst abgefeuert wurde) und auch anderes folgt (Reflexionen über die Begeisterung des Sechzigerjahre-Musikproduzenten Phil Spector für Afro-Perücken und über Zusammenhänge zwischen einer von Afroamerikanern bewohnten Sozialwohnungssiedlung in Chicago und dem Musikmachen: Gitarrespielen vs. House Music). Das Metonymische dieser Textstelle ist vielmehr das, was von der Metapher der chassidischen Welt selbst im Text übrigbleibt. Es handelt sich dabei um eine Frage, um es auf den Begriff zu bringen, den Meinecke selbst in Interviews gebraucht. Man kann auch sagen, es handle sich um das, was unverstanden, ungreifbar und gerade dadurch faszinierend bleibt.

Mein Beispiel sind wieder die Nylonstrümpfe. In der entsprechenden Textstelle, die dem Besuch in Williamsburg weit vorausgeht – das nur nebenbei bemerkt –, verführt Vermilion den Ich-Erzähler mit den undurchsichtigen hautfarbenen Nylonstrumpfhosen mit breiten Nähten, wie sie die chassidischen Mädchen und Frauen tragen. In ihre Darstellung der Funktion der auffälligen Naht, die »der Vergewisserung der züchtigen Gemeinde dient, daß die beigen Beine der Trägerin nicht etwa unbekleidet« seien, fügt sie ein »You are welcome to touch them, Venus«. Venus, das ist ihr Kosename für den Erzähler. »Und also schiebe ich Vermilions Wollrock nach oben. Die Satmarer Mädchen von Williamsburg trügen ihre Wimperntusche so dezent auf, daß sie als solche gar nicht wahrzunehmen sei, erklärt mir Vermilion. Die Backfische im benachbarten Borough Park takelten sich dagegen regelrecht auf. Vermilion rückt sich die Nähte ihrer Strümpfe gerade: Ein chassidisches Pin-up. Nahezu undenkbar, denke ich, daß diese Bewegung irgendwo auf der Welt als aufrichtig unschuldige Geste gelesen werden könnte.« Keine Frage, daß die Strümpfe auch hier wieder ein Begehren hervorrufen. Aber diesem steht der Widerspruch gegenüber, wie er von der zitierten Auffassung der Strümpfe im Kontext der Chassidim ausgeht. Dieser Widerspruch ließe sich möglicherweise auflösen. Unterschiedliche Erklärungsversuche für die Bedeutung der Auffälligkeit der breiten Naht, der Undurchsichtigkeit der Strümpfe sind denkbar – nicht zuletzt der oben zitierte, der die Chassidim in eine besondere Nähe zum Fetischismus stellen würde. Der Ich-Erzähler unternimmt jedoch keinen solchen Erklärungsversuch. Er läßt den Widerspruch stehen. (...)

Charis Goer in *text + kritik. Sonderband Pop-Literatur*, hg. von Heinz Ludwig Arnold, edition text + kritik, München, 2003, S. 172 ff.:

Cross the Border – Face the Gap
Ästhetik der Grenzerfahrung bei Thomas Meinecke und Andreas Neumeister

Pop schillert. Pop fließt. Pop lässt sich nicht festlegen, überschreitet Grenzen – so lautet Leslie A. Fiedlers Kernthese über die von populärer Kultur beeinflusste amerikanische Literatur der fünfziger und sechziger Jahre von Autoren wie Norman Mailer, William S. Burroughs, Kurt Vonnegut oder Philip Roth. Kennzeichnend für diese Literatur sei, wie schon der programmatische Titel des bezeichnenderweise im *Playboy* erschienenen Aufsatzes *Cross the Border – Close the Gap* (1969) verkündet, die Auflösung der Unterscheidbarkeit zwischen hoher und niedriger, zwischen elitärer und populärer Kultur, womit zudem, wie Fiedler andeutet, die Überwindung nationaler, sozialer und generationsspezifischer Grenzziehungen einhergehe. Eine Popkultur in diesem Sinne bleibt unbestimmt, lässt sich nicht inhaltlich auf eine Essenz festlegen, sondern nur durch die Struktur der Differenz beschreiben, als Abweichung vom Kanonischen, Etablierten, Klassischen (auch der klassischen Moderne). (…) Jene schillernde Polyvalenz ist insbesondere für das deutsche Verständnis von Pop entscheidend, denn, so konstatiert Diedrich Diederichsen: »Es gibt keine deutsche Version.« Weil Begriff und Phänomen nicht deutschen Ursprungs sind und sich einer Eindeutschung widersetzen, kann die ästhetische und politische Relevanz von Pop um so nachdrücklicher mit seiner kulturellen und sprachlichen Andersartigkeit, seinem dissidenten Charakter begründet werden. (…) Um Selbstverständnis und Fremdverstehen, Möglichkeiten und Unmöglichkeiten der Positionsbestimmung anhand von Koordinaten von Nationalität, Generation, Geschlecht und soziale Herkunft geht es auch in den Schriften von Andreas Neumeister und Thomas Meinecke. (...) Doch letztlich ist nicht der einfache Befund, dass bestimmte intertextuelle und intermediale Bezüge für die Texte konstitutiv sind, und die technische Beschreibung der Verfahren, wie diese Referenzen erzeugt werden, entscheidend. Für die Verortung dieser Schriften in einem popkulturellen Kontext ist die Haltung, mit der dieses geschieht, das spezifische, im Sinne Diederichsens ›emphatische‹ Verständnis von Pop bestimmend, wie Meinecke auch mit Blick auf Neumeister und Goetz erläutert: »Pop-Literatur als solche aber gibt es nicht. Es gibt auch nicht Pop als Bewegung. Allenfalls als Haltung. Pop ist kein Ganzes (...). Pop ist eine Praxis. Ein Mittel. Ein analytisches Verfahren, mit vorgefundenen Oberflächen auf produktive Weise umgehen zu können. Eine Wahrnehmungstechnik. Pop als Lesen. Diagnose, aber nicht Prognose. Nicht Wissen, sondern Fragen. (...) Dabei ein allen zugänglicher Code. Und ausgesprochen selbstreferentiell.« (...) In seinem programmatischen Artikel *Alles Mist* (1994) über den »Schwachsinn einer eigenständigen deutschen Popkultur« entwickelt Meinecke anhand amerikanischer Folkmusic seine an Diederichsen angelehnte Vorstellung von gutem Pop: Dieser »war zu allen Zeiten ein Bastard, unrein, im besten Sinne volkstümlich, populär«, er entsteht, wie Jazz, Bluegrass und Zydeco, »durch das Gegenteil von musealer Traditionspflege, chauvinistischer Wurzelsuche oder des bei uns so grassierenden Authentizitäts- und Identitätswahns, sondern vielmehr durch das Vertrauen auf produktive Mißverständnisse, nicht zuletzt durch migratorische Entwurzelung«. (...) Wie bei Diederichsens kindlicher Popmusikrezeption ist der Diskurs der Protagonisten Meineckes aufgeladen mit »Halbwissen, paranoischer Interpretation und Begehren«. Fortwährend erzeugen der Platten- und Zitatsammler Meinecke und die seinigen, Wenzel und Vivian, Tillmann und Yolanda, Sinn und Unsinn, indem sie zwischen ihren Funden mal naheliegende, mal kühne Verknüpfungen herstellen. Ein solches Verfahren, das Meinecke selbst gern mit dem Plattenauflegen vergleicht, bringt einen geradezu idealtypischen Fan-Diskurs hervor, wie ihn Brigitte Weingart beschrieben hat. Dieser zeichnet sich dadurch aus, dass er die Dichotomien von ›heißer‹ Faszination und ›kalter Analyse‹, von Kritik und Erfahrung, Denken und Leben, Unmittelbarkeit und Distanz und so weiter »als eine Art Diskursgenerator prozessiert«. (...) Dieses Spiel trägt den Vorbehalten, die Meinecke gegenüber traditionellen Konzepten von Autorschaft hegt, und der in allen drei Romanen thematisierten Problematik der Identitätskonstitution Rechnung. (...) Wie im postkolonialen Diskurs Bhabhas bildet die Popkultur bei Meinecke und Neumeister einen ›third space‹, in dem das Problem der Identitätsfindung von zentraler Bedeutung ist. Jedoch wählen die beiden keine psychoanalytische Herangehens- und Darstellungsweise, sondern reflektieren die (multi-)mediale Dimension der Subjektkonstitution. Der popkulturelle Zwischenraum wird als einer verstanden und beschrieben, der voll ist von zugleich fremden und vertrauten, missverständlichen und hoch signifikanten Botschaften, in dem das Ich sich als Instanz ständiger Interpretationsbemühungen zu erkennen gibt. Individuelle und auch kollektive Identität ist unter diesen Bedingungen eine dynamische, hybride Größe, die ständig bedroht ist, aber auch Widerstandspotential enthält. (...)

Eckhard Schumacher, *Gerade eben jetzt. Schreibweisen der Gegenwart*, Suhrkamp, Frankfurt am Main, 2003, S. 184 ff.:
»Salut an Hubert Fichte«
Performativität, Aktualität, Pop
(...) »Hubert Fichte fragte sich: Wie soll man alles beschreiben?« Cordula, eine der drei mit »Ich« markierten Erzählinstanzen in Thomas Meineckes *Hellblau*, und zwar jene, von der man am Ende des Romans erfährt, daß sie in naher Zukunft »in Hamburg eine Reihe von Interviews für eine Publi-

kation zum fünfzehnten Todestag Hubert Fichtes machen wird«, liest, hier und an anderen Stellen des Romans, Texte von und über Hubert Fichte. Und wie an anderen Stellen verweist das, was dem »Ich« zugeschrieben wird, auch hier auf den Entstehungsprozeß von *Hellblau*. Nicht nur in dieser Passage sieht sich auch Meineckes Text mit der Frage »Wie soll man alles beschreiben?« konfrontiert, und nicht nur an dieser Stelle findet man in seinen Schreibverfahren – und das heißt in mehrfachem Sinn auch: mit Fichte – eine mögliche Antwort. Wie bei Fichte rücken auch bei Meinecke an die Stelle des Beschreibens Verfahren des Auflistens und der Inventarisierung, des Ab-, Mit- und Umschreibens, das Schreiben konstituiert sich über ein Aufnehmen von und Arbeiten mit vorgefundenem Material. Im zitierten Fall handelt es sich dabei um »Torsten Teicherts 1986er Dissertation über die poetische Konstruktion des Fremden und des Eigenen im Werk von Hubert Fichte«, ein Buch, auf das Meinecke das »Ich« an dieser Stelle verweisen läßt, ein Buch, aus dem er, einzelne Formulierungen oder ganze Sätze zitierend, paraphrasierend, reformulierend, abschreibt. Meinecke zitiert jedoch nicht allein Teichert, der Fichte zitiert, sondern zugleich auch Fichte, indem er sich an dessen Verfahren der Textkonstitution annähert, etwa an »jene wesentliche Form der Beschreibung«, die Teichert, bezogen auf Fichte, über ein Zitat des Literaturtheoretikers Georg Lukács anführt, das das »Ich« in *Hellblau* aufnimmt und in eine neue Form bringt: »In Klammern: Schon Georg Lukács bezeichnete das Selbständigmachen der Einzelheiten als wesentliche Form der Beschreibung.« Derartige Übernahmen aus vorgefundenen Texten bleiben selten auf den spezifischen Kontext der Figurenrede beschränkt, in diesem Fall Cordulas Lektüre von Teicherts Fichte-Studie, sie verweisen fast immer auch auf die Schreibverfahren, denen sich die Figurenrede verdankt. So vollzieht sich auch an dieser Stelle von *Hellblau* genau das, was über die zitierten Texte benannt wird.

Die Frage nach der Möglichkeit, »Detroit Bass auf Anhieb von Miami Bass unterscheiden zu können«, löst im Monolog der Ich-Erzählerin Assoziationen aus, die im Text so angeführt werden, daß sie sich über thematische Verzweigungen, metaphorische Verdichtungen und, stärker noch, metonymische Verschiebungen unablässig fortsetzen, sich in scheinbar disparate Einzelheiten verselbständigen, letztlich aber fast immer auch wieder in neuen, oft erst durch den weiteren Textverlauf konstituierten Zusammenhängen verhaken. Aus der Perspektive der Gegenwart, markiert über Computerbildschirm und Plattenspieler, datiert über Hinweise auf Zeitungen, Bücher und Schallplatten, die in der Entstehungszeit des Romans erschienen sind, wird auf diese Weise in immer neuen Wendungen historisches mit neuem, aktuell anfallendem Material verknüpft: »Auf meinem Bildschirm: Hubert Fichtes Miami. Auf beiden Plattenspielern: Parallel Dimensions, das neue, bezaubernde, auf seinem Sound Signature Label erschienene Doppelalbum des Theo Parrish.« Meinecke macht in seinem Text, vermittelt über das »Ich« namens Cordula, gerade das, was Theo Parrishs Titel *Parallel Dimensions* verspricht, und potenziert dieses Verfahren noch, wenn er im weiteren Verlauf des Textes die Parallelisierung von »Miami Bass« und »Hubert Fichtes Miami« auch auf Theo Parrishs »Doppelalbum« und die dort angelegte Frage nach der Konstruktion des Eigenen und des Fremden ausweitet: »Heinrich vermeint, konkrete Voodoo Conga Patterns in seinem Spiel zu erkennen. Theo Parrish behauptet: The difference between imitation and emulation is specific experience. Hubert Fichte fragte sich: Wie soll man alles beschreiben? Und erfuhr an den atlantischen Gestaden der Neuen Welt: Eine Vaudouzeremonie ist alles.« *Hellblau* läßt sich in dieser Hinsicht als Entwurf einer »postkolonialen Literatur« lesen, als ein »Forschungsbericht«, als literarische Form einer breitangelegten Diskursanalyse, die in ihrer quasidetektivischen Spurensuche und ihrer ebenso archäologischen wie assoziativen Erkundung kultureller Oberflächen auf mehreren Ebenen an Hubert Fichte erinnert. In vielen Kritiken werden diese Lektüremöglichkeiten jedoch ausgeblendet und durch Anmerkungen zur Frage der Gattungszugehörigkeit überdeckt, die Ende der 1960er Jahre auf ähnliche Weise auch gegen *Die Palette* gerichtet wurden und schon damals nicht selten in der tendenziell trüben Frage versackten, ob derartiges noch als Roman bezeichnet werden sollte. (...) Der weitgehende Verzicht auf Figurenpsychologie, narrativ ausgestaltete Handlungszusammenhänge und eindeutig festlegbare Themen kann heute offenbar immer noch jene Unzufriedenheit auslösen, die 1968 auch zu einem Ausgangspunkt der Kritik an Fichtes Schreibverfahren wurde: »Stoff breitet sich also aus. Was ihm fehlt, ist das Thema«, kritisiert Baumgart 1968 *Die Palette*. Gut dreißig Jahre später schreibt Thomas Steinfeld über *Hellblau*: »Doch die Handlung bedeutet fast nichts, denn dieser Roman besteht vor allem aus dem von überall her, nicht zuletzt aus der populären Kultur einschießenden Stoff.« Und auch Baumgart greift in seiner *Hellblau*-Kritik zu Argumenten, die er in ähnlicher Form bereits Ende der 1960er Jahre im Blick auf *Die Palette* formuliert hatte: »Er bietet nur noch kaum anskizzierte Figuren und hat keine Lust mehr auf Geschichten. Bis auf letzte kümmerliche Reste scheint alles Fiktive aus der neuen Textlieferung herausgeblasen. Dokumentiert wird nur ein besessenes Sammeln von Fakten, Thesen, Sounds.« Aus dieser Perspektive erscheint es trotz der Differenzen zwischen den Schreibweisen nur konsequent, daß Baumgart die »kurze Hommage an Hubert Fichte« auf den letzten Seiten von *Hellblau* zum Anlaß nimmt, den »ethnografischen Sammler, Spekulanten, Collagisten und vor allem Grenzverwischer, Grenzüberschreiter« Hubert Fichte als einen »Vorläufer« Thomas Meineckes zu beschreiben. (...) Aufzählen und Erzählen sind nicht mehr eindeutig zu unterscheiden, sie bedingen sich vielmehr gegenseitig, gehen in der Aneinanderreihung von Protokollen, Zitaten, Transkriptionen oder Wortkatalogen ineinander über und lassen so einen Text entstehen, der im Medium der Schrift genau die Effekte produzieren kann, die Thomas Meinecke dem Auflegen von Schallplatten, dem Ineinanderblenden von »Records«, der Arbeit des DJs zuschreibt: »Spannend daran sind jene Momente, in denen nicht klar auszumachen ist, welches Versatzstück welcher Quelle entstammt. In denen sich vermeintlich Disparates zur Synthese mischt. In denen das Zitat seine Anführungszeichen verliert.« (...) »Die scheinbar exzessive literarische Beschäftigung mit sich selbst, immer wieder, immer neu, dabei die substantiell-inhaltliche wie narrativ-strukturale Infragestellung des Identitätszentrums, Wechsel, Maskierungen, Theaterrollen, Egorollen, poetische Imitationen, Kunstfiguren, Brüche im Leben, gedoppeltes, Blicke aufs Ganze: Das sind viele Teile, schreibt Torsten Teichert«, schreibt Thomas Meinecke, Teichert abschreibend und diese Abschrift einer der »Ich«-Instanzen des Romans, nämlich Cordula, zuschreibend, in *Hellblau*. So unterschiedlich die Infragestellungen von Identität bei Fichte, Goetz und Meinecke letztlich ausgearbeitet sein mögen, so ähnlich sind sie sich in der Fokussierung auf jene doppelte Bewegung, die alle drei Autoren in und mit ihren Texten in Gang setzen. Einerseits erweist die Unterminierung der Unterscheidung von Authentizität und Fiktionalität jede Vorstellung einer feststehenden Identität als Ergebnis einer Konstruktion, andererseits wird dieses Moment der Konstruktion in den Texten derart herausgestellt, daß selbst ein in viele Teile aufgespaltenes »Ich«, ein über fiktive Figuren perspektivierter Diskurs oder eine distanziert reflektierende Erzählinstanz als Verweise auf den Autor und den Kontext, in dem er sich bewegt, gelesen werden. (...) Nimmt man auch in dieser Hinsicht den Vergleich von Schriftsteller und DJ ernst, auf den Meinecke wiederholt verweist, ließen sich seine Schreibverfahren als eine Arbeitsweise begreifen, die zwar immer nur unter den Vorzeichen der Verarbeitung von vorgefertigtem Material operiert, aber gerade deshalb die Aufmerksamkeit nicht nur auf das verarbeitete Material, sondern auch auf die Art der Verarbeitung, auf die gerade im Kontext des DJ-Diskurses damit verbundenen Vorstellungen von Autorschaft und Autorität und damit unweigerlich auch auf die eigene Person lenkt. Auch die Figuren, die Fichte, Goetz und Meinecke in ihren Texten entwerfen, sind jener doppelten Bewegung ausgesetzt, über die einerseits jede Identitätszuschreibung nur unter den Vorzeichen von Konstruktion und Fiktionalität erscheint, andererseits aber auch Realitätsrückkopplungen ausgelöst werden, die im fiktionalen Kontext gezielt Authentizitätseffekte produzieren. (...) »Stilistisch verhält sich Fiction zu Non-Fiction wie der ›selbstgefundene‹ Ausdruck zum Zitat«, schreibt Heinrich Bosse in einer Rezension zu Fichtes *Palette* und reformuliert auf diese Weise die Beobachtung, daß in dem Roman *Wirklichkeitsbrocken* gerade dort eingestreut werden, »wo in früheren Zeiten vielleicht ein Vergleich gestanden hätte«. Was hier zum Ausgangspunkt der kritischen Anmerkung wird, der wiedergegebene »Jargon« verliere an »Leben« und sei »bei aller Kunstfertigkeit« letztlich nur eine »Sprache ohne jegliche Phantasie«, trifft unabhängig von der negativen Wertung sehr genau einen Punkt, auf den sowohl Fichtes Texte als auch die von Goetz und Meinecke abzielen. Alle drei Autoren unterlaufen jene Zuordnungsmechanismen, die Fiction mit dem selbstgefundenen Ausdruck oder anderen gängigen Vorstellungen von Phantasie und Non-Fiction mit der Form des Zitats identifizieren, indem sie über Verschränkungen der vermeintlichen Gegensätze Texte produzieren, die unentscheidbar zwischen jenen Polen oszillieren, die Goetz als »Höchst-Abstraktion« und »Maximal-Konkretion« beschreibt. Entscheidend dafür ist nicht zuletzt das Prinzip, den Akt des Zitierens nicht auf seine referentielle Funktion zu beschränken, sondern auch dessen performative Qualitäten gezielt zu nutzen. Das Zitieren erscheint nicht nur als ein reproduktives Verfahren zu Zwecken der Dokumentation, sondern vollzieht immer auch eine Geste des Zeigens, des absichtlichen Herausstellens, die Differenzen markiert und auf diese Weise Signifikanz produziert. Die bei Fichte, Goetz und Meinecke beobachtbare Vermeidung von Anführungszeichen, das Zitieren ohne konventionelle Markierung des Zitierten, läßt dabei die Grenzen zwischen eigenem und fremdem Text zugleich diffundieren, was die beschriebenen Effekte – das performative Potential der Texte – jedoch keineswegs auflöst, sondern eher noch verstärkt. Wenn Meinecke Pop als ein »Sich-Verlassen auf die Gegenwart« beschreibt, verweist er in genau diesem Sinn »auf das Zitieren, das Montieren von Dingen, die man nicht aus seinem tiefsten Inneren herausleiert«. An die Stelle von Phantasie und der Suche nach dem eigenen Ausdruck tritt ein Modus der »Vergegenwärtigung«, der sich zu nicht geringen Teilen über das Prinzip des Zitierens von nicht nur vertrautem, sondern ebenso auch fremdem, unverstandenem Material konstituiert und die beschriebene Gegenwart – oder zumindest »die Illusion des Gegenwärtigen« – so häufig allererst produziert. (...) Weder Gegenwart noch Vergangenheit stellen sich aus dieser Perspektive, die auch Goetz' und Meineckes Projekt einer »Geschichte der Gegenwart« bestimmt, als etwas dar, das man aus einer vermeintlich sicheren Position des Wissens erzählen oder als verstanden abhaken könnte. Der Modus des Zitierens und die Verarbeitung von vorgefundenem Material implementiert den Texten vielmehr unweigerlich immer auch Kontexte, die nicht zu kontrollieren sind und auch nicht kontrolliert werden sollen, die sich fortsetzen, vervielfältigen und in der Lektüre weiterprozessiert werden können. (...) Die Aufladung mit Aktualität, die Fichtes Texten zugeschrieben wurde, ließe sich in genau diesem Sinn reformulieren. Sie verlassen sich nicht auf die Attraktivität, Aktualität oder Repräsentativität der beschriebenen Gegenstände, sondern entfalten über Verfahren des Zitierens und der Materialmontage ein performatives Potential, das den Akt des Schreibens ebenso wie die Möglichkeiten der Lektüre als das Ergebnis einer Versuchsanordnung erkennbar werden läßt, deren Ausgang strukturell offen bleibt. Thomas Meinecke übersetzt auch diese Konstellation in die Parameter von Pop, wenn er betont, Hubert Fichte sei nicht jemand, der »über Schallplatten schreibt«, sondern ein Autor, »der selbst Schallplatte, Tonkopf, Abtastsystem ist«.

Haiko Prengel, *Das Bild der postmodernen Gesellschaft bei Thomas Meinecke*, Magisterarbeit im Fach Neuere deutsche Literaturwissenschaft, Humboldt-Universität zu Berlin, Grin Verlag, München, 2004:

Schlußfolgerungen

(...)

Dabei gibt es praktisch keinen Anfang und kein Ende. Das erste Wort in *The Church of John F. Kennedy* ist ein »jedenfalls«: Völlig unvermittelt startet ein Roman, als sei auch er lediglich Fortsetzung einer längst initiierten Entwicklung, die sich bis ins Unendliche fortsetzt. Bis zu *Hellblau* wird diese Form beibehalten. Bestimmt gibt es in jedem Roman klar dominierende Themenkomplexe, doch taucht fast jeder Aspekt auch in den anderen Werken auf. Kein Thema ist jemals wirklich erschöpfend behandelt und keine Frage ein für allemal beantwortet. Nicht einmal der Autor Meinecke versteht immer das, was er zu Papier bringt. Oftmals reicht ihm die Begeisterung für komplizierte Zusammenhänge aus, um literarisch produktiv zu werden. (...)

(...)

Postmoderner Dekonstruktivismus macht den Menschen nicht nackt: Es geht vielmehr um eine Hervorhebung der Unterschiede in einem positiven Kontext, der auf Toleranz anstatt

auf Exklusion setzt. Wenn wir uns nicht dauerhaft dem Rückfall in die Moderne ergeben wollen, müssen wir die starren Kategorien endlich hinter uns und radikale Pluralität in alle Richtungen der Gesellschaft ausschlagen lassen: »Macht Rhizom, nicht Wurzeln, pflanzt nichts an! (...) Seid nicht eins oder viele, seid Vielheiten! (...) Seid der rosarote Panther, und liebt euch wie Wespe und Orchidee, Katze und Pavian« (Deleuze/Guattari).
(...)

Cecile Zorach in *Transit, A Journal of Travel, Migration and Multiculturalism in the German-speaking World*, Vol. 1, Iss. 1/2004:

Thomas Meinecke's German Fictions of Multicultural America: Model or Admonition?

(...)
With his later novel *Hellblau* Meinecke leaves German colonization of the US behind and broadens his lens to examine the influences of the African and the Jewish diasporas in the United States. He looks primarily at the role of these ethnic groups in the development of a native musical, theatrical, and cinematic tradition, especially in the first half of the twentieth century. Just as unification had been the main German point of reference for Wenzel Assmann in *The Church of John F. Kennedy*, Ronald Reagan's visit to Bitburg in 1985 anchors the German characters' attention in *Hellblau*. The demographic issues intensified by unification, however, shape the later novel's concern with ethnic identity and its place in the shaping of a national culture. The text's first references to Europe consist of two incidents in which asylum-seekers are forcibly repatriated, sent back to Congo and Sudan, respectively, on Swissair and Lufthansa. Similar incidents, including the suicide of one unsuccessful asylum-seeker, occur later in the novel. Xenophobic attacks and anti-Semitic vandalism punctuate reports

from contemporary Germany, with retrospective remarks on the Bitburg ceremony bringing the Third Reich and the Holocaust explicitly into the novel's field of view. In contrast to the earlier road novel, *Hellblau*, composed of discussions, e-mails, telephone calls, and projected writings, reads more like a »blog« or online chat room dominated by three main characters in conversation with each other and with various peripheral acquaintances. More than Meinecke's other novels, *Hellblau* fixates on documents in various stages of completion. The German protagonist, Tillmann, renting a summer cottage on the Outer Banks with his American Jewish girlfriend, Vermilion, communicates regularly with African-American Yolanda in Chicago about a study they have begun to write on the evolution of American blues music, with the various possible titles *Wasserflugzeug*, *Displaced Persons*, or *Downtown Atlantis*. The narrator's remark on the size of this work comments wryly on the author's own tendency toward verbosity: »Noch im November, glaubt Tillmann, werden seine und Yolandas Aufzeichnungen eine vierstellige Seitenzahl erreichen. Um Himmels Willen, ruft Heinrich, der bei gerade eben erst zweihundert Seiten angelangt ist, aus.« By the novel's end Yolanda expresses dismay at the »noch immer viel zu umfangreichen Anmerkungsteil«. These comments underline the inexhaustibility of ethnic crossfertilization in the arts as a topic of contemplation. They also highlight Meinecke's fixation on documentation of many kinds and his mode of composition, noted by many readers, as a form of bricolage. Although such a mode of writing may be appropriate in writing about improvisational genres like jazz and blues, it makes *Hellblau* less successful as a novel than as a long essay.

Dominated by characters involved in various kinds of academic writing, the book overflows with references to dozens of works, mostly in English, pertaining to the history of American jazz, Jewish/African-American political and cultural interaction, and ethnic selfdefinition. Yolanda, who has grown up as an American army brat in Bitburg, now works in the Regenstein library of the University of Chicago and mines its archives. Their main German correspondent, Tillmann's former girlfriend, Cordula, studies at the Humboldt Uni and reports about her current boyfriend Heinrich's research through newspaper articles, scholarly studies and interviews on his own native Bitburg. This city runs through the text as site of problematic German-American interaction: Reagan's May 1985 visit to the military cemetery, the ceremonies for the withdrawal of US troops from the military base there in 1994, and a 1997 rave held in a building of the former US base. Through their sometimes tedious transatlantic conversations Meinecke's over-educated characters reflect on definitions and boundaries of race, ethnicity and gender posited by the new intellectual disciplines of cultural studies, postcolonial, diaspora, and gender studies.

The novel's title points in many directions while linking the two cultures, the US and Germany. On the most obvious level, it echoes the blues as a specifically American musical style. The color »hellblau«, however, also characterizes the warm water of the Atlantic, which serves as an icon for the legacy of violence and trauma in both German and US history: Tillmann, hunkering down in the path of hurricanes on the Outer Banks, researches German submarine warfare in these coastal waters, which he documents with details about individual U-Boots, their wartime engagements, and their ultimate fates. Cordula, a diver, plans to visit and explore some of the wrecks. Scuba diving here entails a revisiting of the past – exploration of wrecks from German submarine activity in World War I – and the drawing of boundaries separating historical probing and desecration, since some of these wrecks also contain human remains and thus have the status of burial sites. For the United States, however, the Atlantic plays a more distant historical role as site of the Middle Passage, suggested in the novel by recurrent references to a cryptic 1990's Detroit techno duo Drexciya. This group built an entire repertoire around the mythology of the Black Atlanteans, a utopian underwater people descended from pregnant slaves thrown overboard during their transatlantic crossing. The motif of Atlantis, however, also runs through the book, a lost world that nevertheless continues to fire imaginations about an ideal future.

Tillmann precedes his first mention of Drexciya early in the book with a reference to Paul Gilroy, whose *Black Atlantic* resonates through Meinecke's text. Much of *Hellblau*, for example, is an examination and extension to other ethnic groups of Gilroy's statement that »the unashamedly hybrid character of ... black Atlantic cultures continually confounds any simplistic (essentialist or anti-essentialist) understanding of the relationship between racial identity and racial non-identity, between folk cultural authenticity and pop cultural betrayal« (Gilroy). *Hellblau* probes the embeddedness of African-American, German, Jewish, and »American« cultures in an »Atlantic« community and questions the relevance of such a community at the turn of the millennium.

In a work so preoccupied with race, the color »hellblau« also refers to the stereotypical eye color of Germans and to America's dominant northern European population group. Pigmentation as an unreliable racial marker, established by a reference to an 1886 study by Rudolf Virchow and by allusions to Nazi experiments with eye color runs throughout the book in references to numerous Americans of mixed race: »RuPaul sagt: Who says black people have to be black?« In the opening pages, Tillmann leaves a long-winded message on Yolanda's answering machine which leads up to the single question, »Welche Farbe hat Mariah Carey?« Mixed-race Mariah Carey (»(ihre) Mutter war eine weiße irische Opernsängerin, ihr Vater ein schwarzer venezolanischer Flugzeugingenieur«), provides a leitmotif in the novel's remaining 300 pages, joined by references to numerous other Americans of indeterminate race, for example, Slim Gaillard, »Sohn eines afrikanischen Amerikaners und einer jüdischen Amerikanerin, in Detroit geboren«. This focus enables Meinecke to emphasize the creative interaction among different ethnicities in the formation of new cultural hybrid identities with their own art (musical) forms.

Whereas in *The Church of John F. Kennedy* this creative interaction involved the contribution of European immigrants to American society, *Hellblau* is concerned largely with the African-American/Jewish symbiosis, especially in the history of American popular music. The destruction of the German Jewish community and Germany's incomplete *Vergangenheitsbewältigung* (de-nazification policies of the late 1940's, inadequate maintenance of memory sites, mishandling of the Bitburg observances, continuing desecration of Jewish sites, debates about compensation for camp victims) compel Tillmann's commitment to the project. Yolanda, as an African-American living in a city with a legacy of racial conflict, introduces a perspective informed about contemporary American racial tension. Vermilion's simultaneous dissertation research on *The Chassidim of Williamsburg, Crown Heights, and Borough Park* from the standpoint of gender builds on material from gender studies that had driven *Tomboy* and expands the view of diverse Jewish cultures in the US.

Unlike *The Church of John F. Kennedy*, which emphasizes ideological (cultural and political) differences between the US and the Federal Republic (...), *Hellblau*'s portrayal of the US underlines connections between the two countries: a legacy of anti-Semitism (from Henry Ford, to whom Hitler approvingly refers in *Mein Kampf*, to Louis Farrakhan) and other racism (the tensions of Crown Heights and of the Chicago area); the intertwining of US and German industry in the Third Reich; the reciprocity between 1990's Detroit techno music and the German techno music of a decade earlier (for example, in Cordula's remark, »Afrodiasporische Amerikaner im desolaten postindustriellen Detroit machen sich ihren revolutionären Reim auf die alten Platten der Düsseldorfer Gruppe Kraftwerk. Ist Detroit Techno Black Music? Was will uns Marc Floyd alias Chaos, GI zu Heidelberg UR (Underground Resistance) Recording Artist, mit seinem sensationellen Titel Afrogermanic sagen?«, to cite only one of many textual examples). For Meinecke, however, these areas of proximity between Germany and the US, rather than reflecting a blandly »global« notion of world culture, underline darker undertones and fissures in the execution of »multiculturalism« coming into prominence at the turn of the new century.

In the general discussions around multiculturalism, the debate about a German »Leitkultur« proved no less fractious than American discussions unleashed a few years later by such works as Samuel P. Huntington's *Who Are We: The Challenges to America's National Identity* and in the ethnic polarizations laid bare by the 2004 presidential election. An examination of Meinecke's novels clarifies the fault-lines shaping debate about »multiculturalism« and illuminates the inadequacy of the American »melting pot« model for contemporary Germany. The novels also make it clear that integration of immigrant groups poses challenges for both societies. It is significant that *The Church of John F. Kennedy* ends in an eighteenth-century Pennsylvania Moravian town with references to the »polylinguelle Christianisierung der Indianer«: »Nicht nur, daß die Herrnhuter ihr gesamtes Gesangbuch in deren gänzlich unbarocke Sprache übertragen hatten; auf ihren Ölgemälden ließen sie die Missionierten gleich reihenweise neben Jesus Christus auf dessen braungetönter Schäfchenwolke schweben.« Wenzel Assmann follows this observation with a note about the origin of the name »America« in Martin Waldseemüller's 1507 map, a German inscribing an Italian's name on a land where peaceable German Pietists will abet the erasure of native cultures. The book concludes with the terse mention of other settlements founded by the German Moravian Count Zinzendorf with the names Nazareth and Salem, introducing names from yet another foreign culture into the New World. This map, however, yields an image more like a mosaic or a palimpsest than a stew, each successive group leaving recognizable traces.

This disunity sets Meinecke's America apart from the country described by those European travelers who emphasize its materialism, militarism, and philistinism. His picture of America deliberately excludes those segments of the US population that support the mainstream power élites – whether governmental or economic – that might represent a »Leitkultur«. Moreover, like many of his characters, the author, as a pop musician and disc jockey, cherishes a pluralistic notion of what constitutes art and culture. In his America travelers never get anywhere near a well-manicured suburb, nor do they encounter the driver of an SUV or even a speaker on a cell phone. How »realistic« or convincing, then, is the USA that the reader experiences in Meinecke's novels? In rejecting traditional German stereotypes about the US that have persisted throughout the twentieth century (primacy of technology, hypocrisy and bigotry of everyday life, destructive populism of the »Massengesellschaft«, absence of »culture« (Lüdtke)), has Meinecke merely produced a phantasmagoria nurtured by disenchantment with post-unification Germany? The two novels discussed here have returned to the German notion of the US as a »Land ohne Kultur« to examine what constitutes »Kultur« and how it develops. Because this stereotype arose partly from associations of the US with fixation on material and commercial success, economic globalization in the late twentieth century has diffused its usefulness for any one country – no matter how wealthy – and challenged writers like Meinecke to explore critically the German idea of »American culture« or American »Kulturlosigkeit«. One outcome of this critical examination has been to re-evaluate the idea, voiced even in the twentieth century, that the US lacked the »heimatgebundenes Volkstum« necessary for the emergence of a national culture and that it could at best aspire to a »Zivilisation«. Even though World War II, developments in modern ethnography, and deconstruction theory have weakened such distinctions, they continue to exert influence on politicians and the popular imagination. Tilting toward a staid exoticism, Meinecke's novels replace such hegemonic ideas of culture with a plea for seeing US society as an agglomeration of subcultures constituting a nation that remains »immer auch ein bißchen Dritte Welt«; the interaction of these distinct subcultures, however, provides a source of dynamic, artistic creativity where some degree of »otherness« or Außenseitertum is both unavoidable and desirable. Wenzel Assmann savors his own position as »Ausländer« when early in *The Church of John F. Kennedy* he contemplates writing an article for a Munich newspaper titled *Der Deutsche als Ausländer* and again at the end when the novel's narrator queries, »In welcher Hinsicht fand der Deutsche nur als Ausländer zu positiver Selbstbestimmung?«. Far from espousing a vapid humanism of the »wir sind alle Ausländer« variety, the German visitor, like the Louisiana Creoles, Texas Germans, Chasidic Jews, Chicago blacks, Detroit techno musicians, even perhaps Southern Jews (Vermilion is from rural North Carolina), values marginalization as a way to prevent the erasure of ethnic self consciousness and thus to avoid what Assmann refers to as »Der Weg ins Globale KZ«.

The end of *Hellblau*, however, leaves open the question of whether the United States will sustain a multicultural population, and the novel's main characters return to German soil with ambivalent expectations. As »der auf das Exekutieren afrikanischer Amerikaner versessene George W. Bush« prepares to assume the presidency, Yolanda books a flight to Frankfurt to meet with a publisher and see Heinrich for a visit to Bitburg, in a reconnection with her own personal past and with a freighted site of German-American debate about cultural identity. With Cordula preparing a series of interviews for the fifteenth anniversary of Hubert Fichte's death, Tillmann himself returns to Germany. The novel's final paragraph finds (Cordula) on a train to Hamburg reading Fichte's *Geschichte der Empfindlichkeit*, Vol XV, and preparing to visit the writer's grave as (she) contemplates various translations of its Greek epitaph. Just as Kafka has cast a long shadow on *The Church of John F. Kennedy*, Fichte, another of German literature's multiple outsiders (bastard, gay, half-Jew), has left his mark on *Hellblau*. Through his development of »Ethnopoesie«, his exploration of gender ambiguity, and his probing of New World enclaves outside the mainstream, Fichte is an appropriate godfather for Meinecke's ultimately open-ended text, a writer who »strove in his prose to open up narrative space for cohabitation by diverse marginal and insurgent subjects, privileging techniques like the interview, dialogue, and collage that displace and disperse authorial control« (Sieg). Even within their categories of »multiculturalism« and »hybridity«, however, the subcultures of the United States that Meinecke explores certainly stand closer to modern Germany than does much of Hubert Fichte's exotic subject matter.

Generationally, Meinecke stands between the ethnographic writer Fichte and the younger »pop« writers of the 1990's, who fled the ennui of post-unification Germany to trot among various four-star hotels and VIP lounges around the globe, following Meinecke's »Weg ins Globale KZ«. Meinecke rejects the model of a global consumer-driven culture represented by these writers. They participate in what Peter Berger calls »Davos culture«, the internationalized world of a unified, globalized corporate élite. Nor do Meinecke's characters with their sense of national and subnational identities represent the »new breed of Eurocitizen (that) transforms the national subject into a multicultured microcosm, a miniaturized state without borders or a postnational vector of cultural crossover .... an internationalized élite society of ›flexible citizens‹«, analyzed at a 2000 MLA Panel on »Mobile Citizens, Media States« (Apter). Leery of the »Dandyismus« (*JFK*) entailed by such a society, Meinecke, like his character Tillmann, may be fleeing the »wachsender Terror postfordistischer Ökonomie« into his writing projects, again in Tillmann's words for his work with Yolanda, »marginale bohemistische Baustellen (...)« (*Hellblau*).

September 11, 2001, may have signaled an end to the assimilationist »melting pot« ideal and forced both the US and Germany to ponder other models for their respective identities as *Einwanderungsländer*. Although his novels rarely mention Turks or *Gastarbeiter* explicitly, both *The Church of John F. Kennedy* and *Hellblau* probe the question now urgently challenging Germany and other nations of northern Europe, as well as the US: what degree of ethnic individualism versus assimilation is desirable or sustainable in modern developed nations? Can concepts like »Leitkultur« or »core Anglo-Protestant culture« accommodate the creative synergy of hybridity that has produced American jazz or the rich literature of recent immigrants to Germany? It is Meinecke's merit as a knowledgeable disc jockey and musician to paint »culture« as a richer entity than these political concepts allow. The rift opened in the US by the 2004 Presidential election in part polarized those believing in a unified, primarily Christian culture like that envisioned by Huntington and those clinging to hopes of a peaceable, multicultural, multiracial society. Post 9/11 Germany, on the other hand, in drifting toward a definition of itself as »America's ›Other‹«, may still find inspiration for multiculturalism in its own society in Meinecke's encounters with the United States of the 1990's. Both of these novels illuminate the creative potential inherent in what Paul Gilroy insists on in the history of the Black Atlantic as the »instability and mutability of identities which are always unfinished, always being remade« (Gilroy).

Sander L. Gilman, *Multiculturalism and the Jews*, Routledge, New York, 2006, S. 168 f.:

Germans and Jews – and America

Multiculturalism in America, a country that imagined itself for much of the nineteenth century as a homogeneous society (with Simmel's »strangers« in its midst), is politically correct and very avant-garde. Of all the self-consciously »multicultural« writers in Germany, Thomas Meinecke is perhaps the most explicit in terms of the function that he sees the figure of the Jew playing in the modern, multicultural world. For Meinecke the Jew must be part of the multicultural mix. (…)

In his novel *Tomboy* (1998), Meinecke addresses the question of the slipperiness of gender designations. (…) Employing the work of the American professor of Talmud, Daniel Boyarin, on masculinity and Jewish identity, the question of what makes a man centers on Boyarin's definition of the Jew. In addition, Meinecke introduces the figure of Judith Butler, Boyarin's colleague at the University of California, Berkeley, as one of his pivotal figures. Lesbian, Jewish, and a strong advocate of the notion that all gender is performative, Butler serves as the key to the novel's concern with the construction of gender identity. Rarely has multicultural theory been appropriated in such a direct way in modern fiction. Again, it is the Jew who serves as the fulcrum for Meinecke's observations about the flexibility of gender.

Meinecke's recent novel, *Bright Blue* (*Hellblau*; 2001), does much the same thing with ideas of ethnicity and multicultur-

alism as *Tomboy* undertook with gender. Again set in America, the novel deals with the question of how ethnicity and race are defined. His initial question relates to Mariah Carey, the pop singer: is she white or black? She has a black father and a white mother, but what is she actually? Society sees her as black, and yet she is a hybrid. In Meinecke's fiction, the question of race eventually focuses on the Jews. Boyarin and I serve as touchstones for this question. The Jewish body appears to define difference as much as does the »black« body of Mariah Carey.
(...)

Sascha Seiler, *»Das einfache wahre Abschreiben der Welt«. Pop-Diskurse in der deutschen Literatur seit 1960*, Vandenhoeck & Ruprecht Verlag, Göttingen, 2006, S. 307ff.:

Cultural Studies-Diskurse als Literatur: Thomas Meinecke

Auch Thomas Meinecke verwendet die Ästhetik der elektronischen Musik als Grundlage für die Montage seiner Texte, jedoch unterscheiden sich Herangehensweise und Ergebnis erheblich von Goetz' Techno-Rezeption in *Heute Morgen*. (...) Als bedeutender Teil der Sozialisation des Individuums – und nicht als Teil einer Unterhaltungsindustrie – ist die Popmusik maßgeblich an der Wahrheitsfindung bei einer multilateralen Spurensuche (und nichts anderes ist *Hellblau*) beteiligt. Die Geschichte der populären Musik im 20. Jahrhundert ist eine Geschichte der Zusammenarbeit afroamerikanischer und jüdischer Komponisten, in der nicht das oft thematisierte Ausbeutungsmoment im Mittelpunkt steht, das in der Popmusikforschung oft als Grundlage für die Entstehung des Rock'n'Roll gesehen wird, sondern eine bilaterale Entwicklung, bei der das Ziehen von Grenzen ethnischer Art eine nicht angemessene Maßnahme zur Wahrheitsfindung darstellt. Die Suche nach dem Ursprung eines Songs, eines Sounds oder gar

nur einer musikalischen Idee, führt in verblüffender Weise weg von klar strukturierten gesellschaftlichen Prozessen und hin zu einer Verkettung diverser, im Grunde nicht zusammengehörender Umstände. (...) Die populäre Kultur – vor allem die Technomusik – ist für die Protagonisten von *Hellblau* der Mikrokosmos für den Makrokosmos der ethnischen Gruppierungen und ihrer differenten Auslegungen von Bräuchen und Mythen. Was in der intimen Privatgemeinschaft einer nahezu unbekannten Technogruppierung den wenigen Hörern als wichtig und bedeutend erscheint, funktioniert im Makrokosmos weltpolitischer und historischer Entwicklungen nach dem selben System, nur unter den Augen einer größeren Öffentlichkeit. Popkultur ist für Thomas Meinecke und seine Protagonisten Universalsprache, die menschliche Entwicklungen symbolisch widerspiegelt und in deren populistischem Kontext sich makropolitische Ereignisse ablesen lassen. Wer also die Spielarten der populären Kultur ›lesen‹ kann und versteht, wird auch die Hintergründe der menschlichen Geschichte besser deuten können. Rainald Goetz beschrieb in *Rave* die Arbeit des DJs und dessen Verhältnis zu seinem Publikum mit den Worten:
»Das wirklich Neue, das ist ja der Witz, ist nicht vorhersehbar. Für keinen. Eben auch nicht für den DJ. Das unterscheidet den DJ vom Typ, der ein paar Platten abspielt, stumpf oder hochgezüchtet schlauistisch, undergroundig, trashprollig zynisch, billig profimäßig, egal.
Diese Praxis, Leute, dieses Handwerk, diese Reaktionsgeschwindigkeit, das Lauschen, Rühren, Ordnen und Verwerfen, diesen Vorrang der Reflexe, bei gleicher Reflexion auf diesen Vorrang, die auf praktische Umsetzung gerichtete Vision einer realen Abfahrt, der Party also, die zum Ereignis vieler einzelner mit lauter anderen wird, diese Verbindung, mit anderen Worten, von Handwerk und ästhetisch innovativem Geschehen, all das nennen wir hier DJ Culture.«

Hier greift wieder der von Meinecke erwähnte Vergleich seiner Arbeit mit der Arbeit eines Discjockeys. (...)

Klaus Birnstiel, *Post-Poetik. Thomas Meineckes Romane im Kontext der Postmoderne*. Magisterarbeit im Fach Neuere deutsche Literatur, Ludwig-Maximilians-Universität München, 2007:

Ethnisch und geschlechtlich codierte Subjektivität im Schnittpunkt der Diskurse: *Hellblau*

(...)

Hellblau verarbeitet eine Fülle von Intertexten. Die Aufnahme der Intertexte und des übrigen Materials wird, ähnlich wie in *Tomboy*, durch ein Projekt wissenschaftlichen Schreibens motiviert, das Tillmann und Yolanda verfolgen. Das Buch der beiden scheint gegen Ende des Romans fertig zu werden, eine Koinzidenz, die ein Moment von impliziter *narrative closure* des Romans darstellt. (...)

Gleichwohl entsteht aus der pluralen Vielfalt der Intertexte doch *ein* Text, der paratextuell als »Roman« markiert ist, der Anfang und Ende hat. Selbst ein hochgradig intertextuelles Werk ist auf sich selbst zentriert; aus diesem textlogischen Grund heraus weist Karlheinz Stierle die von Julia Kristeva behauptete dezentrierende Funktion der Intertextualität als Chimäre zurück. Dem logischen Einwand Stierles kann kaum widersprochen werden. Die Einheit eines Textes als Text ließe sich auch durch radikale formbrechende Experimente, auf die Thomas Meineckes Texte im übrigen ja sowieso verzichten, niemals sprengen. Diesseits dieser theoretischen Betrachtung aber gilt der textempirische Befund, daß *Hellblau* ein vielstimmiges Ganzes, ein plurales textuelles Kunstwerk ist. Die Einheit des pluralen Textes aber bleibt bestehen.

Es ist textanalytisch zunächst einmal nicht nötig, über diesen Befund hinauszugehen. Doch ist es auch nach dem von interessierter Seite postulierten Tod des Autors naheliegend, nach der Positionierung einer Instanz ›hinter‹ dem Text zu fragen. Wie Claudia Breger feststellt, garantieren Dialogizität und Polyglossie keine Auflösung von Hierarchie, da weiterhin nach der Positionalität eines übergeordneten, impliziten Textsubjekts gefragt werden kann. Allerdings liegt ein biographistischer Fehlschluß nahe, wenn die Nähe der Tillmann-Figur zu einem extradiegetischen (!) Textsubjekt behauptet wird. Mit dem extradiegetischen Textsubjekt kann wohl nur der empirische Autor Thomas Meinecke gemeint sein. Die Dekkung der *Hellblau*-Argumentation mit Thomas Meineckes Intentionen ist sicherlich gegeben, sie kann aber nicht aus dem Text heraus belegt werden. (...)

Klaus Birnstiel, *Post-Poetik. Thomas Meineckes Romane im Kontext der Postmoderne*. Magisterarbeit im Fach Neuere deutsche Literatur, Ludwig-Maximilians-Universität München, 2007:

Anhang:

»Eigentlich ein linkes Modell, ein Aufklärungsmodell« Ein Gespräch mit Thomas Meinecke über die achtziger Jahre, linke Politik, Hamburger und seine Romane

(...)

Klaus Birnstiel: 2001 ist dann Hellblau *erschienen, das wieder ein transatlantisches Setting hat. Wieder eine dieser halb-biographischen Fragen zu Anfang: Was hat Dich nach Ocracoke verschlagen?*

Thomas Meinecke: Das ist sogar ganz biographisch erklärbar. Wir haben mit unserer Band *F.S.K.* 1990, '93 und '95, glaube ich, jedenfalls drei mal in den ersten fünf Jahren der neunziger Jahre, Alben aufgenommen in Richmond, Virginia, was nicht sehr weit weg ist von dieser Inselkette der Outer Banks, die sich von Virginia Beach bis runter nach South Carolina erstreckt, über hundert Meilen, glaube ich, eine Insel nach der anderen, die vor der Ostküste gelagert sind, und wir sind einfach im Anschluß an Studioaufnahmen in Richmond mit dem Mietwagen noch da hingefahren, weil man uns sagte, es sei so schön, und es ist wirklich wunderschön. Alleine hätte es mir allerdings nicht gereicht, wir waren aber mehrfach da, also diese Häuser, die ich da beschreibe, habe ich auch mit Michaela und Juno zusammen bewohnt.

KB: Wart Ihr im Net House?

TM: Ja. Und dieses *Net House* ist auch, als ich dann *Hellblau* schrieb und gar nicht da war, zweimal unter diese Hurricanes geraten, Dennis und Floyd, und ich habe jedesmal die Vermieter angerufen von hier aus, ob das Haus noch steht, weil ich schreibe ja gerade einen Roman, leider im Präsens (lacht), wo diese Häuser eine Rolle spielen, und die hatten natürlich ganz andere Sorgen, als für mich als Romanautor sich zu vergewissern, daß das Ding noch steht, weil andere standen eben nicht mehr. Aber es blieb stehen. Und ich war sogar mit Doktor Eckhard Schumacher noch mal vor Ort, nachdem wir bei einer Germanistentagung in South Carolina eingeladen waren, dann haben wir uns auch einen Mietwagen genommen, denn er wollte Ocracoke sehen, und ich habe ihm das *Net House* gezeigt. Also das ist tatsächlich eher eine zufällige Sache gewesen, kam mir aber dermaßen gelegen, weil erzählen wollte ich ja diesen Aspekt des *Black Atlantic*, afrofuturistische, afrodiasporische Theorien, und dies sozusagen in dem Blick direkt auf dieses Gewässer des Black Atlantic, der für *post-colonial studies* so wichtig ist, eben der Atlantik, wo Sklaven von Sklavenschiffen über Bord geworfen wurden, speziell schwangere Frauen, und unter Wasser eine kiemenatmende Zivilisation begründet haben, Mythen, die man dauernd in der Black Music findet, in Soul und Free Jazz, und ich immer dachte, na gut, das sind so Science-Fiction-Bilder, und plötzlich wurde klar, das sind ganz klare politische Entwürfe einer Gruppe, die eben keine Bürgerrechte zuerkannt bekommt auf dem Boden der USA, und diese wahnsinnig interessante Theorie des Black

Atlantic, eines unterirdischen oder Unter-Wasser-Atlantis formulierte. Und ich setze eine Figur auf diese Insel, die mir bekannt ist, ich habe ja diesen Spleen, daß ich immer nur Bücher dort spielen lasse, wo ich auch den Ort gut kenne, und lasse die auf diesen *Atlantic* kucken, und als ich dort selber war, kam mir dann noch plötzlich diese Geschichte hinein, wie die deutschen U-Boote diese Küste in zwei Weltkriegen total verunsicherten und unter Beschuß nahmen, indem sie die dort vorhandene Seeschiffahrt torpedierten, diese ganzen U-Boote, die da liegen, und dann diese afrodiasporische Idee, aber dann natürlich auch die jüdische Diaspora und die häßlichen Deutschen, die deutsche Technologie, das verdichtete sich alles an diesem Ort so sehr, daß mir der unglaublich gelegen kam, und dazu kamen dann auch noch so Platten wie zum Beispiel damals von den *Neptunes*, die ja jetzt eines der erfolgreichsten Produzententeams der Welt geworden sind, aber damals gerade erst loslegten mit ihren ersten Produktionen, zwei Afroamerikaner aus Virginia Beach, die dort ihr Studio errichteten, und ich kaufte mir damals die ersten Platten, die die produzierten, und ich fand das so toll, daß ich auch dieses Studio wiederum selbst besichtigt habe und die Besichtigung des Studios in den Roman so einfließt wie eben bei *Tomboy* der Vortrag von Judith Butler in München. Also es ist immer so, man wählt sich einen Ort, und plötzlich passieren auch lauter Dinge, die einem so dermaßen gut in den Kram passen. (...) Irgendwie passiert mir das dauernd, ich habe irgendein Thema, und alles verdichtet sich. Ich schreibe über Mariah Carey, und sie kriegt die Krise ihres Lebens und ist jeden zweiten Tag in der Presse. Also das ist dann auch irgendwie sehr reizvoll, solche Dinge zu verfolgen, und da gehörte Ocracoke dazu. Für mich war das wie ein Zirkelpunkt, den man einsticht und dann eine ganze Geschichte darum erzählen kann. Das war jetzt eine sehr ausschweifende Antwort, aber dazu gibt's ja die Auslassungszeichen, Du mußt das ja nicht mitnehmen, aber das war jetzt nur wegen dem, daß es immer so komisch ist, daß man so einen Spleen auch in so einem Roman entwickelt, und da gehören auch Orte dazu, an denen man diese Spleens festmachen kann, und dieses Ocracoke ist auf jeden Fall so einer.

(...)

KB: Hellbau *ist ja insgesamt als Korrespondenz organisiert, als wissenschaftlich-studierende zwischen Tillmann und Yolanda vor allem, als Korrespondenz zwischen Texten und Material. Gleichzeitig ist es wieder einmal eine Korrespondenz zwischen Männern und Frauen, und die Liebesgeschichte von Tillmann und Vermilion verleiht dem Buch in meinen Augen etwas ungemein Schönes, Poetisches, das auch in den Farbspielen zwischen hellblau und zinnoberrot zum Ausdruck kommt. Wie schon in Deinem ersten transatlantischen Roman,* The Church of John F. Kennedy, *gibt es auch in* Hellblau *diese angedeuteten Beziehungsdreiecke. Stand Wenzel Assmann zwischen Barbara und Erika, so steht Tillmann zwischen Vermilion und Cordula, die ihm Fotos von sich im hellblauen Badeanzug schickt. Diese Dreiecke bieten eine Menge narratives Potential, das vor allem in* Hellblau *ausgeschöpft wird. Abgesehen davon, daß diese Geschichten ja schon so etwas wie ein klassisches Motiv der Literatur überhaupt darstellen, was führt dazu, daß sich dieses Motiv in Deinen Texten immer wieder niederschlägt?*

TM: Vielleicht ist das eine Art von Klassiker quasi im Sinne auch von so Topoi, die irgend etwas bewegen in Texten, vielleicht hat es auch so etwas einer Statik einfach Entgegenwirkendes, daß es immer auch noch die andere Person gibt, die sozusagen, wenn es immer in den Texten auch um das Andere geht, plötzlich Raum greifen könnte. Also ich glaube, es ist eher so ein dramaturgisches Element fast. Das klingt jetzt sehr prosaisch oder sehr nüchtern, aber de facto kennt das ja jeder aus seinem Leben, daß man sich auch irgendwo hingezogen fühlt, und das bewegt sofort in der Geschichte was. Im Endeffekt sind doch vier Fünftel aller Bücher, glaube ich, *boy-meets-girl*-Geschichten oder *boy meets boy* oder *girl meets girl*, aber auf jeden Fall eben solche Dinge, und ich glaube fast, daß ich das auch so wie im Chemiebaukasten mal so reinträufle, und dann passiert irgendwas. Wobei ich auch da nicht wirklich plane, wer wen kriegt, und oft kriegen die sich ja auch nicht. Also es passiert ja dann eigentlich immer gar nichts. Außer einmal in *Tomboy*, da gibt es einen Sexualakt …

KB: … Korinna und Vivian …

TM: … wo ich auch schon dachte, es war zuviel, da hatte ich auch schon das Gefühl, nein, das war jetzt irgendwie falsch. So wie ich schreibe, ist es eigentlich so, daß es dazu nie wirklich kommt, sondern es geht eher um Projektionen. Insofern gehört dieses gewisse Sehnen eher dazu als das *doing it*.

KB: Aber in Hellblau *schon, oder?*

TM: Ja, da gibt es das, aber es wird nicht beschrieben. Das wäre auch ein Problem gewesen bei dieser Verfilmung übrigens, weil dieser Mensch, der das machen wollte, unglaublich so Sexszenen im Kopf hatte, wo mir ganz komisch wurde.

KB: Magst Du keine Sexszenen?

TM: Ich weiß nicht, wie man die … ja, ich mag schon Sexszenen, aber ich trau mich nicht so richtig. Ich glaube, dann komm ich an was ran in meinem Erzählen, was eigentlich nicht wirklich stattfindet … Es bleibt bei mir immer so ein Magnetschwebebahn-hafter, nicht wirklicher Kontakt.

KB: Moment mal, also wenn Tillmann und Vermilion auf dem Boden im Net House *sich befinden … oder ist das jetzt meine Projektion?*

TM: Ja, ja, das ist schon … (lacht), die befinden sich auf dem Boden, aber ich habe nicht … ich bin dann eher immer so kurz davor oder kurz danach, so wie in den züchtigen Filmen der Nachkriegszeit oder so. Ich trau mich nicht so richtig ran, sozusagen, das zu beschreiben, was wirklich dann außerhalb des Diskurses liegen würde. Wo plötzlich die Verhältnisse selber regieren. Das gibt's ja alles, das ist ja völlig klar, aber ich traue mich sprachlich nicht so ran, rein handwerklich vielleicht auch, wie das geht. Das habe ich einmal gemacht, auf eine allerdings wieder sehr überzogene Art, in diesem Liebesakt mit künstlichem Dildo im Judenwald zwischen der Schwangeren und der Anderen. Wo ich also mal versucht hab, Judith Butlers Idee vom lesbischen Phallus umzusetzen. Doch genau dieses Umsetzen finde ich eigentlich nicht legitim, und das fand ich jetzt auch immer eine Schwäche von dem Buch, wobei viele genau diese Stelle so mögen. Das ist vielleicht auch ein Indiz dafür, daß da irgendwas stattfindet, was bei mir sonst nicht stattfindet, und die Leute sich danach sehnen, daß so was doch bitte bei mir auch stattzufinden hätte. Aber ich wüßte nicht genau ... ich bin vielleicht noch nicht so weit, das so richtig zu beschreiben, wobei es in meinem nächsten Buch auch genau um dieses Moment ganz stark geht, um so was wie Verlangen und Berühren oder Nichtberühren, asymptotisches Annähern, ohne daß ... Also irgendwie hab ich manchmal diese Scheu davor, so was aufzuschreiben, was sozusagen manchmal so was wie so einen Sexualakt direkt in den Fokus nimmt, weil dann habe ich das Gefühl, das ist ja irre ausgedacht. Also ich hab ja immer noch dieses Ideal des Nicht-Ausgedachten, manchmal ist man mit Gedanken, die so Dinge umkreisen, eventuell konkreter, als in dem plötzlich darüber befinden Können, warum wird jetzt gerade der Penis von dem Typen steif, also das ist mir dann irgendwie schon ... es muß nicht sein. In der Art und Weise, wie ich es mir vornehme zu schreiben, muß es im Moment nicht sein, denn ich bin immer auch auf so einer Ebene, die sozusagen dieses Vordiskursive weniger interessiert, wobei Sex ist wirklich nicht vordiskursiv, wie wahrscheinlich gar nichts vordiskursiv ist, aber ich trau mich da noch nicht so ganz hin, vielleicht mache ich es irgendwann mal. (...)

Katharina Picandet, *Zitatromane der Gegenwart. Georg Schmidt*, Roman trouvé. *Marcel Beyer*, Das Menschenfleisch. *Thomas Meinecke*, Hellblau. Dissertation im Fachbereich Sprach-, Literatur- und Medienwissenschaft, Universität Hamburg, 2008:

Lektüreprozesse

(...)

»Mit Hans Christian Andersens *Kleiner Seejungfrau* liege ich bäuchlings, die widerspenstige Haarpracht notdürftig hinter dem Kopf zusammengebunden, unter der wärmenden, zinnoberroten Decke auf dem Futon. Weit draußen im Meer ist das Wasser so blau wie die Blätter der schönsten Kornblume und so klar wie das reinste Glas, aber es ist sehr tief, tiefer als irgendein Ankertau reicht; viele Kirchtürme müßten aufeinandergestellt werden, um von dem Grunde bis über das Wasser hinauszureichen. Da unten wohnt das Meervolk.«

Bäuchlings, die widerspenstige Haarpracht notdürftig hinter dem Kopf zusammengebunden, ist nun eine üblicherweise eher feminine Position, so liegt auch die Sirene auf dem Cover der bereits zitierten LP *Siren* von Roxy Music auf den Felsen. Von Roxy Music stammt auch der einige Zeilen vor der hier zitierten Passage genannte Titel »Re-make/Re-model«; auf eine Sirene verweist auch der Titel von Andersens Märchen, und Vermilion betont immer wieder das Feminine an Tillmanns Körperbau – eine Gleichsetzung von Tillmann mit einer Seejungfrau wird suggeriert. Der Leser weiß inzwischen ebenfalls, dass man aus dem Net House einen Blick aufs Meer hat, so ist der erste Satz aus Andersens Märchen gleichzeitig als letzter Satz der Lesesituation lesbar: »Weit draußen im Meer ist das Wasser so blau.« Der Satz »Da unten wohnt das Meervolk« meint bei Andersen die kleine Meerjungfrau, ihre Schwestern und auch noch die Hexe, beim Leser von *Hellblau* wird aber inzwischen der ganze Drexciya-Atlantis-Mythos

aufgerufen und die aquatische Herkunft der Afroamerikaner. Tillmann liest weiter, während Vermilion nach Hause kommt: »Mit einem empfindlich kalten Luftzug tritt Vermilion ins Net House, wirft ihre wattierte, hellblaue Jacke neben mich und gibt mir, wozu sie kurz in die Hocke geht, einen flüchtigen Kuß auf den Scheitel.« Der »Scheitl«, so hat der Leser gelernt, ist der jüdische Ausdruck für die Perücke der verheirateten chassidischen Jüdinnen; außerdem wurde Hedy Lamarr, apostrophiert als »Sirene aus Übersee«, besonders durch ihren Mittelscheitel bekannt. Über die langen Haare, unter denen Andersens Meerjungfrau ihre Blöße verbirgt, kommt Tillmann auf »das kurze, geglättete Haar Josephine Bakers aus St. Louis, Missouri; ihre, zumindest in Europa, andauernd ausgestellten Brüste. Vermilion hat sich mittlerweile an den Küchentresen gesetzt und lauwarme Coca-Cola eingeschenkt und die Tüte mit den beiden Hamburgern aufgerissen. Josephine Baker in den Chocolate Dandies. Josephine Baker neben Fanny Brice in den Ziegfeld Follies. Ihre Auftritte in der Pariser Revue Nègre. André Levinsons Worte: Josephine ist kein groteskes schwarzes Tanzmädchen mehr, sondern jene schwarze Venus, die den Dichter Baudelaire in seinen Träumen heimsuchte. Josephine Baker als Französin in dem von Deutschen besetzten Frankreich. In der Résistance. Im Geheimdienst. Als Fliegerin. Als Leutnant. Josephine Baker live in Kopenhagens Tivoli.«
Die Assoziationskette, die Entwicklung und Außenwahrnehmung Josephine Bakers vom »Negermädchen« aus den Südstaaten über die betörende schwarze Venus bis zur Résistance-Heldin, knüpft Tillmann, doch Ergänzungen bleiben auch dem Leser. So wird zum Beispiel das einschränkende »zumindest in Europa« kontrastiert durch die Coca-Cola und die Hamburger als geradezu US-amerikanisches Emblem, die schwarze Venus wird der weißen Aphrodite und Tillmann-Venus gegenübergestellt. Als Fliegerin ist auch Vermilion immer apo-

strophiert worden, mit dem Stichwort Kopenhagen schließlich ist wieder Andersens Kleine Meerjungfrau assoziiert, deren Skulptur am Hafen der Stadt steht. (…)

Jörg Kreienbrock in *Alltag als Genre*, hg. von Heinz-Peter Preußer und Anthonya Visser, Universitätsverlag Winter, Heidelberg, 2009, S. 166f.:

Parallel Dimensions. Der Alltag der Ethnografen Hubert Fichte und Thomas Meinecke

(…)

In Thomas Meineckes Roman *Hellblau* (…) spielt der Schriftsteller und Ethnologe Hubert Fichte als Forschungsprojekt im Alltagsleben einer der Erzählerinnen eine entscheidende Rolle: »Auf meinem Bildschirm: Hubert Fichtes Miami. Auf beiden Plattenspielern: Parallel Dimensions, das neue, bezaubernde, auf seinem Sound Signature Label erschienene Doppelalbum des Theo Parrish. (…) Theo Parrish behauptet: The difference between imitation and emulation is a specific experience. Hubert Fichte fragte sich: Wie soll man das alles beschreiben?« Meinecke beschreibt eine Alltagssituation im Leben der über Hubert Fichte arbeitenden Studentin Cordula, welche die Dopplung und Aufspaltung von quasi-ethnografischer Alltagsbeobachtung auf mehreren Ebenen inszeniert. Der Schriftsteller und der Techno-DJ, Text und Musik, *Imitation* und *Emulation* werden simultan und doch separat wahrgenommen – nicht zufällig heißt das Doppelalbum auf beiden Plattenspielern *Parallel Dimensions*. Cordulas Alltag entfaltet sich zwischen den Parallel-Dimensionen von Bildschirm und doppelten Plattenspielern, von Hubert Fichte und Theo Parrish, Literatur und Techno, die dynamisch und ambivalent miteinander korrespondieren. Wenige Seiten zuvor heißt es: »Von meiner Dozentin auf den Rand eines WMF-Flyers gekritzelt, Hubert Fichtes Satz: Ich war in der HJ, um den Repressalien der Nazis einem Halbjuden gegenüber zu entgehen.« Der Flyer, ein kleiner Handzettel, der für eine Techno-Veranstaltung wirbt, wird zu einem Palimpsest, auf dem sich mehrere Text- und Bedeutungsebenen überlagern. Auf der kleinen Fläche eines flüchtigen Blatts erscheint als Bedeutungsschicht die Geschichte des Halbjuden Fichte im Kontext des Berliner Nachtlebens im wiedervereinten Deutschland. Er ähnelt damit dem, was Hubert Fichte in der von Thomas Meinecke genannten Reportage *Miami* über die afroamerikanischen Religionen feststellt: »Themen, Riten umschlingen sich, verschlingen – synkopisch – sich, verkehren sich, werden umgekehrt, beschleunigt, verlangsamt, scheinen sich zusammenhanglos zu überlagern, zu widersprechen – Teile ganz fremd zueinander.«

Nur einer unerhört *spröden* Ausdrucksweise, welche die Brüche, Lücken und das Widersprechende, das nicht unmittelbar Integrierbare stilistisch ausstellt und einen Text als *vieldimensionales Gebilde* produziert, kann es gelingen, die *Parallel Dimensions* des eigenen als auch des fremden Alltags darzustellen. Gegenwart und Vergangenheit, Berliner Republik und Drittes Reich *umschlingen* sich im synkopischen Techno-Rhythmus. Eine solche synkopische Sprödigkeit der literarisch-ethnografischen Ausdrucksweise verweigert sich der Synthese einzelner Beobachtungen zu einem abgeschlossenen Ganzen; die Einheit der Literaturform Roman ist bedroht: »Widersprüche, Lügen, das Unechte, die Übertreibung, das Inkohärente stehen lassen, nicht wegkitten« (Fichte). Die Studentin Cordula zitiert konsequenterweise im Anschluss an die Beschreibung des Techno-Flyers Torsten Teicherts Studie *Die poetische Konstruktion des Eigenen und Fremden im Werk Hubert Fichtes*, der seinerseits Georg Lukács' Kritik am narrative Zusammenhänge auflösenden, inkohärenten Detail zitiert. Was Lukács in *Erzählen oder Beschreiben?* als den Verlust epischer Geschlossenheit in der Literatur der Moderne beschreibt, welcher den Roman in ein formloses »schillerndes

Chaos« verwandelt, wird von Hubert Fichte als auch von Thomas Meinecke affirmiert. (...)

Christoph Hägele, *Politische Subjekt- und Machtbegriffe in den Werken von Rainald Goetz und Thomas Meinecke*, StudienVerlag, Innsbruck/Wien/Bozen, 2010, S. 17:
Affirmation, Pop und Diskurs. Die ästhetischen Programme von Rainald Goetz und Thomas Meinecke
(...)
Selbst die Argumente und Einwände, die gegen Goetz und Meinecke in Stellung gebracht werden, ähneln auf eine auffällige Weise jenen, denen sich bereits Brinkmann und Fichte zu erwehren hatten. Das Urteil lautet hier wie dort auf eine fetischisierte Feier der Oberfläche, die nichts als das affirmative Geschäft einer konsumorientierten und entpolitisierten Wohlstandsgesellschaft betreibe. In Thomas Meineckes Buch *Hellblau*, das die komplexe Beziehung zwischen den Kategorien des Fremden und des Eigenen ausschreibt, und mit der Suche nach Hubert Fichtes Grab sein Ende nimmt, finden sich zahlreiche Referenzen an ebenjenen. Allein schon die ethnographische Entfaltung des Sujets gemahnt an jene Erkenntnisperspektive, die auch Fichte in seinen Kulturstudien einnimmt. Noch deutlicher ist die Referenz an Fichte in Rainald Goetz' Internet-Tagebuch *Abfall für Alle* expliziert, in dem es einmal heißt:
»Salut/ an Hubert Fichte/ an seine Alte Welt/ die da eröffnete FORM/ an Diedrichs Empfehlung damals, vor Jahren/ eternal Hamburg/ Stadt aller Städte.«
Diesem subjektivistischen Zugriff auf die unmittelbare Gegenwart und Wirklichkeit, überdies der literarischen Beschäftigung mit popkulturellen Phänomenen und Diskursen geschuldet, werden Goetz und Meinecke noch heute, obgleich bereits in ihren Fünfzigern stehend, als Pop-Literaten rubriziert und beworben.
Beiden gilt jedoch die Popkultur als ein Agent der individuel-

len Ermächtigung und der gesellschaftlichen Progression. Goetz wie Meinecke können eingedenk dessen als überzeugte Apologeten einer popkulturellen Demokratisierungsthese bezeichnet werden, die auf den Ideen von Walter Benjamin und Leslie Fiedler ruht. In der Perspektive von Goetz und Meinecke kann die Popkultur als ein Medium inszeniert und konsumiert werden, mittels dessen politische Forderungen und Hoffnungen transportiert und effektiv zum Ausdruck gebracht werden können.

Die etablierten Formen der politischen Kommunikation, die sich in den Verfahren der repräsentativ-parlamentarischen Demokratie und der Praxis zivilgesellschaftlichen Engagements verwirklichen, werden dagegen von Meinecke wie auch Goetz nicht mehr in Anspruch genommen. (...)

Florence Feiereisen, *Der Text als Soundtrack – der Autor als DJ. Postmoderne und postkoloniale Samples bei Thomas Meinecke*, Königshausen & Neumann, Würzburg, 2011, S. 36 f.:

Der Autor als DJ

(...) Der Begriff ›Paratext‹ stammt von Gérard Genette und bezeichnet alles Geschriebene zu einem Werk, das den eigentlichen Text zwischen den Buchdeckeln wie einen »Vorhof« (Ullmaier) umgibt und bewusst und unbewusst (»leiten und verleiten«) die Rezeption beeinflusst, wie beispielsweise Titel, Klappentext, Vorwort, Klappentext, Anmerkungen. (...)

Zur Entstehungszeit von *Hellblau* gab Meinecke an, stark von der Musik von Labels wie Underground Resistance geprägt worden zu sein und damit auch von den Stoffen ihrer Platten: »Und wenn es sich auch nicht im klassischen Sinne über Songtexte transportiert, sondern über Songtitel und Plattentitel. Oder vielleicht über die Botschaften, die in die Auslaufrillen der Platten geritzt sind, ins Vinyl« (Bonz). Während Paratexte flexible Einheiten eines Textes, eines Songs sind, die bei einer

Neuauflage neu angeordnet oder gegebenenfalls an ein neues Publikum angepasst werden können, arbeitet Meinecke die Paratexte als Samples unverändert in seine Prosa ein und modifiziert die Rahmenhandlung, damit das Sample in den Kontext passt. Mit anderen Worten: Meinecke kehrt das Prinzip um. Indem er Paratexte als Beweise verwendet, wird der sie umgebende Text zum Vorhof, zum eigentlichen Paratext. (...) Dabei entsteht ein Flimmern, wenn er zwischen Sample und Rahmenhandlung, zwischen Paratext und Text hin und her springt und ihre Rollen vertauscht. Dieses Flimmern, als Teil des Sounds, ist im Endeffekt als eigentlicher Text zu werten, wobei das, was Genette als Text zwischen den Buchdeckeln klassifiziert, zum Paratext avanciert. (...)

Axel Dunker, Vortrag (Manuskript), *Der Nationalsozialismus und die Shoah in der deutschsprachigen Gegenwartsliteratur*, Internationale Tagung, Leuphana Universität Lüneburg, 05. 11. 2011:

Nationalsozialismus und Auschwitz im Pop-Roman. Thomas Meineckes *Hellblau*

(...) »Im Zusammenschnitt von Theorie, Musik und Literatur«, so Claudia Breger, »entwirft der Roman eine Welt der unendlichen Bezüge, in der Hybridität zur unhintergehbaren Seinsweise alles Notierbaren geworden ist.« Man hat diese Form als Realisierung des »poststrukturalistische(n) Modell(s) des Rhizoms (...) *par excellence*« (Jörg Kreienbrock) bezeichnet. Ein Wurzelstrang dieses Rhizoms wäre dann der Nationalsozialismus, der Antisemitismus und der Holocaust. Aber was für eine Wertigkeit hat er innerhalb des in sich verschlungenen Gebildes? Kann man sich damit begnügen, nur metaphorisch – in Abwandlung eines Zitats von Hubert Fichte – festzustellen: »Gegenwart und Vergangenheit, Berliner Republik und Drittes Reich umschlingen sich im synkopischen Techno-Rhythmus« (Kreienbrock)?

Einer der Stränge, über die immer wieder der Holocaust sich ins Bild drängt, ist die Beschäftigung der Figur Heinrich mit Reagans Besuch auf dem Soldaten-Friedhof in Bitburg, auf dem neben ›normalen‹ Soldaten auch Angehörige der Waffen-SS begraben sind. So wird beispielsweise aus Protestbriefen jüdischer Amerikaner wie dem Folgenden zitiert: »Henry Orenstein: Dear Mr. President, I am a survivor of five concentration camps. My parents, my brother, and my little sister were brutally murdered by SS stormtroopers.«
Daneben steht die Wiedergabe von Zeitungsartikeln wie dem Folgenden: »Nach einer Meldung der Deutschen Presseagentur ist gestern, am 23. Juni 1999, ein achtundsiebzigjähriger Mann der Beihilfe zum grausamen Mord an Juden für schuldig befunden worden. Von einer Bestrafung habe das Landgericht Braunschweig aber abgesehen.« Das geht im selben Abschnitt direkt über in: »Yolanda schreibt mir, daß Slim Gaillard von seinem Vater, der als Steward auf einem Ozeandampfer arbeitete, aus Versehen einmal sechs Monate lang auf Kreta ausgesetzt wurde (...) Slim in London zu mir, eine verkleinerte Reproduktion der ursprünglichen Notation aus seinem Portemonnaie fingernd: In Wirklichkeit heißt es ja Flat Foot Floozy. Plattfußflittchen. Plattfußschickse. Schickse: Jiddisch für nichtjüdisches Mädchen, Christenmagd. (...) Yolanda hatte das auf Anhieb gar nicht glauben wollen.« Auf den Holocaust bezogene Zeitgeschichte und musikgeschichtliche Recherche stehen hier unmittelbar nebeneinander. Das setzt sich fort: »Karlheinz Stockhausen, das legendäre Studio für elektronische Musik, Westdeutscher Rundfunk, Köln, 1956: Gesang der Jünglinge im Feuerofen für 5 Lautsprechergruppen; auf CD gebrannt von Heinrich Eltern. Bereits 1930 weihte Henry Ford, gemeinsam mit Konrad Adenauer, die Kölner Ford-Werke ein. Henry Ford, Lebensdaten einfügen, Antisemit, Detroit, Michigan, USA. Fords Buch The International Jew erwähnen, das im Deutschen Reich unter dem Titel Der

ewige Jude ein Bestseller wurde. Adolf Hitler, der sich in seinem Buch Mein Kampf für Henry Ford begeisterte.« Das geht dann weiter mit Zwangsarbeitern aus den Ostgebieten in den Ford-Werken in Deutschland, »Die Autofabrik Köln als Außenstelle des Konzentrationslagers Buchenwald«. »Ich wüßte, erstens, gern, wie viele jüdische Amerikaner Ford in Detroit eingestellt hat. Zweitens: Wie viele afrikanische Amerikaner? The Big Three of Detroit Automakers: Ford, General Motors, Chrysler. The Big Three of Detroit Techno: Juan Atkins, Derrick May, Kevin Saunderson.« Letzteres ist keine frivole Juxtaposition von Unvereinbarem, sondern Detroit Techno, »als radikal dissidentes Medium«, steht in einem politischem Zusammenhang, den es archäologisch (archivalisch gleichsam) ebenso freizulegen gilt, wie die Hintergründe und Ausläufer des Holocaust.

Im Roman führt das einerseits zu einer Auflistung der deutschen Firmen, die Entschädigungen für Zwangsarbeiter geleistet haben und welche (noch) nicht. Listen dieser Art, die grundverschieden sind von den Listen von Marken-Klamotten bei Christian Kracht, würde man wohl eher in Büchern wie Peter Weiss' *Ästhetik des Widerstands* erwarten als in einem Pop-Roman. Sie zeigen aber, dass wir es hier mit einem Pop-Roman ganz anderer Art zu tun haben, »mit vorgefundenen Oberflächen auf politisch produktive Weise umgehen« eben. Andererseits mündet es in (unbeantwortete) Fragen wie diese: »Apropos: Was ist eigentlich von der seit einigen Wochen umhergeisternden Meldung zu halten, nach der die Behörden von Auschwitz die Eröffnung einer Discothek in der früheren Gerberei des Vernichtungslagers genehmigt haben sollen?«

Nun schließen sich Archäologie und die Arbeit an Oberflächen eigentlich natürlich aus. Meinecke legt aber auch keinen Subtext an, wie es in anderen literarischen Auseinandersetzungen mit Auschwitz etwa zur Repräsentation traumatischer Strukturen der Fall ist. Vielleicht kann man das Eintragen von ›Auschwitz‹ in den Pop-Diskurs vergleichen mit den in den Auslaufrillen von Techno-Platten eingeritzten politischen Botschaften, die im Roman immer wieder zitiert werden. Es ist da, man muss es nur sehen, nicht fixiert bleiben auf etwas anderes, hier den Rhythmus der Musik, der als solcher politisch (als dissident) zu verstehen ist, was der Text in der Auslaufrille nur verstärkt. Die von Hitler geschickten deutschen U-Boote, die immer wieder vor der amerikanischen Atlantikküste auftauchten, sind als Wracks immer noch vorhanden, man kann zu ihnen hinabtauchen und sie inspizieren. Was nicht nur ein harmloses Freizeitvergnügen ist, jedenfalls nicht in diesem Buch.

»In der Boom Box läuft, kaum hörbar, eine Kassette mit historischen Aufnahmen der Epstein Brothers. Der Klarinettist und Saxophonist Chizik Epstein war zu einem gefragten Musiker in der chassidischen Szene avanciert. Als er und seine Brüder in den späten neunzehnhundertsechziger Jahren zur alljährlichen Zeremonie anläßlich der 1944 nach der zynischen Nazi-Devise Blut gegen Ware erfolgten Befreiung des Satmarer Rebben Joel Teitelbaum aus dem Konzentrationslager Bergen-Belsen aufspielten, soll dieser ausgerufen haben: Di Musik klingt azoj schejn. (...) Bis heute kann mir niemand erklären, weshalb so viele Frejlechsn der Klezmorim, in ihrer mitreißenden synkopischen Rhythmik, an den Hambone Beat des Ellas McDaniel gemahnen. Elias McDaniel, afrikanische Amerikaner aus McComb, Mississippi, 1955 von dem polnischen Juden Leonard Chess in Chicago entdeckt, (...) unter Vertrag genommen und nach einem, wie an bestimmten Orten fortwährend betont wird, primitiven afrikanischen Instrument Bo Diddley getauft.« Womit der Holocaust und die schwarze Musik wieder einmal zusammengeführt wären.

Das hat sicherlich, wie Claudia Breger ausführt, etwas damit zu tun, dass der atlantische Raum »keine schöne bunte Welt kultureller Kreuzung« ist, sondern »durch rassistische Diskurse – und Praktiken – reguliert wird«. Antisemitismus (nicht nur) der Vergangenheit und Rassismus der Gegenwart haben viel miteinander zu tun, gerade auch auf dem Gebiet der populären Kultur, das sich eigentlich doch durch Synkretismus auszeichnen sollte. Gerade die Geschichte der schwarzen Musik in den Vereinigten Staaten des 20. Jahrhunderts, die Meinecke weniger erzählt als in Materialien zugänglich macht, zeigt aber das Gegenteil. Rassismus kommt bei den Umsignifizierungen von jüdisch bzw. schwarz in nicht-jüdisch bzw. weiß immer wieder zum Vorschein.

Als Cordula Tillmann und Yolanda in den USA besucht, heißt es einmal aus der Perspektive Tillmanns, man komme »auf den ökonomistischen Antikapitalismus der Postlinken zu sprechen. Ich höre Cordula sagen: Für diese Leute war sogar Auschwitz-Birkenau nichts als ein kapitalistischer Industriebetrieb in letzter Konsequenz, eine fordistische Fabrik wie Volkswagen in Wolfsburg. Und denke, daß in meinem Leben, selbst hier auf den Outer Banks, kein Tag vergeht, an dem mir nicht mindestens einmal das Wort Auschwitz, und mit diesem der gesamte gleichnamige Komplex, durch den Kopf schießt.« Eine solche Äußerung macht Auschwitz, »das ungeheuerste Zentralsignifikat deutscher Geschichte«, wie Moritz Baßler es im Kapitel *Generation Golf in Auschwitz* in seinem Buch über den deutschen Pop-Roman nennt, zu einem der Wurzelknoten des Meineckeschen Rhizoms. »Das Ethnische erscheint«, so heißt es wenige Seiten zuvor, ausgehend wiederum von Gilroys *Black Atlantic*, »nicht als biologische Konstante, sondern als unendlicher Prozeß einer sich ständig ändernden, aber nicht beliebig veränderbaren sozialen Konstruktion von Identität«. Auch das zu vernichtende Jüdische des Nationalsozialismus ist natürlich nichts anderes als eine Konstruktion, aber eine mit tödlicher, massenmörderischer Konsequenz. Insofern markiert Auschwitz den Punkt innerhalb von Meineckes

Konstrukt, der das ganze Gewebe aus dem Selbstgenügsam-Spielerischen, als das es vielleicht erscheinen könnte, herausholt und dem Buch die Dignität des überaus Ernsthaften verleiht. »Ich erkläre Vermilion, daß der Himmel allein durch den Wasserdampf in der Luft hellblau erstrahlt. Farbe ist ja keine physikalische Größe an sich.« Aber Farben werden Bedeutungen zugeschrieben, rassistische Bedeutungen, wenn es um Hautfarben geht, diskriminierende, mörderische, wenn es um den gelben Judenstern geht. Der Roman *Hellblau* ›erstrahlt‹ – um im Bild zu bleiben –, weil er Diskurse wiedergibt. Als solches hat er keine Essenz, wie ein Diskurs hat er etwas Prozesshaftes, etwas Erscheinendes, Performatives. Das Nicht-Essentialistische, das angestrebt wird, hat aber eben nicht zur Folge, dass es nur um Oberflächliches im Sinne von Belanglosigkeit gehen würde.

Ich möchte abschließend diesen Aspekt der Poetik von *Hellblau* noch einmal an einem Detail aufzuzeigen versuchen. Wenige Seiten vor Schluss zitiert der Roman aus Himmlers Posener Rede vom 4. Oktober 1943, einem der schlimmsten Dokumente des Holocaust. (…) Berüchtigt ist diese Geheimrede Himmlers, die er vor einem handverlesenen Publikum von hohen SS-Führern gehalten hat, vor allem wegen einer Passage:

»Ich will hier vor Ihnen in aller Offenheit auch ein ganz schweres Kapitel erwähnen. Unter uns soll es einmal ganz offen ausgesprochen sein, und trotzdem werden wir in der Öffentlichkeit nie darüber reden (…) Ich meine jetzt die Judenevakuierung, die Ausrottung des jüdischen Volkes. Es gehört zu den Dingen, die man leicht ausspricht. – ›Das jüdische Volk wird ausgerottet‹, sagt ein jeder Parteigenosse, ›ganz klar, steht in unserem Programm, Ausschaltung der Juden, Ausrottung, machen wir.‹ Und dann kommen sie alle an, die braven 80 Millionen Deutschen, und jeder hat seinen anständigen Juden. Es ist ja klar, die anderen sind Schweine, aber dieser eine ist ein prima Jude. Von allen, die so reden, hat keiner zugesehen, keiner hat es durchgestanden. Von Euch werden die meisten wissen, was es heisst, wenn 100 Leichen beisammen liegen, wenn 500 daliegen oder wenn 1000 daliegen. Dies durchgehalten zu haben, und dabei – abgesehen von Ausnahmen menschlicher Schwächen – anständig geblieben zu sein, das hat uns hart gemacht. Dies ist ein niemals geschriebenes und niemals zu schreibendes Ruhmesblatt unserer Geschichte.«

Doch nicht diese Passage zitiert Meinecke. Bei ihm heißt es: »Am 4. Oktober 1943 sprach in der polnischen Stadt Posen der SS-Reichsführer Heinrich Himmler die folgenden Worte zu seinen SS-Truppen: Es ist grundfalsch, wenn wir unsere ganze harmlose Seele mit Gemüt, wenn wir unsere Gutmütigkeit, unseren Idealismus in fremde Völker hineintragen. Das gilt, angefangen von Herder, der die Stimmen der Völker wohl in einer besoffenen Stunde geschrieben hat und uns, den Nachkommen, damit so maßloses Leid und Elend gebracht hat. Cordula möchte heute morgen wissen, ob es Adolf Hitler oder Joseph Goebbels war, der versucht hatte, Leni Riefenstahl dazu zu bewegen, den afrikanisch-amerikanischen Sportler Jesse Owens aus ihrem Olympia-Film herauszuschneiden.« Das Zitat aus Himmlers Rede ist wörtlich korrekt aus dem Tonmitschnitt auf einer Wachsschallplatte bzw. der zeitgenössischen Abschrift dieses Mitschnitts entnommen. Es wird nicht weiter kommentiert. In Himmlers Rede geht es unmittelbar im Anschluss folgendermaßen weiter: »Ein Grundsatz muss für den SS-Mann absolut gelten: ehrlich, anständig, treu und kameradschaftlich haben wir zu Angehörigen unseres eigenen Blutes zu sein und zu sonst niemandem. Wie es den Russen geht, wie es den Tschechen geht, ist mir total gleichgültig. Das, was in den Völkern an gutem Blut unserer Art vorhanden ist, werden wir uns holen, indem wir ihnen, wenn notwendig, die Kinder rauben und sie bei uns großziehen. Ob die anderen Völker in Wohlstand leben oder ob sie verrecken vor Hunger, das interessiert mich nur soweit, als wir sie als Sklaven für unsere Kultur brauchen, anders interessiert mich das nicht. Ob bei dem Bau eines Panzergrabens 10 000 russische Weiber an Entkräftung umfallen oder nicht, interessiert mich nur insoweit, als der Panzergraben für Deutschland fertig wird.«

Ist es nun eine Verharmlosung, diese Passage nicht zu zitieren und stattdessen das aus dem Zusammenhang genommen eher groteske Zitat über Herder und die *Stimmen der Völker* aufzunehmen?

Meinecke nimmt das heraus, was anschlussfähig ist an seine Aufarbeitung eines Diskurses, bei dem sich das Politische immer im Musikalischen spiegelt. Pars pro toto enthält der Verweis auf die Posener Rede mit der genauen Angabe des Datums für den historisch Kenntnisreichen den ganzen abgrundtiefen Zynismus und alle Schrecken der nationalsozialistischen ›Endlösung‹. Für den Nicht-Eingeweihten freilich, der am Sound von Meineckes Buch interessiert ist, an der popistischen Oberfläche, tut sich hier nichts. Man muss gewissermaßen wieder in der Auslaufrille lesen, dem Verweis nachgehen, was sich über das Internet, das Meineckes Protagonisten selbst ständig benutzen, leicht machen lässt.

DREXCIYA: OXYPLASMIC GYRATION BEAM
(Drexciya) aus der Doppel-LP NEPTUNE'S LAIR,
Tresor, 1999

III Dienstag, 24. Januar 2012

OOPS OH MY / HETEROSEXUELLER DARKROOM / REQUIEM FÜR EINEN JUNGFRÄULICHEN KÖNIG / BOUVARD UND PÉCUCHET / GOLD DIGGERS OF 1933 / ZUCKERZEIT

DR. BUZZARD'S ORIGINAL SAVANNAH BAND:
CHERCHEZ LA FEMME
(Browder, Jr./Darnell) aus der LP DR. BUZZARD'S ORIGINAL SAVANNAH BAND, RCA, 1976
(aufgenommen 1975)

Thomas Meinecke, *Musik*, Roman, Suhrkamp, Frankfurt am Main, 2004, S. 335 ff.:
(...)
Die Berliner Journalisten-Schule, ein Café, eine studierende Fotografin, ein studierender Interviewer, eine studierende Interviewerin, ein Belegexemplar. Frage: Aber ein gewisser Plan, wenn auch nicht im Sinn einer Handlung, liegt Ihren Büchern doch zu Grunde, oder? Antwort: Es gibt eine vage Vorstellung von einem Sound, einer Ästhetik, die sich beim Schreiben, das bei mir in erster Linie eine Mitschrift ist, entwickeln könnte. Aber einen Plan darüber, was passieren könnte, besitze ich nicht. Der analytische Schnitt, nennen wir ihn Querschnitt, den ich für meinen nächsten Roman angelegt habe, könnte auch von einer Suchmaschine vollzogen werden. An meinem dreiunddreißigsten Geburtstag erfuhr ich, mit mir zugleich hätten sowohl Ludwig I. als auch Ludwig II., Lola Montez, Clara Bow, Ruby Keeler, Leonard Bernstein und Claudia Schiffer Geburtstag. Friedrich Nietzsche und Aaliyah verloren an diesem Datum ihr Leben. Auch Alfred Kin-

sey, Stan Kenton, Truman Capote und Jack Nitzsche. Mich erfaßte das Gefühl, auf eine überaus signifikante, unter einem zufälligen Suchbegriff zusammengekommene Clique gestoßen zu sein, in der sich jederzeit auch noch Gestalten wie Iwan der Schreckliche, Louis Saint-Just, Erich Honecker, Ali Akbar Haschemi Rafsandschani oder Sönke Wortmann und Sandra Maischberger einfinden könnten. Und also schrieb ich los. Am Anfang stehen meine Leute, logisch, immer ein bißchen wie zu früh gekommene Partygäste im Text herum. Aber schon bald stellt sich, unter dem Eindruck der täglich von neuem andrängenden Gegenwart, die ich ja eigentlich protokollieren will und die ja stets alles absolut unvorhersehbar mit sich reißt, ein narrativer, sagen wir: Lufthauch ein, womöglich auch ein klärender Durchzug, der Türen aufstößt, andere zufallen läßt. Weitere, anfänglich weit entlegene Namen kommen, wie gerufen, hinzu. Und diese Figuren stolpern jetzt schon dreihundert Seiten lang durch mein Manuskript. Frage: Bei durch Suchmaschinen erzielten Resultaten muß das suchende Subjekt immer noch selbst die Verbindungen herstellen, um sich orientieren zu können. Wie schaffen Sie es, den Treffern Sinn zuzuschreiben? Antwort: Es ist vielleicht eher ein Problem von Journalisten, davon auszugehen, daß Sinn hergestellt werden müßte, um damit eine gewisse Legitimation im eigenen Text mit zu transportieren, warum dieses mit jenem verbunden wurde. Als Schriftstellerin fühle ich mich von dieser Beweislast befreit. Ich lasse es auch zu, wenn Dinge durch Mißverständnisse, und seien es, wie bei einer Suchmaschine, digitale, also abstrakte, auf produktive Weise zusammengeraten. Mit dem Stiften von Sinn hat das wenig zu tun. Sinn ist für mich, in diesem Sinn, ein negativ besetzter Begriff. Hélène Cixous fragte sich, ob sie je wirklich das Buch geschrieben hätte, das sie hatte schreiben wollen.

(...)

Frage: Haben Sie eine Arbeitsmethode? Hélène Cixous: Me-

thode ist ein Wort, das mir nichts bedeutet. Es kann gar keine geben, denn meine Arbeit entspricht einem Liebesverhältnis. Frage: Sie arbeiten an der Universität Vincennes über die weibliche Schreibweise. Was verstehen Sie darunter? Cixous: Ich versuche nicht, eine weibliche Schreibweise zu schaffen, sondern in die Schreibweise einfließen zu lassen, was bislang verboten gewesen ist, nämlich Wirkungen von Weiblichkeit. Was mich frappiert, wenn ich neuere von Frauen geschriebene Texte lese, ist ihre sehr extensive Entfaltung. Es ist, als hätten sie die Fähigkeit, in einem Tauchzustand zu verharren, aus dem sie nur in großen Intervallen an die Oberfläche kommen, um Luft zu holen. Das ergibt natürlich eine höchst atemberaubende Lektüre. Aber für mich steht es völlig in Beziehung zum weiblichen Lustempfinden, das ich als Verströmen erfahre, unaufhörlich und ohne Ursprungspunkt. Der Bezug zum Ursprung ist ein männlicher Mythos, der durch Ödipus dargestellt wird. Ein weiblicher Text beginnt auf sämtlichen Seiten gleichzeitig. Er erkennt sich, ausgehend von einer weiblichen libidinösen Ökonomie, auch darin wieder, daß er ohne Ende ist. Ein weiblicher textueller Körper hört nicht auf, er setzt sich fort, und wenn sich der Band schließt, geht die Schrift weiter und stürzt den Leser in den Abgrund.
So merkwürdig es sein mag, der Schriftsteller, der meines Wissens nach am weitesten in dieser fortlaufenden und kaum interpunktierten Form der Schreibweise gelangte, ist James Joyce. Möglich, daß er im Grunde eifersüchtig auf die Frau war und sich nicht enthalten konnte, unaufhörlich sein Ohr auf ihren Körper, ihren Bauch zu legen. Eines ist gewiß: Sein Text läßt auf sehr wirksame Weise Weiblichkeit durchdringen. Wer über Weiblichkeit in der Schrift arbeitet, sollte darauf acht geben, sich nicht von Namen gefangennehmen zu lassen: Nicht alles, was mit dem Namen einer Frau unterzeichnet ist, ist deswegen gleich eine weibliche Schrift; es kann sehr gut eine männliche Schrift sein. Und umgekehrt bedeutet die Un-

terschrift eines Mannes nicht, daß Weiblichkeit ausgeschlossen wäre. Es ist zwar selten, aber es gibt Weiblichkeit in von Männern gezeichneten Schriften. Frage: Und wie entfaltet sich das Schreiben? Cixous: Wenn ich mich an ein Buch mache, umgebe ich mich mit einem Dutzend anderer Texte, die ich unaufhörlich, gewissermaßen in hautnaher Konfrontation, während meiner Arbeit befrage. Einiger, der Bibel in verschiedenen Fassungen, Shakespeares und Kafkas, bediene ich mich ständig, andere wechseln, dem Buch entsprechend, das ich gerade schreibe. Ein weiblicher Text ist nicht vorhersehbar. Und er sagt sich selbst nicht voraus. Frage: Möchten Sie die Änderungen in Cixous 1976 speichern? Antwort: Jawohl. Cixoux 1976 beenden. Der Computer wird heruntergefahren, eine Badewanne eingelassen, der wohlriechende Extrakt für ein Schaumbad dazugegeben. Mein Kleid wird auf einen Hokker gelegt, mein Haar notdürftig hochgesteckt. Was ist das eigentlich für eine Instanz, frage ich mich, nackt, beim Blick in den Badezimmerspiegel, die den Fluß meiner Gedanken ordnen will? Sich manchmal sogar herausnimmt, zu bestimmen: Hier wird jetzt nicht weitergedacht. Und das dann auch durchzusetzen vermag.

(...)

Seit Tagen hängen dichte Nebelschwaden über der Landschaft, nun stürzt die Temperatur ab, laut Wetterbericht soll bereits heute abend anhaltender Schneefall einsetzen. Ich habe sämtliche Lichter eingeschaltet. Ursula sitzt mir in meinem grünen Trainingsanzug aus Camden gegenüber. Gustave Flaubert, liest sie vor, glaubte bereits 1853: Die Literatur wird mehr und mehr das Gebaren der Wissenschaft annehmen; sie wird insbesondere darlegend sein, was nicht heißen will didaktisch. Sozusagen Science Fiction, wörtlich genommen. 1872, in die Vorarbeiten zu seinem Roman Bouvard et Pécuchet vertieft, verriet Flaubert: Ich lese noch immer medizinische Schmöker, und meine Kerle zeichnen sich klarer ab. An seine Kollegin

George Sand schrieb er: Ich arbeite wie ein Besessener. Ich befasse mich mit Medizin, Metaphysik, Politik, mit allem. Denn ich habe ein Werk von großen Ausmaßen unternommen, das mich sehr viel Zeit kosten wird, eine Aussicht, die mir gefällt. Um drei Jahre später zu notieren: Bouvard und Pécuchet waren zu schwierig, ich gebe es auf. Wobei es sich aber lediglich um eine, wenn auch fast zwei Jahre währende, Arbeitsunterbrechung handeln würde. 1877 schrieb Flaubert an Emile Zola: Dieser verflixte Schmöker läßt mich zittern. Er wird nur durch das Ganze Bedeutung haben. Kein Bravourstück, nichts Glänzendes, immer dieselbe Situation, deren Aspekte es zu variieren gilt. Wenn sein Umfang auch, mit all den noch herbeizitierten Natur- und Geisteswissenschaften, unglaublich anwachsen sollte, blieb dieser unvergleichliche Roman unvollendet. Ein unmögliches Buch. Aber nicht unveröffentlicht.
Die Romanfiguren lesen unentwegt. Wohl in keinem Buch der Literaturgeschichte werden dermaßen viele Bücher verschlungen wie in diesem. Nie zuvor war Lesen so sehr als Handlung geschildert worden. Zumal sich Bouvard und Pécuchet fast ausschließlich theoretische Traktate vorknöpfen. Dabei wird Wissen als Komik des Wissens zur Darstellung gebracht. Aus einem Brief an Madame des Genettes, 1877: Ich glaube, das Komische der Ideen ist noch nie versucht worden. Dabei mußte jedes abgehandelte Werk zugleich, respektive zuvor, gelesen werden. An Madame des Genettes, im Januar 1880: Wissen Sie, wie groß die Zahl der Bücher ist, die ich für meine braven Männer absolvieren mußte? Mehr als 1500. An Guy de Maupassant, im Februar 1880: Ich muß noch ein Dutzend Werke lesen, ehe ich mein letztes Kapitel anfange. Ich stecke zur Zeit in der Phrenologie und dem Verwaltungsrecht, abgesehen von De Officiis von Cicero und der Begattung der Pfauen. Hatte nicht Flauberts zeitlebens erste veröffentlichte Erzählung bereits den Titel Bibliomanie getragen? Klar, erwi-

dert Ursula, und er verstarb im Mai 1880 über der Arbeit an Bouvard et Pécuchet. Eigentlich hatte er noch einen zweiten Band geplant gehabt, der ausschließlich aus Zitaten hätte bestehen sollen, die sich in seinem Nachlaß unter dem Stichwort Sottisier nachlesen lassen. Aus der eingestandenen Marotte war eine beunruhigende Wucherung geworden, behauptet Ursula. Mir geht auf, wie ähnlich die Namen Bouvard und Bovary klingen. Deren Name ursprünglich Bouvaret gewesen war, sagt Ursula. Hatte Flaubert nicht auch formuliert: Madame Bovary, c'est moi? Logisch, und die war absolut süchtig nach Lektüre; der Dichter verhehlt keineswegs, daß es sich beim Lesen um eine weibliche Kulturtechnik handelt. Fußnote: Worauf sich ja auch das Vorurteil vom effeminierten jüdischen Mann gründet. Bibliomanie, Bibliotherapie.
(...)

Marko Hild auf *satt.org*, September 2004:
Abwechslungsreiche Kontinuität
Ein Interview mit Thomas Meinecke
(...)
Marko Hild: Welche Rolle spielt denn Queerness in der heutigen Popmusik? Die bei den Jugendlichen beliebteste Musikart ist doch Hip-Hop. Was da als Vorbild dient, sind doch diese Hip-Hopper, die eine völlig überzogene Männlichkeit darstellen. Da ist das Alpha-Huhn mit Goldkettchen in der Mitte und drumrum irgendwelche Chicks, die mit dem Hintern wackeln. Das ist doch heute für viele identitätsstiftend.
Thomas Meinecke: Hip-Hop bietet da nicht soviel an. Aber der queere Typ bei Hip-Hop ist ja André 3000 von Outkast.
MH: Ich kenne nur das eine Lied. Was macht den so queer?
TM: Seine ganzen Bezugnahmen, das Ganze innerhalb des Rahmens Rap mit Streichorchestern und gesungenen Vocals, Musical-Anspielungen. Das Interessante am Queeren ist ja das Queere des Normativen, also nicht so sehr, dass man jetzt

schräg abgeht und dass es wirklich eine gay subculture ist, sondern auch, wie im Heterobereich etwas Queeres zünden kann. André 3000 hat ein Kind mit Erykah Badu. Es interessieren ihn schon die Frauen. Er hat seine Männlichkeit quasi von der Weiblichkeit abgeleitet, oder von queeren Modellen.

MH: Mich persönlich hat Hip-Hop nie so interessiert. Das, was man kennt oder neu sieht, ist immer recht ähnlich. Der Typ mit seinen Chicks. Das ist auf die Dauer ermüdend.

TM: Es gibt ja verschiedene Arten, entweder das zu durchbrechen oder es anders zu lesen. Ich habe mal bei Radio X mit Felicia Herrschaft darüber geredet, dass sie fand, dass die »Bitches« in Video-Clips von Hip-Hop-Stücken nicht nur zu beschriebenen, sondern selber zu sprechenden Frauen werden können. Ich fand das Gespräch interessant, weil ich es auch nur ganz schwer so sehen konnte, aber sie da mit feministischem Blick rangegangen ist. Z.B. der Clip zu dem Remake von *Lady Marmalade* mit Christina Aguilera, bei dem Missy Elliott für Regie und Produktion verantwortlich war. Dieses Stück, was ja wie aus einer Peep-Show wirkte, auch so lesen zu können wie: »Hier sind Frauen autonom, die drehen die Kamera um«, die sind jetzt selbst die Kamera, die haben jetzt den Blick, wir kucken die jetzt nicht an, sondern die kucken uns an. So kann man das ja wirklich auch lesen, ich glaube aber auch, dass es in den meisten Fällen genau andersrum ist. Hier ist eine totale Macho-Sichtweise, und da die Chicks, die gebucht werden, um sich am Swimmingpool zu gruppieren. Aber wenn man es überhaupt schaffen kann, das Muster zu durchbrechen, dann, indem man es überschreibt, indem man dieselben Bikinis verwendet, dieselben Signale, aber die Kamera umdreht. Das wäre die politische Vision, die man dabei haben könnte. Oder die in diesem ganzen R&B, was ja doch sehr nah an Hip-Hop gebaut ist, verhandelten weiblichen Subjekte, die plötzlich selbst singen. Es singen ja fast immer Frauen, und die Männer stöhnen im Hintergrund. Da hat sich das schon umgedreht. Oft sind es die Produzenten wie Timbaland, die im Hintergrund stöhnen. (...)

Tim Stüttgen in *Jungle World, Die linke Wochenzeitung*, 08.09.2004:

Hauptsache Groove

Thomas Meineckes neues Buch heißt nicht umsonst *Musik*, es kommt dem Ideal eines DJ-Sets schon sehr nahe

Lasst uns über Musik sprechen. Denn Musik ist toll. Das stimmt jedenfalls dann, wenn man die richtigen Platten zu Hause hat. Und da muss man sich bei Thomas Meinecke keine Sorgen machen. Seit vielen Jahren arbeitet er als Radio-DJ und als Musiker bei der formidablen Münchner Band F.S.K. Allgemein bekannt ist Meinecke trotzdem vor allem als Schriftsteller. Genauer gesagt: als Pop-Autor. Trotzdem könnte sein Werk typischen Klischees der Popliteratur kaum ferner stehen. Meinecke interessiert sich einfach nicht dafür, nostalgische Erinnerungshymnen zu summen, zu denen sich älter werdende Jungs in die Arme fallen. Pop heißt hier vielmehr: gegenwärtige Begeisterung für das, was gerade jetzt einen durchdringt, Black Music und Techno, Gesten und Codes, Identitätspolitik. (...) Anders als klassische Literatur mit moralistischen Messages, naturalistischen Handlungsfäden oder biographischen Episoden, produziert Meineckes Methode Distanz. (...) Junge, akademisierte, hippe Menschen recherchieren, clubben, diskutieren, schauen, verarbeiten. Zum Beispiel in *Tomboy* eine Studentin, die eine Abschlussarbeit über Mode und Geschlechterrollen schreibt. Oder eine Figur aus *Hellblau*, die in Amerika den tiefsten Wurzeln afroamerikanischer Jazzgeschichte nachspürt, um sie mit futuristischem Detroit-Techno zu paaren. Inhaltlich geht das genauso gut wie formal: Der Text wird ein einziger langer Fluss verschiedener Intensitäten, die bei genauer Betrachtung alle Essenzialismen wie Nation, Geschlecht und Race aufheben. Der Schriftsteller selbst vergleicht seine schriftstellerische Praxis mit dem DJing: (...) Im Sinne dieser Mix-Technik hat sein neuer Roman *Musik* ein neues Level erreicht. Zum ersten Mal vertieft Meinecke vormals beackerte Themenkomplexe, um sie zusammenzuführen. Die Interfaces von Race und Gender werden ausgelotet: Die feministische Schriftstellerin Kandis bereitet einen neuen Roman vor, und ihr heterosexueller Bruder Karol, der als Flugbegleiter arbeitet, widmet sich ausgelassen seiner Leidenschaft für swingende Musik, die vom Jazz Bix Beiderbeckes über Theo Parrishs House bis zu Aaliyahs R&B reicht. Nichts Neues also, könnte man meinen. Doch auffallend ist, dass Meinecke seine Arbeitsweise extrem verfeinert hat. Durch die Geschwisterkonstellation verschwimmen seine Hauptfiguren in einem Zusammenhang, in dem sich die Themen, für die sie stehen (Race/Gender), immer mehr überschneiden und die sensiblen Arrangements verschiedener Szenen und Samples wahrhaft wie Musik wirken. Schon immer hat Meinecke betont, wie wichtig ihm Sound und Flow seiner Schreibe seien. So deep gegroovt wie jetzt hat er aber vorher noch nie. Nebenbei fädelt er dabei das erste Mal Konturen seiner eigenen Autorenposition in den Schriftdiskurs ein. »Die Literatur ist der Ort, in der der Mensch zu Gunsten der Sprache verschwindet«, wird nicht zufällig Foucault zitiert. »Wo das Wort erscheint, hört der Mensch auf zu existieren.« (...) Der Schriftsteller-DJ hat mit seinem Buch ein virtuoses Set aus inspirierenden Tunes produziert. Trotzdem bleibt es zweifelhaft, ob die unverbindlich konsumierbare Immanenzebene, auf der Musik primär funktioniert, den konkreten, aus politischen Kämpfen entstandenen Diskurszusammenhängen über Race und Gender entspricht. (...) Nicht nur sind die Figuren in eher privilegierten Lebenssituationen, sie werden auch auf den gut 350 Seiten des Buches kaum kritisch thematisiert. Weder konkret reflektierte Arbeitszusammenhänge noch ein wirklicher Fick stehen der vermeintlich richtigen Denke gegenüber. (…) So schrieb Manfred Hermes einmal in *Texte zur Kunst* über Meineckes *Tomboy*: »Wer sich in den Alltag von Theorieszenarien hineinimaginiert, die immer die Frage nach dem Ort und Status von Sprechhandlungen gestellt haben, muss auch den Schreibtisch beleuchten, an dem feministische Geschichtsschreibung in Literatur verwandelt wird.« Um von Meinecke langsam aber sicher eine radikal deutliche Selbstthematisierung einzufordern, muss man dies nicht mal unterschreiben.

Holger Noltze in *Literaturen*, Nr. 10/2004:
Literarische Fahrten im Meer der Verweise.
Ein Portrait des Erzählers und Musikers
Thomas Meinecke
(…) »Die Theorie der mittleren neunziger Jahre hat sich weiterentwickelt zu Women Studies, Men Studies, Lesbigay, Queer Studies. Der Blick ist erweitert, es geht nicht mehr nur um das Queere der Queers, wie schräg ist ein schwuler Mann, sondern um das ›Queere‹ des ›Normalen‹.« Weshalb nun Flugbegleiter Karol zum heterosexuellen »Fall« wird, »denn die Kolleginnen sind hauptsächlich Frauen, und wenn es Männer sind, sind achtzig Prozent schwul. Ich fand es interessant, da mal eine Figur reinzuschicken und zu sehen, was passiert, wenn der sich mit seiner Heterosexualität mit dem Rükken zur Wand wiederfindet.« Sagt Meinecke beim Gespräch in seinem Arbeitszimmer; über uns hängt – ist es *Camp*? – ein Kronleuchter. Es »passiert« nun in *Musik* eigentlich gar nichts; weder mit dem fliegenden Karol noch mit der schreibenden Schwester Kandis, die auf einer Südtiroler Blockhütte jenseits der Baumgrenze über die verrückten bayerischen Könige nachdenkt, über den ersten Ludwig, der der fatalen Lola verfallen war, und jenen zweiten, der sich an Richard Wagner verlor. Welcher dafür den Spitznamen »Lolus« bekam. Mehr als lokker das Handlungsgerüst, eher eine Materialfindungs- und

-ordnungsoberfläche, um jenes Denken in verteilten Rollen zu ermöglichen, das Meineckes Romane ausmacht. Seine »Figuren« reden ohne Ende und zitieren ohne Anführungsstriche, und es finden sich Sätze, wie sie in der deutschen Literatur so noch nicht zu lesen waren. (...) Topmodel Claudia Schiffer, die königlich bayerischen Ludwigs, Hollywoodstar Ruby Keeler und der bisexuelle Leonard Bernstein haben einfach am gleichen 25. August Geburtstag, der zufällig der Jubeltag des Autors Meinecke ist. »Sieben Figuren suchen einen Autor, suchen eine Autorin«, schreibt Kandis, schreibt Meinecke. »Suchen mich heim in meiner einsamen Blockhütte, zweitausend Meter oberhalb der fernen Meere, im Schatten des gegen Westen bizarr zerklüfteten, von Hexensagen umwobenen Schlern, hinter dem soeben die Sonne verschwunden ist.« Das Geburtsdatum gibt das Suchkriterium für eine Clique, deren seltsame Zusammenhänge sich erst später ergeben. »Am Anfang stehen die Leute wie zu früh gekommene Partygäste so herum.« Ob sie sich etwas zu erzählen haben, weiß man nicht, im Gegenteil gehe es beim Schreiben immer um eine Bewegung »an der Kante zu dem, was man noch nicht weiß«. Alles andere wäre ein abgekartetes Spiel, die Unterordnung unter einen Big Sinn. »Bei mir ist es andersrum: Suchen!« (...) Eben weil nicht alles von vornherein klar ist, kann sich die Freude beim Finden vermitteln. In *Musik* womöglich noch eine Spur gelassener als in den vorangegangenen Büchern. »Leichtgängiger« wollte es Meinecke diesmal. Und wirklich nimmt das textgenerierende Geschwisterpaar Kandis und Karol den Leser ganz sanft an den Haken, zu einer *Tour d'horizon* durch die Musik- und die Menschengeschichte, die mit einer Vorliebe für Entlegenes, Spezielles wunderbar leicht den Rückseiten der vertrackten musikalischen und Gender-Verhältnisse entlangfährt. (...) Am Ende von *Musik* taucht, nach den Ludwigs und Lolas, nach Claudia Schiffer und Friedrich Nietzsche, Parsifal (Syberberg) und Penny McLean

(Munich Disco) noch ein Überraschungsgast auf: Gustave Flaubert. Nicht etwa als Gewährsmann für literarische Meisterpsychologie oder als skrupulöser Spracharbeiter, sondern als Erfinder einer anderen *Science Fiction*: »Die Literatur wird mehr und mehr das Gebaren der Wissenschaft annehmen, sie wird insbesondere darlegend sein.« Bouvard und Pécuchet, die Helden des unvollendeten letzten Flaubert-Romans, sind unersättliche Leser, vor allem theoretischer Werke zu praktisch allen Wissensgebieten. Bouvard, Bovary: die Namensähnlichkeit zu Flauberts berühmtester Figur legt schließlich noch eine Spur zu dessen berühmter Selbstaussage und schafft eine elektrisierende Rückkopplung zur Theorie des »weiblichen« Schreibens eben auch männlicher Autoren: »Madame Bovary, c'est moi.« (...)

Elke Buhr in *Frankfurter Rundschau*, 01. 10. 2004:

Täglich eine neue Gegenwart

Was Friedrich Nietzsche und die Sängerin Aaliyah gemeinsam haben. Der Schriftsteller Thomas Meinecke spielt seine Literatur einfach weiter – wie *Musik*

(...) Ein weiteres unerschöpfliches Reservoir von Geschichten und Lebensläufen also, die es auf versteckte Verknüpfungen und Ähnlichkeiten abzuklopfen gilt – mit besonderem Augenmerk auf alles, was quer steht, im Sinne von queer. (...) Wer nun allerdings so etwas wie handelnde Personen oder narrative Entwicklungen erwartet, ist bei Meinecke weiterhin im falschen Genre: Die Textmaschine hat nur ihren Fluss optimiert, den »Flow«, wie es die Rapper nennen. Es ist, alles in allem, eine sehr freundliche Textmaschine. Sie liebt die Details und platziert sie sorgsam, (...). Die Maschine ist radikal dialogisch gebaut, und ihre Offenheit wirkt so einladend, dass man sie gleich selbst mit weiteren Fundstücken, Pointen der Popgeschichte und gewagten Interpretationen von Hip-Hop-Songs füttern möchte. Die Maschine versteht es sogar, Diskussionen über sexuelle Orientierungen mit einer gewissen Erotik aufzuladen: Beiläufig geht Karol in seinen Hotelzimmern von der Theorie zur Praxis über. Was die Maschine überhaupt nicht in Text fassen kann, ist Trauer, Leid, oder auch nur ein ernsthafter Streit zwischen den handelnden, nein, redenden und lesenden und Musik hörenden Personen. Stattdessen präsentiert sie dem staunenden Publikum eine Horde Stewardessen, die Nietzsche lesen und freihändig über Geschlechtertheorien diskutieren können. (...) Nein, der allgemeinen Implosion der Komplexitätsgrade, dem Hunger nach Narration, vielleicht auch einer gewissen Erschöpfung angesichts der jargonverklebten »Resignifizierungen« der Neunziger will sich der Autor nicht beugen. Was er will, verraten weitere in Kandis' Laptop versteckte Selbstauskünfte: Einen analytischen Querschnitt legen wie von einer Suchmaschine. Personen und Fakten in den Text stellen wie Partygäste in einen Raum, und abwarten, denn »schon bald stellt sich, unter dem Eindruck der täglich von neuem andrängenden Gegenwart, die ich ja eigentlich protokollieren will, und die ja stets alles absolut unvorhersehbar mit sich reißt, ein narrativer, sagen wir: Lufthauch ein, womöglich auch ein klärender Durchzug, der Türen aufstößt, andere zufallen läßt«. Der Reiz von Meineckes *Musik* entsteht aus dem Rhythmus, in dem diese Türen auf und zugehen. So wie der Mann an den Turntables zwei Platten auf gleiche Geschwindigkeit bringt, um den Track weich zu wechseln, so gleitet diese Prosa spielerisch von Thema zu Thema, von Fundstelle zu Fundstelle. Zahlenmystik, Namensähnlichkeiten, Koinzidenzen der Wahrnehmung: Das Prinzip ist das einer vollständig säkularisierten, coolen Kabbala. (...)

Patricia Wedler in *Junge Welt*, 06. 10. 2004:

Garagen unter Asphalt

Wie aus Lesen Schreiben wird: Thomas Meineckes Figuren wollen nicht gefühlt werden, sie wollen, daß man mit ihnen denkt

»Entschuldigen Sie, aber ich kann Ihre Figuren nicht fühlen«, so eine Publikumsstimme nach einer Lesung von Thomas Meinecke aus *Hellblau*. Worauf der Autor antwortet: »Das war auch nicht meine Absicht.« (...) Wie in den vorangegangenen Romanen begegnet uns ein buntes Personal zwischen Hoch- und Popkultur, Trash und Theorie, Alltag und Historie. (...) Romanifizierte Kulturtheorie. Und immer wieder Disco, Disco, Disco. Wie dieses Genre vom schwarzen, schwul konnotierten Underground zum soliden Markenartikel eines heterosexuellen Mainstream umkodiert wurde und schließlich im denkwürdigen Baseballspiel 1979 in Chicago endete, bei dem Discoplatten in die Luft gesprengt wurden. Rock fucks, Disco sucks. (...) Und schließlich die Transformation von Disco zu Garage und House und die Rückkehr in die subkulturellen Räume einer überwiegend homosexuellen Praxis. (...) Kandis scherzt mit ihrem Freund »über das stets dem Plötzlichen ausgelieferte Prozeßhafte meiner Belletristik, deren protokollarische Treue«. Durch sie hindurch spricht Thomas Meinecke über die eigene Arbeitsweise. Ganz der postmodernen Theorie entsprechend nennt er das »Entsubjektiviertes Schreiben«. Ein Rückzug aus der Autorenschaft, um stattdessen den Auftrag des Ordnens, Organisierens und Formatierens von Material anzunehmen. Die Idee hinter diesem Schreiben ist in erster Linie Lesen und dieses Lesen dann zu verschriftlichen. Theoriebausteine, die durch immer weitere Zertrümmerung und neue Molekularverbindungen zum Schwingen gebracht werden, grooven, zu Musik werden. »Das Neue ist ja eben nie wirklich neu. Vielmehr wird das Althergebrachte ständig neu überschrieben. Wie in der permanenten, stets performativen Rekonstruktion unserer Identität, wie in meinem elektronischen Textverarbeitungsprogramm.« Trotz des aufklärerischen Impetus, den Meinecke für sich beansprucht, bleibt der kritische Mehrwert oft auf der Strecke. Die Verknüpfung von Wissensinseln scheint einem kriminalistischen Auftrag zu folgen, stellt aber die eigene gesellschaftliche Praxis selten in Frage. Die hypermodernen Protagonisten jetten in der Weltgeschichte herum und zerbrechen sich kulturtheoretisch ihre hübschen Köpfe, allesamt Platzhalter postmoderner Möglichkeiten. Vielleicht würde ihnen ein bißchen mehr reale Handlungsfreiheit gut tun. Man muß sie ja nicht gleich fühlen wollen.

Ulrich Rüdenauer in *Der Tagesspiegel*, 07. 11. 2004:

Schläft ein Lied in allen Dingen

Das popistische Manifest: Thomas Meinecke erkundet in *Musik* die Grenzen des Diskurses

(...) *Musik* heißt diese Roman genannte Essayerzählung, die vom Denken handelt, vom Sammeln, von Leidenschaften, davon, dass man sich stets in einem wilden Referenz- und Zeichensystem bewegt, in dem man als Musik-Junkie und auch in Sachen sexueller Identität leicht abhanden kommen kann. Thomas Meinecke, der Schriftsteller, »Nicht-Musiker« bei der Band F.S.K. und Radio-DJ, ist sich also treu geblieben und schreibt unbeirrt am Jetzt entlang. *Musik* ist im besten Sinne ein opulenter Unterhaltungs-, Diskurs- und Konversationsroman, in dem sich die Figuren über die Komplexität und Schönheit ihrer Welt austauschen. Ein näher liegender Titel für dieses Buch lässt sich kaum vorstellen. Aus der Popmusik nämlich kommen für Meinecke die Impulse fürs Schreiben. Sie ist, so zeigt uns der Autor, schneller dort, wohin andere Diskurse erst mühsam über das Medium Sprache folgen müssen: am Puls der Zeit. (...) Mitschreiben, überschreiben, weiterschreiben – so ließe sich die Methode Thomas Meineckes zusammenfassen. Seine intellektuellen Figuren sind Lautsprecher und Plattenspieler. Dass sie sich so intensiv mit der Gegenwart vor allem der Medien beschäftigen, macht sie automatisch auch zu Archäologen: Es gibt neben rhizomatisch wuchernden Quer- und Queer-Verbindungen immer auch historische Abschweifungen. Die Figuren schnappen Geschichten nicht nur aus der Welt der Musik auf. Sie schaffen sich Versuchsanordnungen, die einen Rahmen für ihr Denken abgeben. So hat sich die Ich-Erzählerin Kandis vorgenommen, verschiedene historische Persönlichkeiten, die alle am gleichen Tag wie sie Geburtstag haben, am 25. August nämlich, in ihren neuen Roman einzubauen. (...) Popliteratur lebte schon immer vom vorgefundenen, ungeschliffenen Material – und von der Umgangsweise mit diesem Material: Meinecke lässt es sprechen. Das Zitat gibt den Ton vor, der Sound entsteht in einer Art assoziativer Bricolage. Originalität strebt dieses Konzept allein in der Verknüpfung des Vorgefundenen an. »Re-make/Re-model« – Meinecke hat das Stilprinzip von Roxy Music, von aufgeklärter Popmusik überhaupt, verinnerlicht. (...) Andy Warhol, der in der New Yorker Szene »Recording Angel« genannt wurde, hatte das Ideal von Wiederholung und Zweitverwertung radikalisiert: nichts erfinden, mit dem Kassettenrekorder alles aufzeichnen und das Ganze in einem anderen Medium einfach neu ausstellen. Thomas Meinecke erweist sich nicht erst mit seinem neuen Buch als Erbe dieses popistischen Programms. Der Vergänglichkeit wird konsequent das Jetzt entgegengesetzt, dem Denken der Körper, dem Sein der Schein, der Tiefe die Oberfläche. »Oops, there goes my shirt up over my head ...«

Moritz Baßler in *Basler Zeitung*, 11.12.2004:
Noch Literatur? Oder schon Wissenschaft?
Thomas Meineckes neuer Roman *Musik* spielt genau dazwischen

(...) Thomas Meineckes neuer Roman heißt einfach *Musik*, und das ist erst mal ziemlich kühn. Madonna durfte das, einen Song, ein ganzes Album einfach *Music* nennen. »Hey, Mr. DJ, put a record on/I wanna dance with my baby ...« – aber ein Autor? Will hier etwa einer die Summe aus den letzten zehn Jahren Popliteratur ziehen – *High Fidelity*, *Lost in Music*, *Soloalbum*, *31 Songs*? Der Buchumschlag zitiert solche Vorgänger ironisch, indem er deren Medium, die schwarze Vinylscheibe, durch eine Lakritzschnecke repräsentiert – großartig, aber auch ein wenig irreführend. Denn Meineckes Buch betreibt keineswegs nostalgische Erinnerungsarbeit qua Musikgeschichte, wie die gerillte Süßigkeit suggeriert. Stattdessen setzt es konsequent das Projekt *Tomboy* (1998) und *Hellblau* (2001) fort: einen durchaus akademischen Gender-Diskurs mit der zeitgenössischen Popkultur und ihrer Vorgeschichte zu vermitteln. Meineckes sammelnde, lesende, kopierende, zitierende, reflektierende und diskutierende Romanfiguren sind nichts weiter als die Vermittlungsinstanzen in diesem groß angelegten Versuchsaufbau, der am ehesten an Walter Benjamins *Passagen-Werk* oder Gustave Flauberts *Bouvard und Pécuchet* gemahnt. Von Flauberts grandiosem Spätwerk heißt es in Meineckes Roman: »Ein unmögliches Buch. (...) Die Romanfiguren lesen unentwegt. Wohl in keinem Buch der Literaturgeschichte werden dermaßen viele Bücher verschlungen wie in diesem. Nie zuvor war Lesen so sehr als Handlung geschildert worden.« – Womit zugleich auch Meineckes eigenes Programm benannt wäre. Allerdings hat sich die Gutenberg-Galaxie seit den 1880er Jahren zum popkulturellen Universum gemausert. Meineckes Ich-Erzähler, die bayrischen Geschwister Kandis und Karol, sie Schriftstellerin, er Lufthansa-Steward, haben daher ein womöglich noch breiteres Pensum zu bewältigen: Zu den Büchern, über die sie ihre Gender-Suchmaschine laufen lassen, kommen Zeitschriften- und Zeitungsartikel hinzu (von feministischer Fachliteratur über Musikzeitschriften bis hin zum Lufthansa-Bordmagazin), Musiktitel und Lyrics (vom frühen Jazz bis R&B), Webseiten und -foren, Werbetexte, Filme und Fernsehsendungen. (...) Konnte man in *Tomboy* hinter diesem Verfahren noch eine entfernt parodistische Absicht wittern, so ist spätestens seit *Hellblau* klar, dass hier einer sowohl die Geisteswissenschaften als auch die Popkultur der letzten Jahrzehnte für voll nimmt – beim Wort, wäre wohl der treffende Ausdruck. (...) Thomas Meinecke leistet auf seinen zwei Diskursfeldern Gender und Popkultur (mit Schwerpunkt Musik) jetzt schon seit Jahren eine ernsthafte Archivierungs- und Kombinationsarbeit, die auf Augenhöhe mit den entsprechenden geisteswissenschaftlichen Bemühungen, wenn nicht diesen voraus ist. (...)

Jochen Bonz in *Gendertronics. Der Körper in der elektronischen Musik*, hg. vom club transmediale und von Meike Jansen, Suhrkamp, Frankfurt am Main, 2005, S. 154ff.:
Sonic Drag – Sequenzen über die Kulturtechnik des Tracks.
Ein Gesprächsmitschnitt
(...)
Thomas Meinecke: Es gibt so viele Sachen, an denen wir die ganze Zeit vorbeihören, und sie genießen, dazu tanzen, alles Mögliche dazu machen, aber gar nicht wissen: Was ist eigentlich los?
(...)
Als ich anfing, mir Platten zu kaufen, so mit vierzehn, habe ich oft nicht gewußt, was da drauf ist. Und das hat mich auch gestört. Deshalb war es manchmal richtig praktisch, wenn

man so etwas hatte wie die Beatles: Da war der eine mit der Gitarre und jemand am Schlagzeug, so ungefähr. Das konnte man schön raushören. Und dann waren da noch Stimmen. Und plötzlich gab es dann aber mal eine Bach-Trompete, die ausgeliehen war und Streicher und so. Da war ich dann schon irritiert. Ich weiß noch, meine Freundin hat damals gern Rod Stewart gehört und da waren dann ganze Armadas von Mandolinen zu hören. Ich wollte immer auf dem Cover nachlesen können, wer was spielt. Nicht nur, was gespielt wird. Man ist empört und fühlt sich betrogen, wenn man darum gebracht wird zu erfahren: Wer spielt hier was? Was wird hier – sozusagen – gespielt? Ich war empört und empfand das als kommerziell. Man sagte, glaube ich, auch gerne »überproduziert«, wenn da Sachen drauf waren, die nicht zu bestimmen waren. Und das ist eine große Leistung der elektronischen Musik, daß das gar nicht mehr deduzierbar ist und uns entwöhnt hat von diesem komischen Authentizitätsdenken, was dem anderen ja immer noch unterliegt. Und das eben auszustellen durch geöffnete Formen und, hier und dort, auch Auslassungen, und eben das Lied auch als offene Form zu präsentieren, das hat elektronische Musik – House, Techno – ganz besonders geleistet und dadurch auch das Projekt Feminismus, oder die Klärung der Gender Relations, vorangebracht. Das kann man diesem Feld schon attestieren. Auch wenn es im Endeffekt soziale Räume sind, in denen das zum Tragen kommt.

(...)

Jochen Bonz: In Camp ist auch immer der Moment des Bruches mit drin – ein Flirren der Bedeutung. Es ist eine Ästhetik, die eine Offenheit besitzt.

TM: Camp wurde eigentlich von der schwulen Subkultur entdeckt – kann man schon mal etwas verkürzt sagen – und ihren Sympathisanten und Sympathisantinnen. Und wurde dann auch zu einer Technik, die jetzt neuerdings in feministischer Literatur oft als eine Art Feminist Camp wertgeschätzt werden kann. Daß also praktisch auch Frauen, »auch Frauen« sage ich jetzt mal, ihren Spaß an Mae West haben können und an Marlene Dietrich. Und das ist ein interessanter Punkt, der ähnlich ist wie bei der singenden House Diva, wo du sozusagen zwar eine weibliche Stimme hast, die aber von sexuell andersdenkenden Männern gelesen wird – in Klammern: quer- oder gegengelesen wird – und zurückgefüttert wird in die Popkultur und dadurch dann auch als K.D. Lang wiederkommen kann. Da besteht auch ein Wechselverhältnis innerhalb von queren Subkulturen, speziell rund um Track-Musik. (...)

(...)

JB: Was die elektronische Musik stark gemacht hat – und das ist für die gesamte afroamerikanische Musiktradition oder -ästhetik sehr relevant – ist, daß da immer Situationen entstehen. Ich habe den Eindruck, da werden immer Situationen aufgebaut, in denen sich die Leute dann bewegen können. Wie Räume aufgemacht werden.

TM: Ja, genau.

JB: Mit so ein paar Orientierungspunkten: der Baßlauf da, die Bassdrum geht durch – der Raum steht gewissermaßen schon mal, hat schon ein Fundament. Und das ist etwas, das die Track-Musik im Allgemeinen stark aufgegriffen hat von der afroamerikanischen Musiktradition. Und dafür ist der Autor unwichtig, denn wenn es in erster Linie darum geht, daß überhaupt erst einmal so etwas wie ein Raum entsteht, in dem man dann tanzen kann, ja alle möglichen Sachen machen kann, handeln kann, dann ist das der Artikulation von einem Einzelnen und seiner Meinung oder seinen Problemen, was im Gesang zum Ausdruck kommt, vorgelagert.

TM: Absolut. Und das ist auch das Tolle an diesen Musiken, die von den Deppen immer als »monoton« und »klingt alles gleich« mißachtet werden, daß die, während sie spielen, immer auch ihren Raum erst herstellen.

JB: Das ist das Faszinierende.

TM: Dieser Raum ist nur temporär da; in dem bewegen wir uns aber; den überschreiten wir auch nicht. Und darum ist ja auch eine Verabredung wie die gerade Bassdrum so wunderbar, weil dann alles andere signifikant wird und die kleinsten Verschiebungen zur Sensation geraten. Und ich brauche nicht mehr dieses – natürlich immer mit dem autonomen Subjekt verbundene – Aufschreihafte. Ich brauche im Grunde auch den Text nicht mehr so, und darum ist es auch interessant, daß es dann oft Frauen sind, die diese Rolle übernehmen: als diejenigen, die im klassischen Sinne nichts zu sagen haben und die hier etwas singen, das interessant wird, wenn es im schwulen Underground wieder zur lippensynchronen Mundbewegung gereicht. Und von daher ist es dann doch in erster Linie ein super interessanter sozialer Raum. Ich lande dann doch immer wieder im Sozialen, wo diese Sachen virulent werden. Das Tolle an der geraden Bassdrum oder an Reggae ist eben: Das ist so großartig und so magisch, weil es etwas Architektonisches hat: der Tempel Salomons wird wie eine aufblasbare Tennishalle, nur so lange der Motor läuft, sozusagen, aufrechterhalten. Und when the party is over – ist alles wieder weg. Und darum muß auch gepartyt werden: damit es wieder da ist. Das verstehen natürlich Leute nicht, die sagen, die Loveparade sei was Helmut-Kohl-mäßiges, weil: Das versteht auch ein Helmut Kohl nicht.

JB: Natürlich nicht.

TM: Aber daß Deppen mitlaufen, ist auch klar, insofern kann man es dem auch gerne anhängen.

JB: Das entspricht aber dieser offenen Form. Das ist das, was ich vorhin meinte. Es ist einfach eine so offene Form, da können wirklich viele, und auch auf unterschiedliche Weise, mitmachen und dabei auch schon relativ viel von ihrer Besonderheit erleben.

TM: Und das gibt es schon ganz schön lange. Ich habe Berichte von Leuten gelesen, die gingen 1975/76 in eine Disco und beschrieben eigentlich im Auf-diesen-Tempel-Zugehen als erstes Element, daß sie von weitem schon die Bassdrum hören. Und es zieht sie magisch an. Dann kommt die Tür. Erst kommt die Bassdrum, dann die Tür. Oder wenn du dich in Frankfurt dem Ralf Rainer Rygullaschen Underground-Disco-Ding näherst, dem U 60311, dann scheppern schon die Kanaldeckel in der Nähe. Du willst da einfach runter. Der Kanaldeckel scheppert – und du willst da runter.

(...)

JB: Wenn die Track-Musik letztlich eine soziale Geschichte ist, dann wird damit vielleicht ja doch ein bestimmter *Körper hergestellt – oder nicht hergestellt.*

TM: Oder auf die Party geführt.

JB: Aber er wird dann dort eben auch zu einem bestimmten *Körper. Zu einem anderen Körper als in anderen Situationen. Wir können auch sagen: zu einem anderen Subjekt, denn das ist ja mehr oder weniger das Gleiche.*

TM: Sicher. Aber das ist ein Subjekt im Zustand einer gewissen voodoofizierten Entsubjektivierung. In einer Art Katalepsie oder Trance-artiger Starre, die einen willenlos macht und die natürlich die Kritiker darüber herziehen läßt, was aber die eigentliche Magie und den Reiz dieser öffentlichen, kollektiven Rituale ausmacht.

(...)

JB: In Simon Reynolds Energy Flash *findet sich auch etwas über eine Diva. Er schreibt: Wenn die Diva so etwas singt wie »I make you feel so good«, dann hat das bei den Tanzenden nicht den Effekt, daß sie mit der Frau schlafen wollen, also die Frau damit zum Objekt des Begehrens wird, sondern den, daß eine Identifikation mit der Frau stattfindet: man zu der Frau wird.*

TM: Sonic Drag, das Lip-synching. Daß es in der Regel kein Bild von diesen Diseusen gibt, ist auch ein Indiz dafür.

JB: (...) Was ich in der House Diva auch sehe – und das paßt gut

zu der Stimme, von der man nicht so recht weiß, woher sie kommt, wem sie gehört –, ist, daß sie eben einfach auch so da ist. Wie die Bassdrum. Diese Stimme, oder diese Frau, die dann da vorne in der Diskothek auftritt – und da denke ich natürlich an eine glamouröse New Yorker Diskothek …
TM: Das ist eine Priesterin.
JB: Eine allmächtige Figur, die dem Publikum …
TM: Eine Stimme verleiht. Aber eine Stimme als Stimme, und nicht »Hey, Teacher!«, oder wie heißt das bei Pink Floyd? Sondern nur die Stimme als solches; und dann kann die auch Bullshit singen.
JB: Es geht um die Stimme als solche.
TM: Wie du sagst, es geht um die Bassdrum und um die Stimme, aber nicht um die Worte.
(…)

Stefan Wisiorek, *Montage. Intertextualität. Groove. Textproduktion bei Thomas Meinecke*, Magisterarbeit im Fach Sprach- und Literaturwissenschaften, Universität Regensburg, Diplomica Verlag, Hamburg, 2005:
Weibliche Schreibweisen
(…)
Nach Virginia Woolf bringt das Schreiben eine Art von »Frau-Werden« hervor sowie »Atome von Weiblichkeit, die fähig sind, einen ganzen gesellschaftlichen Bereich zu durchlaufen und zu erfüllen, die Männer anzustecken und sie in dieses Werden hineinzuziehen. Ganz sanfte Partikel, die aber auch sehr hart und hartnäckig, irreduzibel und unbezähmbar sind.«
Paradoxe Partikel, die auch Meinecke infiziert haben, nicht nur, wenn er ausführlich die algerisch-französische Schriftstellerin und Literaturwissenschaftlerin Hélène Cixous zitiert. Für Cixous besitzen weibliche Schreibweisen bzw. von Frauen geschriebene Texte eine »sehr extensive Entfaltung« sowie »die Fähigkeit, in einem Tauchzustand zu verharren«.

Dies steht in direkter »Beziehung zum weiblichen Lustempfinden, das ich als Verströmen erfahre, unaufhörlich und ohne Ursprungspunkt. Der Ursprung ist ein männlicher Mythos, der durch Ödipus dargestellt wird. Ein weiblicher Text beginnt auf allen Seiten gleichzeitig. Er erkennt sich, ausgehend von einer weiblichen libidinösen Ökonomie, auch darin wieder, daß er ohne Ende ist. Ein weiblicher textueller Körper hört nicht auf, er setzt sich fort (...). Wenn ich mich an ein Buch mache, umgebe ich mich mit einem Dutzend anderer Texte, die ich unaufhörlich, gewissermaßen in hautnaher Konfrontation, während meiner Arbeit befrage. (...) Ein weiblicher Text ist nicht vorhersehbar. Und er sagt sich selbst nicht voraus« (Hélène Cixous in *Musik*).

Auch Meineckes eigene Poetologie, sein Verständnis vom Schreiben, wird hier auf den Punkt gebracht. Denn was seine Texte auszeichnet, ist einerseits genau diese Fokussierung auf »die Anfänge, die Art anzufangen«, »auf allen Seiten gleichzeitig« sowie »auf allen Ebenen gleichzeitig«, als produktives Sich-Verzetteln, ein Sich-Verwickeln ins Gewebe mehrerer »Dutzend anderer Texte«. Paradigmatisch für Meineckes Schreiben ist andererseits auch das von Cixous eingeforderte »Erlauben der Abfahrt, das Erlauben der Brüche, der Ausflüge (parties), der Teilungen, der Trennungen« wie die gleichzeitige Fokussierung auf »eine unendliche Zirkulation des Begehrens von einem Körper zum anderen, über oder quer durch die sexuelle Differenz«. Indem so das Bewußtsein für Spaltungen und Grenzen geschärft wird, können diese zugleich spielerisch überschritten werden. Ebenso wie »Abfahrt« ist »parties« hier selbstverständlich doppeldeutig auch als »Feiern« zu verstehen. Musik im Tanz körperlich umzusetzen, und so auch die Dichotomien von Psyche und Physis zu überschreiten, ist ja eine ebenfalls weiblich kodierte Kulturtechnik. Auch wenn die dichotomischen Zuschreibungen männlich/weiblich selbst in seinen Texten in Frage gestellt werden sollen, betont Meinecke trotzdem, »daß Reflexion, Kontemplation und daher auch Erkenntnis herkömmlich weiblich kodierte Tugenden sogenannter Empfängnis sind«, denen er sich mit seinem Schreiben verpflichtet fühlt: »Vordergründige Handlungen, von autonomen Subjekten durchgezogen, wären das sogenannte männliche Pendant.«

In sich immer weiter verästelnden und ausdifferenzierenden Genealogien zeigt Meinecke auf, daß feststehende Identitäten eine Fiktion sind, und auch die Konstruktion Mann bzw. Frau nicht viel mehr ist als (äußerst hartnäckiges) »grammatisches Manöver«. Dieser Erkenntnis folgend, wird in der traditionellen westlichen Konzeption von Literatur »die Ebene der literarischen Konstruktion (...) als Transportmittel des kulturtheoretischen Ziels sichtbar. Die auktoriale Erzählform erzwingt diese Trennung. Auktoriales Erzählen stiftet sich patriarchal aus dem Übersehen des Patriarchalen. Auktoriales Erzählen ist die Erzählung über die Leerstelle der Geschlechterpositionen« (Marlene Streeruwitz in *Musik*). Diese Erkenntnis mit allgemeineren Überlegungen zur Konstruktion des Anderen, Fremden kurzzuschließen, heißt, »Diaspora als die Situation des sogenannten Weiblichen schlechthin« zu verstehen. (...)

»Ich will auch auf jeden Fall immer noch wissen, was von wem stammt«, meint Karol in *Musik*. Der ursprungslosen, offenen, weiblichen Form des Schreibens entspricht bei Meinecke ironischerweise eine genuin männliche Sammelleidenschaft, fast könnte man Archivierungswut dazu sagen. Kulturelle Artefakte im allgemeinen, wie vor allem Platten und Bücher im besonderen, werden akribisch genau benannt, inventarisiert und aufgelistet. Wenn Meinecke Flaubert zitiert, der für seinen Roman *Bouvard et Pécuchet* »mehr als 1500« Bücher gelesen hatte, dann gilt das wohl auch für den leidenschaftlichen Plattensammler und Bibliophilen Meinecke selbst, denn auch er läßt sich »mehrere Jahre Zeit für sein Projekt«.

»Hatte nicht Flauberts zeitlebens erste veröffentlichte Erzählung bereits den Titel Bibliomanie getragen? (...) Aus der eingestandenen Marotte war eine beunruhigende Wucherung geworden, behauptet Ursula. Mir geht auf, wie ähnlich die Namen Bouvard und Bovary klingen. (...) Hatte Flaubert nicht auch formuliert: Madame Bovary, c'est moi? Logisch, und die war absolut süchtig nach Lektüre; der Dichter verhehlt keineswegs, daß es sich beim Lesen um eine weibliche Kulturtechnik handelt. (...) Bibliomanie, Bibliotherapie.«
Während »Wucherung« hier ganz klar auf Deleuzes *Rhizom* verweist, also generell auf postmodernes Denken, folgen die Namensähnlichkeiten mit ihren sprachlich-linguistischen Assoziationsmustern speziell einer Ästhetik des Ähnlichen, wie sie für Meineckes Poetologie charakteristisch ist. Darüber hinaus kann die hier eröffnete Ähnlichkeitsbeziehung Bovary/Flaubert durchaus auch als Kandis/Meinecke gelesen werden. In *Musik* explizit zitiert wie auch impliziert (also strukturell-poetologisch) praktiziert, ist Lesen für Meinecke eine primär weibliche Kulturtechnik (nach Flaubert), wie auch Schreiben eine genuin weibliche Kulturtechnik darstellt (nach Cixous) – Meineckes Gleichung »Schreiben ist gleich Lesen« ist demnach doppelt weiblich kodiert. Wird dadurch Meineckes männliche Archivierungsleidenschaft kompensiert? Kann ein heterosexueller, männlicher Autor feministisch schreiben?
»Es ist zwar selten, aber es gibt Weiblichkeit in von Männern gezeichneten Schriften.« (Cixous in *Musik*.)
Hier stellt sich Meinecke explizit in die Tradition einer weiblichen Schreibperspektive: Immer wieder proklamiert er für seine Texte feministische Qualitäten wie Durchlässigkeit, Offenheit, Unabgeschlossenheit. Das sprachliche Material durch sich hindurch gehen lassen, Diskurse zusammenflechten, verweben, verknoten, aber auch: sich darin bzw. diese in sich selbst verwickeln lassen, verweist auf eine spezifisch weibliche Ästhetik des Textilen, auf eine Metaphorik des Flechtens,

Knüpfens, Strickens, Webens, die unmittelbar mit rhizomatischen Netzwerkmetaphern wie z. B. der des World Wide Web korrespondiert.
(...)

Jochen Grywatsch und Enno Stahl in *Literatur in Westfalen. Beiträge zur Forschung 8*, hg. von Walter Gödden, Aisthesis Verlag, Bielefeld, 2006, S. 371 ff.:

Pop, Archiv und Hypertext
Überlegungen zu aktuellen Veränderungen im Archivsystem
Mit dem Transkript einer Diskussion mit Thomas Meinecke und Moritz Baßler

(...)
Frager aus dem Publikum: Ich wollte noch mal auf diese Frage zurückkommen: Was ist das Politische des Archivierungsvorgangs, das wird der eine Teil der Frage, und wenn ich das richtig verstanden habe, ist dann in Verbindung damit der zweite Teil: Was unterscheidet Thomas Meinecke von anderen neuen Archivisten? Wenn man davon ausgeht, jetzt auch mal anders, als es in der Einleitung gesagt wurde, dass neue Medien durchaus auch einen Fortschritt für das, was ein Archiv ist und sein kann, bedeuten, insofern es eben nicht nur ein »rom« gibt, also ein »read only memory«, das ist noch Lessing in Wolfenbüttel, sozusagen, nicht nur das, sondern auch ein »random acc« – ein »ram«, ein »random access memory«. Das wäre nach meinem Verständnis jetzt nach dem, was gesagt worden ist, die Schreibweise von Thomas Meinecke, die These oder die Frage, die ich in den Raum stellen möchte, ist: Ist das Politische, diese Schreibweise von Thomas Meinecke, genau dieses »random access«-Prinzip, nämlich eine Schreibweise auf der Basis der Wissensakkumulation in Gleichzeitigkeit? »Random access« bedeutet, man ist sofort, indem man schreibt, Teil des Archivs, aus dem man sich bedient, und das, wurde gesagt, ist der Ges-

tus des Mitschreibens. Das, finde ich, trifft ziemlich genau den Punkt und diese Gleichzeitigkeit des Wissens. Und Einspeisung des Wissens, auch im Unterschied zum Generationsroman, der doch immer darauf beruht, dass eine gemeinschaftliche sanktionierte Lesart von Vergangenem und damit Identität produziert wird, verständigt sich darüber, was der Fall gewesen ist, und das beruht eben genau nicht auf Gleichzeitigkeit, sondern eben auf der Einigung über das, was vergangen ist. Sozusagen Einigung auf gemeinsame Erinnerung. Das hat aber mit dem »random access«-Prinzip nichts zu tun. Das wäre für mich genau der Unterschied zwischen diesen Archivisten und der Schreibweise zum Beispiel von Hellblau *oder auch* Musik.

Thomas Meinecke: Ich würde »ja« sagen, weil ich diesen Unterschied auch sehe und denke, bei dem Gleichzeitigen ist das Wissen eben auch ganz stark ein Noch-nicht-Wissen. Und es fixiert trotzdem. Es fixiert diesen Moment, diesen Abgrund zu dem, was man wirklich noch nicht wissen kann. Und schreibt sich an diese Kante möglichst ran. Und wird damit aber trotzdem in dem Moment zum Datenträger, also zur Datei, und es wird fixiert. Das ist so diese Kante, die interessiert mich besonders.

Enno Stahl: Begreifst du denn deine Schreibweise quasi als ein Archiv des Gegenwärtigen? Führt das am Ende, wenn das jetzt immer so weiter geht, zu einer bestimmten Form von Archiv? Die Bücher in ihrer Gesamtheit? Dass es so was würde?

TM: Seit Baßler kann ich meine Bücher schon auch als so was sehen, weil ... (Lachen) ... weil ich finde wirklich, da ist was dran, weil eben so viele diese Dinge nicht mitnotieren, das ganze sogenannte Unwichtige geht völlig verloren, und ich finde aber, da gibt es schon zwischen Fontane und jetzt Schreibenden noch einige, die das auch gemacht haben. Ich find es immer super faszinierend, wenn so was wie Markennamen oder Schlagernamen oder so was aufscheint, ich habe das Gefühl, da wird was festgehalten, was sonst weg wäre. (...)

Mir haben Leute gesagt, sogar gute Freunde von mir, »Nimm' doch nicht immer diese Band-Namen. Wenn die nicht mehr bekannt sind, ist dein Text dann mit im Abgrund. Das datet dann schneller.« Ich glaube eher, das Gegenteil ist der Fall, man hält irgendwas fest, was auch interessant ist. Aber nicht unbedingt retrospektiv im Sinne einer Vergewisserung mit anderen, die das auch wissen, sondern eher mit Dritten, die das eben nicht gewusst hätten, eventuell. Ich würde solche Namen auch gerne in mittelamerikanischen Texten oder so haben. So was hat eine ganz eigene Poesie, die Pop-Art, die bildende Kunst hat das ja sehr schön praktiziert, und das hatte immer eine sehr poetische Qualität für mich.

ES: Würdest du denn meinen, wir sollten Archive, jetzt als physische Institutionen, für so was auch öffnen? Kann man darin unter Umständen eine Art Verfahren sehen? Sollen die eben auch reingehen in diesen Bereich Pop-Kultur, moderne Ikonographie, Stars als Ikonen, und das dokumentieren? Und wenn ja, wie könnten sie das machen?

TM: Sind das nicht dann schon Museen? Ich weiß es nicht.

Moritz Baßler: Ich meine, selbst ein Archiv ist ja nicht so geordnet, wie das hier ein bisschen so anscheint, das ist ja auch eine große Zufälligkeit, was Leute so aufbewahren, also Privatpersonen, was da zusammenkommt.

TM: Aber hätte denn jetzt jemand anderes zum Beispiel die *Brillo-Box* noch irgendwo in der Garage stapeln sollen? Ich finde, die Warhol'sche *Brillo-Box* sagt mir sehr viel über all die anderen, die wir nicht sehen, auch mit. Ich wüsste nicht, wie man's anders machen sollte, weil ja so viel da ist. Es ist echt schwer.

MB: Ich glaube, bei Herrn Schlaffer habe ich gelesen, dass das meistgelesene deutsche Buch des 19. Jahrhunderts in keiner vollständigen Kopie mehr erhalten ist. Das war so ein Räuberroman, den gibt es nicht mehr. Ja? Das haben alle gelesen damals, den gibt es nicht mehr. Das ist für einen Germanisten

schlecht. Weil er den Hintergrund zu anderen Texten nicht mehr rekonstruieren kann. Ich wäre glücklich, wenn da ein Archiv gewesen wäre. (...) Ich habe aber noch eine Frage: Du hast ein Problem aufgeworfen, aber du hast es eigentlich nicht beantwortet. Ich meine, das spricht natürlich ein gewisses Selbstbewusstsein aus, dass man sagt, ich als Künstler lege dir das und das vor, und wenn meine Kunst was taugt, dann geht das auch später noch. Also wie wird es denn sein, stellen wir's uns mal vor, ein armer Germanist in 60 Jahren liest Thomas Meinecke – kann er das, kann man das dann lesen? Angenommen, dieses Archiv wäre sonst weg, du wärst im Wesentlichen der einzige Archivar für solche Dinge, könnte man das noch lesen? Wie würde eine historisch-kritische, kommentierte Ausgabe deiner Werke aussehen, die es ja später sicher mal geben wird, wie macht man dann einen Kommentar dazu, da muss man doch eigentlich diese ganzen Sachen, auf die du dich beziehst, ja möglichst versuchen zu kriegen, aus anderen Archiven? Hast du dir über so was mal Gedanken gemacht?
TM: Ja, eben auch erst seit Baßler. Aber, es war nicht meine Absicht, Dinge in dem Sinne festzuhalten und auch nicht unbedingt für nächste Generationen rekapitulierbar zu machen. Ich hatte nie ein Problem damit zu denken, »Na gut, dann sind die Bücher irgendwann vergriffen, und dann haben sie auch ihre Schuldigkeit getan.« Weil ich immer noch finde, dass diese Maggi-Flaschen oder was auch immer hiermit gemeint sein könnte, die damit verewigt werden, bei mir nicht so richtig verewigt werden, sondern sie dienen eigentlich eher als Griffe oder Haltepunkte, an denen sich das, wo ich da von A nach B denke, entlanghangelt, und viele lesen meine Bücher, die kennen auch jetzt nicht – weder Aaliyah noch Drexciya und kommen trotzdem damit zu Rande. Und merken nur, hier wird anhand von diesen Eigennamen auch irgendwas markiert, was sehr, sehr kompliziert ist und was sie vielleicht dann, wenn mein Buch gut ist, trotzdem begreifen – wie es

funktioniert. Insofern finde ich, das Kryptische oder Unverständliche, dieses eventuelle Vergessen dieser Namen, dürfte eigentlich, wenn der Text gut ist, seinem Verständnis nicht entgegenstehen. Das wäre also bei mir der »Archiv-Effekt« – nicht das direkte Bedürfnis danach, eines anzulegen, weil auch keine Systematik da ist, die ich doch so einem Archiv zuschreibe. (...)

Axel Dunker in *Weimarer Beiträge, Zeitschrift für Literaturwissenschaft, Ästhetik und Kulturwissenschaften*,
Bd. 52, H. 1/2006:
»Alle tanzen, doch niemand kennt die Platten«
Pastiche, Sampling und Intertextualität in Thomas Meineckes Roman *Tomboy*
(...)
Es gibt hier eine Parallele zu Gustave Flauberts Roman *Bouvard et Pécuchet* – ein Buch, das in Meineckes bisher letztem Roman *Musik* (2004) eine nicht unwichtige Rolle spielt. Nachdem die beiden französischen Kleinbürger alle Wissensgebiete auf ihre Praktikabilität durchgeprüft haben, die sich jeweils als chimärisch erweist, beschränken sie sich schließlich auf das Kopieren von Texten. Mit den Worten Michel Foucaults: »Denn kopieren heißt nichts *tun*, heißt die Bücher *sein*, die man kopiert, heißt diese unendlich kleine Ausstreckung der Sprache zu sein, die sich verdoppelt, heißt die Faltung des Diskurses auf sich selbst hin zu sein, heißt diese unsichtbare Existenz zu sein, die das vorübergehende Sprechen ins Unendliche des Rauschens verwandelt. (...) Bouvard und Pécuchet triumphieren über alles, was dem Buch fremd ist und ihm widersteht, indem sie selbst zur kontinuierlichen Bewegung des Buches werden.« In *Musik* ist an die Stelle des »endlosen Wuchern(s) des bedruckten Papiers« das endlose Wuchern des Internets getreten, in das die Suchmaschinen eine heterogene Ordnung bringen, die Meinecke als Autor performativ in sein

Buch verlängert. In diesem Buch wird etwas auf die Spitze getrieben, was in *Tomboy* bereits angelegt und in *Hellblau* (2001) schon ein Stück weiter forciert erscheint: die unendliche Wiederholung von mehr oder minder stereotypen Figuren aus einigen Segmenten des aktuellen Diskurses. Barthes beschreibt in *S/Z* am Beispiel von *Bouvard und Pécuchet* ein Verfahren, das sich unschwer auf Meinecke übertragen läßt: »Dieses Erbrechen von Stereotypen wird kaum durch die Ironie beschworen, denn sie kann (...) nur einen neuen Code (ein neues Stereotyp) den Codes, den Stereotypen, die sie beschwichtigen will, hinzufügen. Die einzige Macht des Schreibenden über das stereotype Schwindelerregende (dieses Schwindelerregende ist auch das der ›Dummheit‹, der ›Vulgarität‹) besteht darin, in ihm durch die Ausführung eines Textes, und nicht durch Parodie, ohne Anführungszeichen Eingang zu finden. Das hat Flaubert in *Bouvard und Pécuchet* getan: die beiden Kopisten sind Abschreiber von Codes (sie sind, wenn man so will, *dumm*); da sie aber selber der Klassendummheit, die sie umgibt, ausgesetzt sind, eröffnet der Text, der sie in Szene setzt, eine Zirkularität, in der niemand (auch nicht der Autor) andere in den Griff bekommt. Das ist eben die Funktion des Schreibens: lächerlich machen, die Macht (die Einschüchterung) der einen Sprache über eine andere zu annullieren, und jede Metasprache, sobald sie konstituiert ist, aufzulösen.«
Der Autor wird zum ›Ausführer‹, zum Performer dessen, was er vorfindet, was ihm etwa die von Meinecke bevorzugte Suchmaschine Google vorgibt. Meinecke versucht das so zu erklären: »In diversen Abwehrbewegungen gegenüber herrschenden schriftstellerischen Konzepten habe ich gelernt, nicht als Autor, sondern gleichsam als Leser zu schreiben. Den Prozeß meines Lesens schriftlich wiederzugeben. Gefundenes Material, das ich nicht einmal verstanden haben muß, über das ich eben nicht Herr und Meister bin, durch mich hindurchfließen zu lassen.« Doch das heißt nicht unbedingt, daß der Autor

zwangsläufig tot ist – »Das autonome Subjekt ist abgeschafft. Und mit ihm der Autor« –, nur muß er zu sich selbst in einer selbstironischen Haltung stehen, zu der offenbar gehört, daß er sich selbst als Autor für tot erklärt – und damit »mit sich selbst im Streit liegt«, was wiederum eines der Hauptthemen und -motive des Romans *Tomboy* ist, wie Thomas Groß in einer Rezension des Buches festgestellt hat. Das richtet sich gegen eine »Eigentlichkeit« von Texten, was wiederum politisch zu verstehen ist, wie in *Hellblau* deutlich wird: »Eigentümliches Wort: Eigentlich. Zumal im Zusammenhang dieses das sogenannte Eigene, das vermeintlich autonome Subjekt, nicht selten sehr raffiniert dekonstruierenden Genres namens Techno.« Die ständige Nennung von nur Insidern bekannten Labels, Songs und Interpreten in diesem Buch entfaltet metafiktional den schönen Satz aus *Hellblau* über Techno: »Alle tanzen, doch niemand kennt die Platten.« Dazu gehört auch das ständige Pastichisieren, ohne daß dem Leser, außer dem Gefühl, gerade ein Pastiche zu lesen, jeweils immer klar wäre, was Vorlage für das Pastiche ist – ohnehin haben wir es auch hier häufig mit einem multiplen Pastiche zu tun, bei dem, nach Meineckes zitierter Definition des Sampling, ständig von einem zum nächsten und wieder zurück gewechselt wird.
Ironie ist etwas, das die selbstgewisse Identität aufhebt: »ironic meaning (...) is something that ›happens‹ rather than something that simply exists. And it happens in discourse, in usage, in the dynamic space of the interaction of text, context, and interpreter (...). Irony is (...) a communicative *process*« (Linda Hutcheon) und damit etwas Performatives. Meinecke überträgt dieses Phänomen auf die Figurenebene seiner Texte, wenn er sagt, »daß ich den Begriff der Identität nicht als einen Zustand begreife, sondern als eine Tätigkeit. Und das performative Element dabei – was sie lesen, was sie tun – läßt bei mir auch die Figuren entstehen. Ich kann zuschauen, wie meine Figuren zu irgend etwas werden, von dem ich vorher nichts

wußte.« Meineckes Auffassung von Politik – Struktur von Sprache mehr noch als von Gesellschaft – wird somit zum ästhetischen Prinzip seiner Texte gemacht. Mit Judith Butler ist das als politisch zu verstehen: »Die Dekonstruktion der Identität beinhaltet keine Dekonstruktion der Politik; vielmehr stellt sie gerade jene Termini, in denen sich die Identität artikuliert, als politisch dar.«

Volker Weidermann, *Lichtjahre. Eine kurze Geschichte der deutschen Literatur von 1945 bis heute*, Kiepenheuer & Witsch, Köln, 2006, S. 288 f.:

Hass und Tanz und Wirklichkeit und Liebe
Rainald Goetz, vom Kampf zum Tanz zum Schweigen. Maxim Biller, jede Lüge wird erschossen. Thomas Meinecke, Jäger und Sammler. Benjamin von Stuckrad-Barre, der Wille zum Glück. Michael Lentz, der laute Poet. Feridun Zaimoglu, Dichter aus der Wunderhülle. Werner Schwab, das Leben als Feind. Christian Kracht, am Grab von Thomas Mann

(...)

Sie nennen ihn einen Popautor, einen der ersten jungen Musikschriftsteller. Dabei künden die Bücher Thomas Meineckes (*1955) von nichts weniger als vom schönen Klang oder leuchtenden Oberflächen, sondern von den tiefsten Tiefen des politischen Diskurses, den Geheimnissen von Identitätszuweisungen, von theoretischen Texten. Thomas Bernhards Diktum, wenn er irgendwo am Horizont eine Geschichte sehe, schieße er sie ab, gilt viel eher für den Diskurssetzer Thomas Meinecke. Seine Romane sind die Plattenteller, auf denen Denkspiele umeinander kreisen. Er versammelt Meinungen und Identitäten, um sie am Ende zu einem vielstimmigen Chor zu vereinen, der nicht wirklich harmonisch klingt, dafür aber viele kleine Ergebnisse vermittelt. Möglichkeiten einer neuen Bezeichnung der Welt. (...)

(...)
Auch in seinem nächsten Roman, *Tomboy* (1998), in dem die Genderdebatte im Vordergrund steht, bemüht sich Meinecke noch etwas verkrampft um einen erzählerischen Rahmen. Und erst mit den Büchern *Hellblau* (2001) und *Musik* (2004) hat er all das aufgegeben. Er stürzt die Leser in die Freiheit der ganz freien Rede hinein. Er setzt Diskurs neben Diskurs, versucht Gespräche zu beginnen, mitunter verlaufen sie sich im ewig Unverstandenen, mitunter verzahnen sie sich aufs Schönste und ergeben eine kleine Synthese. Was man jedem anderen Autor vorwerfen müsste, dass er die Figuren seiner Romane nur als Funktions- oder Textträger gebraucht, ist bei Meinecke der Kern seiner Kunst. Er bringt Diskurse zum Tanzen, und mitunter entsteht dabei eine neue Art der Weltbeschreibung – und oft ist es einfach nur laut.
(...)

Klaus Birnstiel, *Post-Poetik. Thomas Meineckes Romane im Kontext der Postmoderne*. Magisterarbeit im Fach Neuere deutsche Literatur, Ludwig-Maximilians-Universität München, 2007:

Anhang:

»Eigentlich ein linkes Modell, ein Aufklärungsmodell« Ein Gespräch mit Thomas Meinecke über die achtziger Jahre, linke Politik, Hamburger und seine Romane

(...)
Klaus Birnstiel: Musik *nimmt* Tomboy *und* Hellblau *insofern wieder auf, als daß sowohl die* gender-*Thematik als auch der Ethnizitäts-Komplex wieder eine Rolle spielen. Die* gender-*Kategorie wird diesmal aber, so war zu lesen und das scheint mir nicht so ganz falsch, stärker unter dem Aspekt einer Suche nach Männlichkeit verhandelt. Karol, so hast Du einmal gesagt, steht in dem Flugbegleiter-Milieu mit seiner Heterosexualität gewissermaßen mit dem Rücken zur Wand. Nun ist ja Ju-*

dith Butlers Rede von der Zwangsheterosexualität weithin bekannt. Die Infragestellung heterosexistischer Zwänge ist denn auch ein Leitmotiv der gender studies. *Dennoch – oder vielleicht gerade deswegen – eine Figur wie Karol. Verteidigst Du die Heterosexualität? Inwiefern glaubst Du, ist Heterosexualität noch zu retten, und wie tun das Deine Bücher, wie tut das* Musik?

Thomas Meinecke: Ich glaube schon, daß ich es verteidige, weil ich das ja sozusagen selber lebe, ich bin ja auch so normiert, bekennender Heterosexueller sozusagen, der allerdings dabei gerne das kritische Bewußtsein im Gepäck hat, im Affirmieren dieser Art von Sexualität, den Blick, der sozusagen geschult wurde durch eine Schule, die eher aus *queerer* Sexualität kommt. Also es ist ja so, daß sehr viele der feministischen Theoretikerinnen selber Lesben sind, ›sind‹ kann man ja gar nicht sagen, *sein tun*, oder auch viele der *queer studies* von schwulen Männern betrieben werden, und ich, der ich so viel davon gelernt hab, einfach ein Bedürfnis danach verspürte, diese Erkenntnisprozesse und auch Lernprozesse mal abzubilden auf diesen Fall, der oft in diesen Studien ja nicht vorkommt, nämlich so der heteronormierte Lebenswandel. Und klarzumachen, daß auch oder gerade dieser sogenannte Normalfall genau diesen Regeln und Performanzkriterien unterliegt, wie das sogenannte abweichende Verhalten. Im abweichenden Verhalten ist ja schon in dem Begriff ›Abweichung‹ drin, daß es eine Tätigkeit ist. Daß aber auch der Normalfall kein fixer Zustand, sondern auch ein *doing gender* ist, das hat mich sehr gereizt an diesem Fall eines heterosexuell lebenden Flugbegleiters, der damit in einem Beruf arbeitet, der überwiegend von Frauen, und wenn von Männern, dann von schwulen Männern, bevölkert wird, mal auszuprobieren, und damit ihn in diese Defensive, mit dem Rücken zur Wand praktisch, zu bringen. Und das auch in Worten und Texten, die mir ja nur zur Verfügung stehen, die ich herbeizitiere oder teilweise auch den Leuten in den Mund lege, das sozusagen daran experimentell auszuprobieren. Da ist schon was von einer Verteidigung der Heterosexualität drin, von daher, als ich mich früher nicht getraut hätte, überhaupt über Männer auch zu schreiben, weil ich das Gefühl hatte, diese ganze Theorie wurde von Frauen formuliert, und wurde von Frauen nicht nur formuliert, sondern auch angewandt, oder fand statt auf dem Terrain der Weiblichkeit, die natürlich von Männern sozusagen definiert war, und wieso solle ich jetzt, sozusagen, das hatte ich jedenfalls bei *Tomboy* ausgeschlossen noch, das ganze Projekt oder das ganze Problem auch übertragen oder anwenden auf den Bereich Mann? Das schien mir sozusagen der klassische misogyne Move zu sein, wie Männer schon immer dann so was adaptierten, was sie von Frauen gelernt hatten, und ›wir leiden auch unter unseren Rollen‹, und das schien mir, das wäre der politisch größte Fehler gewesen, das zu tun. Und jetzt hab ich aber dann drei Bücher später dann doch bei *Musik*, und da liegen natürlich auch dazwischen fast zehn Jahre, oder acht oder so, wo dann inzwischen auch die *queer studies* nicht nur Weiblichkeit im Blick hatten, und ohne aber auch jetzt in so eine Männergruppen-Weinerlichkeit zu fallen, das sozusagen übertragen, da hab ich dann auch wieder gelernt von den *queer studies* als eine Art von Folge der feministischen *studies*. Und dann hab ich mich getraut, das auch mal auf einen Mann anzuwenden und gleichzeitig als Parallelschiene des ganzen meine zweite Protagonistin zu haben, seine Schwester, die Schriftstellerin ist und die, sozusagen, an meiner Stelle quasi, Poetologisches durchdeklinieren kann, was ist weibliches Schreiben, was ist männliches Schreiben? (...)

Kerstin Gleba und Eckhard Schumacher (Hg.), *Pop seit 1964*, Kiepenheuer & Witsch, Köln, 2007, S. 367ff.:

Pop hat eine harte Tür

Protokoll eines Gespräches mit Thomas Meinecke, Benjamin von Stuckrad-Barre, Eckhard Schumacher und Kerstin Gleba, geführt am 15. Oktober 2006 in München

(...)

Benjamin von Stuckrad-Barre: Ich finde überzeugend den Unterschied zwischen Pop genannt worden sein und Pop sich nennend, da hat es sich für mich immer aufgespalten. Es gibt so unglaublich unlesbaren Dreck von irgendwelchen Verlagen, ich bin da ein paar Mal drauf reingefallen, so Mitte, Ende der Neunziger, das hieß dann »Anti-Pop« oder so, geiler Titel, dachte ich, hab's gelesen, und das war vollkommen unlesbarer Scheiß. Die also damit immer schon hantiert haben, die würde ich davon alle ausschließen, denn mit Pop verbinde ich eigentlich eine irre Liebe, etwas wahnsinnig Herzliches, Zugewandtes, und würde allein schon deshalb den Begriff nie in Anspruch nehmen.

Thomas Meinecke: Du hast den Begriff nie selbst verwendet? Nicht irgendwann mal drüber geschrieben?

BSB: Nee. Ich hab irgendwann mal, da war ich ganz stolz drauf, den Begriff Literatur-Pop benutzt. Ist das nicht Pop-Literatur? Nee, das ist allenfalls Literatur-Pop. Es bedient sich der Mittel von Pop, und zwar nicht aus einer konzeptionellen Idee heraus, sondern aus der eigenen Sozialisierung heraus. So wie ich ganz unbedingt nicht in Literaturhäusern lesen wollte, sondern da, wo ich selber auch freiwillig hingehe. Es war mir vollkommen klar, dass ich nicht mit Ulrich Greiner über mein Buch sprechen werde, und dachte, wunderbar, machen wir eine Fotostrecke in der *Allegra*. Ich versteh dann, wie das Buch seinen Weg machen wird, ähnlich wie eine Platte, wie man es gestaltet, das Ganze, dass es anständige Plakate

geben muss. Das war mir alles viel einleuchtender als eine Streifenanzeige in einer kleindenkenden Literaturbeilage.
TM: Obwohl: Streifenanzeige, da fällt mir mein Pop-Erlebnis ein. Als Rainald Goetz, Andreas Neumeister und ich eine gemeinsame Streifenanzeige bei Suhrkamp kriegen sollten, war die Frage verlagsseitig: Was schreiben wir drüber? Und ich weiß noch, ich hatte vorgeschlagen, Plattenspieler, weil wir alle drei sozusagen tonabnehmermäßig die Nadel in der Rille zirkeln hatten. Und Rainald war es dann im Endeffekt, der sagte, nee, da muss Pop drüber stehen. Und dann stand da wirklich nur Pop und die drei Namen. Und ich hab's dann auch eingesehen, obwohl ich auch da schon mal kurzzeitig gedacht habe, na ja, vielleicht doch sehr inflationär. Das war zu der Zeit, als der Begriff noch viel mehr around war, '98 oder '99. Aber ich hab auch nie wirklich ein Problem gehabt, Pop drüber zu schreiben.
BSB: Ich schon, weil es immer tendenziös verwandt wurde. Und zwar von Leuten, die überhaupt nichts von Pop verstehen, mit denen ich niemals irgendwo abends nebeneinander stehen würde. Es klang immer wie Behindertenparkplatz oder Kinderteller. Das war immer ne Beschimpfung, ne Degradierung, das »Literatur« dahinter war immer schon lächelnd, das war immer schon relativiert durch das »Pop«, oder in Anführungsstrichen, »so genannte«, und das bezog sich gar nicht auf Pop, sondern auf Literatur. Es ist einfach Schwachsinn, diese Debatte anders zu führen als durch die Arbeit, den Text.
Kerstin Gleba: Die Idee zu der Anthologie erstand, als dann endlich auch das Schwäbische Tageblatt den Tod der Pop-Literatur mal wieder ausgerufen hatte, vor dem Hintergrund, dass es zum Wesen des Pop gehört, dass Verfall und Neuanfang ihm eingeschrieben sind, dass er immer mal wieder gehen und zurückkommen muss. Zu dem Zeitpunkt, als die Pop-Literatur im öffentlichen Diskurs in aller Munde war, haben wir es tunlichst vermieden, selbst mit dem Begriff zu operie-

ren. Das konnte Suhrkamp vielleicht anders machen als Kiepenheuer & Witsch. In dem Moment, als der Begriff Pop, der für uns auch positiv besetzt war, wie so ein Wurfgeschoss einfach auf ein paar Autoren geballert wurde, als er nur zur Abqualifizierung diente, war es uns ein Anliegen zu sagen: Es ist Literatur, es gibt verschiedene Schreibweisen, Verfahrensweisen. Niemals hätten wir zu dem Zeitpunkt eine Anthologie herausgegeben mit dem Titel »Pop«.

BSB: Das meinte ich vorhin mit »drüber«. Jetzt ist der Begriff wieder angekommen bei den Leuten, die ihn mögen und verstehen.

TM: Aber das Tolle an dem Begriff war doch, dass er auch die Leute, die es nicht mochten, auf ne bestimmte Weise ausschloss. Deswegen hab ich ihn nie losgelassen, auch zwischenzeitlich nicht, als er noch so sehr kursierte bis in die hintersten Ecken. Er war für die Leute immer auch ein rotes Tuch. Das bürgerliche Feuilleton wollte sich ja nicht wirklich drauf einlassen und hat diesen Tod der Pop-Literatur, sobald irgendwo die Twin Towers einstürzten sozusagen, gleich mitverkündet, immer, bei jeder Gelegenheit. Mir war von Anfang an klar, die schnallen's nicht, die begreifen gar nicht, was das überhaupt ist, und die werden auch durch diesen Begriff abgestoßen. Denen wird klargemacht, hier ist irgendwas, wo wir draußen bleiben müssen, weil wir die Platten nicht kennen ...

BSB: Deshalb haben sie ihn selber ja auch so offensiv benutzt. Wenn sie ihn nicht benutzt hätten, wäre ja klargeworden, sie sind nicht eingeladen. Sie mussten das Pop nennen, damit es dann heißen konnte: Sie stehen zwar auf der Gästeliste, kommen aber lieber nicht.

TM: Genau dieser Effekt ist aber doch irgendwie was Gutes. Wenn sie gekommen wären, hätten wir keine gute Party gehabt. Sie sind ja nicht gekommen und haben einfach nur drauf gewartet, dass es over ist. Haben gesagt, wir wollen uns damit gar nicht erst beschäftigen, weil das so lästig ist, weil wir wissen ja gar nicht, nach welchen Platten wir – ich bleib jetzt mal bei dem etwas schiefen Beispiel Platten – fragen sollten und in welchen Plattenladen wir überhaupt reingehen sollen. Ich hatte den Eindruck, das war immer ne Stärke von Pop, dass es ne ganz harte Tür hatte oder hat. Als Prinzip lässt es nämlich einfach keinen rein, der nicht begreift, wie der Hase läuft. Und dadurch hat es für den einen was Emphatisches, wo man sich dahinter stellen kann, für den anderen heißt es Schrott, für den Dritten heißt das in der öffentlichen Rede Schrott, aber insgeheim denkt er sich: Scheiße, da komm' ich nicht rein. Das fand ich immer ganz gut an diesem Begriff, dass er so ambivalent war.

BSB: Das Lustige fand ich, dass ich dann immer die Referenzfigur in anderen Buchbesprechungen war. Wenn irgendeine langweilige Frau kam, hieß es immer: Das ist mal nicht Pop-Literatur à la Stuckrad-Barre, der nur an der Oberfläche kratzt; in meinen Büchern ginge es ja nur drum, welche Marken man tragen solle. Und da dachte ich immer: Geil, die werfen mir das vor, woran sie selbst gerade zugrunde gehen. Die haben nämlich eins nicht gemacht, die Bücher gelesen, geht gar nicht, weil es null Kleidungsbefehle in meinen Büchern gibt. Weiß gar nicht, wovon da die Rede ist. Es gibt überhaupt keinen Menschen, der sich weniger für Mode interessiert als mich. Ich kenne diese ganzen Marken gar nicht, finde es auch wirklich ganz, ganz uninteressant. Da ist bei mir ein irrer Zorn entstanden, den ich dann gleichzeitig als falsch empfand, weil ich dachte, genau, wie du sagst, das ist die falsche Party, man will mit denen gar nicht feiern. Andererseits, wenn die einem gleich schon sagen, wir lassen dich nicht rein, dann regt sich so was unangenehm Menschliches in einem, dass man da eben doch rein will oder von denen auch gut gefunden werden will. Man würde sie so gern ablehnen können, deren Zuwendung, die kommt aber erst gar nicht.

TM: Ich hab das umgekehrte Problem, dass bei mir gesagt

wird: Du schreibst Bücher, die sind nicht so wie KiWi-Pop. Und ich musste die ganze Zeit KiWi-Pop verteidigen, weil ich nicht der sein wollte, der von denen umarmt wird in Abgrenzung von diesen anderen, die nur an der Oberfläche kratzen. Ich hab dann für mich immer reklamiert, ich kratze auch nur an der Oberfläche, mich interessiert nur die Oberfläche, und das würde ich auch immer noch sagen. Man hat das dann sozusagen ins Positive gewendet, und da hab ich manchmal auch Kollegen verteidigt oder Kolleginnen, die ich gar nicht so toll finde, weil ich einfach diese Unterscheidung nicht eingesehen habe, an die sich das bürgerliche Feuilleton dann wie an einen Strohhalm klammerte, noch unterscheiden zu wollen zwischen anspruchsvollem Pop und nicht anspruchsvollem Pop. Die Grenze gibt's einfach nicht. Wenn ich mir ne Chic-Platte kaufe, kauf ich mir auch ne Amanda-Lear-Platte, sozusagen. Pop hat diese Grenze nicht. Das ist so ne typische bürgerliche Bildungsinstanz, die versuchte, noch irgendwelche Koordinaten irgendwo reinzuzimmern.
BSB: Aber selbst nach Pop-Dingern verfahren, in dieser Abgrenzung, das fand ich immer geil. Ich war mal auf einer Buchvorstellung von David Wagner und Florian Illies, da gab's so eine Diskussion, ich stand da auch rum, und dann fragten die: Was halten Sie denn von Autoren wie Christian Kracht? Ich stand da rum, merkte, wie ich rot anlief, und David Wagner sagte dann, ja, das schätze er ja nicht so. Ja, ganz genau, wunderbar: Wir dich auch. Pop-Kriterium Ausschluss: Das war so sein Ding, dass er eben nicht bei uns dabei ist. Als Bewegung hat das ja überhaupt nie stattgefunden. Das Buch *Tristesse Royale* wurde als Manifest aufgefasst, schön und gut – aber Quatsch. Ich kannte die anderen Beteiligten vorher überhaupt nicht, hatte die auf der Buchmesse besoffen kennengelernt und da haben die gefragt: Machst du da mit? Ich habe die zum zweiten Mal gesehen und die Hälfte davon auch zum letzten Mal, an diesem Wochenende, an dem wir da im Adlon geses-

sen und dieses Ding zusammengezimmert haben. Ich weiß auch gar nicht, wie das funktionieren soll, als Bewegung, man kann ja immer nur ein Einzelstrudel sein. Insofern ist das Ganze natürlich ein wahnsinniges Pop-Phänomen, dass da etwas auch im Nachhinein stattgefunden haben soll, was es überhaupt nie gegeben hat. Das find ich ganz gut da dran.

Eckhard Schumacher: Die Abgrenzung gehört ja zu Pop dazu, auch dieses Genervt-Sein, dass die Falschen das benutzen. Daraus macht man ja wieder was. Pop hat immer, seit den Sechzigern, dieses Polarisierende. Es ist bis heute nicht ganz klar, zumindest nicht festgelegt, was es denn nun ist. Und das ist kein Fehler im System, das ist total wichtig. Wir sind uns wahrscheinlich ja auch gar nicht so ganz einig, was genau die ›Methode Pop‹ ist. Es gibt aber immer eine Schnittmenge …

BSB: Es gibt den geilen Rainald-Goetz-Satz: »Pops Glück ist, dass Pop kein Problem hat.« Punkt, aus, fertig. Das war's schon.

ES: Ja, nee, genau: War es aber dann auch nicht, dann geht's ja weiter. Man muss besessen studieren, das, was passiert, materialreich hinschreiben und feiern …

BSB: Wie, was, wo? Wer muss feiern?

ES: Ich les mal vor: »Pops Glück ist, dass Pop kein Problem hat. Deshalb kann man Pop nicht denken, nicht kritisieren, nicht analytisch schreiben, sondern Pop ist Pop leben, fasziniert betrachten, besessen studieren, maximal materialreich erzählen, feiern.«

BSB: An einer Stelle fällt auch mal das Wort Pop-Literatur, ich glaub in *Abfall für Alle*. Nach der Buchmesse kommt dann: »Die Pop-Literatur nimmt sich einmal alles und sagt danke«, oder so. Pop zeigt ja als Durchlauferhitzer oder Tauchsieder ganz schnell auch die Fehler, den ganzen Schwachsinn solchen Geredes darüber. Da wird's ganz schnell fad für mich. Das sagt mir gar nichts drüber, was für einen Wahnsinn ich zum Beispiel erlebt habe mit Bukowski lesen, plötzlich Bücher entdecken. Von Krausser zu Bukowski, dann ein Foto von Jörg Fauser, wie der an der Bar stand mit Carl Weissner. Wer ist denn dieser Jörg Fauser? Und dann genau fing dieses Pop-Ding an: Wenn der den okay findet, ist der okay, dann lese ich jetzt den. Genauso wie man sich auch durch Platten hört und in Genres reinfindet. Und von diesem Erlebnis erzählen mir diese Debatten überhaupt nichts.

TM: Welche Debatten?

BSB: Theoretische Erwägungen darüber: Was ist Pop? Wie funktioniert das? Das alles kann null mitteilen von diesem großen Erlebnis, dass man plötzlich etwas wiederfindet von sich selbst und mehr lernt, im Lesen. Diese irre Bewegung, die man plötzlich kriegt, durchs Eintauchen.

KG: In den Sechzigern und Achtzigern gab es immer wieder programmatische Manifeste von Schriftstellern zum Thema Pop, ob das Rolf Dieter Brinkmann ist, seine Antwort auf Leslie Fiedler, oder Peter Glasers *Explosé* in *Rawums*, oder Goetz, der in *Subito* so einen manifestartigen Schluss hat. Wie habt ihr das in den Neunzigern wahrgenommen?

TM: Das geht bei mir eigentlich schon 1986 los, mit *Tempo* und *Wiener*, ich war damals beim *Wiener* ein Vierteljahr lang als Berater dabei, dass ich dachte: Jetzt geht nichts mehr. Jetzt geht nichts Programmatisches mehr, jetzt ist es vorbei, dass man diese emphatischen Manifeste aufstellt. Anfang der Achtziger war das aber noch voll drin. Da hat man so ne Scan-Bewegung, so ein gieriges, neugieriges Aneignen, gleichzeitig voller Einsatz der Ellenbogen in alle Richtungen, wer alles nicht gemeint ist. Und dann findet aber doch so ein Lektüre-Aneignungsprozess statt, bei dem etwas Diskursives und Selbstreflexives, was Pop denn sein könnte, schon immer miterzählt wurde, mit dieser ganzen emphatischen Fanhaltung. Das war was relativ Neues, um 1980, das diskursive Mitverhandeln der momentan stattfindenden Begeisterung. Es gab vielleicht vorher schon Manifeste, aber da wurde noch was anderes gesucht. Da wurde nicht eine warholeske Klarheit gesucht, sondern eher immer noch so eine etwas drogengeschwängerte, auf Drogen abfahrende Vernebelung. Was in der Musik sicher sein Äquivalent hatte, in endlosen Gitarrensoli oder LP-Seiten-einnehmenden, wabernden Mahavishnu Orchestras.

ES: Ist an Pop nicht interessant, dass beides auf den Namen hören kann? Einmal Feiern, Nachtleben, an den richtigen Orten sein, wissen, dass man am richtigen Ort ist. Und gleichzeitig ist aber auch so ein strukturanalytischer Künstler wie Warhol Pop, der ständig Serien macht, abbildet, wie Massenmedien funktionieren, ich fotografiere oder drucke noch mal, was in den Zeitungen ist. Der hat so einen total analytischen Blick – und trotzdem Glamour.

BSB: Das ist ja die Frage, ob der Blick schon analytisch ist. Dein Blick da drauf, deine Rezeption ist analytisch. Aber ob der Blick selbst analytisch war, möchte ich mal in Frage stellen. Das lässt das Kunstwerk oder das Produkt, über das wir reden, zu, diese beiden Sichtweisen. Und das ist Pop, finde ich. Diese Mehrdeutigkeit: Ja, könnte sein, kann aber auch genau nicht sein.

KG: Das ganz einfache Beschreiben dessen, was da ist, was ja den meisten Texten zu eigen ist, das – Goetz hat das auch mal geschrieben – ganz einfache Aufschreiben der Welt ...

BSB: Ja, ja, von wegen ganz einfach.

TM: Mitschreiben ist es, glaube ich, mehr.

KG: Mitschreiben, der Gegenwartsbezug.

BSB: Das ist ja das Allerschwierigste.

KG: Texte, die sich auf eine Welt beziehen, die den Lesern bekannt sein kann, nicht muss, was nicht auf einen historischen Diskurs verweist, sondern erst mal ne Bestandsaufnahme ist, nur natürlich eine künstlerisch geformte durch den Autor.

BSB: Ja, und da gibt's ja dann die Unterscheidung sowohl beim

Schreiben als auch beim Lesen. Als Nachgeborener dachte ich immer, das ist wahrscheinlich irre wichtig, was der Herr Diederichsen da redet, und hab's immer kompletten Schwachsinn gefunden. Dachte aber, der Schwachsinn liegt bei mir, ich verstehe das noch nicht, ich bin da jetzt nicht klug genug. Und ich dachte immer, was hat dieser Hampelmann da, was redet der denn, über Musik, das ist doch Musik? Der erzählt mir nichts, kapier ich null. »An dem Punkt zerfällt für mich die Platte« oder so. Aha. Ist die Platte kaputt gewesen, die der gehört hat oder was? Oder hab ich ne andere oder so?

TM: Wann war das ungefähr, zu welchem Zeitpunkt?

BSB: So Anfang der Neunziger. Ich hatte dann ein tolles Erlebnis, weiß ich noch ganz genau, wie ich zum ersten Mal dachte: Ah, das ist mein Mann, mein Thema, meine Sprache, mein Leben. Das muss '93 gewesen sein. Da gab's ein *SZ-Magazin*, das ich meinem Vater weggeluchst habe, da war Neil Tennant auf dem Cover, Pet Shop Boys sind meine Lieblingsband, seit der Kindheit, durchgängig, und da stand: Ich hasse Rockmusik. Da ist ja wahnsinnig gut, ich mag Rockmusik irre gern, aber vielleicht hasse ich das jetzt auch, weil ich Neil Tennant so gut finde, mal gucken. Das Interview hat Moritz von Uslar geführt und hat mit Neil Tennant über Sweatshirts geredet. Ich wusste gar nicht, warum ich das so gut finde, aber ich fand das wahnsinnig gut, und dachte, dieser Moritz von Uslar, das ist aber mal einer. Das hab ich kapiert, wie der über Musik gesprochen hat und da trotzdem abgehoben ist zu anderen Dingen ...

TM: Tennant jetzt?

BSB: Tennant durch Uslar. Das war mein Mann, da wollte ich hin. Das fand ich gut.

ES: Mir ging das Anfang der Achtziger mit Diederichsen so. Ich hab die frühen *Sounds*-Sachen gelesen, zum Beispiel diese Saisonberichte, und ich fand das nen irren Ton, ne irre Art, eben nicht nur über Musik zu schreiben. Plötzlich hingen Fassbinder, Diana Ross, Lady Di, Documenta extrem zusammen und es hatte, für mich zumindest, auch was total Glamouröses.

BSB: Aber das finde ich das Geile daran, dass das Jahre versetzt stattfindet und dass dieses Außen immer ne Rolle spielt. Ich hab dann auch zum ersten Mal ein Bild von Uslar gesehen und dachte, geil, sieht der toll aus, so würde ich auch gerne aussehen. Und als ich Diederichsen dann mal gesehen hab, Merz-Universität, so nen Bart und irgendwie ne festgewachsene Brille, da dachte ich, auf gar keinen Fall, auf gar keinen Fall.

TM: Diederichsen hat mir, der ist zwei Jahre jünger als ich, in den späten 70ern als einer der ersten außerhalb meines eigenen komischen kleinen, gerade erst im Entstehen begriffenen Pop-Universums im *Sounds* als Leser Sachen klargemacht, die ich sozusagen erahnte. Wie man die Hippies bekämpfen muss, wie es einfach ein Scheiß ist, was Common Sense geworden ist, auch im Pop, was man ja für sich reklamieren wollte. Für mich ist er von daher ein totaler Generationsgenosse. Damals war er einer der Ersten, der das zum Ausdruck brachte, was auch innerhalb der Zeitschrift *Sounds* gegen die dort schon etablierten, alt gewordenen Rockisten formuliert werden musste. Und er war einer der Ersten, der gegen Authentizität sprach und Wahrhaftigkeit und diese Dinge, die das ganze Pop-, damals hätte man, glaube ich, nicht Pop gesagt, sondern das Rockverständnis beherrschten.

BSB: Was Pop daran ist, dass ich immer, wenn mir Leute von Diederichsen erzählt haben, so, wie du es gerade geschildert hast, dachte: Das klingt aber super, das ist ja toll, das muss ja mal gesagt werden. Aber er selbst taugte mir nicht als Vehikel. Das ist Pop, dass es wahnsinnig drauf ankommt, wann hört man das, von wem hört man das, wie sieht denn der Typ aus, der das sagt.

KG: Gab es bei Dir, Thomas, auch dieses emphatische Sich-Hineinbegeben in eine Sache, Verehrung, Anknüpfung suchen?

TM: Klar, ganz bestimmt. Es war gar nicht so einfach für mich ganz am Anfang, diese Typen zu finden. In den mittleren 70ern bin ich in Hamburg in so ein Lokal gegangen, das hieß Kaffeestube. Da konnte man immer die Flugblätter kriegen, wenn die Revolutionären Zellen irgendwo nen Anschlag gemacht hatten, da hingen die da so an der Wand, konnte man auch so rausnehmen aus nem kleinen Kästchen, warum die das getan hatten, das hatte ja damals nen unglaublichen Glam, Mitte der 70er Jahre auch. Und da saßen Leute rum, die haben ne Zeitschrift gemacht, die hieß *Boa Vista*. Dazu gehörte Bernd Cailloux, der jetzt gerade noch mal ein Buch geschrieben hat, *Das Geschäftsjahr 1968/69*, wo er, noch bevor er Schriftsteller war, jemand war, der Lichtanlagen installierte, zum Beispiel im Grünspan in Hamburg, eine Diskothek, die von Hubert Fichte ja auch beschrieben wurde. Ich bin damals nachts ins Grünspan und nachmittags in diese Kaffeestube. Und hab diese Zeitschrift *Boa Vista* gekauft, die auch ein bisschen cool aufgemacht war, diesen Appeal von *Acid* hatte, also ein gewisses amerikanistisches Bild. Als jemand, der Baudelaire und Rimbaud las und gerade mal eben sonst ein paar Bowie-Platten und Velvet Underground hatte, New Wave war noch gar nicht da, waren so Gestalten wie Kiev Stingl, der da auch immer abhing, bei dem der junge Holger Hiller Geige spielte, der später die Band Palais Schaumburg hatte, oder Christoph Derschau die, die man aus den Augenwinkeln betrachtete und dachte: Das will ich auch mal. Ich wusste gar nicht, was die schreiben, aber die hatten für mich den Appeal. Die waren teilweise sogar schon 1976 wieder kurzhaarig, was ich gut fand. Und nachts ging ich dann in die Disco, Grünspan, in St. Pauli, frühe 70er Jahre, da wurde nicht nur Rock gespielt, da wurde auch mal Iggy Pop gespielt, man hatte schon so diese Glimpses von dem, was da kommen könnte. Und diese Leute habe ich einfach total verehrt, ohne sie genau zu kennen. So ne bestimmte Szene, Hilka Nordhausens Buchhandlung »Welt«,

die Szene, die sich da so langsam formierte. Und dann hab ich gemerkt, ah, da gibt es nen Roman, *Detlevs Imitationen ›Grünspan‹* von Hubert Fichte, das ist ja die Disco, wo ich immer reingehe. Nur deswegen das Buch gekauft und sofort Hubert Fichte deswegen schon mal ganz klasse gefunden. Also einfach nur solche äußeren Sachen.
BSB: So ist das auch mit dem Fauser-Ding. Oder mit Brinkmann. Ich hatte mir dummerweise zuerst diesen Roman von ihm gekauft, *Keiner weiß mehr*. Hinten drauf lobender Reich-Ranicki, alles klar, Foto auch gut. Jetzt funktionierte aber dieses Buch bei mir leider nicht. Ja, macht nichts, stellen wirs trotzdem erstmal in die Ecke mit den Guten, dachte ich. Danach von ihm so ein Foto gesehen, wie er über die Ehrenstraße läuft, na geil. Ich zog da gerade nach Köln und dachte, ah, genau, Ehrenstraße. Und dann das Glück gehabt, so ein altes Radioding zu hören, wie er auch durch diese Kölner Gegend läuft, und dann ging's los, und dann zum Glück diese anderen Bücher von ihm entdeckt und mir da wahnsinnig viel draus geholt, aber auch nur, weil ich bereit war, dann mir was von dem holen zu wollen. Nur so. Zum Beispiel auch bei Max Goldt, der für mich auch so ein irrer Anker war, zum Medium Buch überhaupt. Hab gesehen, Max Goldt liest vor, *Titanic*, und das gibt's auch als Buch. Ich hab gearbeitet als Plakatekleber und Kartenabreißer und merkte dann, das ist aber lustig, hier bin ich gemeint. Und der raucht da auf der Bühne, und dann durfte ich ihm Mentholzigaretten kaufen während der Lesung, das fand ich irre, war ein wahnsinniger Fan. Dann hab ich Knut Hamsun entdeckt, weil der bei Max Goldt gelobt wurde, okay, klar, logisch, les' ich jetzt Knut Hamsun. Das sind Pop-Erlebnisse, die ich jedem wünsche. Und wer dann Pop als Schimpfwort nimmt, dann ist es okay, aber so, geh halt nach Hause.
ES: Hat diese Pop-Begeisterung was mit dem eigenen Schreiben zu tun?

BSB: Insofern, als man, das ist ähnlich wie beim Musikmachen, auch als Fan beginnt, im Nachspielen. Und dann, wenn man weitermacht, wird's was Eigenes. So hab ich angefangen zu schreiben: Nachmachen.
TM: Bei mir ist es ja so, dass das Lesen nicht nur das Thema, sondern auch die Struktur meines eigenen Schreibens vorgibt. Das, was du vorher geschildert hattest, der Impuls, den man kriegt, dadurch, gegen was man eigentlich alles losschreibt und dann richtig Lust hat, wieder was zu tun, der verlässt mich auch während des Schreibens nicht. Ich überleg mir die ganze Zeit in so ner Art Grübelprozess, der aber durchaus gut gelaunt ist, was mache ich falsch, wer könnte hier eventuell noch mit einsteigen. Das ist so eine dauernde, kreisförmige Bewegung, wozu auch dauerndes Lesen gehört, und Verwerfen, das ist bei mir nicht zu trennen. Es gibt bei mir vor meinen Texten nicht so einen bestimmten Erkenntnisstand, den ich dann wie einen Steinbruch bearbeiten könnte, sondern es ist beim Schreiben die ganze Zeit diese Abwehrbewegung, dieser Vermeidungsparcours. Wissen, was alles nicht geht, und dann findet man da irgendwo so durch. Das hat bei mir direkt mit Lektüre zu tun. Aber auch mit Begeisterung, das ist meistens mit so ne Art Huldigung auch vor dieser Lektüre, die man da gerade hat. Das kann auch Flaubert sein oder irgendwas, was mir dann gerade in den Kram passt und was man sich dann auch aneignet. Oft mag man die Sachen auch gar nicht so gern. Bei Platten ist es doch auch oft so: Du hast darüber was gelesen, alle finden es toll, und dann findest du es doch doof, dieses Saxophon bei The Rapture. Dann aber geht's irgendwie, und man will es ja auch.
BSB: Man hört sich's schön dann.
TM: Ja, dann hört man sich's schön. Auch das Saxophon. Und darum geht's ja irgendwie, dass einem die richtigen Leute sagen, du musst das gut finden. Und irgendwann wirst du's auch gut finden, und dann hast du bestanden, sozusagen. Ist auch

ne Art Anpassungsprozess im Pop, nicht nur Vermeidung. Es geht im Grunde genommen um diesen Eiertanz zwischen Vermeidung, Unterwerfung, Fan-Sein. Alles Dinge, die man eher bei Jean Genet als bei Habermas findet. Es ist eher ein dark room, mit fiesen Mechanismen. Aber mich lässt das nicht los beim Schreiben.

BSB: Ich finde das Fantum beim Schreiben wichtig, und deshalb greift auch da für mich der Begriff Pop. Wenn ich in einen Ton reinkommen will, gibt's ganz wenige bestimmte Bücher, die ich mir immer wieder vornehmen kann, Briefe von Henry Miller oder bestimmte Texte von Matthias Geyer aus dem *Spiegel*, muss ich nur so nehmen und schwing mich da so rein, und dann, ah, geil, kann man wieder schreiben. Das ist ein extrem musikalischer Vorgang. So stell ich mir auch vor, sich einzuspielen bei einem Konzert oder wenn man in nem Studio ist als Musiker.

ES: Es gibt diesen Abwehrgestus, man will bestimmte Dinge vermeiden, aber man muss, wie ihr es jetzt beide beschreibt, erst mal den Input aufdrehen. Man liest andere Texte, schreibt dann selber ...

BSB: Du musst den Schwachsinns-Input abdrehen, indem du den Faszinations-Input lauter drehst.

TM: Du liest dann auch bewusst noch mal kurz die Miller-Briefe, weil du denkst, jetzt könnte das mal ...

BSB: Nee, einfach nur, weil ich weiß, ich krieg von denen gute Laune. Es beginnt zu fließen im Kopf.

TM: Das meine ich, das ist wie ein Likör, wenn man Liköre trinken würde. Es gibt so Bücher, die tauchen in meinen Büchern immer wieder auf. Da gehört Miller zum Beispiel witzigerweise auch dazu, den mir meine Mutter aber empfohlen hatte, und den ich auch gerne lese, seitdem eigentlich, der auch nie weg war.

BSB: Der tauchte wiederum bei mir bei Dobler auf, der irgendwo über eine geile Buchhändlerin schrieb, die stieg die

Treppe hoch, ne Leiter, und der guckt ihr auf den Arsch und hat dann *Wendekreis des Krebses* gekauft, glaube ich, und da dachte ich, alles klar, jetzt wird Miller gelesen. Das klang irgendwie alles sehr gut.

TM: Dobler guckt gern auf Ärsche.

BSB: Ja, ich eben auch. Dann zu Miller. Ein anderes Buch, wo es dann wirklich um Tonalitäten oder so geht, ist dieses Buch *Telefonate mit Ernst Jandl*, wo der immer seinen Lektor anruft und schimpft oder krank ist. Da muss ich nur eine Seite lesen, da hab ich so gute Laune.

ES: In der Anthologie gibt es relativ wenig Texte, in denen irgendwas erfunden, eine Geschichte imaginiert wird. Es gibt ganz oft Wirklichkeitsreferenzen. Bei euch beiden wüsste ich keinen Text, der komplett ausgedacht ist, wo man das Gefühl hat, oh, da hat er sich jetzt mal was gegönnt, eine richtig schöne kleine Welt erfunden und detailliert beschrieben. Es gibt Klarnamen, hier Oasis, da Judith Butler, es gibt etwas Reportagehaftes, aber wenig ausgedachte Literatur. Ist das auch eine Vermeidungsstrategie?

TM: Verbot, bei mir ist das ein richtiges Verbot. Ausgedacht ist verboten.

BSB: Zum Beispiel Oasis: Ich hab die gar nicht so gern gemocht, bin aber übers Schreiben dann zum Fan geworden und merkte, es wäre jetzt schlüssig, wenn der Held meines Buches die total gut findet. Ich hab dann angefangen, das irre viel zu hören, fand das plötzlich eigentlich ganz gut und hab gedacht, jetzt muss es in ein Ordnungssystem, wahrscheinlich braucht so ein Buch Kapitel, das ist ja wie ein Song, so Titel, alles klar, dann muss man es jetzt so nach diesem Ordnungssystem wie ne Platte machen. Wirklichkeit beschreiben, denke ich immer, ja, was eigentlich sonst? Das ist schwer genug.

ES: Es ist schon auch wichtig, dass es Oasis gibt als Band, dass du dir nicht ne Rockband ausdenkst?

BSB: Ich glaube, sie ist austauschbar, beim Schreiben muss es

sie gegeben haben, das hat ja eine bestimmte Funktion. Ein zwanzig Jahre älterer Mann hat das gelesen und gesagt, er kennt die nicht, er hat dafür einfach Roxy Music eingesetzt, das hätte für ihn dann funktioniert. Und genauso hab ich es bei Lektüre, wenn ich irgendwelche Musik nicht kenne, die ist dann der Platzhalter für etwas, die hat ne Funktion, wenn sie gut eingesetzt ist. Das ist dann in Ordnung.
TM: Ich erinnere mich noch, wie zwanzig Jahre ältere als du, also so alt wie ich jetzt, zu mir gesagt haben: Du darfst keine Original-Bandnamen verwenden. Schreib statt Oasis O., oder nenn sie irgendwie anders. Das fand ich ne irre Zumutung oder Anmaßung. Was wird eigentlich von der Literatur erwartet? Ist doch toll, wenn die Oasis heißen, und wenn sie, obwohl sie in jedem Müller-Markt stehen, mir als Schreibendem oder dir als Schreibendem das hergeben, wenn man sich da ranschreibt. Ich hab auf diese Weise auch schon Mariah Carey liebgewonnen, weil die in meinem vorletzten Buch sich so in den Vordergrund gespielt hatte, und plötzlich hab ich sie total gemocht und mit ihr gefiebert sozusagen. Solche Dinge sind ja gerade das Tolle, und das, finde ich, kann man ja die Lesenden mit vollziehen lassen, gerade dann, wenn es Namen sind, die sie auch kennen, das ginge nicht, wenn du nur O. geschrieben hättest. Dann würde irgendjemand denken, oh Scheiße, da hab ich aber was Tolles verpasst. Nein, es ist das, was sie kennen, ja, das ist doch gerade gut.
ES: Noch mal zum Wirklichkeitsanker, zum Andocken an das, was gerade passiert. Es gibt ja bei euch nicht nur einen Bezug darauf, sondern auch den Versuch, so zu schreiben, dass man merkt, das, was passiert, findet jetzt statt. Es ist nicht ein Sich-Zurückdenken, eine Rekonstruktion einer Welt von vor zwanzig Jahren. Die Texte sind datiert. Das, was gerade passiert beim Schreiben, findet auch im Text statt. Ihr versucht nicht zu verheimlichen, dass ihr jetzt schreibt.
BSB: Die Frage ist, wie weit lässt man das Leben in den Text

rein oder wie nah den Text ans Leben ran. Wenn ich versucht habe, Tagebuch zu schreiben, ein Dokument anzufangen, 15. Oktober 2006, dann saß ich davor und hab tagsüber versucht, mein Leben so zu führen, dass sich das geil liest, Leute treffen, Platten und Bons sammeln und so. Ich hab ein völlig idiotisches Leben gehabt, einen Tagesablauf, der überhaupt nichts mit Leben zu tun hatte, sondern ich dachte den Tag so als Tagebucheintrag. Hat null funktioniert, und andersrum hat's auch nicht funktioniert, also selbstständig nebenher. Deshalb braucht es immer schon das Reale und es braucht irgendwie ne Verwesung, wenn es Einzug findet, und dadurch ist es ja automatisch schon Poesie dann, oder Literatur. Aber das, worauf ich zurückgreife, das ist die Welt.
TM: Ja, die Welt eben doch eher als die, die ich sehe und nicht so sehr auf mich zurückspiegele. Es ist bei mir ein ganz großes Misstrauen gegenüber meiner eigenen Person, die findet im Tagebuch statt oder auch im Alltag, aber ich trau mir nicht als Instanz, als dieses Ego, sondern schreib dann doch über andere Dinge. Aber trotzdem doch absolute Mitschrift dessen, was jetzt gerade ist. Ich hab nie so was ganz großes Retrospektives, außer wiederum über Bücher oder Artefakte, Schallplatten, Filme, die in dem Buch dann vorkommen, die von früher sind, aber es gibt nicht so was wie Rückblicke oder Zusammenfassungen. Im Text herrscht immer das Datum, das auch aktuell das Datum war, an dem Tag, als ich den Text verfasst habe. Bei mir kommt immer rein, was in den Nachrichten ist, was in den Zeitungen steht, und auch immer sogar an dem Tag – insofern kann ich eigentlich auch nur im Präsens schreiben. Der Tag selbst ist die Tonart, das Wetter schlägt sich sozusagen direkt auf den Text nieder, allem anderen vertraue ich nicht. Insofern habe ich total das Gefühl, etwas Ähnliches wie ein Tagebuch zu führen, nur nicht über mich, sondern über all das, was in mir sich anreichernd auf mich einstürzt. Alles andere ist auch nicht so interessant, finde ich, weil an-

dere sich damit auch so sehr brüsten, ihr Leben literarisieren.
(...)

Alexandra Hagen und Wolfgang Lückel in *Focus on German Studies*, Vol. 14/2007:
»... eine Kugel vor sich herrollen, die immer fetter wird« Interview mit dem Popliteraten und Musiker Thomas Meinecke
(...)
Alexandra Hagen/Wolfgang Lückel: Beim Lesen Ihres Romans Musik *musste ich an ein Zitat aus Thomas Manns* Zauberberg *denken. Der Aufklärer Settembrini behauptet da, Musik sei politisch. Auch in Joseph Roths* Radetzkymarsch *heißt es ja »Jeden Sonntag war Österreich«, wenn Marschmusik gespielt wird. Musik symbolisiert also politische Macht. Sie sagen das auch, machen das aber natürlich anders als Mann und Roth. Sie geben der Musik ein Geschlecht, eine Zuordnung: Rock ist männlich und ejakuliert, und Disco und Techno haben ein weibliches Element. Wie definieren Sie diese politische Macht der Musik? Wie wird sie generiert?*
Thomas Meinecke: Nicht jede Musik ist politisch. Mich interessiert zunächst die diskursive Ebene der Musik, die von ihrem eigenen Zustandekommen miterzählt. Musikformen, die mit Resignifizierungen zu tun haben, die nicht auf einen absoluten, sozusagen tief aus sich heraus erhorchten Anspruch aus sind, sondern durch – um den Computerjargon zu benutzen – ständige Überschreibung sich ständig erzählen und erklären. (...) Das kann sowohl Disco als auch Jazz sein. Politisch wird es dann, wenn mit dieser Musik Lebensentwürfe verbunden werden: Verrückterweise war ich gerade gestern abend in New York bei einem Memorial für den legendären Voguing-Tänzer Willie Ninja, der im September an den Folgen von AIDS gestorben ist. Dort wurde seiner in einer

House Community gedacht, und dort waren auch mehrere Mitglieder des ›House of Ninja‹. Das spielt auch in *Tomboy* eine große Rolle. Die Darstellung des ›House of Ninja‹ in Jennie Livingston Dokumentarfilm *Paris is Burning* zeitigte vor allem unter den Feministinnen große Wirkung. Das ›House of Ninja‹ war einer der Hauptakteure (...), Männer, die sozusagen – in der House Music – Weiblichkeitsmodelle performen. Ich war angerührt von den Versammelten – den Überlebenden – und den Tänzern, und wie die eine queere Politik über die Bühne brachten. Allerdings ist das kein intellektuelles Unterfangen. Willie Ninja brachte übrigens nicht nur Claudia Schiffer und Paris Hilton das Gehen bei, er hat auch an Universitäten Vorträge über diesen performativen Aspekt des ›doing gender‹ gehalten.

(...)

AH/WL: Thomas Laqueur behauptet in seiner Studie Making Sex *(1990), dass man in der voraufklärerischen Medizin das weibliche Geschlecht immer aus dem männlichen Geschlecht, das als Basis fungierte, abgeleitet habe. So wurde die Vagina als umgestülpter Penis oder der Kitzler als Spielart der Eichel erklärt. Erst mit der Aufklärung kam das Bedürfnis, die Geschlechter zu trennen, so dass man im 18. und 19. Jahrhundert hervorhob, was Mann und Frau unterscheidet. Würden Sie sagen, dass diese aufklärerische Trennung noch fortwirkt als Konstrukt, das Sie versuchen zu dekonstruieren, indem Sie die phallische Kraft der Sprache zerstören, pulverisieren?*

TM: Eigentlich schon. Zerstören und Pulverisieren schaffe ich nicht, weil ich aus dieser Sprache auch nicht heraus kann. Aber sie kann auf den Lichttisch gelegt und angeschaut werden. Trotzdem zucke ich bei der Frage leicht zusammen, weil ich mich mit meinen Büchern dem Aufklärungsprojekt verpflichtet fühle. Ich will aufklären, aber weiß natürlich auch, dass die Aufklärung als historische Epoche zur Pathologisierung der Frau geführt hat. Die Frau war das *Andere*. Das

Geschlecht ist immer weiblich, weil es das *andere* ist, denn der Mann ist ja die Sprache, die spricht. Das Benannte ist immer das Weibliche und hat durch die Benennung schon verloren. (…)

Anke Biendarra auf *literaturkritik.de*, Nr. 8/2007:
»Ich bin wie der Thelonious Monk im Bebop – einer, der anders spielt«
Ein Interview mit Thomas Meinecke
Anke Biendarra: Vielleicht könnten wir damit anfangen, ein bisschen über den Literaturbetrieb zu sprechen. Sie leben ja – wie ich annehme auch ganz bewusst – nicht in Berlin, und haben von daher zumindest örtlich weniger Anteil an diesem Hype um die Hauptstadt und um die sogenannte Berlin-Literatur …
Thomas Meinecke: (…) Es wird mir immer wieder fast ein bisschen vorgeworfen, dass ich gerne Reisekosten und so etwas erstattet bekommen möchte und ein Hotelzimmer haben will. Denn eigentlich hat man doch eine Wohnung in Berlin zu haben, oder zumindest ein Zimmer, und hat sowieso was in der Stadt zu tun, was man verbinden könnte. Das ist also zum Teil für die Leute, die einen aus Berlin direkt anfragen, eine Zumutung, dass man nicht irgendwie sowieso da ist. Es macht mir aber auch Spaß – und ist insofern durchaus eine bewusste Entscheidung – nicht unbedingt Staffage dieser neuen Inszenierung Deutschlands zu sein. Denn das gefällt denen ja so gut, dass wir alle da sind, auch irgendwelche schrägen Typen, und es ist mir nicht recht, da das Beiwerk zu sein. Obwohl ich auch meine zwei, drei Berührungen mit der Macht, also speziell der letzten Regierung hatte, die einen dann einlädt, die Schriftsteller mal an den Tisch bittet. Wenn das nicht mit der Öffentlichkeit war, habe ich es auch – dreimal insgesamt – mitgemacht, aber generell ist es mir sehr lieb, auf Distanz zu sein.
AB: Sie haben gerade gesagt, »Das ist denen ja auch ganz recht«.

Wer genau sind »die«? Sprechen Sie über den Literaturbetrieb oder meinen Sie primär die Politik?

TM: Ich meinte eher die Politik, also die Herrschenden, die Regierenden. Ich weiß nicht, ob es den Jetzigen überhaupt wirklich was bedeutet, aber es reicht schon, dass es für die, die dieses »neue Berlin« inszeniert haben, so wichtig war. Der Literaturbetrieb selber findet ja auch ganz stark außerhalb Berlins statt, wie zum Beispiel jetzt gerade auf der Buchmesse in Frankfurt, auch in Leipzig. Aus dem Literaturbetrieb halte ich mich gar nicht bewusst fern, da habe ich keine Berührungsängste.

AB: Wenn Sie sich selber positionieren sollten in diesem Literaturbetrieb, wo sehen Sie sich da?

TM: Ich glaube, da bin dann schon so etwas wie ein Außenseiter, der aber dennoch wohlgelitten ist. Beziehungsweise muss ich auch sagen, dass die Schonzeit bei mir jetzt vorbei ist! Ich bin ja jemand, der erst relativ spät auf den Plan trat. Mein erster Roman *The Church of John F. Kennedy* kam heraus, als ich gerade 41 geworden war. Da galt ich dann deswegen – weil das das erste Buch war, das wirklich Aufsehen erregte und weil ich neu war – plötzlich als ›junger Autor‹, und das blieb ungefähr bis zu meinem fünfzigsten Lebensjahr so. Am Anfang haben sich alle ziemlich viel damit beschäftigt, was ich denn da tue, weil ich eben ein bisschen anders schreibe als die meisten anderen; mein Ansatz ist auch technisch ein anderer. Da hatten viele erst mal was dazu zu sagen und haben das zur Kenntnis genommen, oft auch sehr wohlwollend. Und dann, nach zwei Romanen in dieser Art, also nach *Tomboy* und mit *Hellblau*, war wahrscheinlich ein bestimmter Konsens darüber geschaffen, was ich da so mache. Dann setzte die Polarisierung ein, und von vielen werde ich jetzt auch eindeutig abgelehnt. Die laden einen vielleicht trotzdem ein, aber sie mögen es eigentlich nicht und empfinden es als eine Art Unterminierung dessen, was Schreiben eigentlich zu sein hat. Am Anfang war es so eine Art novelty effect, da war dieser neue Ansatz, der schreibt irgendwie postmodern oder es ist irgendwie Pop; dann wollten viele aber mit Pop gar nichts mehr zu tun haben, und auch der Begriff Postmoderne ist ja schwer in Misskredit geraten. Ich habe ihn ja selber nie bewusst im Schild geführt, aber ich wurde sozusagen subsumiert als einer, der auf einer Seite steht, die nicht wirklich mainstream werden soll. Und das spüre ich. Trotzdem bin ich aber irgendwie dabei. Ich bin so was wie der Thelonious Monk im Bebop, also einer, der irgendwie anders spielt. Als Randfigur bin ich aber dennoch so wohlgelitten, dass ich immerhin auch meinen Lebensunterhalt damit bestreiten kann. Was toll ist, denn es ist ein luxuriöses Arbeiten. Ich beschwere mich also gar nicht! Es gibt mir auch gewisse Freiheiten; ich habe keine Angst in dem Betrieb wie gewisse Kollegen, die so schreiben, wie alle schreiben, und die dann mit Neid oder einer gewissen Missgunst argwöhnisch gucken, ob vielleicht ein anderer eine tollere Pointe in einem ansonsten ähnlich aufgebauten Roman hat. Diese ganzen Dinge betreffen mich gar nicht. Grundsätzlich würde ich aber sagen, dass der Literaturbetrieb untereinander viel kollegialer ist als zum Beispiel der der bildenden Künstler. Innerhalb des Feldes der so genannten Pop-Literatur bin ich auch ein Außenseiter, da gibt es nur wenige, die so sehr wie ich für sich reklamieren, nach einer bestimmten Methode zu schreiben, die man aus Pop erlernt hat. Wo die meisten doch schon als Popliteratur gelten, wenn bei ihnen Schallplatten vorkommen. Es sind unterschiedliche Ansätze: Ob es ein issue ist oder ob es eine Methode ist.

AB: Sie haben mir mit Pop ein Stichwort geliefert: Mittlerweile hat es sich ja als Position herauskristallisiert, dass es mindestens zwei Arten von Pop gibt. Also den Pop, den Sie selbst, Andreas Neumeister oder Rainald Goetz schreiben, die sogenannte Suhrkamp-Fraktion. Und dann das, was Diedrich Diederichsen »Pop II« genannt hat, zu dem in den späten 90ern Autoren wie Benjamin von Stuckrad-Barre oder Alexa Hennig von Lange zählten. Was immer man grundsätzlich von solchen Kategorisierungen halten mag: Sie sind von Suhrkamp ebenfalls unter diesem Label des ernsthaften Pop vermarktet worden.

TM: Ja, das war interessant. Da gab es eine so genannte Streifen-Anzeige, wo Rainald Goetz, Andreas Neumeister und ich gleichzeitig Bücher draußen hatten, und es hieß, die sollten jetzt vom Verlag aus beworben werden. Und wir durften mitreden, welcher Überbegriff uns drei sozusagen verbindet. Ich weiß noch ganz genau: ich hatte »Plattenspieler« vorgeschlagen und Rainald Goetz »Pop«. Und Pop war das, wo wir alle drei sofort zugestimmt haben. Und dann stand eben Pop drüber. Wobei es auch bei uns dreien, würde ich sagen, verschiedene Ansätze sind.

AB: Sie würden sich also zum Label Pop-Literatur bekennen?

TM: Ich würde mich eher dazu bekennen, wenn es mir zugeschrieben wird, als dass ich es mir selber an die Brust heften würde. Der Begriff kam irgendwann auf, man wurde darunter subsumiert, und dann habe ich andere Kollegen dabei beobachtet, wie sie sich dem entziehen wollten. Ich habe aber gemerkt, ich kann mich damit arrangieren und positiv damit umgehen. Ich würde jetzt nicht sagen, dass ich ein Vertreter der Pop-Literatur bin. Es gibt kein Manifest von mir, was Pop-Literatur wäre, aber ich habe nichts gegen den Begriff. Aber dann bitte auch immer Hubert Fichte mit meinen, oder Andy Warhol, der ja selbst übrigens auch tolle Texte geschrieben hat. (...)

AB: Wenn ich Ihnen die Frage stelle, die Michel Foucault vor vielen Jahren gestellt hat, nämlich »Was ist ein Autor?«, was würden Sie antworten? Was ist Ihre Konzeption von Autorschaft im 21. Jahrhundert?

TM: Ich habe auch für mich das Gefühl, das ist eine bestimmte Funktion. Eine Autorfunktion, wie Foucault das genannt hat – wobei in dem Zusammenhang dann ja auch häufig gleich vom Tod des Autors gesprochen wird. Da wird von vielen irgendwas schief gelesen, denn – es gibt ihn ja! Es ist ja kein klinischer Tod, wenn man eine solche Funktion als das erkannt hat, was sie ist. Dann ist sie eigentlich nur ein bisschen demystifiziert und aller Geniekonzepte entkleidet. Es geht eher darum, woraus dieses Subjekt gemacht ist. Wenn ich weiß, woraus es gemacht ist, ist das Subjekt ja nicht tot. Sondern es gibt einem ein gewisses Bewusstsein davon, was überhaupt in den vorhandenen Möglichkeiten liegt. Dann braucht man sich nicht zu überheben und sich im Brokatmorgenmantel als Super-Genie aus irgendeinem Himmelbett schälen, sondern man kann einfach an den Schreibtisch gehen und eine Stunde schreiben. Das wird ja auch im Dekonstruktivismus oft verwechselt, als sei das Ding, wenn es einmal zerlegt ist, nicht wieder zusammensetzbar oder würde nicht mehr funktionieren. Ich sehe dieses Ende gar nicht. Posthistoire heißt doch nicht, dass es gar keine geschichtliche Bewegung mehr gibt. Es ist ja nicht vorbei, es gibt nur endlich mal eine Klarheit darüber, was überhaupt los ist und was sich bewegt und wie. Das würde ich durchaus auch darunter subsumieren, was Theorien geleistet haben, die der Postmoderne zugeschrieben werden. Es gibt eine Dynamik, es ist nichts over. Sicher gibt es einige, die das so auffassen, aber das finde ich dann leicht verkitscht.

AB: Im dekonstruktivistischen Diskurs ist es aber schon so, dass das autonome Subjekt abgeschafft ist beziehungsweise ziemlich pulverisiert wird. Wie kann man dieses Subjekt, besonders als politisches, wieder zusammensetzen, beziehungsweise wie tragen Ihre Texte dazu bei?

TM: Ich denke, abgeschafft ist es nur als politischer Popanz. Als Chimäre, die sich einbildet, eine bestimmte Stimme zu haben. Darüber habe ich mich zum Beispiel auch mit Judith Butler persönlich unterhalten, dass es doch nicht pulverisiert ist im Sinne von in alle Winde zerstreut und nicht mehr fassbar. Es geht um eine Analyse dessen, was dieses Subjekt ausmacht, woraus es gemacht ist. Und es ist natürlich ganz stark in Sprache konstituiert. Für viele heißt, sich auf jemanden wie Judith Butler zu berufen, vernebeln, auflösen, hinfällig machen; viele sprechen gern von Beliebigkeit. Ich sehe gar nichts Beliebiges, ich sehe eher eine Schärfung, wenn auch im Detail. Die großen Ausrufezeichen fallen weg, die großen Gesten, die Hymnen. Das genau ist für mich der Reiz, als Schriftsteller auch künstlerisch von dieser Erkenntnis ausgehend, trotzdem Texte zu schreiben und das immer mit im Bewusstsein zu führen. Und dann wird's doch politisch, wenn man bei jedem Komma überlegt, was tue ich denn da, was spricht denn da durch mich durch. Sich also keine Illusion darüber zu machen, dass man selber autonom etwas in Worte fasst, was nicht andere auch schon in Worte gefasst haben, sondern dass man im Grunde genommen eine bekannte Formel bereits vorliegen hat und sie praktisch überschreibt. Entweder übernimmt, oder überschreibt, vielleicht ein bisschen moduliert, vielleicht auch nur durch irgendetwas anderes konterkariert. Man muss sich bewusst sein, dass es das Vordiskursive nicht gibt. Politisch wird es auch dann, wenn man sich keine Illusionen darüber macht, dass man nicht unbedingt schon politisch handelt, wenn man jetzt hier auf die Straße geht und den nächstbesten Luxuswagen in Brand setzt. Sondern eher, wenn ich mir beim Schreiben genau überlege, mit welchen Worten ich wen wie fixiere. Und das habe ich von dekonstruktivistischen, meist feministischen Texten gelernt. Das hat für mich etwas Zukunftsweisenderes, weil man dann loslegen kann. Aber das ist dann vielleicht auch meine spezielle, klassischen Aufklärungskonzepten verbundene Art. Ich finde ja auch nicht, dass das Konzept einer (auch linken) Aufklärung hinfällig geworden ist. Da halte ich immer noch dran fest.

AB: Sie haben gerade davon gesprochen, eine Form zu über-

schreiben. In Ihrem poetologischen Essay Ich als Text *sagen Sie von sich, sie hätten kein Interesse daran, sich etwas auszudenken, narrativ etwas heranzuholen, eine Erfahrung zu beschreiben. Andererseits sind aber alle Texte, bis auf* Holz *(1988), mit der Gattungsbezeichnung »Roman« kategorisiert, das heißt, Sie bleiben dennoch in dieser festgelegten Kategorie. Spielt das Genre für Sie überhaupt eine Rolle, oder geht es Ihnen eher darum, dasselbe zu unterwandern, durch diese Art einer nicht-linearen Erzählweise, in der es ja – in den Worten E. M. Forsters – zum Beispiel keine runden Figuren mehr gibt? Ist das also eine subversive Strategie?*

TM: Irgendwie ist es schon eine Unterwanderung, aber natürlich nur dann, wenn man trotzdem noch »Roman« drüber schreibt. Denn sonst würden ja alle sofort sagen, okay, das ist ja jetzt was ganz anderes. Ich muss ja trotzdem noch den Körper subvertieren, der existiert. Dieses Insistieren darauf, dass das trotzdem ein Roman ist, ist ja nicht mal was richtig Neues. Man könnte zum Beispiel auf *Bouvoir et Pécuchet* von Flaubert zurückgehen, wo es auch Roman genannt wird und dann grandios scheitert. (...) Von mir aus müsste man es vielleicht gar nicht kategorisieren, aber die Verlage haben das ganz gerne. Die fragen dann, was ist es denn eigentlich, schreiben wir Roman hin? Und dann sag ich sofort ja. Das lässt sich jetzt vor Germanisten wahrscheinlich nur schwer halten! Aber ich behaupte es einfach gerne, weil ich darauf insistieren möchte, dass es bestimmte Erzählweisen gibt, die ich verfolge und die ich gerne auch unter diesem generellen Begriff beheimatet sehen möchte. (...) Ich würde es auch als Wortmeldung zu diesem Gattungsbegriff begreifen und für mich reklamieren, man kann auch so erzählen – und da sind wir dann wieder beim autonomen Subjekt – man kann auch einen Roman schreiben, dessen Verfasser am Anfang des Textes noch gar nicht weiß, was am Ende rauskommen wird. Und genau dieses Prozesshafte, was dann eher noch im Text abläuft als in der so genannten Handlung, äquivalent als Roman deklamieren. Es ist mir wichtig, dass man die narrative Ebene nicht nur an dem sieht, was vorkommt, sondern auch daran, wie es vorkommt. Deshalb sind es quasi alles auch Entwicklungsromane. Es wird immer ein Erkenntnisprozess innerhalb dieser paar hundert Seiten erzielt, der bei mir, anders als im klassischen Entwicklungsroman, vom Autor vorher nicht gewusst wird.

AB: Darf ich da noch mal nachhaken? Das habe ich im Gespräch mit Schriftstellern schon öfter gehört, aber soll ich Ihnen das wirklich glauben? Dass Sie, wenn Sie Ihren Text beginnen, tatsächlich nicht wissen, wo Sie damit enden? (...)

(...)

TM: Die Texte sind souverän, aber ich eben nicht! Das wäre dann vielleicht der so genannte künstlerische Wille, den man auch hat, selbst wenn man primär das Gefühl hat, dem Material zu dienen. Diese Form hat auch mit Sound und Musikalität zu tun. Ein Formwille ist schon da. Dennoch finde ich es nach wie vor total reizvoll, Dinge in Sprache zu fassen, die man gerade noch eben begreift, so dass es einem beim Schreiben fast schon wieder entwischt. Die Befriedigung, die man empfindet, wenn man abends den Laptop zuklappt, entsteht, weil man das Gefühl hat, da was fixiert zu haben, was man kaum noch mal so hinkriegen wird. Die Souveränität dessen, der meistens vorher sein Wissen akkumuliert hat und es dann so richtig schön in Form gegossen abgibt, finde ich nicht reizvoll. Spannend finde ich es, wenn man immer auf der Grenze des Verstehbaren schreibt. Der nächste Satz wäre schon nicht mehr möglich, weil man da praktisch nicht mehr weiterkommt. Und das reizt mich – damals schon in *Tomboy* – zum Beispiel an einem Autor wie Lacan. Der ist für mich echt sehr schwer zu lesen, und da bin ich, wenn schon nicht Dilettant, dann zumindest Autodidakt. Ich gehe nicht in einen Lesekreis, ich studiere nicht, ich bin nicht an der Uni, aber es reizt mich wahnsinnig, auch die Dinge zu lesen, die ich kaum begreifen kann. Ich weiß zum Beispiel, der Unterschied zwischen Penis und Phallus ist in *Tomboy* fixiert, aber ich könnte ihn jetzt hier nicht rekapitulieren. Aber ich weiß, ich war mal in der Lage, es umzusetzen und habe das da fixiert. Insofern ist das kohärenter als mein eigener Bewusstseinszustand jetzt nach dem Schreiben. Der fällt wieder zurück in so eine Art Tohuwabohu. Da wird jedes Mal wieder eine Art Sammlung, eine Konzentration vollzogen. Das ist schon so. Es klingt ein bisschen kokett, aber ich glaube schon, dass es so ist.

(...)

AB: In Musik *sagt die Figur Karol, die innovativen Momente, in denen sich gesellschaftliche Errungenschaften ankündigen, würden sich immer zuerst in der Musik, also »sonisch« ankündigen. Er spricht auch von den Schwierigkeiten, diese Momente narrativ zu rekonstruieren. Spricht sich darin auch Ihr eigenes Projekt in* Musik *aus?*

TM: Ja. Es ist fast eine Art Trauerarbeit, wenn man nacherzählen möchte, was eigentlich neu an Roxy Music war, wenn es dann später Bands wie Blur sowieso gab. Das hat etwas fast Bedrückendes, weil man oft nicht in der Lage ist, noch mal wieder an den Punkt zurückzuspulen, wo es noch nicht passiert war. Das betrifft ja genauso gut andere ästhetische Formen, zum Beispiel Mode. Wann habe ich denn eigentlich zum ersten Mal eine Röhrenjeans getragen? Jetzt finde ich Röhrenjeans irgendwie komisch, aber sie kommen ja jetzt wieder, oder? Mein Auge ist irgendwie immer noch so, dass ich lieber das ausgestellte Hosenbein mag. Und dieser Moment ist eigentlich toll, denn da ist so ein Widerstand am Werk. Man ahnt schon, man wird im Jahr 2008 die Röhrenjeans wieder toll finden, aber noch bin ich dazu gar nicht in der Lage. Und in der Rekonstruktion des Ganzen wird vieles einfach vergessen, es geht verloren. Es wird einfach als sehr linear dargestellt, eins erwächst aus dem anderen, es geht immer hin und her zwischen Röhre und Schlag, so wird es dann lapidar abgetan.

Aber dass das irgendwie ganz große Dramen sind, geht verloren. Zum ersten Mal so was gesehen zu haben oder gehört, in der Musik, das stimmt einen fast wehmütig, weil es einem hinterher alles zur Verfügung steht und historisch beherrscht wird. Dabei war es doch eigentlich jeweils eine Unerhörtheit.

AB: Besitzt dieses Moment auch eine politische Dimension?

TM: Politisch gesehen ist es wohl wirklich so gemeint, dass man schaut, wie sich Erscheinungen wie Psychedelic oder Punk Rock oder Techno jeweils auch mit politischen Modellen oder Utopien verbinden lassen. Später hat man das einfach als Stil zur Verfügung, ohne dass es dieselbe Reibungskraft hätte. Ich meine, es gibt ja jetzt noch Punks, aber es ist dann eben nicht mehr als die Ratte auf der Schulter.

AB: Das, was Sie gerade sagten, spricht ja auch dafür, dass die Protestbewegungen, die sich aus Jugendkulturen entwickeln, weniger geworden sind. Ich denke hier an Dick Hebdige und seine Studie The Meaning of Style. *Eine seiner Hauptthesen ist, dass der Mainstream sich immer Dinge aus der Subkultur oder der Protestbewegung aneignet. So wie eine bestimmte Art, sich im Punk zu kleiden, zum Beispiel von Vivian Westwood auf den Laufsteg gebracht wurde. Da tauchte die Sicherheitsnadel in der Backe der Punks plötzlich auf dem Runway auf. Und dann ging es weiter in den Mainstream. Irgendwann konnte man dann eine Hose kaufen, wo die Sicherheitsnadel am Hosenbein hing, und das war dann hip und in. Hebdige argumentiert, dass durch diese Aneignung Dinge entschärft werden und ihre politische Sprengkraft verloren geht.*

TM: Und dass sie damit die nächste Protestwelle evozieren …

AB: Wobei ich bezweifle, dass das heute noch der Fall ist.

TM: Haben Sie den Eindruck, die Wellen werden einfach immer etwas niedriger und irgendwann ist es dann nurmehr eine gekräuselte Oberfläche?

AB: Ja, das trifft es vielleicht. (…)

TM: (...) Punk zum Beispiel war ja auch nur noch dieses Zurückschwappen gegen die Hippies. Danach kam eigentlich mit Techno etwas auf, was sich eher im gekräuselten Wasser abspielte, was schon kleine Fronten aufmachte, aber keine, die sozusagen richtig an die große Politik rührten.

AB: War Techno denn nicht in erster Linie total hedonistisch – und damit auch Ausdruck der so genannten »Generation Golf«?

TM: Gegenfrage: Ist Hedonismus nicht auch was ganz Politisches? L'art pour l'art war doch zum Beispiel im 19. Jahrhundert eine extrem politische Haltung gegenüber der von der Obrigkeit eingeforderten »Moral von der Geschicht'«. Ich denke, man findet immer wieder seine dissidenten Positionen, aber dieser ganz große Gegenentwurf, wo man auch dachte, man könne das andere Leben führen, diese Illusion ist vielleicht weg, und insofern geht es tatsächlich um Kleinteiliges, um Distinktionen, die den Politikern auch egal sein können. Von daher stimmt es schon; es ist in gewissem Sinne eine Depolitisierung der großen Protestbewegungen. Wenn sich allerdings die Arbeitsverhältnisse so weiter entwickeln wie bisher, gibt es vielleicht auch wieder richtige ökonomische Kämpfe ums Überleben. Denkbar ist alles.

AB: Nachdem wir jetzt schon so viel über politische Fragen gesprochen haben, lassen Sie mich auch damit abschließen: Kann es im 21. Jahrhundert in Deutschland noch einen öffentlichen Intellektuellen geben? Oder stirbt derselbe mit Autoren wie Günter Grass und Martin Walser aus? Oder nimmt er nur neue Formen an? Die Frage hat zum Hintergrund, dass es in der jüngeren Autorengeneration geradezu einen Unwillen zu geben scheint, sich öffentlich zu bestimmten Dingen zu äußern.

TM: In der Apparatur der Medienöffentlichkeit gibt es den öffentlichen Intellektuellen durchaus noch. Ich werde alle paar Wochen wegen irgendwas angerufen, wo ich mich in Radiosendungen oder auch Feuilletons äußern soll. Da kann George Bush wiedergewählt worden sein oder die Twin Towers angegriffen werden – dauernd werden wir Schriftsteller gefragt. Die Redaktionen funktionieren jedenfalls noch so. Aber ich glaube auch, dass sich unter den jetzigen Schriftstellern zunehmend ein Unwille einstellt. Wieso sollten denn wir etwas darüber wissen, was nicht ein kluger Journalist sowieso folgern kann? Oft geht es aber auch um eine Art Mobilmachung, speziell, wenn politische Dinge eintreten, wie zum Beispiel der 11. September 2001. Da sollten plötzlich alle Schriftsteller was zu sagen, und eigentlich war man doch genauso erschrocken oder auch verwirrt wie alle anderen auch. Und da geht es dann darum, so einen erhabenen Sound herzustellen, mit schönen Worten, der schon einer Art politischer Mobilmachung oder aber auch der Stabilisierung dienen kann. Ich finde das sehr fragwürdig. Auf der anderen Seite habe ich mich auch immer mal wieder selbst geäußert. Zum Beispiel habe ich mich beim Balkankrieg auch aufgeregt, da kam quasi der innere Peter Handke bei mir durch. Dass die deutsche Armee drei Mal in einem Jahrhundert Belgrad zerbombt, fand ich einfach skandalös. Und ich habe mir einfach nicht zugetraut – und auch unserer Regierung nicht –, darüber zu befinden, wer jetzt in diesem wirklich schmutzigen Auflösungskrieg Jugoslawiens, der natürlich auch von der deutschen Außenpolitik forciert war, die Guten und die Bösen sind. Es war mir einfach derart unangenehm, Deutschland erneut als kriegsführendes Land zu erleben, dass ich mich da gerne auch öffentlich protestierend geäußert habe. (...)

CLUSTER: HOLLYWOOD
(Roedelius) aus der LP ZUCKERZEIT, Brain, 1974

FLAMING CREATURES / GIRLS IN JAZZ / ERSTER BLICK AUF ADRIENNE VON SPEYR / JESUS AS MOTHER / DER SEIDENE SCHUH / DIE DUNKLE NACHT

MARY LOU WILLIAMS: A FUNGUS AMUNGUS (Williams) aus der LP MARY LOU WILLIAMS PRESENTS BLACK CHRIST OF THE ANDES, Mary Records, 1964 (aufgenommen 1962/63)

Bettine Menke in *Ratzinger-Funktion*, mit Beiträgen von Thomas Meinecke, Barbara Vinken, Bettine Menke, Slavoj Žižek, Jochen Hörisch, Dietmar Dath und Felix Ensslin, Suhrkamp, Frankfurt am Main, 2006, S. 63 ff.:

Ratzinger-in-Displacement

(...) Die von Meinecke berufene Verbindung von mittelalterlichen Zeichenordnungen und neuen feministischen Theorien richtet sich gegen die Selbstverständlichkeit naturalistischer Unterstellungen. Da das theologische Denken von Zeichen und Figürlichkeit – nachträglich – präzise den naturalistisch kurzschlüssigen Referentialisierungen entgegnet, tritt es in eine rückwirkende Konstellation der Lesbarkeit mit jenen Diskursen, die Meinecke in vergleichbar eindrucksvoller Mimikry in *Tomboy* und *Musik* ›spricht‹, d. i. *zitiert*, den feministischen Theorien, die die im 19. Jahrhundert unter dem Namen der *Geschlechtscharaktere* naturalistisch aufgefaßte Geschlechterdifferenz durchkreuzen. Die *zitierende*, d. i. stets auch entwendende, Wiedereinführung dieser Auffassung von Figur und Korporealität in den Zusammenhang zeitgenössischer Reflexion taugt zur Durchkreuzung der Opposition von Zeichenordnung und Wirklichkeit, von Vermittlung und Authentizität bzw. des Phantasmas einer Wahrheit, deren Evidenz wörtlich aufgefaßte körperlich-wirkliche Sichtbarkeit wäre. Dem gilt das intellektuelle Interesse. (Es sind dies Oppositionen, die so selbstverständlich scheinen, daß sie erst und allenfalls durch ominöse ›Dekonstruktivisten‹ in Frage gestellt würden, die alles unnötig verkomplizierten.) Motiv und Modus dieser Bezugnahme ist die wiederholende Zitiertheit, die *Zitation*, die die Eucharistiefeier ebenso ist wie die *imitatio Christi*, in der korporeal das ›Bild‹ des passionierten Leibes Christi vorgestellt ist. Die internen Spannungen von Verborgenheit im Zeichen und mystischer Präsenz, von Anwesenheit, Mimesis und Theatralität, zwischen theologisch geregelter Figürlichkeit und in populären Praktiken verwörtlichter Korporealität wiederholen sich, sind auszuhalten und haben ihre wiederholenden Inszenierungen; sie produzieren ihre drastisch szenischen Auftritte ebenso wie schlichtende Kanonisierungen (und Ausschlüsse) und Fixierungen (im Bild). Die Nähe von »fortschrittlicher«, d.i. »feministischer Theorie und mittelalterlicher Zeichentheorie«, die Meinecke anzeigt, betrifft (vor allem) die Konzepte des Körpers. Das leidende, passionierte, das impressionable Fleisch ist, so wird insbesondere im 13. Jahrhundert ausgeprägt, in dem auch die Verehrung der Eucharistie aufgewertet wurde, (figürlich) weiblich. Stigmata (d. i. der das Martyrium als äußere Wundenschrift ablösende Modus der *imitatio Christi* als innere Teilhabe) bezeichnen den Körper als geistigen, als der ›Vergeistigung‹ fähigen. In den Stigmata als Wunder-Zeichen, *signis prodigiis*, ist die Passion gegenwärtig im Modus der *imitatio*, der Repräsentation, ausgeführt als mise en scène des abwesenden Körpers des Herrn, d. i. dessen mimetische und theatrale ›Präsenz‹ im stigmatisierten Körper. (...) In der Faszination, die geistige Wunden als *körperliche* Manifestationen gerade im 19. Jahrhundert gewinnen, manifestiert sich eine neue Besessenheit von Referenz; der (männliche, nicht nur klinische) Blick war »besessen vom ›wahren Augenblick‹ einer ›Enthüllung‹ des ›realen Körpers‹«. Diese Faszination spricht zugleich von einer Beunruhigung. Wenn Stigmata – korporeal – die Evidenz der Zeichenrelation zu geben scheinen, stehen sie zugleich für einen und statt eines Mangels: Sie sind Fetische der Referenz. Die Verfleischlichung der paradoxen Evidenz der Wundenschrift, der figürlichen Körperzeichen in ihrer naturalistischen Fehllektüre schließt Zeichen und Referenz kurz und verfehlt derart eben das, was gesucht wird: den evidentiellen Zusammenhang von Zeichen und Geist als Garantie von Referenz. (...) Die Nähe der von Meinecke im »Ratzinger-Monolog« zitierten Zeichenordnungen oder Diskurse zu jenen, die er in vergleichbar eindrucksvoller Mimikry in *Tomboy* oder *Musik* (zitierend) spricht, ist eine der Reflexion von Figur und Fleisch. Und sie betrifft die Zitiertheit und Zitierbarkeit aller Rede, die Meineckes Texte vorführen, die sie vollziehen und inszenieren – und zwar so, daß eine Inkongruenz zwischen zitierend Angeführtem und in Anspruch Genommenem und dem Sprecher merklich wird. Gegenstand und Modus seines Textes ist die Zitation, die Nachträglichkeit und die De-Plazierung – in Zitationes, die Konstitution durch Entwendung. Mit der Zeichenordnung der Theologie richtet der »Monolog« den Blick auf den Diskurs, den Zusammenhang von Diskursordnung und Dogma, und *damit* auf die Deplazierung, die jede Berufung, Zitation als Wiederholung und *incitation*, auf diese Ordnung impliziert. (...)

Klaus Birnstiel, *Post-Poetik. Thomas Meineckes Romane im Kontext der Postmoderne*. Magisterarbeit im Fach Neuere deutsche Literatur, Ludwig-Maximilians-Universität München, 2007:

Anhang:

»Eigentlich ein linkes Modell, ein Aufklärungsmodell« Ein Gespräch mit Thomas Meinecke über die achtziger Jahre, linke Politik, Hamburger und seine Romane

Klaus Birnstiel: Tomboy *wurde von vielen Kritikern – das berühmte bürgerliche Feuilleton – als Parodie des* gender-*Diskurses gelesen, und es scheint mir, daß viele dieser Parodie-Lesarten nicht nur dazu dienten, das Buch schnell beiseite legen zu können, sondern die ganze* gender-*Thematik gleich mit zu verabschieden. Du hast wiederholt Deine Probleme mit dieser Lesart dargelegt, und ich möchte Dich gern bitten, das erneut zu tun. Und nebenbei noch folgende Frage zu beantworten: sind das nicht doch parodistische Elemente, wenn die Chefin einer »Lesben-Pizzeria«, die Heidemarie heißt, sich Heidemario nennt, wenn gefragt wird, wo Angelo/a eigentlich seinen bzw. ihren Schwanz gelassen hat oder wenn Korinna Kohn sich zur strikten Enthaltsamkeit entschließt, weil sie zu viel Foucault gelesen hat und Sexualität vorübergehend nur noch als Machtstruktur wahrnehmen kann?*

Thomas Meinecke: Ich bin ja gerade dabei, mich damit wieder anzufreunden, was ich selber an dem Buch problematisch fand, weil es diese Lesarten ermöglichte. Es gibt da eine gewisse *overthetopness* in diesen Texten, wo so eine Art Verdichtung von so einem diskursiven Schwall stattfindet, die dann eine Komik, so ein Galoppieren dieser Einzelsymptome auslöst, wo das dann alles aberwitzig zu werden scheint. Und eine Zeitlang habe ich gedacht, und denke es vielleicht irgendwo immer noch, daß das eine Schwäche dieses Buches ist, diese Lesart zu ermöglichen, andererseits aber hänge ich auch so einer bestimmten Ästhetik an, die so etwas ermöglicht. So ein

Buchstapel wie hier (weist auf seinen Schreibtisch), da steht zum Beispiel *Theatre of the Ridiculous*, das ist so eine bestimmte Art, wie ich mich selber meinem mir angedichteten Parodistischen wieder annähere, indem das nämlich in meinem nächsten Roman eine Rolle spielt. Diese komischen Theater der frühen sechziger Jahre in New York, Charles Ludlam, Ronald Tavel, Leute, die für Andy-Warhol-Filme die Drehbücher schrieben, dann auch die Filme von Jack Smith, *Flaming Creatures* und so weiter, wo eigentlich so eine *camp*-Ästhetik des ironischen Zitierens, ohne aber mit Ironie so etwas zu meinen wie *I don't mean it*, nämlich es schon zu meinen, aber dabei trotzdem in Kauf zu nehmen, daß so eine Art *slapstick*-Komik mit an Bord ist, weil man sich in so komplexen und teilweise so rasant zirkulierenden Gedankengängen auch befindet, daß so etwas wie auf die Nase fallen automatisch fest mit eingebaut ist. Und sich dem hinzugeben und zu bekennen, daß das immer ein Effekt sein wird, der dem mit anhängt, wenn man sich mal wirklich hineinbegibt in diese Strudel und nicht nur souverän darüber verfügt, weil man ja alles schon begriffen und auch irgendwo abgelegt hat. Da arbeite ich mich gerade wieder darauf zu, und ich glaube, daß mein nächster Roman wieder mehr solche Komik haben wird, weil ich finde, daß zum Beispiel dieser Begriff, den ich jetzt gar nicht richtig parat habe, möglicherweise eine Rolle spielt, worüber wir auch schon mal kurz sprachen, *Pastiche*, im Sinne nicht von Parodie, sondern eine Aneignung, die auch liebevoll ist, aber trotzdem eine gewisse dialektische Distanz hat. (...) Und das ist, glaube ich, wirklich eines der Antriebsmomente des neuen Buches, bißchen mehr wieder zuzulassen von dem, wie ich auch in *Musik* gewisse Dinge von *Tomboy* wieder aufgegriffen habe, unter möglichem Weglassen dieser Fallen des Allzukomischen, Komödiantischen, und ich glaube aber, daß das trotzdem wieder rein muß. (...)
(...)

(...) So wie jetzt vor kurzem: ich habe irgendwie diesen komischen Theologen Hans Urs von Balthasar in die Hand bekommen, der so tolle Bücher schreibt wie (zeigt das Buch) *Pneuma und Institution*, ein unglaublicher Titel, der mich aber gerade fasziniert, und den ich in meinem nächsten Buch als eine Figur drin habe, der hat auch ein ganzes Buch geschrieben über eine Mystikerin, Therese von Lisieux aus Frankreich, und ich lese gerade dieses Buch von Hans Urs von Balthasar über diese Therese von Lisieux, da steht in der *Süddeutschen Zeitung*: »Therese von Lisieux kommt nach Bayern«, ihre Reliquien sind, auf verschiedene Autos aufgeteilt, auf Tournee. Und dann kommen diese Knochen von dieser Therese von Lisieux nach Aufkirchen, zehn Kilometer von hier, und ich lese gerade dieses Buch über Therese von Lisieux, und ich fahre dann da hin und lasse das natürlich meine Romanfiguren dann erleben, wie diese Knochen aus dem französischen Mietauto in dieses Karmeliterinnenkloster getragen werden (lacht) und sehr dubiose Gestalten sich dazu einfinden. (...)

(...)

KB: Nun zu den letzten Fragen. Du hast ein Angebot, die Münchner Poetik-Dozentur zu übernehmen, abgelehnt. Wird man alt, wenn man anfängt, Poetik-Vorlesungen zu halten?

TM: Wahrscheinlich schon, ja. Also hier liegt zum Beispiel meine erste Lesebrille, die brauche ich jetzt bei so kleinen CD-Booklets. Die ist übrigens aus einem chassidischen Optikerladen in Brooklyn ...

KB: Hellblau ...

TM: Genau. Aus der Lee Avenue. Ich glaube schon, daß das mit Alter zu tun hat, aber dann auch im positiven Sinne, dann fühl ich mich vielleicht einfach doch noch nicht so alt, als daß ich diese Anhöhe-artige Sache erreicht haben könnte, von der aus man sein eigenes Schaffen da mal so überblickt und rekapitulierend, und auch nicht nur rekapitulierend, sondern in die Zukunft verlängernd, darüber befinden kann, was man da eigentlich tut. Ich habe immer das Gefühl, das ist ein unglaubliches Tasten und Suchen, es macht irre Spaß, das ist noch immer der Motor für jeden neuen Text, aber ich hab noch keinen richtigen Überblick. Und ich hab das Gefühl, den sollte man vielleicht haben, wenn man so was macht. Auf der anderen Seite, vielleicht werde ich in zehn Jahren sagen, genau dieses gar keinen Überblick haben ist das, was mein Schreiben so konstituiert, daß ich es dann vielleicht auch auf Formeln bringen kann. Das kann ich aber irgendwie noch nicht. Ich hab das ein paarmal probiert, es gibt eben diesen einen Text *Ich als Text*, da finde ich auch noch ein Problem, daß der Ton, den ich da über mich selbst finde, ein bißchen merkwürdig hoch ist. Man stilisiert sich dann gleich so und redet von sich als so einer Art schöpferischem Ego, das ist mir höchst suspekt, da gehören, glaube ich, noch mal zehn Jahre hin oder neun. Mit sechzig vielleicht. Das sag ich jedenfalls denen, denen ich das bisher ausgeschlagen habe, München und eben Frankfurt, wo ich das auch schon öfter gefragt wurde. Irgendwann, habe ich schon Lust, das mal zu machen, also, ich will es nicht generell ablehnen, aber, generell, im Moment fühle ich mich noch zu, also ich meine, ›unsouverän‹ wollte ich jetzt gerade sagen, aber das Unsouveräne könnte vielleicht genau das sein, was für immer für mich auch wichtig ist, dieses nichtsouveräne Schreiben. Und das in so einer Haltung erklären zu können, dazu braucht man auch so ein gewisses Vokabular, so eine Vorlesung geht ja auch über mehrere Wochen beziehungsweise Monate. Ich hab schon zweimal in Frankfurt solchen Dingen beigewohnt, eben einmal bei Rainald Goetz und einmal bei Einar Schleef, und es war schon ziemlich toll, wie die das gemacht haben, auf eine bestimmte Weise, die sehr, sehr künstlerisch auch war, also das unterschied sich in beiden Fällen nicht so sehr von ihren künstlerischen Texten. Also, als wenn ich mich auch aus *Musik* einfach dieses Aspekts bedient hätte, also einfach die Überlegungen von Kandis über weibliches Schreiben da irgendwie herausextrahiert hätte und zu so was aufbereitet hätte, das hätte man schon auch machen können. Wobei, in deren Fall, also bei Schleef war es wirklich anhand seiner Tagebücher, und bei Rainald Goetz waren es Teile, die dann später in diesem *Abfall für Alle* auftauchten, die ich aber gut fand, die aber irgendwie auf einem bestimmten Level auch waren, das ich mir einfach im Moment nicht, was heißt ›zutraue‹? Ich find einfach nicht den Ton, glaube ich. Das ist die kürzeste Antwort dazu, ich hab noch nicht den Tonfall für so einen Text gefunden.

(...)

KB: Letzte Frage: Woran arbeitest Du gerade, worum geht es in Deinem fünften Roman?

TM: Gerade schon beantwortet (lacht). Ja, ich glaube, wie gesagt, dummerweise haben wir das schon so schrotkornartig gestreut auf diverse andere Antworten, (...) also weiterhin lernen auch von schwulen Ästhetiken, *camp* und Resignifizieren (...) in so einem Andy Warholschen Sinne, ist sozusagen Teil des Projektes, (...) Theaterwissenschaft ist zum Beispiel ein Thema, aber es gibt eben auch die Theologie, aber Theologie auch im Sinne von so was ... also der Begriff des Glaubens wird dann gleichzeitig eher abgehandelt anhand von so was wie wenn in den sechziger Jahren im schwulen New York Männer an drittklassige B-Film-Schauspielerinnen aus der Dominikanischen Republik ›glaubten‹. Was wird eigentlich geglaubt beim Glauben? Also es wird jetzt nicht, keine Angst, es wird nicht fromm jetzt bei mir, ja, es kommt keine Martin-Mosebach-Stimmung auf, sondern es bleibt irgendwie schräg, sozusagen, weil es diesen Diskursen verpflichtet ist, wo eher dann Religion auch im Sinne von *fin-de-siècle-décadence*, Péladan, Huysmans, eine Rolle spielt, eher als jetzt so eine wirkliche Hinwendung zum Transzendentalen durch vielleicht sogar noch so was wie den deutschen Papst. Aber die Prada-Schuhe des Papstes sind natürlich dann schon ein The-

ma. Also auch so eine gewisse Oberflächlichkeit, die das auch auf der medialen Ebene praktisch weiterverfolgt wie bisher auch schon bei Mariah Carey oder Claudia Schiffer, aber hier liegen auch massenhaft theologische Bücher, durch die ich mich wirklich durchackere, weil die Sprache und die Art des Diskurses schon sehr, sehr interessant ist, auch zeichentheoretisch. Ich will das nicht zu einem reinen Theaterakt nur machen, sondern es gibt auch wirklich total interessante Dogmen, zum Beispiel, in der katholischen Religion, die Unbefleckte Empfängnis von Maria, daß in der Wandlung die Hostie der Leib Christi *sein* soll und nicht nur *bedeutet*, das finde ich schon auch spannende Baustellen, wo man zeichentheoretisch mit dem Feminismus gut wieder andocken kann, also Körperkonzepte, Kirche, ecclesia, die Weiblichkeit, die angebliche, immer wieder behauptete Weiblichkeit der Kirche, der sozusagen männliche Priester nur dienen, weshalb Frauen wiederum nicht in dieses Amt dürfen, weil, das ist ja dann tautologisch, quasi, da bleibt es einfach irre interessant. Da lese ich mich im Moment durch viel Zeug durch. Auch Musik spielt wieder eine große Rolle, also ich glaube, das ist einfach *mein nächstes Buch*. Also im Sinne von neues Album oder nächste Symphonie oder so, wo man, im Grunde genommen, einfach doch immer wieder dasselbe, das gleiche nimmt und es noch mal tut.
(...)

Elfriede Jelinek in Thomas Meinecke, *Jungfrau*,
Roman, Suhrkamp, Frankfurt am Main, 2008, S. 351:
(Nachbemerkung)
Der Rhythmus dieser Sprache zieht einen richtig voran, und man muß ihr nachrennen, ob man will oder nicht, wie einem Hund, der an der Leine zerrt. Das ist so, als ob etwas klingen würde, aber nicht einfach so, vom MP3-Player in die Ohren eingetropft wie ein Narkotikum, sondern damit man etwas

erfährt. Ja, ich glaube, das ist es: Der Gewinn an Erfahrung, den man dabei bekommt. Denn diese Sprache, die durch sich selbst spricht (und dadurch erst zur Musik wird), sagt ja etwas, das man hören muß. Man kann nicht einfach weghören. Sie vernebelt einem nichts. Die Musik, die spielt, tanzt gleichzeitig zu sich selbst, aber sie sagt einem auch etwas hinein. Sie sagt einem ein (nicht: zu, und sie sagt einem auch nichts zu, sie garantiert für nichts), aber danach weiß man mehr als vorher. Weil man sich dem nicht entziehen kann, auch wenn es einen dabei zerreißt.

Christoph Bartmann in *Süddeutsche Zeitung*, 14. 10. 2008:
Unaufhaltsame Leseerwartung nach dem Akt
Wie man mit sub-akademischen Zitierorgien das erotische Raffinement steigert:
Thomas Meineckes Roman *Jungfrau* enthüllt die Reize der freiwilligen Selbstkontrolle
(...) Unablässig stoßen hier Leser oder Hörer auf Dinge, auf die vor ihnen jemand anderer beim Lesen oder Hören gestoßen war, und irgendwie stricken alle diese neugierigen Leser und Hörer mit am Text einer Kultur (2.0?), in der Urheberrechte und Originalideen eher eine Nebenrolle spielen. Mit solch postheroischem Wissensmanagement spielt Meinecke Roman für Roman wechselnde Themen der populären Kultur an und durch, und jedes Mal geht man als Leser belehrt und bereichert aus der Lektüre heraus, höchstens ein bisschen erstaunt, dass in den Köpfen wie auch immer fiktiver junger Kulturwissenschaftler der Diskurs ein solch lückenloses Regiment führt. Das Thema des neuesten Meinecke-Romans heißt *Jungfrau*, oder Keuschheit oder »Für eine Politik der Versagung« (...). Das Thema kann jemandem nicht fremd sein, der wie Meinecke seit bald dreißig Jahren einer Band angehört, die »F.S.K.« oder »Freiwillige Selbstkontrolle« heißt. Lothar Lothar, der junge Theaterwissenschaftler, der zur ka-

tholischen Theologie übergetreten ist und sich seither ein Keuschheitsgelübde auferlegt hat, studiert mit heiligem Eifer die Bücher der katholischen Mystiker Hans Urs von Balthasar und Adrienne von Speyr. Es sind Bücher, in denen sich das sexuelle Verlangen nach Gott in einer kaum verschleierten Deutlichkeit ausspricht (...). Anders als in früheren Romanen Meineckes darf das Thema dann aber doch auch fleischliche Gestalt annehmen, und zwar mittels der schönen Pianistin Mary Lou, die den armen Lothar Lothar und sein Gelübde mit ihrer bezwingenden Physis vor allerschwerste Proben stellt. Das gibt dem Roman einen realistischen Schmelz und Zauber, der die seitenlangen Zitierorgien über alles, was man zwischen Mystik, Jazz und Camp weiß und wissen sollte, unerwartet konsumierbar macht. Ja, die sub-akademischen Zitier-Einlassungen steigern das erotische Raffinement des Romans, indem sie die unaufhaltsame Leseerwartung nach dem »Akt« zügeln, verzögern und kommentierend konterkarieren. Und es könnte sein, dass sich mit dem Thema »Entsagung/Versagung« auch die Umrisse einer größeren politisch-philosophischen Idee abzeichnen, die Meinecke und uns noch länger beschäftigen wird. »Wir tun ja nicht nichts«, lässt er seine Figur sagen, »sondern wir tun Dinge nicht.« Das kann man sich als Formel eines sozusagen post-triebhaften Genießens vorstellen, dessen ethische Vorzüge auf der Hand liegen. Mit *Jungfrau* hat Meinecke, überzeugender noch als in den früheren Büchern, einen popkulturellen Arbeitsraum aufgemacht, in dem man sich mit sinnlichem Vergnügen und intellektuellem Gewinn tummelt. Aber was heißt hier »popkulturell«? Abaelard und Héloise, Benedikt XVI, Jutta Hipp und Paul Claudel? Der Sache nach wäre es schwer, diese Phänomene einfach unter Pop zu buchen. Pop ist aber, was Meineckes Methode – nicht zu ihrem Nachteil – aus ihnen macht.

Tobias Rüther in *Frankfurter Allgemeine Zeitung*, 15. 10. 2008:

Ist es egal, wer liest?

Thomas Meinecke kodiert wieder

(...) Es dreht sich alles um die Gemachtheit der Sprache, und deswegen wird kein stinknormaler *plot* erzählt, den man frei nacherzählen könnte, sondern ein sprachliches Verfahren durchgespielt. Aber selbst wenn man mit der nicht gerade brandneuen Erkenntnis einverstanden ist, dass es ein Machtverhältnis zwischen Sprache und Welt gibt, und absolut dafür ist, über diesen Komplex, wo es nur geht, auch zu sprechen – irgendwann schwirrt einem doch der Kopf davon. Ungefähr ab Seite 200. Spätestens bei der italienischen Mortadella, die einem nicht Wurst sein kann, weil sie eben auch etwas ganz anderes bedeuten könnte. Nichts geschieht zufällig in *Jungfrau*. Das klingt idiotisch, weil dieser Roman wie jeder andere auch ausgedacht ist. Aber die meiste Zeit fühlt man sich eben auch wie ein Idiot, wenn man ein Buch von Thomas Meinecke liest. (...) Thomas Meineckes Romane erzählen von Körpern, haben aber nicht deren Temperatur. Zur sozialen Welt, deren Normierungen der Autor beschreibt, stehen sie selbst nicht in Spannung. Vielleicht ist der Roman der letzte und einzige Ort, Körper zur Sprache zu bringen. Dieses neue Buch aber wirkt, als würde es sich nicht für seine Leser interessieren.

Christian Schachinger in *Der Standard*, 22. 10. 2008:

Die Hölle ist leer, der Teufel dreht Däumchen

In *Jungfrau* beschäftigt sich der Autor Thomas Meinecke mit der Theologie der Geschlechter – Enthaltsamkeit spielt dabei eine Rolle

Christian Schachinger: Von der Feminismus- und Genderproblematik, die Ihre bisherigen, von Popkultur, philosophischen und soziologischen Traktaten und Zitaten durchtränkten Ro-

mane kennzeichnet, sind Sie nun zum Christentum gekommen. Was ist da schiefgelaufen?

Thomas Meinecke: Die Thematik des Religiösen habe ich immer schon gehabt, es kam nur aus unzuverlässigen Windrichtungen. Über Andy Warhol beispielsweise, der jeden Morgen in die Kirche ging. Seine Beschwörung der berühmten Brillo-Box (...) und dass da so eine Art Wesensverwandlung stattfindet, das hat man ja im Christentum auch bei der Hostie: Das ist der Leib Christi! Das finde ich zeichentheoretisch wahnsinnig interessant. Das wird sonst nur in Pop-Szenarien beschworen.

CS: Verschränken Sie deshalb das Thema des Glaubens mit US-Gegenkultur der 1960er-Jahre?

TM: Wenn ich mir jetzt bei meinem ewigen Hauptthema, den Schwulen, überlege, wie dort damals Kulte in deren Privatwohnungen stattfanden, wo Altäre für drittklassige Hollywood-Schauspielerinnen errichtet wurden, kombiniert damit, dass diese Frauen ja nicht erotisch begehrt wurden, sondern dass da an etwas geglaubt wurde, was sie ikonenhaft verkörpern, das finde ich toll! Diese Trash-Elemente zwischen Religiosität und Pop. Insofern bin ich mit meinem neuen Buch ja kein Zeuge Jehovas, sondern ein Fragen stellender Typ in einem Terrain, in dem ich mich als dezidiert nicht frommer Mensch bewege: Martin Scorsese, Herbert Achternbusch, ihre blasphemischen Jesus-Filme, deretwegen sie aus dem katholischen System ja nicht entlassen, sondern nur angefeindet werden. Ich bin zwar katholisch aufgewachsen, wurde aber nicht mit Kirchgängen drangsaliert. Ich kann das Feld spielerisch von außen abscannen.

CS: Im Gegensatz zu Achternbusch handelt es sich bei Ihren theologischen Exkursen aber doch um eine fröhliche Wissenschaft. Die Beschäftigung mit skurrilen Elaboraten der katholischen Mystik dringt nicht unbedingt zum Kern der Theologie vor, liest sich aber auch aufgrund einer bildungsbürgerlich altertümelnden Sprache lustig.

TM: Wahrscheinlich ist das einfach eine neue Form meines Nerdtums. Mir wird ja oft vorgeworfen, dass in meinen Büchern alle Protagonisten immer so gute Laune hätten. Mit dem Verweis auf Nietzsche kann ich leben. Es gibt aber in *Jungfrau* natürlich auch so eine Amour-fou-hafte Leidensebene, die dann ganz gut zur Erscheinung der Bräute Christi im Hochmittelalter und anderer unmöglicher Liebespaare passt, die ja auch durch die Religion unmöglich gemacht wurden. (...)

CS: Zur minimalen Rahmenhandlung: Ein Theaterwissenschaftler namens Lothar wechselt ins Studienfach der Theologie. Er verlässt seine Freundin und setzt sich erstmalig seiner Sexualität aus. Er beschließt, enthaltsam zu leben. Motto: »Wir tun ja nicht nichts, sondern wir tun Dinge nicht.« Was passiert dann?

TM: Mich beschäftigt vor allem, was da sprachlich geschieht. Welche Grammatik steht mir zur Verfügung? Wo clasht die Grammatik mit dem Denkbaren? Es geht um die Idee, dass Liebe nur eine asymptotische Annäherung von zwei Kurven ist, die sich im Unendlichen treffen. Ein religiöses Motiv der irdisch nicht möglichen Liebe. (...)

CS: Kann man insofern die Bibel als sexualisierte Schrift lesen?

TM: Vielleicht wurde sie bis ins Hochmittelalter so rezipiert. Die Bräute Christi liefen damals ja auch mit der Vorhaut Jesu als Ehering rum. Man kann das aber auch als präsexuelle Lektüre bezeichnen. Es gibt feministische Arbeiten, wo diskutiert wird, ob unter dem Lendentuch Jesu eine Erektion zu finden sei. Sexualorgane waren im Mittelalter noch gar nicht definiert. (...)

CS: Die Banken krachen, der böse Kapitalismus ist tatsächlich böse. Nimmt man also wieder moralische, christliche Positionen ein?

TM: Das wird passieren. Das interessiert mich aber gar nicht so sehr. Die moralische Positionierung ist ja eher eine protestan-

tische. Ich bin aber am Katholischen dran. Da ist mehr Soul und Wahnsinn zu verzeichnen und weniger fundamentalistische Positionen. Es geht um produktive Widersprüche wie das Konzept von Sünde und Vergebung. Mein Interesse am Glauben führt eher in schwule Wohnungen in der Lower East Side als in politisch rechte Gebiete. Queerness und Katholizismus, das passt nicht ins Bild der Reaktion.
CS: (...) Schuld und Sühne sind zwei der ältesten Themen im Pop, und auch die von der Kirche abgeschaute Inszenierung.
TM: Genau. Selbst im schwulsten House Club ist Sonntag früh um fünf dann plötzlich Kirche. Da wird in Sodom und Gomorra Gospel aufgelegt. Selbst die agnostischste Popinszenierung baut auf Liturgie. Und natürlich auf Boy meets »Girl«. Es geht um das Verhandeln der Geschlechterpositionen und deren Überschreitung. Sexuelle Identität ist reine Verhandlungssache.
CS: Beruht der Welterfolg des Katholischen auf Verzeihen?
TM: Ja. Die Hölle ist leer. Der Teufel dreht Däumchen.

Lorenz Jäger in *Frankfurter Allgemeine Sonntagszeitung*, 26. 10. 2008:
Exerzitien
Zweimal Maria
(...) Die christliche Marien-Mystik wird mit einer Intensität auf unsere Jahre projiziert, dass es dem Leser fast den Atem raubt. Und es fällt schwer zu entscheiden, ob Meinecke nun ein blasphemisches oder ein rühmendes Werk verfasst hat. Was es dem Autor angetan hat, das ist die leibliche, fleischliche Seite der katholischen Kirche. Sein Hauptgewährsmann ist der vor zwanzig Jahren verstorbene Hans Urs von Balthasar, der ein großer Theologe und vielleicht ein noch größerer Erotologe war, der über die Brüste als Brücke zum Paradies, die Umarmung, den Orgasmus die herrlichsten, ganz unerwarteten Dinge wusste (Johannes Paul II. machte den Gelehrten

wenige Tage vor dessen Tod zum Kardinal, es scheint also nichts Verfängliches in solchen Lehren gewesen zu sein).
Dann geht Meinecke zu Clemens von Brentano und den Visionen der Anna Katharina Emmerick, die der romantische Dichter aufgezeichnet hatte, zu mittelalterlichen Nonnen und ihren von stärkster Sinnlichkeit gespeisten mystischen Bildern – so dass man Balthasars geistige Herkunft erkennt. Man bekommt, ganz nebenbei, eine Ideengeschichte der Brüste im Christentum mitgeliefert. Und dazwischen finden wir Godard (mit seinem Marienfilm), Pasolini (der das Matthäus-Evangelium verfilmte), Andy Warhol, Homo- und Transsexualität, Voyeurismus, große und kleine Sünden, wie sie nur die Gegenwart hergibt.
Wie gesagt: Man liest diesen marianischen Roman mit nicht geringem Misstrauen, aber am Ende überwiegt doch Bewunderung, ja Dankbarkeit. Bei Meinecke geht es und bei Balthasar ging es vor allem um Eros, nicht allein um Caritas. Noch die Eucharistie, der Verzehr von Brot und Wein, wird bei Balthasar ein Sinnengenuss, ein Schmecken, in das die Erinnerung an den Liebesakt hineinspielt.
Mag also Thomas Meineckes Roman immer ein sündhaftes Schmuggelgut mit sich führen – er hat mit sicherem Griff die Lehre jener Kirche erfasst, die, weil sie selbst noch nicht gänzlich vergeistigt und vermännlicht ist, jedenfalls die Dimension der möglichen Antwort nicht verfehlt.

Patrick Wildermann in *Galore*, Nr. 44/2008:
Maria, Mary und die anderen
Heilige Mutter des Pop, bete für uns: Thomas Meinecke irrlichtert in *Jungfrau* durch den Katholizismus – und entfesselt einen Diskurs über die Erotik der Enthaltsamkeit
1. Szene. Innen. Ein Schreibtisch. Nacht. Irgendwo muss es liegen, das neue Buch von Thomas Meinecke, *Jungfrau* beti-

telt – aber der Rezensent findet es nicht mehr. Zu viel türmt sich auf seinem Tisch, neben dem schneeweißen Notebook und dem Espresso aus dem kalifornischen Ketten-Café, wie derlei Stigmata der Moderne in Meinecke-Diktion heißen. Stapel von Büchern, Filmen, Platten und Wikipedia-Ausdrucken, ein Alptraum, ein Chaos. Gore Vidals *Myra Breckinridge* neben Hans Urs von Balthasars *Erster Blick auf Adrienne von Speyr* (antiquarisch bestellt), die 63er-LP *Black Christ of the Andes* der amerikanischen Jazz-Pianistin Mary Lou Williams (Ebay, sauteuer), eine DVD mit Jack Smiths legendärem Camp-Movie *Flaming Creatures*. Dazu Warhols gesammelte Filme, ein paar zusammenkopierte Seiten zu Ronald Tavels *Theatre of the Ridiculous* und noch viele, viele mehr über die dominikanische Schauspielerin, respektive Trash-Queen Maria Montez. Der Rezensent weiß, dass er noch ganz am Anfang seiner Suche steht, aber er hat ein Gelübde abgelegt: jedem Titel, jedem Namen zu folgen, dem Meinecke in dieser überbordenden, unendlich verzweigten, 350 Seiten starken Textcollage aus Zitaten, Paraphrasen, Fundstücken und Fiktion aufwirft. Dieser Montage von katholischer Theologie, Gender-Theorie, Queer-Studies und Diskurs-Pop, dieser Mehrfachbelichtung und Überblendung von Marienbildern aus allen Zeiten und Genres, dieser seminaristischen Sammelwut ist nur mit blindem Eifer beizukommen. Die Stapel liegen auf dem Tisch, als seien sie aus dem Buch herausgewachsen. Nun müssen sie sich selbst ihren Zusammenhang suchen, müssen in »Partikularbeziehung« treten, wie das bei Meinecke heißt.
2. Szene. Außen. Ein Kloster in Ávila. Tag. Viel Zeit ist vergangen. Schön ist es hier in Spanien auf der Recherchereise zum Geburtsort der Heiligen Therese von Ávila, auch sie eine Heldin aus *Jungfrau*. Noch mal innehalten: Wovon handelt das Buch eigentlich? Unmöglich zusammenzufassen. Uneigentlich, wie alte Diskurs-Füchse sagen, handelt es von Lothar Lothar, Vorname auf der ersten, Nachname auf der zweiten

Silbe betont, einem Studenten der Theologie, der sexuelle Enthaltsamkeit gelobt hat, aber von der schönen Jazz-Pianistin Mary Lou wiederholt in Versuchung geführt wird. Meinecke, einer der Veteranen dessen, was man Popliteratur nennt, spürt – ironiefrei – den katholischen Begriffen von Liebe, Eros und Enthaltsamkeit nach, den fortglimmenden Spurenelementen davon in der Populär- und Trash-Kultur. Das Buch ist eine faszinierende Überforderung, der Mann forciert seinen Stil der tausend Gleichzeitigkeiten seit *Tomboy* immer mehr, allein das lohnt die Meinecke-Lektüre. Außerdem: Wer wusste schon, dass Diktator Franco einst eine Nacht neben einem Arm der Heiligen Therese verbracht hat? Eben.
3. Szene. Innen. Wieder zu Hause. Der Rezensent hat das Buch wiedergefunden. Er küsst die Marienstatue auf dem Cover, stellt *Jungfrau* dann ins Regal zurück. Fade-Out. Abspann-Musik. Am besten Beatles: »When I find myself in trouble / Mother Mary comes to me / speaking words of wisdom / let it be.«

Anja Hirsch in *Gutenbergs Welt mit Gisela Corves*,
WDR 3, 07. 12. 2008, *Triebfeder Gott*:
Thomas Meinecke: *Jungfrau*
(...)
Anja Hirsch: Der Autor entlohnt die bisweilen anspruchsvolle Lektüre mit ungewöhnlichen textuellen Nachbarschaften. Bekenntnisse mittelalterlicher Mystikerinnen, etwa der prominente Briefwechsel zwischen Abaelard und Heloisa, stehen neben postmodernen Analysen; Hollywooddiven der 40er wie Maria Montez neben Jazzmusikerinnen wie Jutta Hipp oder Mary Lou Williams. Allen gemeinsam ist nicht nur ihre offene oder verhüllte Nähe zum Katholizismus, sondern exzessive Hingabe ans eigene Werk oder der Glaube anderer an sie – ein Glaube also, der sich nicht allein religiös ausrichtet. (...) Wer sich in Meineckes gewaltiges Referenzsystem stürzt, stößt im

labyrinthischen Zettelkasten, über welchem die Romanfiguren bei Cocktails in Bars ewig debattieren, auf zwei Leitmotive: den Eros und die ständige Vernetzung des Religiösen mit weiblichen Attributen.

Thomas Meinecke: Ich finde sehr faszinierend, dass diese ganzen Szenarien der Weiblichkeit in dieser katholischen Kirche eine so große Rolle spielen: Die Kirche ist per se weiblich, als Körper, Jesus kommt überhaupt ohne Zutun irgendeines Mannes zur Welt, besteht quasi rein aus weiblicher Materie, benimmt sich auch nicht unbedingt machistisch. Auch das Zölibat könnte man dann noch so erklären: Das ganze Ding ist weiblich, also dienen ihm Männer, die aber in so komischen Kleidern auftreten und gar nicht wirklich männlich in dem Sinne agieren, auch keine Familien haben, eigentlich so 'ne klassische changeling Priesterrolle füllen, auch Priesterinnenrolle praktisch erfüllen, nur da sie dem Weiblichen dienen, sind sie eben im heteronormierten Modell Männer. Und insofern arbeite ich das Motiv der Weiblichkeit da raus und stelle es dem ein bisschen entgegen, was so die offizielle Politik des Vatikan ist.

AH: Meinecke will nicht ins Handwerk der Theologen, sondern Sprechakte und Rituale beleuchten. Wie schreibt wer über Glaubensfragen und an wen? Fundgruben sind ihm die Briefwechsel von Paaren – denn hier kreuzt sich Religion mit Geschlechterverhalten.

TM: Es war ja fast so 'ne Art Beichte, 'ne Talking Cure-Gesprächssituation, dass Adrienne von Speyr als verheiratete Ärztin Hans Urs von Balthasar, der Geistlicher war und Jesuit, praktisch jeden Nachmittag beichtete, indem sie bis hin zu Zungengebeten und Visionen sogenannte Gesichte formulierte, die er zu Papier brachte – und da interessierte mich ganz stark: Wir haben wieder mal einen Mann, der eine Frau aufschreibt. (...) Ich war dann fast angerührt von der gewissen Zärtlichkeit, die zwischen diesen beiden Personen aufkommt,

die aber nicht wirklich miteinander zärtlich sein dürfen, körperlich.
(...)

Didi Neidhart in *Skug, Journal für Musik*, Nr. 77, 1-3/2009:
Bunter Geschenkekorb
Thomas Meineckes *Jungfrau*
(...) Der Wust entsteht beim Lesen, als zu ergänzender, sich stets erweiternder Text (bei dem auch immer unterbrochen werden kann, um im Buchregal nach Weiterführendem zu suchen). Und gelesen wird diesmal viel. Gore Vidal, Parker Tyler (*Underground Film*), Jack Smith, Ronald Tavel (*Theatre of the Ridiculous*), Andy Warhol treffen auf Hans Urs von Balthasar und Adrienne von Speyr, Blaise Pascal, Paul Claudel, Clemens Brentano, Jean Paul, Joseph Kardinal Ratzinger und sogar auf Joséphin Péladans symbolistischen Klassiker *Der Androgyn*, die sich wiederum um Barbara Vinken, Slavoj Žižek, Caroline Walker Bynum (*Jesus as Mother*) und Jacques Lacans *Seminar XX* (*Encore*) – worin es um das »weibliche Genießen jenseits des Phallus« geht und das Lacan u.a. am Beispiel von Mystikerinnen wie Therese von Ávila behandelt – schlängeln. Das mutet oft als zu viel an und ist dann doch gleich wieder zu wenig (speziell bei den Passagen mit »originaler« barocker, mystischer bzw. symbolistischer Sprache). Als »Queering the Straight« bezeichnete Meinecke einmal eine seiner Methoden. Und das meint nicht nur, Texte in andere Texte reinzuschicken, sondern Texte durch andere Texte in neuen Perspektiven erscheinen zu lassen. All die Bezüge zwischen Camp, dem barocken Theater der Affekte, die Konnexionen zwischen katholischer Kirche und Theater, zwischen Paul Claudels *Ideentheater*, Jack Smith (»Thinking on stage is interesting«) oder eben Ronald Tavels *Theatre of the Riduculous* führen gleichsam subkulturelle Geheimgeschichten (die der katholischen Kirche und vor allem ihrer Mystike-

rinnen und die des queeren Undergrounds) zusammen und stellen die dabei staunend und ungläubig entdeckten Fundstücke zur Disposition. Dementsprechend ist der Katholizismus, um den es dabei geht, ja auch kein primär offizieller. Viel eher geht es um das Dilemma einer Theologie, deren Zeichenlehre im alltäglichen Glauben so gut wie keine Rolle spielt. (...) Aber vielleicht ist das Prinzip dahinter ganz simpel »Jazz« (und um diese Musik bzw. um Musikerinnen geht es in *Jungfrau* ja auch) im Sinne von Kodwo Eshun – nämlich aufgefasst als »Fission«, als »Spaltung«. (...)

Susanne Messmer in *taz.mag* (*die tageszeitung*), 01.02.2009:
Begehren im Textbrodeln
Erst einmal zölibatär leben, dann weiterdenken:
Thomas Meineckes Diskursroman *Jungfrau*
(...) Zum allerersten Mal nämlich lässt Thomas Meinecke durchblicken, wie er Geschichten erzählen würde, wenn er sie denn erzählen wollte, indem er seine Figuren, so wenig sie auch vorkommen, probieren lässt, was sie im Pop und im Jazz, in der Literatur, der Philosophie, im Kino, Theater, den »unübersichtlichen Tiefen weltumspannender Netzwerke« und sonst überall so aufstöbern, überdenken und natürlich in aller Breite diskutieren. Die Hauptfigur mit dem albernen Namen Lothar Lothar studiert nämlich nicht mehr Theaterwissenschaft, sondern katholische Theologie und entscheidet sich eines Tages, erst einmal zölibatär zu leben. Just in diesem Moment trifft er aber die schöne Jazzmusikerin Mary Lou, die beiden verknallen sich heftig und wollen sich in dem Maße immer unbedingter, in dem sie sich nicht haben dürfen. Und dem Leser, dem geht es gewissermaßen ganz ähnlich wie diesem verhinderten Paar. Geradezu lüstern saugt man diese kleine Prise Plot in sich auf – und giert, je endloser die »narrativen Durststrecken« geraten, wie Meinecke sie im Buch ironisch auf ein anderes Buch bezogen selbst benennt, immer

mehr nach der Handlung, dem Erdachten, das so viel saftiger und eleganter scheint als alle Wirklichkeit aus zweiter Hand. Und versteht plötzlich sogar, wenn man von alldem, was hier verhandelt wird, nur wenig gehört hat und es zunehmend schwer fällt, Bezüge und Zusammenhänge herzustellen: Natürlich! Das Begehren wächst mit der Entsagung! Was wäre der Genuss, würde man nicht auch die Hindernisse genießen, die ihn immer weiter aufschieben? Kurz gesagt, man gewöhnt sich einmal wieder an Thomas Meineckes Textbrodeln, seine nach wie vor ansteckend emphatische Spurensuche, an all das viele, verschlungene Zeug ohne Mitte, Anfang und Ende und mit jeder Menge Abbiegungen, ja, man beginnt sogar, ein wenig in ihnen zu schwelgen: in den kryptischen Texten der katholischen Mystiker Hans Urs von Balthasar und Adrienne von Speyr, der Geschichte der Heiligen Therese von Lisieux, den steilen Abstürzen diverser Jazzmusikerinnen wie Jutta Hipp, und was das alles mit der Schauspielerin Maria Montez, dem schalkhaften Humor Jean Pauls und der Idee Paul Claudels von der unmöglichen Liebe zu tun hat. Und am Ende, da ist man richtiggehend versöhnt, als der Roman, der keiner ist, sich treu bleibt, als es zwischen Lothar Lothar und Mary Lou fast zum Äußersten kommt, aber wirklich nur fast und nicht ganz. (...)

Gerrit Bartels in *Der Tagesspiegel*, 20.02.2009:
Keusch, aber sexy
Offen sein für die Qual der echten Liebe:
Thomas Meineckes neuer Roman *Jungfrau*
(...) Es geht eben auch ohne Sex, ohne handfesten gewissermaßen, gerade in einem Roman des 1955 geborenen Musikers und Schriftstellers Thomas Meinecke. Der beste Sex in *Jungfrau* ist der Sex, der mit Fleischeslust nichts zu tun hat, der also aus Anbetung, Anziehung, Begehren, intensivem, aber, bitteschön, nie eingelöstem Verlangen besteht. (...) Dass *Jungfrau*

mehr von einem narrativen Lufthauch durchzogen ist als von einem lebens- und handlungsprallen Erzählstrom, lässt sich leicht denken. Letzteres ist ohnehin nicht Meineckes Sache: Der Text schmeißt hier die Party. Nur wie sich das mit Meineckes »Im-Körper-Sein« so verhält, wie viele weibliche Anteile in ihm so stecken, das würde man eines Tages doch gern mal erfahren.

Thomas Meinecke in *Börsenblatt*, *Wochenmagazin für den Deutschen Buchhandel*, 09.07.2009:

Meinung

Thomas Meinecke: Ich möchte selber bestimmen

Von Feministinnen lernte ich, an etwas Vordiskursives nicht zu glauben. Die einzelnen Teile dessen, was ich von mir gebe, haben andere bereits von sich gegeben, in anderen Kontexten, mit anderen Absichten. Texte erhalten ihre Originalität durch einen sich der Performativität des Schreibakts bewußten Umgang mit Vorformuliertem. Wie in der Musik (überschaubar die Anzahl der Noten, unendlich die Vielfalt der Melodien), besonders der populären Musik, die durch die Rekontextualisierung, Resignifizierung bekannten Materials in spiralförmiger Wiederkehr das völlig Neue gewinnt: als etwa Be-Bop 1940 die Standards des Swing in kaum wiederzuerkennende Fragmente zerlegte und dekonstruktivistisch weiterentwikkelte (oder Disco 1975 dieselben Standards in eine sexuell dissidente Szenerie überführte). Popmusik zeichnet sich durch ihren Zitatcharakter aus, sie versucht uns (im Gegensatz zu manchen Strömungen der Rockmusik) gar nicht erst von Authentizität oder genuiner Urheberschaft zu überzeugen. Das mit der HipHop Culture aufgekommene Sampling, bei dem Musikpassagen aus bereits historischen Stücken direkt in neue Tracks importiert wurden, erlangte seine ästhetische Vervollkommnung, wenn das Merkmal, dessenthalben man sich zur sozusagen freundlichen Übernahme entschlossen hatte, im

Neuen bis zur Unkenntlichkeit aufgegangen war. (In Madrid bin ich einmal von Trickbetrügern dermaßen sophisticated übers Ohr gehauen worden, daß mein Respekt für die Raffinesse der Tat größer war als die Trauer um den monetären Verlust. – Wohingegen ich die anfänglich gern als freibeuterisch aufgetretenen Aktivitäten mancher Netzpiraten als neoliberal und also feindselig empfinde.)
Als Musiker in meiner Band arbeite ich nach eben diesen eklektizistischen Prinzipien, als Diskjockey in Clubs macht es mir Spaß, wenn ich aus zwei gleichzeitig laufenden Platten etwas ungeahntes Drittes generieren kann, das ausschließlich aus dem auf zwei Plattentellern rotierenden, von mir in abenteuerliche Deckungsgleichheit gepitchten Vorformulierten besteht. Als Schriftsteller gehe ich ebenso zitatfreudig vor, ich bin überhaupt nicht auf der Suche nach etwas Eigenem, nicht nach dem vermeintlich Eigentlichen. (Mich stört es nicht einmal, daß die Wikipedia-Eintragung zu meinem Namen fehlerhaft ist.)
Mit meinem Verlag mache ich für jedes einzelne Buch die Bedingungen bezüglich der Weitergabe meiner Texte aus. Ich freue mich, wenn ich durch derartige Transaktionen Geld verdienen kann. Manchmal kontakten mich Leute, die einen Text übernehmen wollen, aber nicht dafür zahlen können. Dann rufe ich im Verlag an und nehme den Text für diesen Fall aus der vertraglichen Vereinbarung heraus. Ich möchte selbst darüber befinden können, wer meine Texte unentgeltlich erhalten kann. Und ich verstehe das Verhältnis zu meinem Verlag als eines unter Komplizen. Mein Verlag ist nicht mein Gegner. Er nimmt meine Interessen wahr.
Ich freue mich darüber, wenn jemand 19,90 Euro für meinen neuen Roman bezahlt. Ich betrachte das als anteilige Anerkennung eines mehrjährigen Arbeitsprozesses, als Honorar und nicht als Lohn (wie er mir im Fall einer Kultur-Flatrate zustünde, deren womöglich an Klicks orientierter Verteiler-

schlüssel gewiß nicht in meinem Sinn und zu meinen Gunsten ausfiele): Hier steht sozusagen Ehre gegen Gnade.

Ijoma Mangold in *Die Zeit*, 18.02.2010:
»Ich bin ein bibliomanischer Schreiber«
Ein ZEIT-Gespräch mit Thomas Meinecke, dem Altmeister des literarischen Samplings, über Montage, Plagiat und andere literarische Ab- und Umschreibetechniken
Ijoma Mangold: Wenn Sie sich die Debatte um Helene Hegemann anschauen, die zwischen Plagiat und Montage kaum unterscheidet, fürchten Sie da um Ihr eigenes Werk?
Thomas Meinecke: Das nicht, aber ich wundere mich schon, wie unterkomplex mit diesen Begriffen Plagiat und Abklatsch umgegangen wird. Selbst im Wort Abklatsch schwingt ja etwas mit, was man im besten Sinne etwa in Andy Warhols Abklatsch-Techniken finden kann, in der Überschreibung von bereits Bekanntem. In der Musik und in der bildenden Kunst sind das Selbstverständlichkeiten. In der Literatur offenbar nicht. Fürchten müsste ich mich also schon die ganze Zeit, weil ich in meinen Büchern auch nicht alle Samples »gecleart« habe.
IM: Wie würden Sie Ihre literarische Technik beschreiben?
TM: Ich würde sagen: Ich bin ein bibliomanischer Schreiber, für den am Schreiben der Aspekt des Lesens am wichtigsten ist. Ich arbeite inmitten von Bücherstapeln, aus denen ich mich bediene – allerdings immer mit großem Respekt vor der Quelle. Ich habe zum Beispiel einmal zwei Seiten von Elfriede Jelinek direkt abgeschrieben, weil ich das gut brauchen konnte für ein Buch. Aber erstens habe ich dann auch einfließen lassen, von wem das ist, und zweitens habe ich ihr nachher geschrieben und erklärt, das sei mit Respekt geschehen, woraus auch eine wunderbare Freundschaft entstanden ist. Da war das Buch aber bereits gedruckt.
IM: Sie machen also meistens eine Quellenangabe?

TM: Die Quellenangabe bei mir ist nicht wissenschaftlich und nicht im Anhang, sondern in der Regel im Fließtext selber. Ich habe, glaub ich, noch nie etwas genommen, wo nicht irgendwo auch der Hinweis zu finden ist, was es ist. Denn mir scheint ja gerade in der Verweishaftigkeit die Tugend zu liegen. Ich will mich im Geflecht mit anderen Texten sehen. Ich schreibe in einer Sprache, in der schon sehr vieles gesagt wurde und wo es reizvoll ist, dieses schon Gesagte wieder zum Einsatz zu bringen. Bei mir handelt es sich ja oft um Theorie. Da setze ich keine Anführungszeichen, weil ich vielleicht mitten in das Zitat selber noch etwas einfüge, es wird also auch abgewandelt oder gefälscht, und es könnte sein, dass aus dieser Quelle 50 Seiten später noch mal was auftaucht. Zum Beispiel gibt es in jedem meiner Bücher einen oder zwei Sätze aus dem *Anton Reiser*, weil ich den so toll finde, und das muss dann auch nicht gequotet werden. Es ist also ein Kniefall vor den Quellen. Ich würde mich aber gerne, ohne das Buch von Helene Hegemann gelesen zu haben, hinter sie stellen, auch darin, dass man nicht angeben muss, wo man sich bedient.

IM: Warum?

TM: Nun, es gibt ja den Begriff des Palimpsests. Man kann Texte überschreiben, ein liebevolles Pastiche herstellen oder es machen wie Joyce, der beim *Ulysses* Homer überschrieben hat. Ich finde das legitim. Es kann gut oder schlecht gemacht sein, das ist eine andere Frage. Aber in den anderen Künsten, vor allem in der DJ-Kultur, ist das normal. Gerade die Popkultur arbeitet so produktiv mit dem bereits Vorformulierten, inklusive des produktiven Missverständnisses, ohne die Quellen immer anzugeben. Es macht ja auch einfach riesig Spaß, den Ingredienzien selber auf die Spur zu kommen. Das ist ein Genussfaktor, Dinge herausschmecken zu können, ohne dass man genau gesagt kriegt: Das ist jetzt dieses oder jenes Gewürz.

IM: Bei Helene Hegemann lautet der Vorwurf, die bloß abge-

schriebene Literatur verfüge über keine authentische Erfahrung und sei daher wertlos.

TM: Da habe ich ein ganz anderes Verständnis von Erfahrung. Ich traue ja auch meinen eigenen Erfahrungen nicht. Ich finde die Erfahrungen von anderen immer sehr wertvoll und versuche, auch meine eigenen Erfahrungen als die von anderen zu lesen. Ich habe gar nicht so ein Interesse am Genuinen, am Original. Spätestens seit Andy Warhols *Brillo Box* hat man doch gesehen, dass die Kopie auratischer sein kann als das Original. Es geht eher darum: Ist das gelungen oder nicht. Aber die Technik per se würde ich auf jeden Fall verteidigen. In der Popmusik sind aus sogenanntem Diebstahl ganz tolle Dinge entstanden. Und Thomas Mann hat das im *Doktor Faustus* mit Schönberg auch schon gemacht. Gab natürlich auch damals schon Ärger.

IM: Die entscheidende Frage ist doch: Ist durch das Zitat künstlerisch etwas Eigenes entstanden?

TM: Absolut. Es muss ja nicht das sogenannte Eigene sein. Das gibt es so gar nicht. Das interessiert Helene Hegemann wahrscheinlich auch nicht. Dafür hat sie zu viele Inszenierungen von René Pollesch gesehen. Dass das Eigene aus Fremdem gemacht ist, ist jedenfalls ein produktives ästhetisches Konzept.

Jens-Christian Rabe in *Süddeutsche Zeitung*, 24.02.2010:

Im Datenhagel der Verweishölle

Der Schriftsteller Thomas Meinecke über den Zusammenhang von Literatur und humpelnden Beats

(...) Wie eng kann man Pop und Literatur tatsächlich führen, Herr Meinecke? »Es ist auf jeden Fall vieles denkbar. Einen literarischen Remix haben wir zum Beispiel gerade mit Barbi Markovics Buch *Ausgehen* vorliegen. Sie hat sich Thomas Bernhards *Gehen* genommen und auf die Clubkultur Belgrads übertragen. Es ist also noch die Syntax von Bernhard, nur die

Begriffe sind neu.« Aber schon ein literarischer »Edit« ist streng genommen ein Problem. »Dabei wäre der Eingriff in eine Vorlage auf jeden Fall sehr gering. Der klassische Disco-Edit eines Songs in den siebziger Jahren bestand ja nur aus den Höhepunkten des Ursprungs-Songs. Es ging um die Verlängerung des Höhepunkts, um die Wiederholung des besten Breaks oder der besten Bassline. Die Devise lautete: Fuck the lyrics!«

(...) »Die Sprache ist ja immer auch ein Knast, den man von innen anbohren möchte. Die Beat-Poeten der vierziger Jahre waren deswegen so gierig auf neue Bebop-Platten von Charlie Parker oder Slim Gaillard. Letzterer sang noch, aber es gab keinen Text mehr. Er nannte seine Phantasiesprache ›Vout‹. Und Rainald Goetz hat sich Hunderte Nächte lang Techno im Münchner ›Babalu‹ angehört.«

Das Sampling ist als Puzzeln mit fremden Versatzstücken der Literatur sicher am nächsten. Man muss sich Thomas Meinecke hierbei jedoch genau deshalb als höchst skrupulösen Autor vorstellen: »Der Zusammenhang ist trotz aller Verwandtschaft sehr kompliziert. Im klassischen Fall in der Musik gibt es etwa einen Song, der großartig groovt. Und nur deshalb kommt man überhaupt auf die Idee, sich dieser Sache zu bedienen. Holt man diesen Groove dann jedoch in sein eigenes Werk hinein, muss man eigentlich auch dafür sorgen, dass ihn keiner mehr erkennt. Denn etwas anderes Gelungenes zu nehmen, damit es im eigenen Kontext nur wieder auf dieselbe Art wirkt, finde ich eher illegitim. Man sollte etwas daraus machen, was nicht unbedingt etwas Eigenes ist, aber unbedingt etwas anderes.« Das sei im Übrigen das Großartige an der Art Stolperfunk gewesen, der sich im vergangenen Jahrzehnt eine Weile im R'n'B breitgemacht habe. »Da sind Samples so zerschnitten worden, dass das Ergebnis nicht rund wird, die Musik quasi wahnsinnig humpelt – und vollkommen neu klingt.«

(…) »Ich möchte, dass meine Leser die ganze Zeit merken, dass sie lesen. Sie sollen Spaß daran haben, mit mir durch die Verweishölle zu gehen. Es ist nur nicht allzu cool, wenn man zum hundertsten Mal den *Funky Drummer* von James Brown hört. Man sollte schon noch etwas damit wollen. Es muss dialektisch werden.«

(…) Letztlich geht es Meinecke um den kulturellen Mehrwert, der entstehen kann, wenn Wissen überführt wird. »Wenn Disco plötzlich spießige Swing-Klassiker in den schwulen Darkroom entführt, dann scheint durch diese Rekontextualisierung eine Dissidenz zum Dagewesenen auf.« (…)

Die Rechtfertigungsstrategie Helene Hegemanns, die »Echtheit« gegen Originalität ausspielte, ist Thomas Meinecke übrigens, bei aller Sympathie für ihr Vorgehen, ziemlich fremd: »Ich würde eher sagen, es ist gut, weil es nicht echt ist. Die Etiketten sollten allerdings durchscheinen, damit man sich Gedanken machen kann und nicht nur von der Wucht der Sätze überfahren wird.« Jeder, der vorher so begeistert von dem Buch gewesen sei, weil es so authentisch sei, müsse sich jetzt vorkommen wie ein Freier, der versehentlich mit einem Transvestiten mitgegangen sei. »Ich hoffe, dass da noch viel mehr Fremdes hineingepuzzelt ist. Damit nicht nur gesagt wird, sie habe abgeschrieben, weil sie nicht ins ›Berghain‹ reingekommen ist.«

Uwe Wirth in *Rahmenbrüche Rahmenwechsel*,
hg. von Uwe Wirth, Kadmos Kulturverlag, Berlin
(in Vorbereitung):

Rahmen/Wechsel/Brüche
Ein Gespräch mit Thomas Meinecke

»Als junges Mädchen war sie in ein Kloster auf der kanarischen Insel Teneriffa gesteckt worden, ausgerissen und hatte sich, wie später in ihren Filmen, im Urwald verborgen. Dann war sie durch Europa gezogen und mit ihrem ersten Ehemann in Puerto Rico und ohne ihn 1939 in New York gelandet, das sie im Nu als *High Fashion Model* eroberte. Anfang der 1940er Jahre endlich die Ankunft in Hollywood. Jeannine jetzt wieder auf ihrem Bett, online.

To: Universal Studios Horne Video Dept. We the fans of Maria Montez petition Universal Studios Horne Video to bring more of her movies to the Video I DVD market. Such movies as *White Savage*, *Cobra Woman*, *Gypsy Wildcat*, et cetera, are greatly wanted by not only her fans but the general movie collecting public as well. Sincerely, the Undersigned. Click here to sign petition. Und Jeannine Waterstradt reihte sich in die Schar der Flehenden ein. View current signatures: Aus Datenschutzgründen leider unterbunden. The Maria Montez Movie Petition to Universal Studios Horne Video Department was created and written by Luci Fox.

International Movie Database: *Gypsy Wildcat*. 6 out of 6 users found the following comment useful: Of the so-called Universal Tits & Sand Maria Montez Easterns, *Gypsy Wildcat* was a departure in that there was very little, if any, sand. Maria Montez keeps on most of her clothes, even managing to keep the mid-riff covered for much of the running time, and although she isn't much of an actress, she is gorgeous, no, breath-taking, and she knows how to handle the stuff they've laid out for her to do. Jeannine mußte an Jack Smiths berühmten Satz über Montez, die ihm als ferne Muse diente, denken: *Was sie macht, ist das, wofür Schauspielen der Ersatz ist.*

Während der Dreharbeiten zu *Gypsy Wildcat*, Los Angeles im Oktober 1943, bekam Maria Montez von Flor de Oro Trujillo, Tochter des dominikanischen Diktators Rafael Leónidas Trujillo Molina, einen Orden verliehen, der sie in den Offiziersstand versetzte. Laut Jeannines einstmaligem Kommilitonen Gustav war diese Art der Ehre keiner weiteren Bürgerin der Dominikanischen Republik widerfahren. Vier Jahre später personifizierte sie für Max Ophüls, in dessen Spielfilm *The Exile*, eine Feldmarschallin. Registerkarten schließen, zurück zu *Eigene Dateien.*«

Uwe Wirth: Im Grunde sind wir jetzt schon beim Thema: Es gibt etwas wie Rahmenbedingungen und allgemeine Geschäftsbedingungen der Literatur. Und es gibt etwas wie Rahmenbedingungen und allgemeinen Geschäftsbedingungen der Wissenschaft. Wie würdest du die beschreiben? Gerade du als Literaturproduzent? Was sind Deine Rahmenbedingungen?

Thomas Meinecke: Ich habe das Gefühl, diesen Rahmen hat mir gar nicht jemand anderes gegeben, sondern ich habe mir diesen Rahmen selbst gezimmert oder auch in gewissem Sinne einen anderen Rahmen durchbrochen. Ich fühle mich relativ, aber nicht in ungutem Sinne, einsam mit meiner Art es zu tun. Und für viele Leute bin ich damit indiskutabel, nämlich in Bezug darauf, dass ich prozesshaft schreibe und nicht vorher Dinge abstecke – also Rahmen zum Beispiel, aber auch, dass ich nicht Dinge wie andere Autoren mache – die zum Beispiel Karteikarten an die Wand heften, wo schon klar ist, was die Elemente sein werden, wohin die Geschichte führen und die auch vielleicht sogar schon vorher wissen, wie sie enden wird. Das alles mache ich nicht und damit verlasse ich sozusagen dieses literaturwissenschaftlich vorgegebene Passepartout, in das eine Novelle oder ein Roman zu passen hat, was doch verlangt wird. Das wird mir auch immer wieder vorgeworfen, dass ich dem nicht genüge. Und warum schreibe ich dann überhaupt Roman drunter? – Diesen Vorwurf höre ich ständig. Ich finde aber die Anmaßung schöner, zu sagen: ›Das ist ein Roman‹, also diesen Rahmen weiter zu behalten, während der Gegenstand nicht wirklich reinpasst oder eben nur anders als bisher. Baselitzmäßig, auf dem Kopf sozusagen, oder seitlich oder vielleicht sogar über die Ränder raushängend. Das ist für viele ein Problem, dass bei meinen Geschichten oben und unten und an den Seiten überall lose Fäden raushängen, die man auch verfolgen könnte. Sprich: die Unbegrenztheit einer nicht abgezirkelten Geschichte, das Offene, vielleicht ›Ozeanische‹ oder auch Weibliche daran. Das wird mir oft vorgeworfen. Das erinnert ein wenig an die Diskussion um die unendliche Melodie bei Wagner: Es gibt einfach kein Limit. Und das ist auch wirklich in gewissem Sinne ein Problem, weil ich selber irgendwann an den Punkt komme und mir sage: ›Jetzt muss ich mal langsam aufhören, sonst sprengt es wirklich alles, weil es zu groß wird.‹ Meine Themen werden immer größer. Andere arbeiten, glaube ich, einen Haufen, den sie sich vorher schön hinschütten, langsam ab und bei mir wird eher etwas vor sich hergerollt und aufgeschichtet, bis es irgendwann fast unbeweglich wird. Wie ein riesiger Schneeball, wenn man einen Schneemann baut. Und dann höre ich auf zu schreiben. Das ist alles für viele Leute komplett indiskutabel, weil es quasi den Prozess über das vorher genau abgesteckte Terrain stellt. Auf jeden Fall komme ich mit dieser prozessualen Argumentation ganz gut durch. Dann sagen Leute, die es eigentlich nicht einsehen: ›Okay, der schreibt eben prozesshaft, natürlich kann der nicht wissen, ob sich am Schluss seine Romanfiguren gegenseitig umbringen oder ins Bett gehen – das kann der nicht wissen.‹ Und das ist natürlich ein ständiges Changieren. Wenn man bei dem Bild des Rahmens bleibt: Das ist eher das Ölbild, das einem über den Schädel geschlagen wurde und man steckt mit dem Kopf durch und läuft mit dem Rahmen rum. Es ist nicht wirklich ein Rahmen, der einen limitiert. Die Wechsel der jeweiligen Ebenen, die auch die jeweiligen Hintergründe sind, reizen mich mehr als das geschlossene Bühnenbild.

UW: Interessant, wie du das beschreibst: die körperliche Erfahrung des Rahmens. Ein Buch ist ja auch dadurch körperlich begrenzt, dass man es noch tragen können muss.

TM: Genau.

UW: Und dabei bist du noch gemäßigt. Bei dem Band Jungfrau *hätte man ja noch endlos weiterschreiben können. Das Ro-*

manende ist sozusagen kein Ende, sondern es ist eine Boje in einem Fluss, die man im Grunde noch weiterverfolgen könnte.

TM: Ja, oder man hätte schon hundert Seiten vorher sagen können: ›Hier steigen wir aus.‹

UW: Es hat sich also auch bei Lothar Lothar in Jungfrau *nichts im psychologischen Sinne ergeben, zum Beispiel dass er noch einmal eine weitere Verwandlung im Sinne des Romans durchgemacht hätte. Er ist bei seinem Gelübde geblieben, wenn ich das richtig sehe, und insofern ist er konsequent. Aber es gibt da nichts, keine Überraschung.*

TM: Nein. Lothar ist in seiner Statik, in seinem ›Nichtweiterentwickelthaben‹ der Rahmen, der alles andere so sehr im *flow* erscheinen lässt. Es gibt zum Beispiel die Geschichte des Theologen Hans Urs von Balthasar und seiner *amica* – so sage ich immer gerne – Adrienne von Speyr, die eben auch eine Art Liebesverhältnis zueinander haben, das aber nicht zur – zumindest körperlichen – Realisierung gelangen kann, da er Jesuitenpater beziehungsweise katholischer Priester und sie eine verheiratete Ärztin ist. Innerhalb dieser 350 Seiten sieht man trotzdem, wie sich diese beiden Figuren im Grunde genommen über theologische Diskurse einander annähern. Schließlich werden Diskurse über Dinge wie die Erektion aus theologischer Sicht geführt und man hat das Gefühl, dass die beiden über ein rein diskursives *doing* einander näher kommen. (…) Es gibt eine ansatzweise Entwicklung, sozusagen eine asymptotische Annäherung dieser beiden Protagonisten, die den Mann in Versuchung bringt. Aber das, was man als Rahmen bezeichnen könnte und den ich mir im Endeffekt dann doch vorher setze, ist so was Ähnliches, wie die Versuchsanordnung in der Naturwissenschaft: Man hat diverse Elemente, Werkzeuge und einen gebauten Raum, in dem sich alles abspielen wird – und dann zündelt man. Das ist bei mir schon so. In *Jungfrau* geht es darum, dass ich mir überlege, wie ich als ein

Romancier, der nicht an die große Eingabe, an die noch nie erzählte Geschichte glaubt, über Sexualität schreiben kann, ohne, dass ich davon ausgehe, dass alle dahinschmelzen, weil es eine tolle Liebesgeschichte ist. Das sind Dinge, an die ich so nicht glaube, die ich eher im Rahmen solcher vorgegebenen, experimentellen Bedingungen schreibend ausprobieren möchte. Im erwähnten Fall lege ich zum Beispiel fest, dass ich über Sexualität schreiben möchte. Ich wähle mir jemanden als Protagonisten, dem es verboten ist, Sexualität zu praktizieren, weil er sich das Gelübde auferlegt hat, dass er eventuell Priester werden möchte. Ich bringe ihn in Versuchung, einfach indem ich ihn durch die Tür schicke und abwarte, was die Sprache mir in diesem Augenblick, in dem ich diese Geschichte erzählen möchte, zur Verfügung stellt. Dies ist dann sozusagen ein verbaler Prozess, ich taste die Knackpunkte der Diskurse »Sexualität« und »Enthaltsamkeit« ab. Bei dem vorherigen Roman *Musik* hatte ich eigentlich auch ein ähnliches Interesse, nämlich die Definition von Normativität beziehungsweise Heteronormativität; und damit im Endeffekt auch die Definition meines heteronormativen oder -normierten Lebens. Und dies alles vor dem Hintergrund des Lebens eines Flugbegleiters, was dann wieder der abgesteckte Rahmen wäre. Ich sage das nicht, um dir einen Gefallen zu tun, sondern das Bild passt wirklich von daher gut, als dass es von diesem Mann erzählt, der eigentlich in einem ›Frauenberuf‹ arbeitet und wenn Männer in diesem Beruf arbeiten, dann sind sie in der Regel schwul. Das heißt, er ist in einem Umfeld von Frauen und schwulen Männern, lebt aber selbst ein heteronormiertes Liebesleben. Dann wird es für mich als Autor interessant, denn das ist die Prämisse, von der ich ausgehe und die auch relativ statisch ist. Vor diesem Hintergrund frage ich mich dann: ›Was richtet mir die Sprache für Möglichkeiten ein, um dieses Konfliktfeld abzutasten und in Worte zu fassen?‹ Und dann passieren diese tollen Dinge, dass ganz automatisch, ohne dass ich mir das als großen genialischen Gedanken anheften muss, die Heteronormativität als die Ausnahme erscheint. Dadurch ist plötzlich der sogenannte Normalfall das Andere, mit großem ›A‹, was es zu beweisen galt. Ich bin stark beeinflusst von dem dekonstruktiven Feminismus; Judith Butler war für mich wirklich eine absolute Initialzündung in dieser Hinsicht. Über dieses Thema freue ich mich immer, wie vielleicht marxistische Autoren in den 1970er Jahren, wenn sie endlich mal wieder eine Geschichte hatten, an der sie verdeutlichen konnten, was entfremdete Arbeit ist. So taste ich gerne sprachlich das Verhältnis der Geschlechter, das Performative des Mann- und Frau-Seins ab, das ja auch eine Grundvoraussetzung für Liebesgeschichten ist. Dadurch komme ich genau an diese Knackpunkte, die ich mir gar nicht selbst ausdenken muss, an welchen dann eben die Geschichten von sich aus ins Schlingern geraten können – und dieses Schlingern kann man schön vorführen. Man muss als souveräner Autor gar nicht alles schön im Zaum halten, man kann es auch losgaloppieren lassen. Das ist aber auch, in dem was ich Versuchsanordnung nennen würde, relativ am Anfang, im statischen, experimentellen Ausgangspunkt zu sehen.

UW: Was du da beschreibst, ist schon die nächste Frage, die aber weder neu noch originell ist: Inwiefern entspricht deine Schreibweise dem, was Roland Barthes als das »Mischen der Schriften« bezeichnet, das der moderne scripteur *zu unternehmen hat? Gerade mit Blick auf* Tomboy, *von dem viele kluge Menschen, die den Roman gelesen haben, gesagt haben, dass dort die DJ-, Sampling- und Mischkultur praktisch in das Schreibverfahren übernommen* wurde.

TM: Wahrscheinlich ist das so. Ich bin tatsächlich jemand, der genau das von Barthes nicht gelesen hat. Was habe ich denn gelesen? *Die Lust am Text*? (…) Ich bin kein ausführlicher Barthes-Leser, aber ich glaube, es ist so. Es passiert mir die ganze Zeit und das ist auch das Lustige, wenn man in der Nähe virulenter Diskurse schreibt – der ist jetzt schon ein bisschen älter, aber bei mir landet das auch oft alles viel später –, dann gerät man immer wieder wie an diese Bahnsteige, an denen Linien sind, die signalisieren: ›Bitte nicht zu nah, sonst werden Sie von dem Zug mitgerissen‹, aber man weiß gar nicht, woher der Zug kommt oder wohin er fährt. Man kommt dauernd in solche Fahrwasser, die gerade *en vogue* sind. Ich bin auch kein Mensch, der Lust hätte, völlig ganz woanders hinzudenken, und ich glaube, ich befinde mich oft in der Nähe dieser ›Franzosen‹, um es jetzt einmal sehr allgemein zu sagen.

UW: Zwei Fragen, die sich daran anschließen. Es kann ja sein, dass man – ohne es explizit gelesen zu haben – im Geiste mitschreibt. Roland Barthes hat tatsächlich die Idee des überpersönlichen Schreibens und auch des Lesens, aber in diesem Fall eben des Schreibens, und es gibt eine Stelle in Döblins Berlin Alexanderplatz, *am Anfang des zweiten Buchs, da heißt es – und dies ist ein Satz, über den ich sehr lange nachgedacht habe: »Der Rosenthalerplatz unterhält sich.« Und ich habe sowohl bei* Tomboy *als auch bei* Jungfrau *gedacht: »Der* gender-*Diskurs unterhält sich.« Genau in dieser unpersönlichen, überpersönlichen Form. Trifft das ungefähr deine Schreibhaltung?*

TM: Ja, das kann man so sagen. Und dann gibt es die Leute, die mir vorwerfen, dass meine Figuren überhaupt gar keinen Charakter, kein Eigenleben haben, ihnen keine Psychologie zugrunde liegt. Und andere sagen mir wiederum, sie hätten sich sofort wiedererkannt in diesen Figuren. Das finde ich noch nicht einmal einen Widerspruch. Es sind Leerstellen, in die man einsteigen kann, wie in ein Riesenrad: Die Kapsel geht entweder leer rum oder man ist dabei – man kann diese Chance wahrnehmen und mitgehen. Deswegen haben viele Leute auch das Gefühl, die Figuren hätten durchaus Fleisch und Blut und andere wiederum sagen mir, dass dies überhaupt nicht der Fall sei und es seien wirklich nur die Diskurse, die miteinander reden. Und für mich ist auch beides okay, weil mich das autonome Subjekt nicht wirklich so genau interessiert.

(...)

UW: *(...) Interessant ist, dass du darauf aufmerksam machst, dass du das Verfahren des Zitierens einerseits ausstellst, aber an anderen Stellen arbeitest du dann teilweise, und jetzt komme ich natürlich zu meinem* key word, *der Rahmenbrüche, doch mit Markierungen: In einem Fall markierst du die Rahmen, in einem anderen markierst du sie nicht. Im einen Fall muss der Leser selber darauf kommen, im anderen Fall wäre die Kursivierung ein deutlicher Rahmenhinweis. Es gibt ganz klare Bruchsignale, wenn sich zum Beispiel englische und deutsche Stellen abwechseln, dann ist klar, dass es sich offensichtlich um einen O-Ton handelt. Und es gibt eine dritte Sache, die mir aufgefallen ist, dass es tatsächlich Spatien, also Zwischenräume gibt, die etwas absetzen. Folgst du darin einer bestimmten Politik des Rahmenbruchs?*

TM: Ich glaube, die Politik wäre auch die des Unterlaufens dieser Spatien, dieser Zwischenräume, was auch immer. Dass es nicht unbedingt heißt, hier ist etwas abgeschlossen und es kommt gleich etwas anderes, sondern eventuell gehört der eine Satz auch noch zum nächsten. Oder dass auch innerhalb langer Zitatpassagen plötzlich ein ganzer Nebensatz eingeschrieben wird – und das merkt man oder auch nicht. Ich finde sogar ganz schön, dass ich es selber oft gar nicht mehr weiß, wenn ich meine Bücher lese, die ich schon vor längerer Zeit geschrieben habe. Weil ich auch glaube, dass es schön und auch fast schon Masochismus ist, unter Beweis zu stellen, dass es dieses eigene, große, geschlossene System Ego gar nicht gibt. Ich habe geradezu Vergnügen, beim Wiederlesen meiner Texte selber nicht mehr zu wissen, woher ich es eigentlich habe, ob ich daran rumgedoktert habe, ob es gefaked oder ob dieses *sample* ›gefälscht‹ ist. Der Rahmen ist quasi teilweise verletzt, insofern, als dass er sich um etwas befindet, das nicht authentisch ist und daher eigentlich gar nicht als geschlossenes System gerahmt gehört und innerhalb dieses sogenannten Zitats oder als Zitat erscheinenden Textes quasi eine Fälschung steckt. Ich habe auch immer manipuliert. Da kommt man dann stets in die Nähe des oft bemühten Vergleichs mit dem *sampling* und mit der Zitatkultur in der *DJ culture*, dass man Dinge, die vorgefertigt oder vorformuliert sind, also im wahrsten Sinne des Wortes schon *records* sind, anders zum Einsatz bringt, als es von dem, der es zum ersten Mal gemacht hatte, gedacht gewesen war. Und dann kommt oft etwas anderes raus. Man kann ja auch parallel mehrere Quellen beibehalten: Oft sind es bei mir auch ineinander verschachtelte Passagen; zwei Texte, die ineinander gefahren sind und die sich so bewegen, dass sich durch die Zwischenräume der Eindruck ergibt, es handele sich um einen Monolith, aber in Wirklichkeit ist es gesprenkelt mit Einschlüssen und Intarsien aus Bernstein – oder was auch immer man da als Vergleich bemühen kann. Von daher ist es selbst dann, wenn man das Gefühl hat, hier ist es schön gerahmt, so, dass das Innere vielleicht eine Fälschung ist. Insofern macht es mir sehr viel Spaß es zu verschieben. Aber nicht im Sinne einer kunstgewerblichen Täuschungsstrategie wie in Grafiken von M.C. Escher, wo man nicht weiß, ob man jetzt an der Wand die Treppe hoch geht oder wo eigentlich oben und unten ist. Sondern eher, weil ich an die Geschlossenheit dessen, was ich da jeweils bemühe, nicht glaube. Vielmehr bringe ich das fließende, das überschreitende und das transgressive Element im Inhaltlichen und eben auch gerne im Formalen zur Darstellung.

UW: Könnte man dieses Verfahren des Überlappens in Form von Überblenden im akustischen Sinne sehen?

TM: Kann man auch so sehen.

UW: Wäre das eine Form von Rahmenwechsel? Würdest du das gelten lassen oder wäre das zu bemüht?

TM: Ich habe mich gerade mit dem Begriff des Synkretismus beschäftigt, wo man die Überblendung von zum Beispiel Heiligenfiguren beobachten kann, die in der katholischen Kirche große Bedeutung haben, in der afrobrasilianischen Religion aber eben auch – nur mit anderer Rolle. Man hat Maria oder den Heiligen Georg, aber man stellt sie in einen anderen Zusammenhang, es ist quasi eine Rekontextualisierung, die in dem Fall sogar noch ein Flimmern und ein Oszillieren impliziert, weil es sich sozusagen um eine Gleichzeitigkeit, eine Überblendung, eine Doppelbelichtung handelt, wobei man jeweils den Kontext kennen muss. Und dann wundert man sich nicht mehr, dass Maria plötzlich einen Fischschwanz hat und oben ohne ist – es ist immer noch die Mutter Gottes. Faszinierend ist die Frage, ob man von einer Art *Camouflage* reden kann, wenn die katholischen Heiligen praktisch in einer anderen Rolle unter dem Gewand geführt werden oder ob es eher so etwas wie *Bricolage* ist. Ich bin mir da auch noch nicht ganz im Klaren darüber, weil es ein total faszinierender zeichentheoretischer Kontext ist – wie so oft innerhalb der Religion. Es ist dasselbe wie bei der Eucharistie – es ist eine wahnsinnige Herausforderung, sich zu überlegen, ob das jetzt der Leib Christi oder nur ein Zeichen ist und ob es hinter dem Zeichen noch etwas gibt. Fantastische Sachen, die einen gerade im Religiösen wirklich herausfordern können und an Dinge wie Transsubstantiation und solche wahnsinnigen Konstrukte denken lassen. Die Aggregatzustände ändern sich innerhalb verschiedener Rahmenbedingungen, wenn sich zum Beispiel innerhalb der katholischen Kirche oder der *Candomblé*-Tempel die gleichen Topoi verschiedentlich entfalten. Die Geste des Überschreitens, der Transgression dessen, was andere als Rahmen gesetzt haben, interessiert mich sehr, denn man muss sich darüber klar werden, dass das eben keine fixen Rahmen sind, sondern einfach nur Vereinbarungen, die sozusagen nicht nur performativ überschritten werden können, sondern eigentlich *per se* performativ sind, die sich nur im Rahmen des gesteckten Zeitraums, zum Beispiel innerhalb einer Messe, halten. Danach fallen sie einfach in sich zusammen und sind gar nicht mehr da – das ist sehr faszinierend. Das ist der Reiz für mich, dass man immer wieder Dinge findet, die man als nicht festgesetzt, sondern als performativ, prozessual, im Grunde genommen sogar flüchtig beschreiben kann. Und dann braucht man diese Rahmen, die durchbrochen oder eben sogar am besten hinfällig gemacht werden. Das ist eigentlich auch ein politischer Aufklärungs*act*, ein ganz altmodischer, der dort im Mäntelchen der Postmoderne abläuft. Weil viele es als Gegensatz sehen – ich ja nicht, denn ich sehe die Postmoderne als eine Art ›Besondersmoderne‹: Ich kann mit diesen entsubjektivierten Methoden auch einfach fortdenken, was das Projekt der Aufklärung gewesen war.

JUTTA HIPP: HORACIO
(Hipp) aus der LP JUTTA HIPP AT THE HICKORY HOUSE, VOLUME 2, Blue Note, 1956

V Dienstag, 7. Februar 2012

DIE GESCHICHTE DER EMPFINDLICHKEIT / LA SIRÈNE DES TROPIQUES / THE SIGNIFYING MONKEY / 20 BLASONS AUF DEN WEIBLICHEN KÖRPER / TWIGGY ÜBER TWIGGY / THE CITY OF WOMEN

MARIA BETHÂNIA: ORACÃO DE MÁE MENININHA / FILHOS DE GANDHI
(Caymmi/Gil) aus der LP DRAMA – LUZ DA NOITE, Philips, 1973

Johannes Ullmaier, Alexander Pehlemann, Thomas Meinecke, Wolfgang Brauneis, Klaus Walter und Jonas Engelmann in *testcard*, Nr. 20/2011, *Access Denied. Ortsverschiebungen in der realen und virtuellen Gegenwart*:

Ortsverschiebungen

(…)

Johannes Ullmaier: Darüber hinaus gibt's ja diese imaginären Orte oder eben auch Diskurs-Orte: Wie sind diese Sehnsuchtsorte? Gibt's die überhaupt noch?

Alexander Pehlemann: Ich bekomme ein wenig Sehnsucht bei Osteuropa, wovon ich vorhin meinte, da lande ich mal – da lande ich garantiert eben nicht mehr, weil sich das auch alles so radikal verändert hat. Es ist radikal überschrieben, und zwar in tausendfach grelleren Farben als hier.

Thomas Meinecke: Wobei so ein Sehnsuchtsort ja für viele – auf der gesamten Welt – gerade Berlin ist. Bei mir sind die Sehnsuchtsorte musikalisch besetzte Orte, Memphis, New Orleans, New York …

Wolfgang Brauneis: Aber nicht das New York von 2010 oder?

TM: … Detroit, Chicago …

Klaus Walter: … das sind imaginäre Orte …
TM: Eben! In Chicago bin ich durch die Southside gelaufen, habe das *Warehouse* gesucht, und es gibt nicht mal mehr den Keller, nicht mal ein Loch! Selbst die jüngste Vergangenheit ist schon imaginär. Aber man will es zumindest nachzeichnen und dort gestanden haben, um sich der Magie dieses Ortes wenigstens mal kurz ausgesetzt zu haben, die aber natürlich ein Konstrukt ist, das ist ja klar. Aber darum ja auch Sehnsucht.
JU: Wie sieht dieses Phantasma überhaupt aus, wenn man näher hinschaut? Ein imaginäres New York ist ja gar kein Ort, sondern eine komische …
TM: Aber das Haus, in dem das *Max's Kansas City* war, steht ja noch, und dann stehst du vor der Mauer und denkst immerhin: »Das war mal *Max's*.«
KW: Ja, und was passiert da?
TM: Gänsehaut!
KW: Echt? Ist das nicht eine Selbstbeschwörung?
TM: Natürlich, klar.
Jonas Engelmann: Wann kriegst du denn Gänsehaut?
KW: Nie.

Thomas Meinecke, *Lookalikes*, Roman, Suhrkamp, Berlin, 2011, S. 16ff.:
Barbara Vinken hat Thomas Meinecke eine Nachricht geschickt
Daß das Begehren nicht natürlich behavioristisch funktioniert, kann man am besten am Fetisch sehen. Denn der Fetisch erregt, aber er ist beliebig gewählt. Das bizarrste Beispiel für einen Fetisch, das ich kenne, ist die Windschutzscheibe eines Traktors: Ein Junge, der auf dem Land wohnte, wurde dadurch erregt. Daran kann man sehen, daß das Begehren konstruiert und nicht automatisch auf *Primärreize* oder *sekundäre Geschlechtsmerkmale* reagiert. Die Frage ist, wieso diese

Reize doch relativ weit und normativ verbreitet sind. Daß das so ist, heißt nicht, daß das Begehren beliebig konstruiert werden kann oder daß man es nach eigenem Gutdünken verändern könnte. Sondern man erliegt dieser Konstruktion, derer man nicht Herr ist; insofern unterliegt oder erliegt man dem Begehren.

Manchmal auch als solchem. Es gibt ja den Fall, ins Verliebtsein verliebt zu sein. Sich zum Begehren zu entschließen, *geht ja wahrscheinlich doch nicht. Das Objekt des Begehrens ist doch vorformuliert oder eingeführt.*

Im Begriff des Begehrens schwingt das Erleiden mit. Es stößt einem zu; deswegen wird es oft als Krankheit beschrieben, von der man aber doch nicht geheilt werden möchte, in die man insofern verliebt ist. Es ist wohl ein romantisches Mißverständnis, wenn man glaubt, daß die Liebe an einem bestimmten Individuum hängt. Eher hängt sie, weiß Freud, und nicht nur bei den Neurotikern, an einer Dynamik. Die schönste Beschreibung einer solchen Situation, die kleinkindliche triadische Dynamiken immer wieder fast zwanghaft und resistent gegen alle Erfahrung inszeniert, ist die Geschichte über einen besonderen Typus der Objektwahl beim Manne; dieser Mann verliebt sich weniger in eine bestimmte Frau; er sucht immer wieder die gleiche und natürlich ambivalente Dynamik. So daß das Begehren die Wiederholung einer konfliktuellen Konstellation wäre, die man früh erlebt.

Ein anderes Beispiel für diese antiromantische These ist ein ähnlicher Fall für Frauen. Dort beschreibt Freud, daß sexuelle Erfüllung und sexuelles Verbot für die Frau (wir sind hier im 19. Jahrhundert in Wien) so eng verknüpft sind, daß die Erfüllung später an den Ehebruch, heißt ans Verbot, gebunden bleibt.

Bei Barthes habe ich in Fragments d'un discours amoureux *gelesen, daß im Tierreich der Auslöser der sexuellen Mechanik eine Form, ein farbiger Fetisch ist. Das grenzt er gegen das menschliche Begehren ab, wobei ich mich frage, was eigentlich los ist, wenn man eine andere Person über die Entfernung von hundert oder fünfzig Metern, und dabei sogar von hinten, attraktiv finden kann. Das ist ja doch allem, was man theoretisch erlernt hat, entgegengesetzt, aber ich erlebe es. Das ist ein situatives Element und erinnert an die berühmte* Vorüberschreitende *bei Baudelaire, den* Mann in der Menge *bei Poe. Das schreibt ja auch Barthes, interessanterweise: daß liebende Männer wartende Männer und also effeminiert sind, wo Objekt und Subjekt durcheinandergeraten.*

Barthes versucht einen Diskurs des Pathos, nämlich des Liebesleidens, gegen die Mechanik des Behaviorismus zu setzen: Eros, wenn man so will, gegen Sex. Deshalb nimmt er keinen Auslöserreiz an, der unmittelbar eins zu eins funktioniert, wie das der Behaviorismus postuliert. Das pornographische Phantasma nimmt nun, zur Beruhigung aller (sex is just nature, Natur, die einem, wie es bei *Woyzeck* so schön heißt, einfach kommt), eben dieses behavioristische Szenario des Reiz-Reaktions-Schemas an. Barthes, wie du sagst, setzt dagegen das die passio erleidende Subjekt; deshalb auch *Werther* als eine der wichtigsten seiner Quellen; in einer eigenartigen Parodie Christi ist die Liebeskrankheit des Werther ja ein Leiden zum Tode.

Hier mal eine Stelle von Roland Barthes:

Ich begegne in meinem Leben Millionen von Leibern; von diesen Millionen kann ich nur einige Hundert begehren; von diesen Hunderten aber liebe ich nur einen. Der Andere, dem meine Liebe gilt, bezeichnet mir diese Besonderheit meines

Verlangens. Diese Wahl, die so streng ist, daß nur der Eine, Einzige übrig bleibt, macht, sagt man, den Unterschied der analytischen und der liebenden Übertragung aus; die eine ist universal, die andere spezifisch. Es hat vieler Zufälle, vieler überraschender Koinzidenzen bedurft (und wahrscheinlich vielen *Suchens*), bis ich das Bild finde, das, unter tausend anderen, meinem Verlangen entspricht. Da liegt ein tiefes Rätsel verborgen, für das ich den Schlüssel niemals auffinden werde: Warum begehre ich gerade ihn? Warum begehre ich ihn unablässig, sehnend? Begehre ich ihn als Ganzes (eine Silhouette, eine Form, ein Gesichtsausdruck)? Oder nur einen Teil dieses Körpers? Und was ist in diesem Falle dazu ausersehen, an diesem geliebten Körper für mich zum Fetisch zu werden? Welcher vielleicht unglaublich kleine Teil, welche unwesentliche Eigenschaft? Die Kuppe eines Fingernagels, ein etwas abgeschrägter Zahn, eine Haarsträhne, eine bestimmte Art, beim Reden, beim Rauchen, die Finger zu spreizen? Von allen diesen *Falten* des Körpers gelüstet es mich zu sagen, daß sie *anbetungswürdig* sind. *Anbetungswürdig* soll heißen: das ist meine Begierde, soweit sie je einzelne Begierde ist: *Das ist es. Genau das ist es (was ich liebe).* Dennoch, je deutlicher ich die Besonderheit meiner Begierde erlebe, um so weniger kann ich sie benennen; der Präzision der Zielscheibe entspricht ein zitterndes Schwanken des Namens; das Eigentümliche der Begierde kann nur die Uneigentlichkeit der Aussage hervorbringen. Von diesem sprachlichen Mißlingen bleibt lediglich eine Spur erhalten: das Wort *anbetungswürdig*. *Anbetungswürdig* ist die flüchtige Spur einer Müdigkeit, einer Müdigkeit der Sprache. Von Wort zu Wort mühe ich mich ab, von meinem Bild das Gleiche anders zu sagen, das Eigentümliche meiner Begierde uneigentlicher: eine Reise, an deren Ende meine letzte Philosophie nur darauf hinauslaufen kann, die Tautologie anzuerkennen und zu praktizieren. *Anbetungswürdig ist, was anbetungswürdig ist.*

Dieses tautologische Moment finde ich interessant, und es schlägt sich wahrscheinlich auch in Liebeskorrespondenzen nieder, die nichts anderes aussagen können als: Ich liebe Dich.

Das Ende der Sprache, von dem Barthes hier spricht, ist eine Sprache, die nur noch tut und nichts mehr bezeichnet; deshalb wird die Sprache der Liebe bei Barthes als reines Performativ beschrieben. Was Barthes versucht, ist eine Absetzung eines erhabenen Diskurses der Liebe von einem Diskurs des Sexus, der nach bestimmten Reizen viele Körper begehrt. Liebe ist bei Barthes an diese vollkommene Exklusivität des Einzigen gebunden, der alle andern ausschließt. Unsere Präferenz ist gerade keine der Vollkommenheit (er war schön wie ein junger Gott), sondern eine der Unvollkommenheit, der abgeschrägte Zahn, oder, um es mit Benjamin zu sagen, die Laufmasche (*Tomboy*, erste Seite). Es ist die Unvollkommenheit des Anderen, die Lücke, die Unzulänglichkeit, an der sich die Liebe kristallisiert. Es ist ein Diskurs der Entleerung des Subjektes an jemanden Anderen, der wesentlich in der Sprache liegt.

Deswegen ist es reizvoll, über dieses Thema zu schreiben, was dann so wie ein Tanz der Sprache ist, der die Sache nicht be-, sondern in unendlichen Annäherungen nur umschreiben kann. Deswegen braucht das Begehren eine Bühne, auf der ein tautologisches Gespinst ausgebreitet ist. Alles, was im klassischen Sinn Handlung ist, wird hier zum kinky Beiwerk: Lotte, Brot schneidend.

Thomas Meinecke, *Lookalikes*, Roman, Suhrkamp, Berlin, 2011, S. 182f.:

Jacques Lacan bekommt am 29. Oktober 1974 eine Frage gestellt

Ihre *Écrits* sind sehr dunkel, sehr schwierig. Jemand, der seine eigenen Probleme verstehen will, wenn er sie liest, ist zutiefst verwirrt, fühlt sich unwohl. Ich habe den Eindruck, daß die Rückkehr zu Freud problematisch ist, denn Ihre Wiederaufnahme der Freudschen Texte macht die Lektüre Freuds noch komplizierter.

Meine *Écrits*, ich habe sie nicht geschrieben, damit man sie versteht, ich habe sie geschrieben, damit man sie liest. Das ist ganz und gar nicht dasselbe. Das ist eine Tatsache, daß im Gegensatz zu dem, was mit Freud geschehen ist, es dennoch nicht gerade wenig Leute gibt, die sie lesen. Sie haben gewiß mehr Leser als Freud sie während fünfzehn Jahren hatte. Am Ende hat Freud selbstverständlich einen enormen Erfolg im Buchhandel gehabt, aber er hat sehr lange darauf gewartet. Ich habe niemals etwas Derartiges erwartet. Es war für mich eine vollkommene Überraschung, daß meine *Écrits* sich verkaufen. Ich habe niemals verstanden, wie es dazu gekommen ist. Was ich dagegen feststelle, ist, daß selbst, wenn man sie nicht versteht, es etwas mit den Leuten macht. Ich habe das oft beobachtet. Sie verstehen dabei nichts, es ist völlig wahr, über eine gewisse Zeit, aber er macht etwas mit ihnen. Und aus diesem Grunde möchte ich schon glauben, daß man sie, im Gegensatz zu dem, was man sich draußen vorstellt, liest. Man stellt sich vor, daß die Leute meine *Écrits* kaufen und daß sie sie nicht aufschlagen. Das ist ein Irrtum. Sie schlagen sie auf und sie arbeiten sogar mit ihnen. Und sie plagen sich sogar damit ab. Selbstverständlich ist das, was man, wenn man meine *Écrits* beginnt, am besten machen kann, zu versuchen, sie zu verstehen. Und da man sie nicht versteht, versucht man es weiter.

Ich habe es nicht ausdrücklich so gemacht, daß man sie nicht versteht; dies folgte aus den Dingen. Ich sprach, ich hielt Vorlesungen, sehr gut besuchte und sehr gut verständliche, aber da ich sie nur einmal pro Jahr in Geschriebenes umformte, ergab das ein Geschriebenes, das im Verhältnis zu der Masse dessen, was ich gesagt hatte, ein geradezu unglaubliches Konzentrat war, das man wie die japanischen Blumen ins Wasser stellen muß, um zu sehen, wie es sich entfaltet.

Thomas Meinecke, *Lookalikes*, Roman, Suhrkamp, Berlin, 2011, S. 325 ff.:
Thomas Meinecke nimmt Wiebke Kannengiesser im Hof des Goethe-Instituts mit seinem Olympus-Diktiergerät auf
(...) Ja, und als klar war, ich werde jetzt da studieren und mache gleichzeitig das Praktikum in der Fundação, und ich werde die Sprache lernen und mich mit Brasilien auseinandersetzen, hat mein Onkel mir zu Weihnachten *Explosion* von Hubert Fichte geschenkt.

Das hast du dann noch im Vorfeld, bevor du geflogen bist, gelesen?

Nein, das hab ich gelesen, als ich ankam. Bevor ich nach Brasilien gekommen bin, war ich meines Studiums überdrüssig, und ich hatte vorher von Fichte noch nicht mal gehört. Ich war da ja auch noch recht jung, ich war gerade 22, er war mir einfach noch nicht begegnet in meinem kurzen Leben. Ich hatte die ersten Wochen viel Zeit; die Uni und das Praktikum hatten noch nicht wirklich angefangen, ich hatte noch nicht so viele soziale Kontakte, und ich hatte Zeit zu lesen.

Studiert hast du hier welches Fach?

Anthropologie. *Antropologia do Negro.*

Do Negro?

Das ist nicht ein Fach, sondern ein Kurs. Und es war dann im Endeffekt so, daß ich dieses Buch mehr oder weniger gefressen habe, in den ersten zwei Wochen vielleicht, oder drei, und daß mir mehr oder weniger umgehend klar wurde, daß durch dieses Buch die Germanistik und das sogenannte echte Leben wieder zueinanderfinden. Weil klar war, daß er von dem Leben schreibt, das gerade um mich herum passiert und daß man die Bilder abgleichen kann. Die Bilder, die im Kopf entstehen, sieht man vor der Haustür; was unglaublich bereichernd ist.

Ist es nicht manchmal auch das Gegenteil einer Bereicherung?

Daß es dich praktisch limitiert?

In einigen Momenten ging es mir so, daß ich dachte: Na ja, so wahnsinnig, wie es klingen würde, wenn ich das jetzt in Oberbayern lesen würde, ist es ja gar nicht, weil ich mich an den Wahnsinn, der hier Alltag ist, gewöhnt hatte. Also im Sinn von: Es sind ja doch keine Urwälder, sondern rundherum sind Straßen. Oder: Ich konnte mir diese Tempel nicht vorstellen. Ich hatte B-Movies im Kopf, mit Zombies, die zwischen Bambusrohren hin und her wandeln im Dunkeln. Und plötzlich fährt da ein Auto.

Ich war ja schon dagewesen. Und ich habe eben diese brasilianische Familie.

Aber du weißt, was ich meine? Es ist auch Alltag. Wenn ich mir *Die Geschichte der Empfindlichkeit* vorstelle mit ihren vielen Tausend Seiten ethnographischer Texte, dann funktionieren die, wenn man die in einem bürgerlichen oder auch neobürgerlichen deutschen Kontext liest, im gewissen Sinn auch als exotisch. Da gurgeln Bäche, da treten Geister auf, da ist alles irgendwie geheimnisvoll wie im 19. Jahrhundert, eine Art *Gartenlaube* quasi, noch gepaart mit besonderem Sexualerleben. Daß das Ganze sozusagen noch als far-out herüberkommt, während es, wenn du es hier liest, eventuell auch eingebettet ist in Seitenblicke, die man sowieso am Tag schon gehabt hat und denkt: Na ja, so ist das hier.

Vielleicht habe ich gerade das als Bereicherung empfunden. Daß das, was für die, die ich in Deutschland zurückgelassen hatte, vielleicht exotisch, bedrohlich und so weiter wäre, für mich eben gerade dabei war, Alltag zu werden.

Abgleichen im wahrsten Sinn des Wortes.

Und gleichzeitig habe ich, als ich das gelesen habe, direkt bemerkt, ich bin ja Literaturwissenschaftlerin und nicht Ethnologin, daß mich dieses Buch aus literaturwissenschaftlicher Sicht sehr, sehr interessiert.

Erinnerst du dich auch da an irgendwelche ersten Leseeindrücke? Weil es ja auch eine besondere Art ist, wie er schreibt.

Mein erster Gedanke dazu war im Grunde: Sein Schreiben ist ja eine Art Heranschreiben an Verstehen. Und er benennt und zählt auf und macht Listen und benennt und benennt und benennt und zwingt sich aber, nicht einfach Etiketten zu verteilen. Ich weiß nicht, ob du das auch so empfunden hast.

Doch, absolut. Darum finde ich ihn dann auch *Pop*, und da steht er für mich in einer Reihe mit Walt Whitman und Andy Warhol. Das sind auch die großen Aufzähler. Tautologen.

Ein Teppich aus Worten, um den Punkt zu vermeiden, sozusagen. Ich hatte das schon damals, mehr oder weniger aus dem Bauch heraus, als nicht-hermeneutischen Verstehensansatz erkannt. Also als ein Verstehen, das sich selbst verbietet, sich in den Anderen einzufühlen. Zu dem Zeitpunkt war mir schon klar: Darüber möchte ich meine Magisterarbeit schreiben. Was mir auch aufgefallen war: daß er immer wieder mit der Figur des *bi* arbeitet. Er ist bisexuell, er ist Halbjude, er bewegt sich zwischen zwei Welten, er stilisiert sich zum Prinzen des Uneindeutigen. Er ist *weder noch*. Also nicht *entweder oder*, sondern weder noch. Ich habe gemerkt, daß sich diese Figur durch den ganzen Roman zieht, und da habe ich gedacht: Darüber möchte ich was machen. Und als ich dann wieder in Deutschland war nach diesem Jahr, habe ich das auch meiner Professorin mitgeteilt und bin dann mehr oder weniger mit zitternden Knien in die Bibliothek gegangen. Für mich war Fichte vom Himmel gefallen. Es hatte so viel mit mir zu tun. Also bin ich in die UB der Uni Münster gegangen, habe *Fichte* eingegeben, auf *Enter* gedrückt, und da kam einiges. Und dann habe ich mir das alles ausgeliehen, hab den ganzen Hubert-Fichte-Bestand nach Hause geschleppt und hab mir das angesehen.

Auch andere Primärtexte von ihm dann mal gelesen?

Nachher erst. Ich hab mich immer auf *Explosion* konzentriert, weil auch klar war: 850 Seiten, mehr paßt in eine Magisterarbeit nicht.

Es ist ja auch stilistisch repräsentativ für alles, was er geschrieben hat nach diesen *Palette-*, *Waisenhaus-*, *Grünspan*-Romanen. Ich empfinde ihn da auch mehr als Pop, als wenn er über Pop geschrieben hat.

Und dann habe ich mir diese Sachen angesehen, und von der Literaturwissenschaft wurde er meines Erachtens behandelt als ein Ethnologe mit poetischem Ansatz. Es ging dann immer darum: Bis wohin geht die Poesie, wo fängt die Ethnologie an? Und ich hab mir aus meiner literaturwissenschaftlichen Perspektive heraus gedacht, daß diese Dichotomie aufzumachen doch Quatsch ist, und daß der Ansatz ein anderer sein muß. Und habe von Anfang an beschlossen, daß ich eine dezidiert literaturwissenschaftliche Arbeit schreiben möchte zu Hubert Fichte. Und auch nicht schreiben werde von Hubert Fichtes Ansatz gegen Pierre Vergers Ansatz, sondern: Die Figuren Verger und Jäcki, wie werden die vom Erzähler aufeinander losgelassen? Und was könnte das in einem letzten Umkehrschluß wieder mit Hubert Fichte zu tun haben? Das heißt, ich habe mich gezwungen, den Text als Text zu betrachten und nicht als Tagebuch. Damit hab ich Verger als Figur behandelt und Jäcki als Figur behandelt, hab den Erzähler, den es gibt, der Jäckis Handeln in der Regel aus der Position der erzählten Rede mitverfolgt, dann wieder einmal in Bezug setzen können zu Jäcki und in letzter Konsequenz zum Autor, und daraus entstand ein sehr vergnügliches Spiel, und damit war ich dann wieder bei der Figur des *bi*, also des *weder noch*. Also, Jäcki ist weder nur Figur noch nur Alter ego von Hubert Fichte, sondern er ist etwas dazwischen, etwas Changierendes, das sich nicht festhalten läßt, und im Endeffekt eine *Funktion* im Text, mit der er sich selbst bloßstellen kann, andere bloßstellen kann. Eine Funktion halt.

Könnte man das eigentlich als eine postmoderne Position begreifen?

Absolut. In meiner Arbeit gibt es erst mal einen kleinen Abriß zur Reiseliteratur: Was ist da schon gemacht worden, was ist da möglich? Autobiographische Geschichten: Was ist das eigentlich, welche Spielarten gibt es da? Dann Jacques Derrida, im Gegensatz zu hermeneutischen Herangehensweisen an Texte. Und dann mache ich den nächsten Schritt zu Homi K. Bhabha. Sagt dir das was?

Ja, ja, den kenne ich. Ich hab ihn auch schon mal live in der Münchner Uni einen Vortrag halten gehört.

Der ist ja Postkolonialist, und die Postkolonialisten übertragen ja unter anderem Derridas Postulat der *différance* auf Raum. Damit hatte ich dann, was ich sagen wollte.

Kannst du das noch mal in zwei, drei Sätzen ausformulieren, was der Gegenstandpunkt Derridas zur Hermeneutik wäre? Und inwiefern das bei Bhabha übertragen wird?

Derrida sagt, Signifikant und Signifikat stimmen nicht überein; da gibt es die *différance*. Das heißt, das Wort, das ich benutze, um etwas zu beschreiben, zielt sozusagen knapp daneben. Im Grunde ist alles Sprechen in einem stetigen Verschiebungsprozeß gefangen, und die Sprache spricht letztlich von sich selbst. Und die Welt, die wir versuchen zu fassen, entgleitet darunter, sozusagen. Das ist die *différance*. Daß eben der Signifikant, ein Wort, das Signifikat, einen Gegenstand, nicht zu fassen kriegt. Und das habe ich mit Fichtes Standpunkt verglichen, der eben in seiner europäischen Perspektive verharrt, sich also nicht anmaßt, zu verstehen, sondern nur Dinge zusammenträgt, also im Prinzip Wortketten bildet, Cluster.

Haufen.

Haufen von Begriffen zusammenträgt, aufschichtet, um in diesem Gewusel von Worten das Ganze vielleicht einkreisen zu können. Aber er maßt sich eben nicht an, nach Brasilien zu kommen, ein Jahr hier zu verbringen und zu verstehen, was um ihn herum passiert. Und das wirft er ja Verger vor: daß Verger, der genauso europäisch ist wie Fichte, sich hier niedergelassen hat und sich ja auch im Candomblé als Priester hat einweihen lassen, darauf verzichtet hat, zu photographieren, und da steht Photographie eben für den objektiven Blick, sozusagen, was ja auch Quatsch ist, aber nun gut, also auf seine wissenschaftlich distanzierte Position verzichtet zugunsten eines Eintauchens in eine Kultur, die nicht die seine ist. Und dieses Eintauchen, das nenne ich den hermeneutischen Prozeß. In kreisenden Bewegungen sich an etwas heranzurobben und sich das zu eigen zu machen und zu fühlen, was da passiert. Dagegen richtet Fichte sich. Ich habe dann Vergers Ansatz als hermeneutisch bezeichnet und Fichtes Ansatz als postmodern oder poststrukturalistisch.

Eben an der *différance* interessiert.

Genau. Und diese anerkennend als Fakt. Und somit mitschreibend. So sehr er sich interessiert, und ich möchte mal behaupten, daß er das tut. Fichtes oder Jäckis Interesse, ich bring es schon selber durcheinander.

Einmal in dem Buch wird ja sogar *Hubert* gesagt. Da frage ich mich wirklich, ob das Lektorat das übersehen hat. Wenn auf 850 Seiten Jäcki einmal als Hubert angesprochen wird, da bin ich sofort rausgefallen. Das ist ja eine bewußte Entscheidung, wie es ja auch diese erste Aufenthaltsphase hier in der Stadt von 1971 in *Xango* schon einmal gibt, in *ich* und *Leonore* abgefaßt und nicht *Jäcki* und *Irma*.

Wie dem auch sei, aus meiner literaturwissenschaftlichen Perspektive habe ich diesen einen Text, und ich interpretiere erst einmal nur den, und wenn einmal Hubert da steht, dann ist das aus meiner Sicht erst mal kein Fehler des Lektorats. Selbst wenn es einer ist, werde ich das nicht so durchgehen lassen.

Es ist Teil des Textes.

Genau. Na ja. Das war der Ansatz, und dann habe ich mir Homi K. Bhabha angesehen, der diese *différance* auf Räume überträgt und auf die Begegnung von Kulturen. Das ist verdammt kompliziert, und ich möchte mir fünf Jahre später jetzt nicht anmaßen, das glasklar hinzubekommen, weil Homi K. Bhabhas Texte mich um den Verstand gebracht haben damals. Also ich kann mich noch dran erinnern, daß ich mir die Haare gerauft habe, um die zu verstehen. Deswegen schau lieber noch mal nach, was ich damals dazu schrieb. Er sagt eben auch, daß Räume keine definitiven Räume sind, sondern Räume, die mit Zuschreibungen behaftet sind. Wir stellen Räume diskursiv her. Wir stellen Kulturen diskursiv her. Und da führt Homi K. Bhabha für das, was bei Derrida die *différance* ist, den Begriff *Zwischenraum* ein. Und Zwischenraum eben nicht als der Raum zwischen meinen beiden Händen, sondern Zwischenraum als etwas, das sich nicht definieren läßt zwischen dem, was wir sagen, dem, was wir diskursiv herstellen, indem wir sprechen, indem wir denken und dabei ja auch Sprache benutzen, eben dem, was wir kommunizieren, und dem, was tatsächlich da ist. Das heißt, es gibt Realität in dem Sinne nicht, sondern es gibt nur das, was wir die ganze Zeit prozessual herstellen.

Es gibt das Verhältnis, sozusagen. Und das ist natürlich besonders interessant in postkolonialen Zusammenhängen: der *Schwarze Atlantik* und so weiter.

Genau. Und er sagt eben auch, daß seine Theorie eine Theorie der Minderheiten ist, daß also in dem Moment, in dem klar ist, daß das so ist, Hierarchien sich ja auch auflösen beziehungsweise ad absurdum geführt werden, und daß aus diesem Zwischenraum heraus sich Minderheiten wieder positionieren können und einen Gegendiskurs entwerfen können.

Wie konntest du mit Derrida in der Hinsicht weitergehen, also, was hat das für deine Arbeit für eine Bedeutung gehabt? Wo wolltest du noch hin?

Diese Idee, Fichtes Ansatz erst einmal aus einer komplett sprachphilosophischen Perspektive zu sehen, die hatte ich ja, allerdings ist es ja trotzdem so, daß er mit diesem im Grunde von mir als sprachphilosophisch identifizierten Ansatz an Ethnologie herangeht, und da kommt ja dann wieder ganz klar der Raum ins Spiel. Und dann war es für mich im Prinzip, als Zwergenwissenschaftlerin, in dem Moment nicht möglich, zu ignorieren, daß es einen Theoretiker gibt, der Derrida auch schon mal auf Raum angewendet hat. Nur hatte noch niemand dann Homi K. Bhabha an Hubert Fichte herangetragen.

Was ist dann eigentlich der Punkt, wenn Fichte, zum Beispiel, vor dem Hintergrund dessen, was du gesagt hast, trotzdem ein Herbarium anlegt? Und damit in eine vielleicht ja doch homosoziale Rolle im Verhältnis zu Verger tritt? Ist das seine einzige Chance gewesen, gewisse auch unaussprechliche Dinge, performativ sozusagen, ins Spiel zu bringen? Warum dieses Herbarium? Im Grunde genommen hat er dann ja doch *wissen* wollen, also diese Figur jedenfalls in seinem Roman. Die ist ja auch hartnäckig. Sie wollen ja das Blutbad sehen. Die wollen ja die Dinge sehen, wo das Versprechen drin schlummert: *Wenn du das gesehen hast, dann weißt du*. Das Herbarium ja auch im Sinne von: *das Wissen der alten Afrikaner*. Also irgendwas in ihm glaubt da ja auch irgendwie daran. Das hab ich nicht ganz verstanden. Oder ist das auch ein toller Aspekt dieses generellen Oszillierens?

Erstens das, aber ich glaube auch, daß Fichte natürlich oder Jäcki, bleiben wir mal bei Jäcki, angetrieben worden ist von dem Wunsch, zu wissen, und da ja auch unglaublich akribisch war, die Sprachen erlernt hat, die er lernen mußte, Wahnsinn, also einen unglaublichen Einsatz gezeigt hat, aber daß er sich immer gezwungen hat, und das oft gegen die erste Eingebung oder gegen den Instinkt, sich praktisch selbst zur Ordnung gerufen hat, sich nicht davon mitreißen zu lassen, sondern all das, was er weiß, was er erfährt, als durch seine Brille gesehen zu kennzeichnen. Allerdings gibt es durchaus Passagen, wo das ins Wanken gerät. Ich hab mir auch dahingehend noch mal das Verhältnis angesehen zwischen Verger und Fichte. Das sind ja drei Reisen, und das Verhältnis der beiden entwickelt sich über die drei Reisen. Auf der ersten Reise ist Verger die große Referenz, an der sich der junge Ethnologe reibt. Auf der zweiten Reise begegnen sie sich persönlich, geraten aneinander.

Bei der ersten Reise kommt er aber noch nicht nach Salvador. Das wird ihm in Rio erzählt.

Genau, da ist so eine Art Omnipräsenz, daß er ihn ja tatsächlich sogar *Papst* nennt. Und kriegt halt Zustände, und gleichzeitig braucht er ihn als Bezugspunkt. Auf der zweiten Reise streiten sie.

Das ist dann der einjährige Aufenthalt hier.

Genau. Und auf der dritten Reise, zehn Jahre nach der zweiten Reise, wird Jäcki sozusagen, ich nenne es jetzt mal ironisch: altersmilde. Und erkennt, daß auch seine Position, die er so sehr verfochten hat, nicht unbedingt der Weisheit letzter Schluß war, und versteht mehr und mehr, warum Verger so war, wie er war. Und ich sage in meiner Arbeit, daß dieser große Ethnologenstreit erst mal überhaupt kein Ethnologenstreit ist, sondern daß Verger vom Erzähler zu Jäcki als Gegenfigur aufgebaut wird, und zwar systematisch, so daß Jäckis jeweiliger Seelen- und Geisteszustand in der Kontrastierung zu Verger viel klarer wird als er werden würde, wenn es Verger gar nicht gäbe. Das heißt, er braucht einen Feind, um sich selber als den zu stilisieren, der weiß, wie der Hase läuft. Und das ist ja auch wieder ein Grundgedanke bei Derrida, daß es Weiß nicht ohne Schwarz gibt. Man braucht, um Weiß zu bezeichnen, den Antagonisten Schwarz. Das heißt, auch in diesen beiden Polen, die da durchgezogen werden und die den ganzen Roman auf Kurs halten, steckt wieder dieser Grundgedanke, also ein sprachphilosophisches Prinzip, nach dem der Roman aufgebaut ist.

Genau. Und er macht sich ja auch von Anfang an, bei der ersten Reise schon, glaube ich, ein bißchen lustig über diese Figur dieses Franzosen, der hier in der Favela sitzt und sich auch im gewissen Sinn verlustiert.

Polemik ist ja auch ein Stilmittel.

Genau. Auch gegen ihn selbst, er wird ja ebenfalls nicht geschont. Also, die Autorfunktion selbst wird auch ridikülisiert, aber es ist trotzdem zu spüren, daß er sich in eine gewisse Rivalität, die, glaube ich, nicht nur poetologisch konstruiert ist, begeben hat zu dieser Figur. Vielleicht wissend, daß es den Roman beflügeln wird und daß es vielleicht gut ist, das jetzt mal etwas zu forcieren und dort immer aufzukreuzen und sich auch von ihm abweisen zu lassen. Und auch so schöne Dinge schreiben zu können wie: *Der ist jetzt verreist, der kann doch nicht einfach aus meinem Roman verschwinden.* Das sind natürlich Momente, die sein Buch, das ja sehr prozessual funktioniert, befruchten.

Ja. Und die Literatur thematisiert sich als solche ständig selbst.

Witzigerweise hatte ich den Eindruck, von der Perspektive der Gegenseite aus, also der Verger-Fraktion, wird Fichte dadurch aber als extrem unseriöser Eindringling, der hier mal kurz aufgekreuzt ist, *und was wollte der eigentlich*, gesehen. Also, wenn man mit denen redet, auch mit Angela Lühning, klingt es wie: Interessiert mich nicht wirklich, was das für einer war. Er hat sich quasi eingeführt als unseriös und wurde abgeschoben als unseriös.

Genau, da sind wir jetzt bei Fichte, wie er im realen Leben die Geschichte von Leuten, die hier real gelebt haben, durchkreuzt hat. Er hat sicherlich, nicht zuletzt durch seine Sex-Geschichten, ein bißchen unseriös gewirkt, aber das Buch, das daraus entstanden ist oder auf dieser Basis entstanden ist, schreibt all das ja mit. Also, der Vorwurf des Unseriösen, der Spund, der anläuft gegen die Ikone, all das wird ja als literarisches Motiv mitgeschrieben. Man könnte ja sogar auf *Bildungsromane* verweisen, also, daß er sich in diese Tradition stellt. So weit bin ich, glaube ich, gar nicht gegangen. Der Jungspund, der Lehrjahre durchläuft und als milderer, aber besserer Mensch ein bißchen resigniert ins alte Europa heimkehrt.

Welche poetologische Funktion hat denn eigentlich dieser doch sehr große Block Sexualität in dem Ganzen?

Ich habe, da gibt es natürlich etliche Konnotationen, Funktionen vor allen Dingen, die Sexualität auf zweierlei Weise interpretiert, wenn ich mich recht erinnere, und zwar einmal die Figur des *bi*, also dieses *différance*, Changieren, *weder noch*, daß er das in seiner Sexualität bis auf die Spitze treibt.

Wobei *weder noch* gar nicht stimmt; es ist ja beides, er geht in Bahnhofstoiletten und danach zu Irma.

Ja, genau, beides, aber es ist eben nicht *entweder oder*. Es ist *bi*. Also, er ist weder nur homosexuell noch nur heterosexuell.

Ja. Aber daran hat er ein enormes Interesse, das zu demonstrieren, auch in seinem Text, interessanterweise. Das wäre vielleicht heute schon in gewissem Sinn ein bißchen überflüssig? Weiß ich gar nicht. Oder altmodisch. Die Feierlichkeit, mit der er speziell die homosexuelle Seite seines Lebens zum Ausdruck bringt, auch mit: *ich kann zehnmal am Tag*, und so weiter, diese Feierlichkeit hat ein bißchen was heutzutage schon offene Türen Einrennendes, beziehungsweise gegen geschlossene Türen, die zu Recht geschlossen sind, Anrennendes: eine leistungssportliche Vorstellung von Sexualität.

Unsere Situation ist heute eine ganz andere: daß der Weg fast wieder der ins Private ist. Und eben nicht dieses: *Ich bin befreit, ich mache, was ich will.*

Das hat bei ihm etwas zu tun mit diesem Befreiungsgestus noch immer: also die *Sexuelle Revolution*, die ja gar keine war.

Für Frauen schon mal gar nicht.

Wollte ich gerade sagen: Wenn es eine Revolution gewesen wäre, hätte sie den Frauen nützen müssen.

Das hat Joni Mitchell doch mal so schön gesagt: Die Sexuelle Revolution war einfach nur die Chance für häßliche Männer, mit mehreren schönen Frauen schlafen zu können, ohne sich rechtfertigen zu müssen. Also, diese ganze Geschichte gilt für Fichte. Für Jäcki als Figur habe ich das erst mal so interpretiert, daß einmal er eben die Figur des *bi* durchziehen kann, also als Möglichkeit, das en vogue zu halten, und zweitens die Sexualität, die sich ja auch mehr und mehr auf schwarze, auf afroamerikanische, auf afrodeszendente Brasilianer bezieht. Da kriegt er ja fast eine Fixierung darauf, sagt er ja sogar selbst.

Hat das nicht etwas Kolonialistisches?

Ja, eben. Daß er eben in dieser sexuellen Begierde, die die Figur hat, die ständige Bedrohung stilisiert, doch so exotistischen Denk- und Verhaltensweisen zu verfallen.

Er stilisiert die Bedrohung selbst?

Genau, wir wissen ja gar nicht, was Fichte hier tatsächlich getrieben hat.

Aber mal so off the record gehen wir doch beide wahrscheinlich davon aus, er hat genau das tatsächlich getrieben, oder? Das suggeriert er natürlich schon.

Ja, aber für meine Arbeit war das nicht wichtig.

Das ist auch nicht seriös, ja. Aber off the record ist es schon irgendwie komisch, weil er doch viele Dinge aufschreibt, die das Off-the-record-Hafte evozieren, und damit ist er schon irgendwie auch ein enormer Ficker.

Ja, absolut. Auch unsympathisch bis zu einem gewissen Grad.

Ja, mir auch unsympathisch irgendwie, aber gleichzeitig der, dessen Bücher bis heute in den Schwulenbuchläden stehen. Ich würde ihn aber nicht in erster Linie als schwulen Autor bezeichnen. Ich würde ihn in erster Linie als einen sehen, der bahnbrechend die Autorposition verändert hat, verschoben hat, und damit in gewissem Sinn in einer Strömung verorten, die später als postmodern begriffen wurde. Nur, warum diese Prahlerei? Warum macht er das? Es ist zwar literaturwissenschaftlich gar nicht legitim, das zu fragen, aber in diesem Angeberhaften wird auch noch die queere Position des Schwulen als besonders männlich herausgestellt. In fragwürdigem Sinn.

Der Ficker. Der Macher. Der Hengst.

Da beißt sich das im wahrsten Sinn in den eigenen Schwanz.

Ich habe diese sexuelle Fixierung auf den exotischen Mann als Gefahr des Exotismus interpretiert, der er sich die ganze Zeit bewußt ist und trotzdem nicht entziehen kann. Das heißt, die Figur Jäcki hat ihren megareflektierten Ansatz, aber über die Affekte, über die Anziehungskraft des Exotischen, wird sie ständig an ihre eigene Limitiertheit erinnert. Das heißt, auch in seinem höchsten Glück, seiner höchsten Erfüllung als Figur, beim Sex mit einem schönen Brasilianer, wird er im Prinzip verurteilt, eben doch in Strukturen zu denken, zu handeln und zu fühlen, die er den ganzen Rest der Zeit für überkommen hält, nämlich im Anderen aufzugehen. Also, Sex ist ja nun wirklich nichts anderes, wenn er gut ist, als mit dem Anderen zu verschmelzen, eins zu werden, ihm so nah wie möglich zu kommen, und so weiter, und das Ganze in seinem Fall, ohne die Menschen kennenzulernen, das heißt, er verschmilzt mit dem für ihn Exotischen. Das ist ja eigentlich aus Jäckis, sagen wir mal: wissenschaftlicher Position absolut verboten. Das ist das, was er sich den ganzen Tag verbietet, sobald aber der Hengst mit ihm durchgeht, fällt er in Schemata, die er verurteilt.

Und das gehört vielleicht auch noch dem ganzen Komplex an, der ihm, rein von der Generation her, noch anhängt, der sich auch in dem forcierten Interesse an dem sogenannten Blutbad, Klammer auf: Hermann Nitsch, *Orgien-Mysterien-Theater*, Klammer zu, oder den Kräutern im Sinne von Drogenexzessen manifestiert. Und hier natürlich, glaube ich, ebenfalls: die Sexualität als das Befreiende, aber auch der Tod. Also, so ein Fick im Kinoklo in einer funky Gegend von Rio oder Salvador heißt ja auch eigentlich immer Todesnähe. Der klassische Ausspruch der bürgerlichen Leserschaft, die immer davon ausgeht, daß *so einer wie der* wahrscheinlich sowieso durch einen Stricher ermordet werden wird. Wird damit kokettiert? Ich weiß es nicht, aber es schwingt mit im Sinn eines Begriffs von *Intensität*, der sowohl bei dem Blutbad als auch bei den Drogen und dem Sex klassisch ist für die Generation, der er eben auch angehört und deren Gepflogenheiten er eigentlich mit seinem Schreibstil total durchbricht. Also da ist er vielleicht noch ein bißchen mit einem Bein, seinem dritten Bein sozusagen, tief drin in Dingen, die nur in Ahnungen erst mal überwunden werden konnten. Obwohl, mit dem Roman *Explosion* ist er ja schon in den 1980ern, zumindest als Schreibender, auch die letzte Reise hierher war ja schon Anfang der

Achtziger. Da hätte man eigentlich schon sagen können: *Fuck that Hippie-Shit*.

Er reflektiert das zwar, aber er ist auch nicht in der Lage, diese Sicht gegen eine alternative Sicht einzutauschen.

Er unterläuft es ja auf eine wunderbare, eigentlich auch witzige Weise, indem er auch die Ernsthaftigkeit und das Pathos der Backpackers, die unterwegs sind, um überall das Authentische zu suchen, lächerlich macht. Und dann sind eben die Priesterinnen oder Priester schon halb eingenickt, wenn die Götter kommen. Oder sie latschen so komisch rum. Und Pierre Verger wird als *Stefan George in Trance* vorgeführt. Gleichzeitig ist man fasziniert von den Dingen, die Fichte beschreibt, die sind ja auch für mich absolut faszinierend, und gleichzeitig werden sie popistisch von der Oberfläche her abgetastet, daß auch der Staub in der Rille den Sound mal verfremdet. Das heißt, das Eigentliche und Authentische wird nicht wirklich gesucht.

Da kommt eben wieder Hermeneutik und Poststrukturalismus rein. Weil er sich nicht zutraut, den Kern der Dinge zu erfassen. Weil er das anmaßend findet.

Ja, das ist wunderbar, das liebe ich an ihm. Was ist dir aufgefallen zu dieser Position der anderen *Gegenspielerin*, Irma beziehungsweise Leonore Mau? Man hat diese ständige Frau an seiner Seite, wenn er nicht gerade in die Toiletten der Kinos flüchtet. Was für eine Rolle hat sie eigentlich? Es gibt ja Stellen, die das auch mal thematisieren: Er kommt nach zehn Bahnhofsklos ins traute Nest und findet im trauten Nest *zu sich, bei Irma*. Das ist auch ein bißchen feierlich.

Es gibt ja auch ein paar wenige Szenen, die die ganze, sagen wir mal: auch Tragik dieser Beziehung thematisieren.

Die Figur des Erzählers überkreuzt sich auch immer wieder mit Irma, weil es ja immer darum geht: *Draufhalten, abdrükken, fixieren.*

Absolut. Er wirft ja Verger vor, daß der mit dem Photographieren aufgehört hat, und Photographieren ist ja das, was seine Partnerin die ganze Zeit tut. Es gibt auch Szenen, in denen er sozusagen neidisch ist auf das Mittel der Photographie, das einfach nur ablichtet, während er sich schreibend daraufzuwursteln muß.

Da gibt es diese Szenen, wo er im Candomblé immer brüllt: *Drück ab.* Schreit sozusagen zwischen den Trommeln: *Halt drauf.*

Und es gibt diese Szenen, wo er ihre Photos zerschneidet und daraus Collagen macht. Wo das Zerschneiden ihrer Photos eine Art phallischer Gewaltakt ist, aus Neid motiviert auch.

Interessant, daß er sich in dem Roman Jäcki und sie Irma nennt, während zum Teil das gleiche Material zehn Jahre vorher schon mal unter den wirklichen Namen der beiden literarisch verarbeitet wurde. Vielleicht ist es auch eine Überlegung wert, daß es dieses *Genre*, das er dann zehn Jahre später so richtig ausbaute, so noch nicht gegeben hatte, daß es somit eine Art Eingeständnis ist: Ich mache hier auch eine Reportage, ich schreibe gleichzeitig für den *Spiegel* darüber, und ich bin Hubert Fichte, der mit Leonore Mau, deren Photos ihr in der Zeitung sehen werdet, unterwegs ist.

Explosion hat er ja auf dem Totenbett geschrieben. Es ist posthum veröffentlicht worden, aber es war praktisch sein letztes Werk, und vielleicht, zumindest aus meiner Perspektive, die ich ja auch Fan von *Explosion* bin, kann man fast sagen, daß *Explosion* sein opus magnum ist, nicht nur, was den Umfang betrifft, sondern daß er in *Explosion* wirklich auf der Höhe der Diskussion gehandelt und auch geschrieben hat. Ich glaube schon, daß das Abstandnehmen von diesen echten Namen den entscheidenden Kick da reingebracht hat. Wenn das nicht so wäre, würde meine Arbeit auch nicht so funktionieren wie sie ist. Damit ist der ganze Text eine Bestätigung poststrukturalistischen Denkens.

Ob er das wohl auch so gesehen hätte? Irgendwann kommt der Begriff *Poststrukturalismus* bei ihm, glaube ich mich zu erinnern, abfällig vor. Im Sinne von: Da gibt es jetzt diese Typen, die alles über diesen Kamm scheren. Ohne zu ahnen, daß er sich wunderbar über diesen Kamm scheren läßt. Vielleicht ist das aber auch so eine Abwehrhaltung, die bei ihm leicht so eine Arroganz-Attitüde erhält.

Ja, und er will ja auch zu keinen Gruppen gehören. Er hat ja so eine Solitär-Position.

Eben. Es gibt da noch so eine Abwehrhaltung auf den letzten Seiten des Romans, weil plötzlich AIDS aufkommt, und auch das wird eigentlich so als Medien-Quatsch heruntergemacht.

Sebastian Hammelehle in *Spex*, *Magazin für Popkultur*, Nr. 334/2011:

»Nur wenn getrommelt wird, kommen die Götter«

Sebastian Hammelehle: Die Figuren zu Beginn Ihres neuen Romans Lookalikes *tragen fast allesamt Namen von Berühmt-*

heiten – und sehen auch ähnlich aus: Es gibt einen Serge Gainsbourg, eine Shakira, Josephine Baker, Justin Timberlake.
Thomas Meinecke: Die experimentelle Ausgangssituation, die ich immer bei meinen Romanen habe, war, dass diese Namen bekannt sind, man sich sogleich auf kontaminiertes Gelände begeben muss, dass Vorstellungen bereits mitgebracht werden – und die dann interessante Differenzen aufmachen können.
SH: Man erfährt schnell, Shakira liest Lacan, diskutiert über Willi Winklers Haiti-Texte in der SZ, *erfüllt also nicht die klassischen Klischees einer Shakira-Figur.*
TM: Genau. Das ist bei mir immer wieder so gewesen. Ich hatte auch schon Flugbegleiterinnen, die Lacan lesen. Es ist natürlich eine klassische misogyne Rhetorik, zu glauben, die könnten doch gar nicht so klug sein. Beim Suhrkamp Verlag gibt es zum Beispiel mit Eva Gilmer eine für den Wissenschaftsbereich zuständige Lektorin, die durchaus als Flugbegleiterin gearbeitet hat. Aber die *low* codierten Zusammenhänge reizen mich. Britney Spears spielt ja auch eine Rolle.
SH: ... ist allerdings ein junger Mann aus Thüringen, wenn ich das richtig verstanden habe.
TM: Habe ich auch so verstanden. Eine schöne Überschrift: »Britney Spears ist ein junger Mann aus Thüringen.«
SH: Die Figur des Lookalikes, ist das nicht die Popkulturfigur par excellence?
TM: Weil sie auf dem bereits Vorformulierten basiert. Was für mich großer Pop auch tut.
SH: Düsseldorf spielt zu Beginn des Buchs eine gewisse Rolle. Warum?
TM: Ich finde an Düsseldorf hauptsächlich diese (...) Flaniermeile der Königsallee interessant. Im vorletzten Jahr hatte ich an der Uni Düsseldorf zu tun. In freien Minuten habe ich mich sofort an die Kö gesetzt, beobachtet, wie Frauen mit Hündchen auf dem Arm vorbeiziehen. Diese bundesrepublikani-

sche Vorstellung von Eleganz und Schick, die kann man dort wahnsinnig gut vorgeführt kriegen. In Berlin zum Beispiel erlebt man das gar nicht. Irgendein setting braucht man für einen Roman. Deshalb kam mir das als Voraussetzung sehr gelegen. Es ist nicht wirklich ein Düsseldorfbuch.

SH: Lookalikes *führt recht schnell aus Düsseldorf hinaus. Ihr Josephine-Baker-Lookalike macht sich auf die Reise nach Brasilien – und beim Umsteigen in Lissabon kreuzt ihr Blick den von Thomas Meinecke.*

TM: Ich war geradezu ein bisschen ängstlich, als ich meinen eigenen Namen einführte. Plötzlich gab es Erlebnisse, die ich schildern wollte – nichts in Büchern oder Filmen oder Schallplatten oder sonst wo Vorformuliertes, wie ich es sonst bevorzugt als Material benutzt habe – sondern wirklich *street*, unvermittelte Realität. Zum Glück war Hubert Fichte zweimal in Salvador da Bahia, wo *Lookalikes* dann spielt – so konnte ich mich beruhigt auf ein Palimpsest stürzen.

SH: Palimpsest heißt Überschreibung, wenn man das Wort durch einen anderen Begriff ersetzt, könnte man behaupten, Lookalikes *sei selbst ein Lookalike – von gewissen Büchern Hubert Fichtes: Von* Explosion *und* Xango.

TM: Genau. Der Witz ist ja, dass ich tatsächlich, während ich schon an *Lookalikes* schrieb, nach Brasilien eingeladen wurde und nun keine Lust hatte, in Brasilien zu sitzen und über Düsseldorf weiterzuschreiben. Im Ortswechsel sah ich nicht nur eine Herausforderung, sondern entdeckte auch Parallelen zum Motiv meines Buchs: Wenn in den Tempeln des Candomblé die Gottheiten in die Körper von Gläubigen fahren und diese übernehmen, kann man geradezu von einem *Stand-in* reden, wie bei einem Lookalike. Das Disparate daran hat mich sehr gereizt. Man erlebt zum Beispiel innerhalb dieser Candomblés auch eine interessante Definition von queerer Sexualität. Selbst in Provinznestern in Brasilien findet man flammende Metrosexuelle, die Priester werden. Was schon

Hubert Fichte beschreibt, wird hier zur Fragestellung: Ist diese Gesellschaft so permissiv, dass sie Homosexualität in der Kirche erlaubt, oder ist sie so repressiv, dass es nur in der Kirche geht? Man hat in den Candomblés im Endeffekt einen Haufen von Leuten vor sich, die an Sun Ras Arkestra erinnern, auch musikalisch. Inhaltlich geht es sehr afrodiasporisch zu. Das sind Motive, die mich interessiert haben: Diaspora, sexuelle Dissidenz, postkoloniale Verschiebungen.

SH: Wie Sie einmal erwähnten, hatten Sie Ihren ersten Kontakt mit Fichte als Schüler. Im Bücherregal Ihres Elternhauses fanden Sie ein verdächtig an die Fromms-Kondompackung erinnerndes Buch: Fichtes Interviews aus dem Palais d'Amour.

TM: (...) Das war, glaube ich, ein Zitat. (...) Als ich dieses Buch bei meinen Eltern entdeckte, war ich vielleicht 12, 13 Jahre alt. Ich habe es nur gelesen, weil es eben *Interviews aus dem Palais d'Amour* heißt. Ich war damals in einer Phase, in der ich dachte, Bordelle sind Horte des Geistes, eigentlich müsste man mal mit diesen Prostituierten reden – bei ihnen würde ich das wiederfinden, was ich damals in meinen ersten zaghaften Leseausflügen in die Welt des Henry Miller oder der Anaïs Nin oder des Arthur Rimbaud oder Baudelaire fand. Fichte hat mit seinen Interviews klar gemacht, dass sehr viel Intelligenz jenseits von Academia herrscht. Da laufen Archie-Shepp-Platten, und er redet mit den Leuten des Palais d'Amour, eines großen Bordells auf der Reeperbahn damals, über ihr Leben.

SH: Haben Sie dann selbst Interviews geführt im Palais d'Amour?

TM: Als 16- bis 18-jähriger bin ich immer in das Grünspan, (...) an der Großen Freiheit, gegangen und dabei immer am Palais d'Amour vorbeigekommen. Aber ich hatte nicht den Mut, auf den Kontakthof zu gehen und im Boudoir los zu philosophieren, wie bei de Sade. Als ich 1977, gerade noch 21-jährig, von Hamburg nach München zog, lebte ich in einem Haus, das außer ein paar Wohngemeinschaften hauptsächlich das, was man Hostessen nannte, beherbergte. Man wurde von diesen Frauen immer wieder um Gefälligkeiten gebeten: irgendwelche Schränke aufzubauen oder was runterzutragen. Plötzlich waren in meinem Bekanntenkreis Prostituierte. Man merkte, die sind nicht geistig minderbemittelt. Aber es ist natürlich auch eine Projektion, eine Jungsphantasie, dass diese Frauen prinzipiell starke Geister sind.

SH: Der Bezug zu Fichte reichte dann sogar bis zu einer Fotografie, die Leonore Mau, die Frau, Gefährtin und Reisebegleiterin des nicht nur schwulen Fichte, vom Haus Ihrer Eltern gemacht hat.

TM: Das muss 1969/70 gewesen sein, ich war 14. Die *Welt* hatte damals noch eine Kupfertiefdruckbeilage. Die Redaktion hatte die Idee, eine Seite über das Haus, das meine Eltern gebaut hatten, zu machen. Es ist ein sogenanntes *interessantes Haus*, sehr unkonventionell, kaum rechte Winkel. Dass Leonore Mau das fotografierte, ist uns gar nicht aufgefallen. Wir kriegten damals Abzüge von ihr für unseren privaten Gebrauch, auf deren Rückseite ein viereckiger blauer Stempel war – so ist mir der Name Jahre später zu Bewusstsein gekommen: Das ist ja sozusagen Fichtes Irma, die auch in *Explosion* auftaucht.

SH: Gibt es auch strukturelle Ähnlichkeiten zwischen Lookalikes *und* Explosion*?*

TM: Ich fühlte mich jedenfalls unter Einfluss. Ich führe gegen Ende des Buches ein sehr langes Interview mit Wiebke Kannengiesser vom Goethe Institut Salvador da Bahia, was sich für mich nur dadurch rechtfertigt, dass Fichte derartige Interviews am Ende seiner Bücher benutzte, um sie regelrecht versanden zu lassen. Ich wollte mein Buch auch so versanden lassen und kein großes Klimaxgebilde aufbauen. Bestimmte Sachen schreibe ich nur, weil auch Fichte das so gemacht hätte. Bestimmte Aufzählungen, den Einsatz von Absätzen, dass plötzlich nur ein Satz da steht, hat es vorher bei mir so nicht gegeben. Das ist eine Art Stimmenimitation. Ich fühlte mich aufgerufen, einen anderen Tonfall anzunehmen, wie im Windschatten eines großen Lastwagens, an den man sich mit seinem Mofa hängt.

SH: Es gibt bei Ihnen aber auch den Moment der Distanzierung. Etwa, wenn Fichte das Blutbad des Tieropfers vergleicht mit dem Moment des Blutbads der menschlichen Geburt.

TM: Fichtes Glaube, dass man beim Candomblé an Momente des Essenziellen heranrühren kann, ist sehr stark in seiner Zeit verhaftet. Das ist ein Hippiegedanke: über ekstatische Erfahrungen, Sex, Drogen, Religion zu etwas Eigentlichem zu gelangen. Ich glaube eher, dass man so zu etwas immer noch Uneigentlicherem gelangt, zur Faszination der zeichentheoretisch fast gar nicht mehr denkbaren Übersetzungen nämlich, zum Beispiel zur Eucharistie. Fichte hingegen will eher etwas finden, wo Leben und Kunst ganz zusammenfallen (...). Auf der anderen Seite ist Fichte nicht der Typ, der nach der Wahrheit sucht, im Sinne eines Wissens darüber. Vielmehr hält er sich ganz an der Oberfläche auf und begnügt sich damit, das, was er in den Tempeln sieht, einfach nur zu scannen. Das finde ich faszinierend, da ist er ganz Pop.

SH: Es gibt in Lookalikes *einen Moment, in dem Sie sich vor dem Betreten eines Candomblé-Tempels vorsichtshalber eine Madonnenfigur in die Tasche stecken. Weil Sie beunruhigt waren von dem, was dort stattfand?*

TM: Ja. Es gab Momente der Angst. Zum einen kostet es Überwindung, in diese sozial schwierigen Viertel zu gehen, wie überall, wenn man in ein Ghetto geht und selber nicht ghettoisiert ist. Diese ganzen Tempel liegen in den Favelas, wo man auch erst mal hinfinden muss, weil es dort keine Straßennamen gibt. Das andere ist dieses Überwirkliche, diese merkwürdigen Paradigmenwechsel. Plötzlich werden Menschen zu jemand anderem, plötzlich fahren die Götter in sie. Beim ersten Mal hatte ich Angst, dass ich selber plötzlich in Trance falle – fünf Stunden lang diese Musik. Es ist auch ein clubbiger

Vibe, im Club kennt man ja den Moment um drei oder fünf Uhr nachts, wenn es passiert, irgendwas ist plötzlich eingetreten. Das merkt man als DJ oder als Tänzer. Im Candomblé-Tempel ist das aber noch viel stärker, die ganze Suggestion innerhalb der Gemeinde läuft auf diesen Moment hinaus. Ich kann darüber gar keinen Zweifel aufkommen lassen, dass da etwas passiert. Wie man das dann nennt, ist ja erst mal egal. Aber es ist unheimlich genug, wenn die Leute ihren Zustand so verändern, dass sie dann gar nicht mehr ansprechbar sind und merkwürdige Reaktionen zeitigen. Ich hatte eine gewisse hypochondrische Angst, dass ich angesteckt werden könnte. Ich bin dann immer bei den Trommlern gestanden, weil denen das nicht passiert, denn nur wenn getrommelt wird, kommen die Götter. Das sind auch Typen, die sehen alle aus wie 50 Cent. Dort aber, wo die Frauen stehen, ist es immer ein bisschen hysterisierter, da fallen mehr Leute um. Es ist auch immer noch so, dass Männer, denen das passiert, in den Ruch kommen, irgendwie schwul zu sein. Und wie gesagt: Die Priester sind fast alle schwul. Gewisse Ähnlichkeiten dazu findet man allerdings seit 2000 Jahren in der katholischen Kirche bei uns. Vor der schlechten Presse waren die katholischen Klöster ja auch ein funktionierendes Refugium für sexuell Andersdenkende.

SH: Sie selbst werden seit ihrem vorigen Roman Jungfrau *gelegentlich als »katholischer Schriftsteller« vorgestellt.*

TM: Wenn es nicht Andy Warhol, Madonna, Martin Scorsese und Herbert Achternbusch gäbe und Joseph Winkler und wie sie alle heißen, die Ketzer sozusagen, dann hätte ich, glaube ich, kein Interesse am Katholizismus. Das Faszinierende am Katholizismus ist für mich, dass er diese Möglichkeit zum Ketzertum bereit hält.

SH: Aber dafür muss man nicht an Gott glauben.

TM: Das ist für mich eine ganz schwierige Frage. Ich finde es schwieriger, nicht an Gott zu glauben, als an ihn zu glauben.

Die größere intellektuelle Abstraktionsleistung ist für mich, den Beweis zu führen, dass es Gott nicht gibt.
SH: Wobei das heute die herrschende Meinung sein dürfte. Die Position dessen, der offen an Gott glaubt, ist schon die Außenseiterposition.
TM: Das ist eine tabuisierte Position. Man will ja nicht mit irgendwelchen evangelikalen Hasspredigern in ein Boot gestellt werden. Zu ihrem Glauben an Gott bekennen sich eher die fundamentalistischen Typen und weniger jene Leute, die am ozeanisch flamboyanten Voguing interessiert sind. Mich reizt so ein gewisses queer-katholisches Moment, da bin ich ganz gut aufgehoben. Ich erinnere mich zum Beispiel an die Totenfeier für Christoph Schlingensief. Er hatte verfügt, dass die Trauernden über seinem Sarg die Kommunion erhalten sollen. Ich weiß noch, dass ich wie automatisch aufstand und mir das verabreichen ließ. In der Schlange vor mir stand die Schauspielerin Irm Hermann, auch ganz selbstverständlich. Josef Bierbichler dagegen nahm mich danach beiseite und sagte: Da müssen wir noch mal drüber reden.
SH: Von Marc Fischer, der im April gestorben ist, erschien in diesem Jahr bereits ein Buch über Brasilien. Es dreht sich um den brasilianischen Bossa-Nova-Gitarristen João Gilberto, dessen Name auch kurz in Lookalikes *auftaucht.*
TM: Es gibt in meinem Buch einen Nietzsche-Übersetzer, der João Gilberto über dessen Musikerfreund Caetano Veloso kennt. Den frage ich in einer Szene, inwiefern João Gilberto denn eigentlich verrückt sei und erhalte als Antwort: »Der ist einfach verrückt.« Dieser ganze Komplex des Verrücktseins spielt eine große Rolle in Brasilien, speziell in Salvador da Bahia, einer Stadt, vor der Leute aus Rio und São Paulo Angst haben, denn sie gilt als der unheimlichste, afrikanischste Teil Brasiliens. Man trifft in Salvador da Bahia die ganze Zeit diese sogenannten Verrückten, ein postkoloniales Moment des Sich-Verrückt-Gebens, das sozusagen zum Mainstream

geworden ist. Insofern ist das dort nicht pathologisch. Tom Zé hat da mal einen schönen Satz gesagt: »I was crazy but I was right.«

SH: In einem seiner Bücher verwendet Hubert Fichtes das Wort »Gaga« für einen Priester lateinamerikanischer Kulte. Bei Ihnen dagegen geht es natürlich auch um Lady Gaga. Eine Ihrer Romanfiguren meint, deren Musik sei scheußlich.

TM: Ich beneide Leute, die Lady Gagas Musik gut finden können. Genau, wie ich Leute beneide, die gern zum Fußball gehen.

SH: Ihnen selbst wird ein zuletzt viel zitiertes Bonmot zugeschrieben, in dem Sie Lady Gaga mit Ihrem Lieblingsitaliener vergleichen: Schöne Lage, gute Beleuchtung, aber schlechtes Essen.

TM: (...) Ich würde Lady Gaga wirklich gerne toll finden, aber ich habe leider nicht das Ohr für diese Bukarest-Neunziger-Jahre-Ästhetik. Zum Glück gab es ja das Fleischkleid. Da konnte ich mich positiv mit ihr beschäftigen – und das taucht ja dann auch im Roman auf.

Tobias Schwartz in *Die Literarische Welt* (*Die Welt*), 17.09.2011:

»Lady Gaga macht es genauso«

Thomas Meinecke über Feminismus, Pop, seinen Roman *Lookalikes* und einen windigen Typ namens Thomas Meinecke

(...)

Thomas Meinecke: Fichte war für mich eher eine Irritation. Manchmal sucht man in Büchern keine Geistesverwandtschaft, sondern andere Welten. Bei Fichte sind es nur halb andere. Vieles kann ich unterschreiben, ich bin aber auch irritiert von seiner Vorstellung von Sexualität, die in seiner Generation mehr beheimatet war als in meiner – so ein Leistungssex. Auch wenn er schwul oder queer war, gibt es bei ihm so eine Behauptung von Männlichkeit, die ich als feministisch geprägter Autor nicht teilen kann.

Tobias Schwartz: Die Post-Feministin und Gender-Forscherin Judith Butler taucht in bald allen Ihren Büchern auf. Kritiker behaupten heute, der Feminismus hätte zur kapitalistischen Vereinnahmung der Frau beigetragen.

TM: Ich würde eher sagen, dass die Kapitalismuskritik ins Leere gelaufen ist. Begriffe wie Ober- und Unterschicht sind schwer ins Schleudern geraten, weil sie nicht mehr konform gehen mit Kategorien wie progressivem oder regressivem Denken. Der neue Feminismus beschäftigt sich weniger mit den Arbeitsbedingungen der Kassiererinnen in Supermärkten als mit der Frage, ob Geschlechtsmerkmale wesentlich sind oder nicht.

TS: Was ist Pop heute?

TM: Pop behauptet nichts Authentisches oder Originäres. Pop spricht immer von der Vermitteltheit seiner Gegenstände, auch der Autorposition. In der Popmusik kursiert immer noch der Mythos, hier gebe es starke autonome Subjekte. Pop aber erblickt erst auf der Vermittlungsebene das Licht der Welt, Pop schöpft nicht. (...)

TS: Michael Jackson, Justin Timberlake, Britney Spears – in Lookalikes *sind das nie die echten, sondern immer Fälschungen. Dahinter verbirgt sich ein großes Thema der Literaturgeschichte: die Frage nach der Identität des Menschen.*

TM: Das Gender-Thema hat mir überhaupt zum ersten Mal Identität als etwas Gemachtes und Geschriebenes vorgeführt und meine Aufmerksamkeit auf das Performative dessen, was man als Identität begreift, gelenkt. Es hat mir Augen und Hirn geöffnet, als ich in den Neunzigern zum ersten Mal von solchen Dekonstruktionsprinzipien gelesen habe – meistens bei amerikanischen Feministinnen wie Judith Butler.

TS: Von Théophile Gautier wurde gerade der Roman Avatar *neu aufgelegt, in dem ein Mann in den Körper eines anderen schlüpft. Würden Sie das auch mal gern tun?*

TM: Das habe ich mir wirklich noch nie überlegt. Insofern wahrscheinlich nein. Für mich ist die Frage nach den Entstehungsbedingungen meines Gemacht-Seins wichtig. Das läuft über Sprache ab. Ich sitze hier als gestandenes Mannsbild – wie man in Bayern, wo ich lebe, sagt. Gleichzeitig ist meine Weltanschauung stark durch feministische Theorie geprägt. (...) Es geht darum, sich selber durch Erkenntnis zu verbessern, aufzuklären ganz im klassischen Sinne, auch wenn man immer von der Postmoderne denkt, das täte die nicht. Das heißt nicht, dass ich unbedingt jemand anders sein will. (...)
TS: Sie haben mal gesagt, Sie seien ein eher rezeptives Wesen, das sich selbst zurücknimmt. In Lookalikes *werden Sie jetzt selbst zur literarischen Figur.*
TM: Wie nennt man den denn jetzt, habe ich mich gefragt. Alle anderen heißen ja so wie sie wirklich heißen. Aber plötzlich ist da jemand in Südamerika, ist Schriftsteller und es stellte sich die Frage, wer denn da erzählt. Da musste ich meinen Namen einführen. Anfangs kam mir das ganz komisch vor, dann habe ich mich daran gewöhnt und gemerkt, dieser Thomas Meinecke ist auch nicht mehr als die anderen Namen, die als Stellvertreter für Ideen durch meine Texte wandeln. Es wurde oft gesagt, meine Figuren hätten kein Fleisch und Blut. Das stimmt in gewisser Weise, sie bestehen aus dem, was sie lesen, aus Filmen, die sie sehen, oder Musik, die sie hören. Thomas Meinecke hat auch keinen richtigen Charakter, nichts, das ihn interessanter machen könnte, weil die Biografie des Autors dahinter stecken würde. Davor hatte ich Angst, dass ich da plötzlich ein zu großes Ego reinsetze. Aber dieser Meinecke ist genauso windig wie die anderen Figuren.

Holger Schulze in *De:Bug*, Nr. 156, 10/2011:
Thomas Meinecke: Words in Drag, Literatur ohne Buch
»Es handelt sich um eine Energie, die der Langeweile und der Träumerei entspringt; und die Menschen, bei denen sie sich so

unerwarteterweise äußert, sind gewöhnlich, wie bereits erwähnt, ganz in ihre Träume verlorene Nichtstuer.« Für Thomas Meinecke beginnt mit diesem Prosagedicht *Le Mauvais Vitrier* (dt.: *Der schlechte Glaser*, aus: *Spleen de Paris*) von Charles Baudelaire in den 1860er Jahren eine Haltung in Literatur und Kunst, die sich radikal von allem Vorangegangenen unterscheidet. Es war diese Strömung des sogenannten Symbolismus, die im 19. Jahrhundert europaweit die Literaturgeschichte gewandelt hat in eine dezidiert prä-avantgardistische Epoche. Der Flaneur oder Dandy, der sein Schreiben und Reflektieren endlich nicht mehr durch Bezug und Rücksichtnahme auf einen Gott oder Monarchen zu legitimieren hatte, durch Lobpreis und Demut; sondern dem der mäandernde Spaziergang durch die Stadt, vorbei an Skurrilitäten und Ekstasen der großen Stadt, dem dieses Flanieren und das Aufzeichnen dessen, nie verharrend, genug an Linearität, Logik und Erzählzusammenhang bot. Die hierzu kongeniale Theorie erzählte etwa siebzig Jahre später Walter Benjamin in seinem *Passagen-Werk* (...). Dichter und Komponisten, Essayisten und Erzähler jener Jahre des 19. Jahrhunderts – Paul Valéry, Stéphane Mallarmé, Arthur Rimbaud – erkundeten die Vielfalt der Sinne, Erlebnisse von Synästhesie und intermodalen Verweisen zwischen Duft, Klang, Farbe und Berührung als genuin ästhetisches Prinzip: ein umfassender Ästhetizismus, für den das einzelne Wort lediglich eine mögliche Partitur, ein Code war, das alle Sinne in der Vorstellung der Lesenden aufrufen konnte. Eine Verkleidung, ein Kostüm, eine Schminke und eine Maskierung, die die Sinne dann jeweils trugen. Words in Drag. Im Gespräch berichtet Meinecke, dass es neben diesen historischen Quellen aber nicht nur die klassische Popliteratur der 1980er Jahre war, die ihn prägte; vor allem waren es die Theoriebände jener Zeit. Theorie fand plötzlich nicht mehr nur in akademischen Fachverlagen, fußnotenlegitimiert und titelbewehrt statt – sondern Theorie konnte kurz, schnell, dynamisch, aphoristisch, essayistisch und schlicht pop sein: Denker auf medialer Bühne. Das Genre des Essays wird ihm darum des Öfteren – fast als Vorwurf – vorgeschlagen anstatt der Genrebezeichnung Roman. Doch an der Behauptung, Romane zu schreiben, hält er mit popistischer Chuzpe fest, ähnlich der Behauptung von Musik, wo kaum noch traditionell Musikalisches oder Song, wo weder Erzählung, noch Gesang oder Melodie erkennbar sind. Alles Behauptungen, die jeweils neue, avancierte ästhetische Konzepte propagieren – und derart schon realisieren. Sein jüngster Roman, *Lookalikes*, schließt ganz daran an. Einerseits zeigt er Protagonisten, die als Lookalikes für Justin Timberlake, Shakira, Greta Garbo und andere auftreten; zum anderen wird dieser Drag, dieses tiefgreifende Kostüm- und Rollenspiel zwischen den Geschlechtern sprachlich wiederholt und vertieft in Selbststilisierungen sozialer Netzwerke der Gegenwart: X stupst dich an, Y gefällt das, Z geht heute abend zur Mercedes-Benz Fashion Week. So heißt es in der Doppelgänger Week: »Thomas Fehlmann is Mahatma Gandhi.« Diese spielerische Selbstdar-, -ver- und -umstellung im kürzestmöglichen Netztext ermöglicht Meinecke dann auch erstmals eine erzählerische Fremdsicht auf die eigene Person: »Der Popliterat Thomas Meinecke.« Damit vollzieht er eine Durchdringung von stilisierter eigener Person und suchender Denkbewegung, die als Merkmal des ästhetisch und theoretisch avancierten Essays im Sinne von Michael Rutschky, Herbert Achternbusch oder Helmut Höge gelten kann (...). Meinecke beruft sich auf Hubert Fichte: »Das Zeitalter der Beschreibung von Forschern hat begonnen.« Er führt dadurch selbst die Linie des Popessayismus weiter, der erzählerisch-romanhaft die eigene Recherche selbsthinterfragend und ethnografisch ausstellt. Am Gartentisch mir gegenüber bringt Meinecke seine Selbstfiktionalisierung auf die Sentenz: »Thomas ist genauso hohl wie jede andere Figur.« Seine popistische

Lust an den Oberflächen, Stoffen und Texturen macht bei der Veroberflächlichung der eigenen Person nicht halt, sondern reicht bis zur dokumentaristischen Fiktionalisierung von Autorenkollegen: »Thomas Meinecke an Jochen Bonz: Lieber Jochen, könntest Du mir vielleicht noch mal das Photo von Lacan im Pelzmantel zukommen lassen? Brauche es gerade dringend für meinen neuen Roman und kann es nicht ergoogeln. Du hattest es mir vor Ewigkeiten schon mal attacht, nicht wahr?« (S. 49) Warum tut der Autor das? Es antwortet wiederum Charles Baudelaire in *Le Mauvais Vitrier*: »pour voir, pour savoir, pour tenter la destinée«. Wie sähe also eine Literatur aus, die vom Pathos der Buchpublikation sich endlich ganz verabschiedete und popgemäß dandyistisch ganz in der Studioproduktion von Oberflächen aufginge? Seit 1998 arbeitet Meinecke mit David Moufang alias Move D zusammen, anfangs noch als dessen Fan: der den Heidelberger DJ zur Verhörspielung seines Romanes *Tomboy* einlud. Die gemeinsamen Produktionen reichen dabei von vergleichsweise klassisch eingelesenen Buchpassagen mit passend untergelegten Tracks (wie etwa *Lookalikes* und *Tomboy*) – bis hin zu im Studio gemeinsam erarbeiteten Texten aus Klang: Literatur ohne Buch. (…) Höhepunkt eines solcherart im Studio produzierten literarischen und theoretischen Textes bildete schließlich 2009 WORK: eine Produktion, die Metaphorik, Geschichte, Körpertheorie und Sound des »Work it!« der House Music entfaltet und untersucht – und dabei derart überzeugend »jackt«, dass es für ein Hörspiel fast schon zu clubbig ist. Ein Stück, das offenbar in angemessen abseitigen Clubszenen (…) als absoluter Undergroundtipp gehandelt, gebrannt und kopiert wird. (…)

Daniel Haas in *Frankfurter Allgemeine Zeitung, Literaturbeilage*, 08. 10. 2011:

Lady Gaga jobbt bei Kaufhof Galeria

Doppelt gemoppelt: Thomas Meinecke schreibt mit *Lookalikes* einen Mischpultroman. Beim Samplen gibt es kein Original, nur Variationen des Immeranderen.

Shakira ist genervt von Lacan. Vor allem von den Tiervergleichen. Frauen und das Animalische, wenn das nicht nach Essentialismus klingt. Justin Timberlake liest Schlegels *Lucinde* und freut sich nebenbei, dass Lacan einst Bataille die Frau ausspannte. Josephine Baker hält sich unterdessen an afroamerikanische Kulturkritik, sie studiert die Schriften von Henry Louis Gates Jr. Über so viel Denkarbeit gerät das Leibliche leicht in Vergessenheit. Zum Glück machen Marlon Brando und Elvis Presley einen Zwischenstopp am Alexanderplatz, um dort Crêpes mit Nutella zu essen. Dazu erörtern sie den Flyer des Techno-Clubs Berghain. Zu welcher Themennacht sollte man gehen? Slime? Oder doch lieber Gummi? Wir sind, ganz klar, in ein Paralleluniversum geraten. Aber wo liegen die Grenzen dieses Textes, in dem auch noch ein gewisser Thomas Meinecke auftaucht, in der Rolle des Kulturstipendiaten, der Brasilien bereist? Schabernack mit der Realität treiben und mit ihrem Verhältnis zur Fiktion, das ist Vorrecht der Literatur. Und die Textsorten collagieren, bis man nicht mehr weiß, ist das nun ein Roman oder ein Essay oder eine journalistische Zwittergattung – auch das kennt man von avancierter Prosa. Solche Verfahren sind literaturhistorisch gesehen eine Erfindung der sechziger und siebziger Jahre; die theoretische Unterfütterung stammt ebenfalls aus dieser Zeit: Strukturalismus, Poststrukturalismus, das Theorietamtam der Postmoderne. Meinecke hat diese Schulen seit jeher als Fundus für seine Erzählarbeit genutzt, seine Bücher kreisen um den Kanon der nachmodernen Spekulation. Was bedeutet Geschlecht? Wie definieren sich Rasse und Herkunft? Und, eine Drehung der Reflexionsschraube weiter: Mit welchen Methoden untersuchen wir solche Wirklichkeiten? Sind unsere Beschreibungsidiome nicht fragwürdig, ideologisch geprägt, Instrumente der Macht? Hartnäckig kursieren diese Fragen in den Seminaren der Geisteswissenschaften, und dass sie jetzt in diesem Text erneut auftauchen, kann man antiquiert finden oder prätentiös. Man kann den Text, der keinen Plot im streng dramaturgischen Sinne kennt und durch die Genres mäandert (es gibt Interviews, E-Mail-Auszüge, Essay-Exzerpte, wahlweise auf Deutsch oder Englisch), aber auch als Studienbuch wahrnehmen. Dann sind besagte Popstars Fremdenführer durch die Zeichenlandschaften der jüngeren Kulturgeschichte. Man ist versucht zu sagen: Es sind nur Doubles, die hier in Erscheinung treten; eigentlich sind es prekarisierte Kreative, die sich als Prominentendarsteller ein Zubrot verdienen. Aber »eigentlich« ist ein fragwürdiges Wort im Meinecke-Kosmos; das Eigentliche, das ist auch nur eine Konstruktion, ein Label. Vielleicht kommt mit jener Shakira, die in der Kosmetikabteilung von Kaufhof Galeria jobbt, die Idee einer postkolonialen Pop-Latina viel besser zur Geltung als mit dem Original aus Kolumbien. Vielleicht ist Justin, das Berliner Aushilfsmodell, eine raffiniertere Version des amerikanischen Timberlake. Auf jeden Fall wissen sie um das Artifizielle nicht nur ihrer, sondern unser aller Existenz, insofern sie eingelassen ist in mediale Strukturen. Studieren wir also: die feinen Verästelungen, die sich zwischen Subkultur und Höhenkammartistik, kolonisierter Geschichte und historischer Kolportage ergeben. Und lassen wir uns (nachdem der Wunsch nach Plot und Handlungsmustern endgültig aufgegeben ist) überraschen: Grace Jones war für Amerika zu androgyn, Yves Saint Laurent aber erkannte in ihr das dekonstruktive *role model* einer neuen Mode. Lady Gaga lässt sich Lookalike-technisch gesehen leichter erlernen als Britney Spears, weil ihr gesamtes Konzept »aus nichts besteht als offensiv ausgestellter Performativität«. Audrey Hepburn und Greta Garbo sind zwei Gesichter der Unterhaltungsmoderne, wobei die Garbo quasi platonisch die Idee des Schönen darstellt und Hepburn eher epiphanisch auf uns kommt. Le Corbusier war verliebt in Josephine Baker, ihr Haus aber durfte Adolf Loos bauen, inklusive Swimmingpool, aus dessen gläserner Architektur sich eine ganze Theorie der Blicklenkung extrapolieren lässt. Überhaupt das räumliche Gestalten: Candomblé, ein religiöser Ritus der Brasilianer (wir erinnern uns: Thomas Meinecke unter- und bewandert dieses Buch als Forschungsreisender auf den Spuren Hubert Fichtes), basiert wie der House-Club architektonisch auf Musik. Rhythmen als tragende Elemente, als Säulen eines sozialen Raums. Das *Lookalike*-Buch ist also ein Mix, und dass auch das Original nur eine Chiffre darstellt und nie die Sache selbst, diese Überzeugung erscheint als wiederkehrendes Sample in variierenden Tonlagen. »I am a photograph, I am better than the real thing«, wird die Sängerin Amanda Lear zitiert. Ist das nun, gerade in Zeiten glänzender realistischer Erzählwerke, eine bezugs- und rezeptionswürdige Ästhetik? Oder einfach das nächste Theoriedefilee eines Autors, der von Pop als Erklärungsmuster nicht ablassen will? In seiner fragmentarischen Offenheit ist *Lookalikes* jedenfalls ein höchst integrer Text. Er gräbt sich durch die Überschreibungen unseres Alltags mit Images und Labels, um wieder an der Oberfläche aufzutauchen, allerdings mit einem differenzierteren Koordinatensystem. Das ist – wie alle Kritik, die ihr Unbehagen nicht nur auf Inhaltsebene, sondern strukturell, in der Form darstellt – anstrengend, vor allem für den Leser. Wie hat Meinecke einmal gesagt: »Pop schöpft nicht.« Aber er erschöpft. Im Club, im Lauf einer glücklich durchtanzten Nacht. Oder bei der Lektüre, im dahineilenden Groove der Verweise und Bezüge.

Harry Nutt in *Literatur.Magazin, Literaturbeilage zur Frankfurter Buchmesse* (*Frankfurter Rundschau/Berliner Zeitung/Kölner Stadt-Anzeiger*), 11. 10. 2011:

Nachbilder

Thomas Meineckes neuer Roman *Lookalikes* erzählt von Idolen, Göttern und Doppelgängern

Letzten Endes kommst du mit Jacques Lacan nirgendwohin, sagt Shakira und Greta Garbo antwortet: »Aber irgendwann kommst du mit ihm auch nirgendwo mehr her.« So spricht das Personal in Thomas Meineckes jüngster Textkompilation *Lookalikes*, in der professionelle Doppelgänger über die Düsseldorfer Königsallee flanieren. (...) Forschen ist anhäufen, notiert er – und: »Schreiben: weglassen.« Das ist nicht das ganze Geheimnis von Thomas Meineckes beachtlicher Textproduktion, aber ein Schlüssel zu ihr. Man kann beim Lesen, wenn man denn weiterliest, gar nicht anders als verstehen wollen. Doch um Verstehen geht es allenfalls in zweiter Linie. In Abwandlung des Literaturwissenschaftlers Michail M. Bachtin, der vom polyphonen Roman gesprochen hat, kann man Meineckes Text als polyphone Theorie lesen, deren Mehrstimmigkeit Sound erzeugt und nicht Sinn. Wer weiß schon so genau, was die Götter des Candomblé mit den Helden der Kö verbindet. Manchmal vielleicht nur eine witzige Anekdote. So soll Dolly Parton, die echte, einmal bei einem Ähnlichkeitswettbewerb mitgemacht haben. Sie wurde Zweite. Es siegte ein Transvestit.

Jochen Bonz auf *www.jochenbonz.de*, 13. 10. 2011:

Schulze über *Lookalikes*

Holger Schulze schreibt in De:Bug über Thomas Meineckes Roman *Lookalikes*, thematisiert Meineckes Überkreuzen zwischen Ton und Text sowie zwischen Realität und Fiktion. Letzteres am Beispiel einer im Buch beschriebenen Emailkommunikation zwischen einem Thomas Meinecke und einem Jochen Bonz – über einen Lacan im Pelz. Fragen: Bin ich jetzt eine Romanfigur? Hat diese sich von meinem Selbst abgelöst? Und wie geht es erst Lacan in seinem Pelz, in diesem Buch? Übernimmt jemand die Verantwortung für diese Figuren? (Ich habe mich jedenfalls über beide Texte gefreut und bin jetzt schon ziemlich neugierig auf den Roman.)

Kirsten Riesselmann in *die tageszeitung*, 15.10.2011:

Raus aus der freiwilligen Lacan-Gruppe

HYBRID Thomas Meineckes sechster Roman, *Lookalikes*, funktioniert in Brasilien besser als in Düsseldorf

Salvador da Bahia in Brasilien und Düsseldorf am Rhein. Nicht, dass einem sofort einfallen würde, was diese beiden Städte miteinander verbinden könnte. Aber um das »Sofort« ging es dem Schriftsteller, Musiker und DJ Thomas Meinecke noch nie. Es ist die Gewordenheit kultureller Praktiken, die ihn interessiert. Die verschlungenen Wege, die Symbolpolitiken, Sounds und Begriffe genommen haben. Die Überzeugung, dass alles ein Ergebnis von Migration und Hybridität ist und ergo alles irgendwie aufeinander verweist. Postkolonialismus, Kreolisierung, Black Atlantic, you name it. Eine symbolische Scharnierstelle, die Meinecke zwischen den beiden ungleichen Städten in seinem neuen, sechsten Roman *Lookalikes* findet, hat mit der menschlichen Benutzung tierischer Außenhäute zu tun: Während in der »schwärzesten Stadt Brasiliens« Federn auf die Schwellen der Candomblé-Tempel gestreut werden und die Gläubigen reihenweise vor künstlichen Leopardenfellen in Trance fallen, laufen in der deutschen Chichi-Metropole die Pelzträgerinnen über die Kö, tauscht die »Freiwillige Lacan-Gruppe« bei Facebook Fotos des Psychoanalytikers im Pelz und bestellt sich fellbesetzte G-Strings im Internet. Nicht, dass alle diese Phänomene dasselbe bedeuten, behauptet Meinecke, sondern er insinuiert, dass sie etwas bedeuten, was über ihre vergleichbaren Trägermedien hinausweist. Dass man sie mit dem entsprechenden theoretischen und popkulturellen Wissen als ein Mehr entschlüsseln kann. Um dann als Laienkulturanthropologe eine Orgie des Bedeutunggebens und -entschlüsselns zu feiern. Was Thomas Meinecke, nach Thomas-Meinecke-Art, in *Lookalikes* wieder tut. Auch wenn der selbsterklärte Popliterat mittlerweile 56 Jahre alt ist: Mit leidenschaftlicher Emphase hat er erneut ein mit den Mitteln der Bricolage erstelltes Plädoyer für die Bricolage, das Nichtreine und Nichtidentitäre, zusammengesampelt. Hat seine Verdienste um die von Hölzchen auf Stöckchen kommenden Verweissysteme zwischen Popkultur, Literatur und Akademiediskurs erneut größer werden lassen. Ist wieder einmal durch die Referenzhölle als den Ort seines persönlichen Genießens geschritten. Und hat es dabei wiederholt nicht geschafft, einen irgendwie als »Erzählung« zu wertenden Text zu schreiben. Wie ein Schaufelradbagger frisst Meinecke sich wieder durch massenhaft Primär- und Sekundärmaterial, wobei er seine bereits zur Marke geronnene Tertiärliteratur verfertigt, die man – will man sie nicht als formale und auch inhaltliche Stasis oder als Scheitern an der Form des Romans geißeln – zur Konzeptkunst erklären muss. Das Düsseldorfer Personal heißt Josephine Baker, Justin Timberlake, Shakira und Serge Gainsbourg, arbeitet bei Starbucks und in der Kosmetikabteilung von Kaufhof, rennt nach der Arbeit zum Lesekreis, räsoniert über Female Impersonators, die Geschichte des Striptease, Lady Gagas Fleischkleid und ist, auch wenn der Facebook-Alias »Britney Spears« lautet, nicht notwendigerweise biologisch weiblich. Das ist so manisch rund ums Thema »Doing Gender« kreisend wie bei Meinecke seit *Tomboy* (1998) üblich. Deutlich besser wird es in den Salvador-Passagen. Denn dort passiert etwas Überraschendes. In offensiv ausgestellter Nachahmung von Hubert Fichtes Brasilien-Trips und -Büchern fährt auch Thomas Meinecke los, besucht auf den Spuren Fichtes Favelas, Boulevards und die Tempel der Candomblé-Religion. Und kommt übers bloße Fichte-Zitieren hinaus, ja, führt sich als Figur in der dritten Person Singular ein – was er selbst als gewöhnungsbedürftig schildert, dann aber doch irgendwie leicht verdruckst durchzieht. Die latente Klemmihaftigkeit, mit der »der Schriftsteller Thomas Meinecke« oder auch »der Deutsche« seine Eindrücke schildert, ist dabei natürlich verständlich: Die große Verwertungsmaschine, die sich selbst als Autor immer so sehr negiert hat, berichtet plötzlich aus ihrem real life, macht einen auf Reporter! Aber Meinecke kann sein Schreiben noch so sehr in die dritte Person objektivieren und als bloßes Palimpsest von Fichtes 40 Jahre früher entstandenen Bericht-Romanen *Xango* und *Explosion* verkaufen: Seine dichte Beschreibung der ihm erst so fremden Stadt, sein begeistertes Wissenwollen, Beobachten und Nachfragen – das ist echt (obwohl Echtheit natürlich immer irgendwie essentialistisch und fragwürdig ist!), und man kann davon nicht genug bekommen. Die Besuche der Candomblés – einer spezifisch brasilianischen Hybridreligion aus afrikanischem Götterkult und christlicher Heiligenverehrung – entfalten in der Verschaltung von detaillierter Situationsbeschreibung und Querverweisen auf Detroit-Techno, Musicá Popular Brasileira, Katholizismus, die Filmemacherin Maya Deren, Klassiker der Anthropologie und, hier funktioniert's, Lacan eine schöne Wucht. Schade, dass Meinecke sich nicht getraut hat, seinen Salvador-Aufenthalt stofflich für ausreichend zu halten, sondern aus Angst vor zu viel Subjektivität immer wieder das profillose Düsseldorfer Figurentheater als langweiligen Rahmen für sein Zitatkarussell auftreten lässt. (…)

Benedikt Sartorius auf *KulturStattBern – Das Kulturblog des Bund*, 15. 10. 2011:

Bücherkiste: *Lookalikes*

Benedikt Sartorius kauft sich an einem Feierabend spontan den Roman Lookalikes *von Thomas Meinecke.*

Die Velvet Underground-Zeile »What do you think I'd see/If I could walk away from me« steht am Anfang des neuen Romans *Lookalikes* des »Pop-Literaten« Thomas Meinecke. Man steht an der Bushaltestelle, liest über eine Josephine Baker, die sich beim Starbucks an der Düsseldorfer Königsallee einen Kaffee holt, die mit Serge Gainsbourg über die neue *Brigitte* diskutiert, lernt die Britain's School of Spears kennen, in deren Genfer Filiale der Berner Urs die Rollen von Britney Spears studiert. Zuhause ergoogelt sich der Leser Lesespuren, Bilder und begleitende Videos – männliche Britney Spears-Impersonatoren bei *America's Got Talent*, Caetano Velosos *Paloma* in Almodóvars *Hable Con Ella* (mitsamt den weinenden Männern), tweetet den *Jungle Juke*, Slavoj Žižeks *Pervert's Guide* (der ja auch jüngst bei Occupy Wallstreet das Spiegelstadium erfahren hat), hört sich Antony, Erykah Badu, Grace Jones und den mir zuvor noch unbekannten Little Jimmy Scott an – ganz so, wie das die Figuren, Doubles, weder-noch-Wesen in dieser Text-Collage auch tun.

Über den Black Atlantic in den Hörsaal.

Schließlich Salvador da Bahia, die scheinbar afrikanischste Stadt jenseits von Afrika: Thomas Meinecke führt sich als Romanfigur ein, besucht auf den Kult-Spuren des Candomblé die Tempel, erinnert sich bei den religiösen Trance-Trommeln an die Stunden im House-Club und an das Sun Ra Arkestra, bewegt sich als Stipendiat am dortigen Goethe-Institut auf den Spuren des Autoren Hubert Fichte, kauft und präsentiert Perlen der brasilianischen Popmusik. (Ich begnüge mich derweil mit den beiden Souljazz-Compilations Tropicalia und Brazil 70 im CD-Regal.) Identitäten, Gender, Lacan'sche Psy-

choanalyse, Facebookprotokolle, Lady Gagas Fleischkleid, Fetische, Pelzträger, Judith Butler, Mode, kurz: der ganze kulturwissenschaftliche und postkoloniale Tempel steckt in *Lookalikes* unterhaltend und inspirierend drin, und man denkt sich: vielleicht sollte ich doch noch seriös weiterstudieren.
Benedikt Sartorius und Thomas Meinecke sind jetzt Freunde.

Wolfgang Höbel in *KulturSPIEGEL* (*Der Spiegel*), 11/2011:
Neue Bücher
Thomas Meinecke: *Lookalikes*
Da feiern hochinteressante, megaschillernde Leute eine Party, bei denen ich als steifbeiniger Leser leider nicht mittanzen darf – dieser Eindruck beschleicht einen öfter in den Büchern des klugen deutschen Schriftstellers und Musikers Thomas Meinecke. In seinem neuen Werk treibt der Mann sein Diskurs-Scratching am Mischpult der Rollen und Identitäten auf neue, global gestylte Höhepunkte. Zuerst defilieren supersexy aufgebrezelte Doppelgänger von Britney Spears und Justin Timberlake über die Düsseldorfer Königsallee und chatten, was die Tastatur hergibt. Dann steppt eine Coverversion von Meinecke selbst durchs brasilianische Salvador da Bahia. Tolle Beobachtungen, Theoriefetzen und lustiger Quatsch fügen sich zu einem weltläufigen Verweise-Puzzle, nur die Zusammenbauanweisung dafür scheint irgendwo verlorengegangen zu sein.

Fritz Ostermayer auf *fm4.ORF.at*, *Stories*, 09. 11. 2011:
Ein kluges Delirium
(...)
Die Bezeichnung Roman für dieses dekonstruktivistische Spiel der Gedanken ist leicht irreführend, würde man herkömmliche Romankriterien wie einen narrativen Strang oder das allmähliche Entwickeln von Figuren einfordern. Muss man aber nicht: statt gehandelt wird halt verhandelt, und zwar –

wie immer bei Meinecke: Fragen von Sex, Race, Gender und überhaupt Identität, die als Subjekteingrenzung, also als das, was wir einmal »Ich« genannt haben, angeblich eh längst nicht mehr existiert. Also Doppelgänger hin oder her: Ich ist in *Lookalikes* nicht einmal mehr ein anderer, »Ich« hat sich im schier endlosen Hirnschwurbel poststrukturalistischer Diskurse einfach in heiße Luft aufgelöst.

Doch dieser Verlust ist gar nicht so schlimm, eher schon komisch: »Man ist verleitet, Britney heute Abend Günther zu rufen, der Name, auf den sie von ihren Eltern, de facto von ihrem Onkel, Pastor im Thüringischen, getauft wurde.«

Das System Pop und dessen Ausweidungswut von Allem ist die Folie, auf die sich sämtliche Protagonisten/Wortspender einigen können. Darüber und darunter blubbern unzählige Subsysteme, deren Namen selbst wieder neue Stil- und Denkschubladen aufmachen. Namen wie Le Corbusier, Architektur-Ikone, Alexander McQueen, Mode-Ikone, oder Jaques Lacan, die Psychoanalytiker-Ikone als Totalverweigerer jeder praktischen Vernunft und des Alles-verstehen-Müssens.

Auf Seite 182 des Buches finde ich ein herrliches Zitat Lacans, das auch mich davon befreit, alles in und an *Lookalikes* verstehen zu müssen. »Jaques Lacan bekommt am 29. Oktober 1974 eine Frage gestellt. Ihre *Écrits* sind sehr dunkel, sehr schwierig. Jemand, der seine eigenen Probleme verstehen will, wenn er sie liest, ist zutiefst verwirrt, fühlt sich unwohl. … Meine *Écrits*, ich habe sie nicht geschrieben, damit man sie versteht, ich habe sie geschrieben, damit man sie liest. Das ist ganz und gar nicht dasselbe.« *Bingo!*

Und als wäre das noch nicht genug Futter für Denkschaffe und Spekulation, taucht im Roman auch noch eine Schriftstellerfigur namens Thomas Meinecke auf, die sich als Goethe-Institut-Stipendiat im brasilianischen Bundesstaat Bahia auf die ethnographischen Spuren des 1986 verstorbenen Dichters Hubert Fichte macht. Jetzt prasseln zum Namedropping-Ge-

witter auch noch Voodoo-Magie, afrokatholische Geheimriten und unaussprechliche Orte auf uns ein, und eine Referenzhölle tut sich auf, die alles verschlingt: Durchblick, Reflexion und die sieben Zwetschgen, von denen ich dachte, dass ich sie eben noch beisammen hatte. *Lookalikes* wird zu einem Ocean Of Words, zu einem gedruckten Pendant des von Meinecke so geschätzten *Ocean Of Sound* ohne Anfang und Ende, wird uferlos und nicht mehr von einem zum anderen Ende durchschwimmbar.
Das Tolle an Meineckes obsessiver Sprudelprosa ist aber genau das: dass hier einer in Fragen des Begehrens auf ozeanisches Denken und Fühlen setzt, auf einen prinzipiellen Endlos-Mix von Reflexion und den die Reflexion stets begleitenden Groove. Übel meinend könnte man das auch postmoderne Beliebigkeit schimpfen, aber da übersähe man doch die Poesie einer solch additiven Auflistungs-, Vernetzungs- und Algorithmus-Prosa, die sich zurecht hier auch auf Hubert Fichte beruft und dessen literarische Vorliebe zur reinen Benennung.
Irgendwann habe ich mich aber trotzdem ergeben und nur noch ziellos im Buch treiben lassen – einmal mich dem Techno/House-Strudel überlassend, dann wieder auf der Queerness-Welle reitend – und aufgegeben, alles mit allem in Verbindung bringen zu wollen. Das macht eh Thomas Meinecke – ziemlich einzigartig sogar: weil sowohl manisch, wie es einem obsessiven Fan zusteht, als auch analytisch, wie es sich für einen diskursiven ... ähmn ... Popmodernen gehört.
Nennen wir *Lookalikes* einfach ein kluges Delirium. Und ein Delirium muss man ja nicht unbedingt verstehen ... oder doch, Monsieur Lacan?

Didi Neidhart in *Versorgerin, Zeitung der Stadtwerkstatt*, Nr. 92/2011:

I'll Be Your Mirror

Didi Neidhart über den neuen Roman *Lookalikes* von Thomas Meinecke.

In einem Interview zu seinem 2007 veröffentlichten Roman *Musik* erwähnte Thomas Meinecke schon einmal die Idee, Figuren aus seinen Romanen in andere Romane reinzuschicken, um »mal (zu) kucken, was da passiert« (bei *Musik* werden die ProtagonistInnen ja schon kurz in Kitty Hansons 1978er Klassiker über die Disco-Ära *Disco Fieber* reingeschickt). Bei Meineckes neuem Roman, *Lookalikes*, durchqueren sich nun quasi (mindestens) zwei Meinecke-Romane.

Da wären einmal die Lookalikes von Josephine Baker, Marlon Brando, Elvis Presley, Justin Timberlake, Serge Gainsbourg, Greta Garbo, Shakira und Britney Spears (»eigentlich Günther«), die auf der hippen Düsseldorfer Königsallee herumflanieren, biologisches und impersoniertes Geschlecht gerne crossen, einen Freiwilligen Lacan-Lesekreis oder »School of Spears« besuchen wollen und dazu Bücher u.a. über Lacan und Burlesque-Shows lesen (bzw. sich gegenseitig vorlesen, mailen, facebooken).

Andererseits geht es um einen deutschen Schriftsteller, der zu Studienzwecken nach Brasilien, konkret nach Salvador da Bahia, geschickt wird. Dort soll sich auf den Spuren des sexuell andersdenkenden und der afro-brasilianischen Religion des Candomblé mehr als zugeneigten Ethno-Poeten Hubert Fichte an die Arbeit gemacht werden. Dass der Schriftsteller (Meinecke selber) sowohl Fan von Fichte wie des Candomblé (der auf Kuba Santeria und auf Haiti Voodoo genannt wird) ist, mag zuerst als Startvorteil angesehen werden, verkompliziert sich jedoch zusehends. Nicht nur, weil es zwischen den Düsseldorfer Lookalikes und den synkretistischen afro-brasilianischen Religionen, bei denen die Gottheiten gleichzeitig afrikanische wie »katholische Undercover-Heilige« (Meinecke) darstellen, die von den bei den Zeremonien in Trance Gefallenen ihrerseits wieder impersoniert werden, zig transatlantische Querverbindungen gibt (die jedoch auch erst mal genauer erforscht werden wollen).

Statt also einfach Figuren in andere Romane zu schicken, wird nun der Autor selbst wo reingeschickt und tut dort vor allem »mal kucken, was da passiert«.

Und so geht es gleich direkt rein in einen Strudel aus Orixás, Voodoo, Voguing, Maya Deren (*Divine Horsemen*), Marlene Dietrich (*Hot Voodoo*), Synkretismus (dessen Erscheinungsform »in Reinkultur« zur verzweifelten Suche wird), Afro-Futurismus (erneut Paul Gilroys *Black Atlantic*-Komplex), Signifying (das »uneigentliche Sprechen« und das ebenso gedachte Aussehen/Erscheinen/Performen) sowie jede Menge neu zu entdeckender (brasilianischer) Musik, die Meinecke fasziniert mit »unglaubliche Polyrhythmik, afrikanische Rhythmen, europäischer Kontrapunkt« zu umschreiben versucht und bei der auf unglaubliche Art und Weise immer noch »die Harmonien exilierter deutscher 12-Ton-Komponisten« durchschimmern.

Wie bei allen Romanen Meineckes dreht sich auch bei *Lookalikes* das Diskursrad um Identitätszuschreibungen entlang der Kategorien race, gender, class, nur dass es sich diesmal sehr deutlich um mehrere Räder handelt, die sich da stets durchqueren, auch mal zum Stocken kommen, die Positionen wechseln, ins Leere laufen. Immer wieder werden Diskussionen abgebrochen, auf morgen verschoben, oder es wird sich vorgenommen, das eine oder andere Thema doch auch endlich einmal angehen zu wollen (weil es eh schon seit langem quasi unter der Haut brennt).

Lookalikes verkompliziert das alles noch, weil hier die Identitätskonstruktionen (jene in Düsseldorf wie jene in Bahia) selber alle »in drag« erscheinen. Als »doubled doubles«, wie es in

Ishmael Reeds *Mumbo Jumbo* heißt, die »das Leben als Palimpsest« erfahren und sich analog zu Roland Barthes Kulissen, Situationen und Charaktere »erborgen«. Nicht umsonst heißt es an einer Stelle dann auch, »some fakes are prettier than the real ones«. Selbst Josephine Baker sprach ja immer von »Doing Josephine« und ließ sich dabei auch von biologisch männlichen Josephine Baker-Lookalikes zu ihren eigenen Shows inspirieren. Dolly Parton wurde gar bei einem Dolly Parton-Lookalikes-Contest »von einem riesigen Transvestiten auf den zweiten Platz verwiesen«.

Alles, was um Meineckes Bücher herum passiert, der Wust, das Ausufern, das Wuchern jenseits des konkreten Textes, ist schon als Teil des jeweils neuen Buches konzipiert, bzw. als das, was sich in den jeweiligen Leerstellen, den Diskurs/Denk-Abbrüchen, dem »das-schauen-wir-uns-mal-später-an« jenseits der Buchdeckel abspielt. Hier rhizomelt es nicht nur im intertextuellen Widerschein zwischen den Büchern, sondern auch zwischen den Büchern und den LeserInnen.

Für Florence Feiereisen fungiert daher in ihrer unlängst erschienenen Untersuchung *Der Text als Soundtrack – der Autor als DJ* über Meineckes »Klangliteratur« auch »der Leser als DJ«. Jederzeit kann das Buch zur Seite gelegt werden und selber einem gerade angerissenen Strang gefolgt werden (egal, ob dazu zum Platten- oder zum Bücherschrank gegangen werden muss). Dadurch, dass in *Lookalikes* sowieso hauptsächlich via Facebook und mittels YouTube-Links kommuniziert wird, verdichten sich diese Interaktionen zu einem vergnüglichen Hin und Her zwischen Buchlektüre und Internetherumsurfen. Was auch unheimlich Spaß macht und zuweilen auch etwas unheimlich wirkt. Etwa wenn beim Lesen schnell mal pausiert und auf YouTube nach dem gerade eben erwähnten Video gesucht wird und fast zeitgleich im Roman dasselbe passiert, wir also quasi gleichzeitig genau das tun, was sich auch im Roman gerade ereignet.

Genau hier finden wir jedoch auch jene »utopischen Lücken«, von denen Feiereisen spricht. Romanstellen, die wie Breaks daherkommen, einen Cut markieren, von dem aus es auch ganz anders weitergehen könnte.
Kurz: Die Rollen können sich relativ schnell vertauschen. Das lesende Subjekt postet etwas auf Facebook und findet sich wenig später als Romanfigur wieder.
Auch der in Baiha auf den Spuren »des hamburgerischen Pioniers der Popliteratur Hubert Fichte wandernde Popliterat Meinecke« muss relativ schnell feststellen: »Thomas Meinecke ist jetzt eine Romanfigur.« Der Autor ist zum eigenen literarischen Lookalike geworden und verliert sich selber immer mehr in einer Geschichte, die sich nicht beherrschen lässt, die aber gerade deshalb auch ungeheuer Spaß macht. »Alles immer vergleichen müssen in der popistischen Verweishölle. Immer ein Äquivalent finden wollen. Und sich dann aber an den kleinstmöglichen Unterschieden ergötzen.« Genau mit diesem Anspruch (andere mögen dazu Tick oder Zwangsneurose sagen) durchstreifen die »Lookalikes« ihre jeweiligen »Referenz/Verweishöllen«. Feiereisen spricht von »Assoziationsnetzen« als Remixe von sich zuvor schon während des Schreibens als »Materialsammlungsprozess« gebildeten Rhizomen. Meinecke lässt uns ja immer auch an »Denk-, Transformations-, Lese-, Hör- und auch Verzweiflungsprozessen« teilhaben und benennt dabei auch stets, worum es gerade geht, bzw. wo wir uns gerade befinden: Stotternd stehen wir in »einem Teppich aus Worten, um den Punkt zu vermeiden«, umringt von »Haufen von Begriffen«. Und wie bei Fichte plötzlich eine Hauptfigur (Pierre Verger) einfach aus dem Roman abhaut (Fichte: »Der ist jetzt vermisst, der kann doch nicht einfach aus meinem Roman verschwinden.«), so verschwindet im »Gewusel von Wörtern« von *Lookalikes* die »Romanfigur Meinecke« auf einmal selber und gilt fortan als lost in the »Verweis-Dschungel«, in jenen für Meinecke so typischen

Schachtelsätzen, die Feiereisen als »zu lang, um sich am Ende des Satzes an den Anfang zu erinnern«, diagnostiziert.
Aber wie meinte schon dereinst Lacan: »Meine *Écrits*, ich habe sie nicht geschrieben, damit man sie versteht, ich habe sie geschrieben, damit man sie liest.«
Nicht auszudenken, wenn es zu Lacans *Écrits* auch eine so tolle CD wie die von Meinecke zusammen mit Move D für *Lookalikes* gegeben hätte. Die zeigt mit ihrem Mix aus Candomblé-Digi-R&B- und House-Rhythmen (die sich alle in erstaunlichen Verwandtschaftsverhältnissen bewegen), dass Meineckes »Text als Soundtrack« auch in Sachen »Hörspiel« locker die Grenzen zwischen den Genres überschreitet (wie es beim Vorgängerwerk *Work* ja auch schon der Fall war). Schrift, Sprache, Klänge und Rhythmen wirbeln dabei in einem ständigen Tanz herum, ohne die literarische Vorlage einfach zu illustrieren. Viel eher gehört die CD selber zu den Wucherungen, die der Roman generiert. Aber Denken und Tanzen hat sich hier ja noch nie ausgeschlossen.

Christina Borkenhagen in *Kreativität des Findens. Figurationen des Zitats*, hg. von Martin Roussel, Wilhelm Fink Verlag, München, 2012, S. 333 ff.:

Thomas Meinecke im Gespräch mit Christina Borkenhagen –
Das Oszillieren zulassen

Christina Borkenhagen: Thomas, Deine Bücher zeichnen sich dadurch aus, dass sie die von Jacques Derrida in Signatur Ereignis Kontext *postulierte »allgemeine Zitathaftigkeit der Sprache« sozusagen beim Wort nehmen und umsetzen. Die Konstruiertheit Deiner Romanfiguren wird durch Deinen manierierten Stil bewusst gemacht. Könnte man sagen, dass Zitieren die* ausgestellte *Bedingung für Dein Schreiben ist?*
Thomas Meinecke: Ja, absolut. Der Manierismus zum Beispiel zeigt sich bei mir in Zuschreibungen, die gleichzeitig ausstel-

len, dass sie Zuschreibungen sind – wie etwa wenn ich »die vierundzwanzigjährige Brünette« schreibe, oder auch »der Popliterat Meinecke«. Aber natürlich bediene ich mich auch anderer stilistischer Konstruktionen; insgesamt ist es immer wichtig für mich, im Sound der Sprache die Distanz zur Sprache (und damit auch zur Sache) zu markieren. Diese Distanz ist eine kritische, aber auch eine schöne Distanz, und man kann sie als mein poetologisches Programm beschreiben: denn durch das Ausstellen der Distanz befindet man sich bereits mitten in der Différance, aus der so viel zu holen ist. Als Schriftsteller habe ich allerdings die Freiheit, ohne Anführungszeichen zu zitieren, nicht alles restlos klären zu müssen. Ich kann auch das Oszillieren zulassen – das ist vielleicht die Freiheit der Kunst.

CB: Dein neuer Roman heißt Lookalikes, *und einige der Hauptfiguren verdienen ihr Geld damit, berühmte Persönlichkeiten – von Josephine Baker bis zu Justin Timberlake* – darzustellen, *oder gar zu sein? Hat Dich an diesen Doppelgängern gereizt, dass sie andere Menschen zitieren und damit selbst zu Subjekten in Anführungszeichen werden?*

TM: »Doppelgänger« scheint mir nicht der passende Begriff zu sein, denn er impliziert ja feste Gegebenheiten, ein Original und eine Kopie – doch bereits Josephine Baker sagte von sich, ein *Act* zu sein, und nannte es »doing Josephine«. Noch kurz vor ihrem Tod sah sie sich einen *female impersonator* ihres *Acts* an, denn nicht das Messbare der Ähnlichkeit mit der imitierten Person zählt, sondern, wie überzeugend der *Act* vollzogen wird. Josephine Baker stand also, wenn Du es so nennen willst, bereits in Anführungszeichen. Vielleicht stünden dann der Düsseldorfer Justin Timberlake oder die Thüringer Britney Spears in doppelten Anführungszeichen ... Wichtig war es mir, Identität als performative Größe zu zeigen, nicht als etwas monumental Geschlossenes.

CB: »Thomas Meinecke ist jetzt eine Romanfigur« – ein weite-

rer Handlungsstrang von Lookalikes, *oder besser gesagt: die zweite Platte, die läuft, dreht sich um Deine Zeit als »Author in Residence« (...) in Salvador da Bahia im Frühjahr 2010. Du sagst über Dein Schreiben, dass Du nichts erfinden willst, hast den von Roland Barthes postulierten* Tod des Autors, *also des quasi autonomen Autor-Subjekts, der Herr über sein Material ist, einen* verdienten *genannt, und würdest Dich wahrscheinlich eher als Text-DJ bezeichnen. Nun hat der Text-DJ ja nicht nur ein Problem mit erfundenen Welten, sondern auch mit dem autobiographischen Schreiben, das auch immer »Dichtung und Wahrheit« ist. Musste die Romanfigur Thomas Meinecke installiert werden, um dieses Problem zu umgehen?*

TM: Als ich in Salvador da Bahia war, schrieb ich bereits an *Lookalikes* – und dann drängte sich mir diese unglaubliche Parallele auf: Fans, die ihre Stars emulieren, und die Gläubigen des Candomblé, die von ihren Göttern besetzt werden – und so entstand daraus *ein* Buch. Ich verteile mein Denken eigentlich immer auf alle Figuren, auch in *Lookalikes*. Aber in Brasilien war die Autor- oder ›lesende Instanz‹ auf einmal unmittelbaren Eindrücken ausgesetzt, und ich wollte eine Figur einsetzen, die die Funktion erfüllt, diese direkten Eindrücke zu bezeichnen. Da die Figuren in Salvador da Bahia (...) mit ihren realen Namen genannt wurden, da es Wiebke Kannengiesser, Angela Lühning etc. tatsächlich gibt, musste es logischerweise auch Thomas Meinecke geben.

CB: Und wie hat das für Dich funktioniert? Konntest Du sozusagen den Track »Thomas Meinecke« auflegen?

TM: Ehrlich gesagt, war es anfangs schon ein merkwürdiges Gefühl, den Namen »Thomas Meinecke« zu schreiben, schlimmer wurde es noch, wenn ich den Nachnamen wegließ: »Thomas« kam mir aufdringlich, anbiedernd vor. »Ich« zu schreiben wäre mir unmöglich gewesen, denn natürlich hatte ich auch Angst, biographischen Ballast mit hinein zu bringen – und ich mag an meinen Figuren ja gerade, dass sie *keinen* psychologischen Ballast mit sich herumschleppen. Aber mit Fichtes Texten im Gepäck konnte ich weiterhin Leser bleiben; ich konnte ihn sozusagen vor mich schieben, und das popistische Abtastsystem, das seinen Schreibprozess bestimmte, kommt dem meinen auch sehr entgegen. Andererseits hatte Fichte auch gewisse tiefenpsychologische Vorstellungen von Sexualität und das Bedürfnis, darüber zu schreiben – ob nun in Bezug auf seine Mutter, seine Partnerin Leonore Mau oder den Candomblé – was seinen Texten einen Touch Essentialismus verleiht, dem ich mich ja gerade verwehre. Fichte reiste außerdem als Journalist durch Brasilien, und in diesem Auftrag (was man sicherlich als Antwort auf die Forderung des Journalismus verstehen kann) wurde er auf schlappe Weise tiefgründig und deutelnd. In jedem Fall hat es mich sehr gefreut (und auch erleichtert), gegen Ende des Buches, nach einem Interview mit Wiebke Kannengiesser, Thomas Meinecke einfach verschwinden zu lassen, sozusagen *auszufaden*, und damit auch jegliche ordnende Instanz oder Erzählerfunktion.

CB: Auf Hubert Fichtes Spuren in Brasilien unterwegs, hast Du unter anderem auch selbst an Candomblé-Zeremonien teilgenommen. Wie würdest Du die Zitathaftigkeit des Synkretismus beschreiben?

TM: Der Synkretismus entstand durch notgedrungene Überschreibungen: da die afrikanischen Götter der damaligen Sklaven nicht toleriert wurden, musste ihnen eine Entsprechung aus dem Pool der katholischen Heiligen gegeben werden. Doch da ihre Religionen – Candomblé, Voodoo etc. – mittlerweile nicht mehr unterdrückt werden, gibt es diese Überschreibungen kaum noch, und in Candomblé-Tempeln sieht man fast nur noch afrikanische Zeichen und Götterfiguren. Nur in den Zubehörläden der Tempel sieht man noch die ganze Vielfalt: dort kann man Opfertiere, christliche Heiligenfiguren sowie die Figuren blonder Seemänner erwerben, Wein für die Götter und Zigarren und billigen Schnaps für die

Caboclos, eine Art indianische Kobolde. Vielleicht ist das heutige synkretistische Moment eher das Sowohl-als-Auch, dass über 90 Prozent der Bevölkerung *auch* katholisch sind und problemlos zuerst zur Kommunion und danach in einen Candomblé-Tempel gehen. (...)

Hubert Winkels in *Die Zeit*, 05.01.2012:

Keine Lust mehr

Bei Thomas Meinecke rotieren die achtziger Jahre in einer endlosen Wiederholungsschleife

Alles hat seine Zeit. Moden sowieso. Aber was passiert, wenn jemand sein ganzes literarisches Werk auf einer Mode aufbaut? Es wird langweilig. Dabei fing alles so grandios an. In den späten Achtzigern zog eine Handvoll junger Menschen aus, die Fragen nach Wahrheit, Identität, Biographie und Relevanz an die sprachlichen und kulturellen Praktiken rückzubinden, die im Alltag, in den Künsten, in den Institutionen, im Pop steckten. Thomas Meinecke war seinerzeit einer von ihnen.

Thomas Meinecke war einer der Eifrigsten und Originellsten dieser Alltagsethnologen. Ich erinnere mich, wie er mir einmal, nachdem er sich an der Kö in Düsseldorf umgesehen hatte, der berühmten Luxus-Mode-Meile, beseligt von all den gut riechenden, duftigen, frisch gelockten, locker vornehmen Damen vorschwärmte. Besonders begeisterte er sich für die Art, wie die Damen ihre schnauzbärtigen Miniterrier in der Armbeuge trugen wie teure Handtaschen, so vorsichtig und so auffällig diskret. Thomas Meinecke, der Musikphilologe der *black culture*, der postkoloniale Grenzverschieber, der Politpop-Mixer und kunstkultivierte Soundsampler, dieser theoriebesessene DJ Meinecke hatte etwas gesehen, was auf den ersten Blick so geldgesteuert anders war als alles, was er auf seine Meinecke-Art seit Jahren philologisch zubereitet. Doch gleich darauf erklärte er mir, wie dieses Andere dennoch denselben kulturellen Mustern gehorcht, die er in fast allen Segmenten der Gesellschaft sonst zu identifizieren beliebt: in Politik, Sexualität, ethnischer Zugehörigkeit, Religion und so weiter. Kurzum, er hatte im samtausgeschlagenen Innersten des kapitalistischen Konsumismus die kulturelle Technik des Kopierens und der Verschiebung von Bedeutung und Identität entdeckt.

Dieser Technik entsprechen als titelgebende Figuren in seinem Roman: die Lookalikes. Leute, die so aussehen wie jemand anders, aber nie ganz, sondern immer in spezifischer Abweichung und Differenz. In seinem Roman sind das: Shakira, Josephine Baker, Serge Gainsbourg, Marlon Brando, Justin Timberlake oder Rudolph Valentino. Sie arbeiten im Kaufhof an der Kö, Galeria genannt, und bei Starbucks, also gerade nicht da, wo die Damen sich aufhalten, denen Meineckes ursprüngliche Faszination galt (die verkehren bei Eickhoff). Es sind Studententypen, junge Menschen, die an die Konvertierbarkeit von Theorie und Leben glauben, denen Philologie näher geht als Liebeskummer und die alles immerzu übersetzen in etwas anderes, weil sie nicht wirklich etwas zu verlieren haben, schon gar keine Herkunft.

An solcher Konvertierbarkeit ist Meinecke interessiert. Und zwar auf allen Ebenen und in jeder Hinsicht. Man darf sich das nicht zu eng vorstellen. Tatsächlich verlagert der Roman seinen Schwerpunkt ab der Hälfte nach Brasilien, nach Salvador da Bahia. Und was am reichen Rhein die Lookalikes plus Claudia Schiffer und Gisele Bündchen sind, das sind in den bahianischen Favelas die Götter des Candomblé. Ebendort, am Ort des religiösen Synkretismus, hatte Meinecke, lange nach seinen Düsseldorfer Erlebnissen, die durchlässige Grenze zwischen Göttern und Menschen erkundet. Immer dabei und mittendrin in Meineckes Betrachtung der Szenen ist Hubert Fichte, der Dichter-Ethnologe-Kulturtheoretiker, der vor ihm da war (in Bahia und auch sonst), so wie Meinecke überhaupt immer nur schreibt, wenn etwas und einer vor ihm da war und Vorgaben macht, wenn ihm etwas vorliegt, wenn jemand etwas vorlügt, wenn er selbst eben nachbereitet, nacharbeitet, nächtlich entstellt und verändert, ähnlich und doch anders: lookalike eben.

Doch irgendetwas fehlt diesem unendlichen Spiel mit Differenz und Identität. Es ist die literarische Einlösung. Dasjenige, auf das all diese Als-ob-Figuren aus sind und das in der christlichen Tradition Transsubstantiation heißt.

Doch Meineckes Held macht seine Erfahrungen in Salvador da Bahia lieber in Auseinandersetzung mit Hubert Fichtes Ethno-Essays wie *Xango*, aber vor allen mit dessen letztem Roman *Explosion*. Ihm geht es mehr um die zeichentheoretische Wollust der Transsubstantiation. Für ihn ist die Transsubstantiation, die eigentlich eine reale Anwesenheit feiert, lediglich ein Kultur produzierendes aufschiebendes Verfahren. Nun ist die Frage nicht, ob dieses Denken zeichen- oder erkenntnistheoretisch plausibel und gut handhabbar ist. Das mag sein. Doch ist es müßig, darauf in jeder Zeile ausdrücklich zu bestehen, auf jeder Seite des Buches die Materialität der Welt zugunsten ihrer Zeichen zu leugnen. Man denkt an Weltflucht, Gnosis.

Wenn bei Meinecke jemand ohne Rollendistanz und -spiel »ich« sagt, ist er »nicht auf der Höhe der Diskussion«, wie es einmal heißt. Und danach sieht denn auch die Sexualität im Roman aus: unsexy wie ein Akademieseminar über Genderfragen in der angelsächsischen Kulturtheorie.

Hat man auf numerisch vierhundert und gefühlt achthundert Seiten derart die Welt vermessen, dann weiß man nicht mehr, ob man Männlein oder Weiblein ist (das könnte Meinecke so gefallen!), doch das heißt auch, man hat keine Lust mehr. Es ist eh alles eins, weil alles immer auch was anderes ist. Ganz selten überfällt Meinecke eine »echte« Erregung: Wenn der Musikkenner das Zusammenspiel einer der berühmten perkussiven Rhythmusgruppen aus Salvador (selbst Michael Jackson hat dort trommeln lassen) mit ebenso komplexen Blechbläsereinsätzen genießt, dann treten ihm schon mal Tränen in die Augen. Hier, denkt man, könnte endlich ein anderer Meinecke-Roman anfangen, hier, wo die Lust überquillt oder der Schmerz darüber, dass diese immer gebunden ist an die Künstlichkeit der Kunst. Gelingt der Neustart nicht, dann haben wir auf ewig getextete schleifenförmige Lounge-Musik vor uns, Easy Listening mit Modetussis und phallischen Göttern: Auf Repeat gestellte Achtziger-Jahre-Modediskurse. Es wäre zum Verzweifeln. *Mode und Verzweiflung* hieß die Münchner Zeitschrift damals. Es fing alles so grandios an.

Morel auf *gleisbauarbeiten.blogspot.com*, 05.01.2012:
Postmoderne Idyllen.
Die Romane von Thomas Meinecke
Affirmation. In *Lookalikes*, seinem neuesten Roman, zitiert Thomas Meinecke aus Roland Barthes *Sprache der Mode* unter anderem diese Sätze: »Wenngleich es möglich ist, Romane zu konzipieren, in denen nichts geschieht, vermag die Literatur doch kein Beispiel eines Romans anzubieten, in dem auf Schritt und Tritt Euphorie herrschte.« Dies aber, so Barthes, sei der Mode möglich, da ihre Erzählung fragmentarisch bleibe und keine »organische Reifung« kenne. Diese vor 50 Jahren geschriebenen Sätze versuchen die Romane Meineckes zu widerlegen. Die handelnden Figuren in *Lookalikes* werden für Veranstaltungen als Widergänger von Stars wie Josephine Baker, Britney Spears oder Shakira gebucht. Neben Broterwerbstätigkeiten in Parfümerien und Kaffeebars, beschäftigen sie sich hauptsächlich aber mit postmoderner Kulturtheorie, den Schriften des Psychoanalytikers Lacan oder der Aufhebung von Geschlechtsstereotypen in burlesken Striptease-Aufführungen. Die Lektüre dieser Schriften geschieht affirmativ. Es wird nicht hinterfragt, verglichen oder kritisiert,

sondern die Zitate gesucht, die zur eigenen These passen. Es herrscht tatsächlich eine ständige Euphorie über den Reichtum an Wissen, der heute über soziale Netzwerke und Suchmaschinen verfügbar ist. Am Widerspruch zwischen banalen Alltagsjobs und abgehobenen Theorien leidet bei Meinecke keine und keiner. Auch die Geschlechterrollen sind eine Frage der Wahl und nicht der Biologie: wer weiblich sein möchte, darf dies mit oder ohne Penis.

Pop. Deutschland ist wahrscheinlich das einzige Land weltweit, in dem der Begriff Popliteratur als Kategorie in vermeintlich erkenntnisfördernder Weise von anderer Literatur unterschieden wird. Dabei handelt es sich weniger um ein Genre als um ein literarisches Verfahren. Oberfläche gegen Tiefe, Aufzählung gegen Einmaligkeit, Fragment gegen Erzählung, in diesen Dichotomien setzt sich die Popliteratur von der etablierten ab. Für Meinecke zentral: Künstlichkeit gegen Natur. Vielleicht setzt Popliteratur an einem anderen in Deutschland beliebten Gegensatz an: dem zwischen Unterhaltungs- und ernster Literatur. Aber in einer interessanten Verdrehung: denn die erfolgreiche Massenliteratur setzt gerade auf vereinfachte Formen des 19. Jahrhunderts: Erzählung, Natur und Geschichte. Pop dagegen beerbt die moderne Tradition des Traditionsbruchs und feiert die Gegenwart. Eine ähnliche Verschiebung in der populären Musik seit Ende der 60er Jahre. Der progressiven Rockmusik, in der unaufhörliche Gitarrensoli das Subjekt feiern, wird die offen künstliche Popmusik des Glamrocks und später von Disco entgegengesetzt. Innerlichkeit und Expressivität von Rock und Folk gegen Oberflächlichkeit und Kühle von Pop und Disco. Dass solche Gegensätze in Deutschland unter dem Begriff Pop verhandelt werden, bleibt seltsam: ein Erbe des Idealismus, die Avantgarde geht in die Disco und erfindet sich ein Volk.

Zitat. Auffällig an den Romanen Meineckes: die zahlreichen, ausführlichen und offen ausgestellten Zitate aus den von den

Protagonisten gelesenen Schriften. Die Recherche verschwindet nicht im Text, sondern sie konstituiert ihn. Das Handlungsgerüst ist dabei kaum mehr als ein federleichtes Geflecht, an das Themen geheftet werden, für die sich die Figuren interessieren. Oft erfahren wir außer Beruf und Wohnort wenig mehr über die Figuren als ihre intellektuellen Obsessionen: von poststrukturalistischer Literaturtheorie über Gender Studies bis zu Fragen postkolonialer Identitätsbildung. Was es an Handlung gibt, bleibt oft folgenlos. In *Lookalikes* wie im Vorläuferroman *Jungfrau* kommt es zu vor allem über Internetchats ausgelebten Affären. Konflikte, etwa mit den Ehepartnern, entstehen daraus nicht. Was geschieht, geschieht im Diskurs.

Autor. Neu in *Lookalikes*, der Autor tritt als Thomas Meinecke nun selber unter seine Figuren und schildert einen Aufenthalt als Stipendiat in Salvador da Bahia. Das Interesse für den bisexuellen Schriftsteller Hubert Fichte und die religiösen Zeremonien der Afrobrasilianer, bei denen Göttinnen und Götter in die Besessenen fahren, verbindet sich bruchlos mit der Wiederbelebung toter Stars wie Elvis und Marilyn Monroe durch die anderen Protagonisten des Romans. Nun ist aber Thomas Meinecke kein Lookalike von Thomas Meinecke. Auffällig wird das in den fragmentarischen, sehr pointierten Reiseskizzen aus Brasilien. Wie einige andere Romane Meineckes – *The Church of John F. Kennedy*, *Hellblau* – ähnelt *Lookalikes* in diesen Passagen einem Genre, das auf Entwicklung und Tiefe gut verzichten kann: dem Reisejournal. Sehr zurückhaltend, aber im Kern offen, beschreibt Thomas Meinecke seine Reaktionen auf Armut, Religion und das gesellschaftliche Leben im dortigen Kulturbetrieb. Die Konfrontation mit dem Fremden fördert eben unausweichlich die Frage nach der eigenen Identität, die das postmoderne Maskenspiel von Meineckes Romankunst sonst gerne auf einen jüngsten Tag verschieben möchte. In den religiösen Riten der Brasilianer kehrt der Messdiener-Katholizismus der Kindheit wieder, in Hubert Fichtes Romanen das Hamburg der 70er Jahre, in dem Meinecke aufgewachsen ist. Diese Erfahrungen, die Thomas Meinecke seinen anderen Romanfiguren voraus hat, werden aber nicht essentialistisch überhöht. Sie sind Ausgangspunkte für ergebnisoffene Forschung. Aber ganz trivial ist es nicht, wo eine Reise beginnt.

Poetik? In der nächsten Woche beginnen die Poetik-Vorlesungen Thomas Meineckes an der Universität Frankfurt. Die Poetik Meineckes liegt in seinen Romanen offen zu Tage, es gibt hier keine Geheimnisse: Es geht gut antinaturalistisch um eine Poetik des selbst bestimmten und daher geglückten Lebens. Diese postmodernen Idyllen blenden alles aus, was ihrer Verwicklung im Wege stehen könnte: familiäre Prägungen, ökonomische Zwänge und politische Unterdrückung. Darin ähneln sie tatsächlich der Popmusik: eine Feier eines anderen Lebens, das als mögliches Leben das übliche in Frage stellt.

Jens-Christian Rabe in *Süddeutsche Zeitung*, 07./08.01.2012:

»Es ist schwieriger geworden mit den Feinden«
Der Schriftsteller, DJ und Musiker Thomas Meinecke über Lady Gaga, deutsche Gegenkultur, München und seine Frankfurter Poetik-Dozentur

(…)

Jens-Christian Rabe: Die Poetik-Dozentur an der Frankfurter Goethe-Universität führt Sie von kommendem Dienstag an fünfmal als Lehrer Ihrer eigenen Kunst an ein Hörsaalpult. Wie wohl ist Ihnen als Sample-Künstler an so einem autoritären Ort?

Thomas Meinecke: Zum Glück sind die, die mich eingeladen haben, auf alles gefasst. Ich werde einen Plattenspieler dabeihaben und Musik spielen, klar. Eine Kamera wird das Etikett der rotierenden Platte groß an die Hörsaalwand projizieren.

JCR: Sie discofizieren den Hörsaal also, um sich wohler fühlen zu können.

TM: (…) Grundsätzlich hatte ich ein großes Problem damit, einen Ton für die Vorlesungen zu finden. Ich wollte nicht von einem Sockel darüber dozieren, wie ich schreibe. Ich werde deshalb ein Patchwork vortragen aus Texten, die schon mal irgendwo veröffentlicht worden sind. Von mir und über mich. Es sind auch Verrisse dabei. Aus denen erfährt man oft gut, wie ich arbeite. Wenn ich etwas neu geschrieben hätte, wäre ich bei einem zu hohen Ton gelandet. Davor hatte ich Angst. (…)

Maik Bierwirth in *Doing Contemporary Literature. Praktiken, Wertungen, Automatismen*, hg. von Maik Bierwirth, Anja K. Johannsen und Mirna Zeman, Wilhelm Fink Verlag, München, 2012 (im Erscheinen):

Referenz und Relevanz

Wertung durch Wiederholung am Beispiel von Thomas Meineckes Hubert Fichte-Palimpsest in *Lookalikes*

(…) Der Protagonist Meinecke begibt sich in den Spuren Fichtes zu afrobrasilianischen Candomblé-Zeremonien und den Forschungsstätten von Fichtes damaligem Antagonisten und Gesprächspartner Pierre Verger. Vor allem aber werden literarische Versatzstücke aus Texten Fichtes zitiert und im Sinne von Meineckes Textverfahren diskursiv eingespannt. Durch die »literarische Archivierung eines Diskurses« bzw. hier mehrerer Diskursebenen werden die Zitate etwa Hubert Fichtes, Josephine Bakers, Roland Barthes', Barbara Vinkens oder Wiebke Kannengiessers (Mitarbeiterin des Goethe-Instituts Salvador-Bahia) jedoch nicht nur archiviert, sondern sie werden aktualisiert und ihnen wird dadurch Relevanz zugesprochen. Damit trägt Meinecke (der Autor) zu ihrer längerfristigen Kanonisierung bei, während er sich gleichzeitig ins Gespräch mit diesen zum Teil bereits etablierten Stimmen bringt und so selbst auf Wertzuschreibung (und Aufmerksamkeit) gegenüber seinem Roman hoffen kann. In meiner Wertungsanalyse beschränke ich mich weitgehend auf die Bezüge zu Hubert Fichte und Wiebke Kannengiesser, also die Bahia-Passagen. Um die Wertungshandlungen genauer nachzuvollziehen, muss auch das Textverfahren Meineckes beschrieben und mit dem Fichtes verglichen werden.

Meineckes Pastiche-Verfahren und seine »Praxis des Zitierens ohne Anführungszeichen« erschwert bisweilen den Lesefluss, zumal die sporadische Erzählhandlung zwischen den ausgiebigen Zitatabsätzen und -seiten selbst nur anekdotisch nebengeordnet erscheint. Dennoch zielt das Vorgehen Meineckes, Textbausteine in semantischer Kontiguität zu verketten, nicht auf Kryptik oder Latenz, und erfordert keinen dahingehend hermeneutischen Lektüreansatz. Im Gegenteil erscheinen die Zitate explizit und transparent, sie sind nur nicht zusätzlich durch Satzzeichen, Fußnoten, Seitenangaben, Einrücken oder andere Formatierung (abgesehen von Kursivierung, wenn das Zitat innerhalb eines Absatzes unvermittelt beginnt) hervorgehoben. Im Unterschied zu früheren Romanen Meineckes überführt der Erzähler in *Lookalikes* sogar den Autor selbst in die dritte Person einer letztlich ebenfalls nebengeordneten Figur. Zugleich ist sich diese ihrer Rolle gegenüber Hubert Fichtes Bahia-Erfahrungen und -Texten bewusst: »Fichte überschrieb Amado, ich überschreibe Fichte, denkt Thomas Meinecke. *Das Leben als Palimpsest. Mal drüber nachdenken.*« Ohnedies wird in *Lookalikes* wiederholt beiläufig das eigene Textverfahren reflektiert bzw. schlicht beschrieben, z. B. anhand eines Zitats des bekannten Vertreters der African American Studies, Henry Louis Gates Jr., das sich vordergründig nur auf den Roman *Mumbo Jumbo* (1972) von Ishmael Reed bezieht: »*Mumbo Jumbo* is the great black intertext, replete with intratexts referring to one another within the text of *Mumbo Jumbo* and also referring outside themselves to all those other named texts, as well as those texts unnamed but invoked through concealed reference, repetition and reversal.« Zugleich lässt sich diese Analyse treffend auf Meineckes Roman selbst übertragen, mal abgesehen davon, dass es sich hierbei nicht in erster Linie um einen schwarzen Intertext handelt, auch wenn afro-brasilianischer Synkretismus darin eine große Rolle spielt – zudem benennt Meinecke in der Regel seine Quellen mindestens einmal. Andererseits behandelt Meinecke anhand von Candomblé-Ritualen und Lookalikes in seinem Roman ausgiebig Invokation (invoke) als Thema, da es in beiden Fällen um die Verkörperung eines Geistes bzw. eines Idols geht. Der Text selbst spiegelt dieses Verfahren, indem der Erzähler in zahlreichen gleichberechtigten Zungen spricht. Auch die möglichen Variationen werden mit Gates Jr. benannt: ›Referenz, Wiederholung (hier: Zitat und Selbstzitat) und Umkehrung‹. Meinecke bildet dabei ein Medium für die Stimme Fichtes. Was heißt dies für die simultanen Wertungshandlungen?

(...)

Der Bezug auf Fichte ist nicht neu in Meineckes Schreibbiographie. So attestiert Christoph Hägele in seiner Analyse des Politischen bei Meinecke: »(Sein) gesamtes Werk, in dem als deutlich ausgeschriebene Referenz an Hubert Fichte stets das Eigene in einen Dialog mit dem Fremden tritt, ist als fortgesetztes Dementi einer gesellschaftlichen Ordnungsbildung zu lesen, die auf essentialistisch interpretierten Kategorien wie Geschlecht, Identität und Ethnie ruht.« Dies gilt auch für *Lookalikes*. Neu ist jedoch der explizite Nachvollzug von und die konkrete Auseinandersetzung mit Fichtes Erfahrungen und Texten. An etwa 40 Stellen wird in *Lookalikes* auf Fichte referiert, dabei wird er ca. 30-mal (abhängig von der Zählweise) direkt zitiert – zum Teil sind die Übergange zwischen direkten und indirekten Zitaten fließend. Insgesamt umfassen die Fichte-Zitate ca. 16 Seiten des Romans.

Die Referenzen transportieren verschiedene Wertungshandlungen, die zum Teil nicht klar voneinander getrennt werden können oder sogar reziprok ausfallen: Erstens wird Fichte und dessen Werk umfangreich gewürdigt, zumal die Figur Meinecke als intensiver Fichte-Leser eingeführt wird. Dabei wird auch Fichtes Stil und Textverfahren durch Anlehnung daran aufgewertet. Zweitens wird dem Autor Meinecke Relevanz zugewiesen, indem er als Figur den Roman prägt und auch, indem er mit seinem eigenen Textverfahren dasjenige Fichtes überschreibt. Drittens werden einige Fichte-Forscher erwähnt oder zitiert und somit ihre Arbeit aufgewertet. Viertens werden eine Reihe von Personen aus Bahia oder aus Meineckes Umfeld mit ihren bürgerlichen Namen genannt und so als Romanfiguren oder wenigstens im Sinne eines Namedroppings relevant. Fünftens werden auch Institutionen wie das Goethe-Institut und Praktiken wie die beschriebenen Candomblé-Zeremonien mit Aufmerksamkeit bedacht und so valorisiert. Es ist hier nicht mein Anliegen, die Wertungen zu typologisieren oder im Detail zu qualifizieren, zumal dies leicht auf eine neuerliche normative Korsage hinausliefe. Einige Aspekte dieser Wertungen zeichne ich aber textnah als Beispiel für die intertextuelle Wiederholungsstruktur der Kanonisierung nach.

Zunächst wird das Palimpsest über eine indirekte Fichte-Referenz eingeleitet: Lil Picard wird zitiert, allerdings im Gespräch mit dem Autor, unter Angabe der Quelle: »*Hubert Fichtes Paraleipomena, Lil's Book* (*Die Geschichte der Empfindlichkeit*)«. Weiterhin wird Fichtes *Xango* zunächst in Hinblick auf Haiti und das dortige Erdbeben Anfang 2010 zitiert, womit zugleich ein Zeitindex in den Text eingebaut wird, was bei Meinecke jedoch subtiler geschieht als in den Newsreel-Blöcken mit Datumsbeleg bei Fichte. Das Zitat wird kenntlich gemacht durch ein einleitendes »Hubert Fichte überlegte:«. Beide Verweise auf Fichte erfolgen im Kontext der Lookalikes-

Figuren des Romans, einerseits mit Bezug auf Greta Garbo, andererseits auf Rudolph Valentino und dessen Partner Gregor. Erst dann wird Thomas Meinecke als Figur in den Roman eingeführt: »*Thomas Meinecke liest Hubert Fichte:* Xango. Die afroamerikanischen Religionen. Bahia. Haiti. Trinidad.« Es folgen markierte Zitate vom Umschlag- und Klappentext des Buches, sowie indirekte Referenzen auf den Klappentext im »Notizbuch« der Figur Meinecke. Was im Klappentext *Xangos* jedoch auf afrobrasilianische Religionen bezogen wird, zum Beispiel deren mögliche Bedeutung für die ›Überwindung von Bourgeoisie und Faschismus‹, wird in *Lookalikes* dem »empfindliche(n) Abtastsystem« Fichtes zur Beschreibung derselben attestiert. Meinecke nähert sich Fichtes Bahia-Texten also über Paratexte.

Direkt anschließend werden Fichtes Reportagen für den *Spiegel* und das *Zeit-Magazin* von 1972 zitiert. Wiederum darauf erfolgt das erste direkte Zitat aus *Xango* mit Bezug zu Meinecke:

»Sofort auf der ersten Seite des ersten Kapitels von *Xango* (*Bahia de Todos os Santos*) der Vergleich der beiden Hafenstädte Salvador da Bahia und Hamburg in punkto Geschlechtskrankheiten: Auch soll nicht Bahia an der Spitze der Statistik über Geschlechtskrankheiten stehen. Dort steht die Freie und Hansestadt Hamburg (in deren Mitte des 19. Jahrhunderts begründetem, ursprünglich auf Geschlechtskrankheiten spezialisiertem Krankenhaus Sankt Georg Thomas Meinecke 1955 zur Welt kam). *Xango* erschien 1976, *spielt* aber in den frühen 1970er Jahren.«

Der Übergang Meineckes in die afrobrasilianische Welt Fichtes wird dadurch vorbereitet: »Thomas Meinecke has crossed the line (to the Southern Hemisphere).« Im Flugzeug liest er weiter in *Xango* und es werden weitere Passagen zitiert, wobei Auslassungen aus dem Original (auch innerhalb einzelner Absätze) nicht kenntlich gemacht werden. Meinecke rea-

giert überrascht, als die Fotografin Leonore Mau in *Xango* mit ihrem Klarnamen auftritt, während sie bei Fichte zumeist als Irma (und dieser selbst als Jäcki) erscheint. Hierin liegt eine Motivation für die Etablierung Meineckes als Figur seines eigenen Textes: »Thomas erwägt erstmals, sich selbst als Romanfigur in der dritten Person und unter seinem tatsächlichen Namen einzuführen. Gewöhnungsbedürftiger, irritierender Gedanke.« Kurz darauf, in Bahia angekommen: »Thomas Meinecke ist jetzt eine Romanfigur.«
Nicht nur er selbst, sondern auch andere Personen, die er in Bahia kennenlernt, etwa die Mitarbeiter des Goethe-Instituts, werden mit bürgerlichem Namen eingeführt. Dabei fragt Meinecke an einer Stelle die Bibliothekarin der Stiftung Pierre Verger, Laila Rosa, direkt, »ob er sie in seinen Roman hineinnehmen darf, und läßt sich die vollständigen Titel ihrer beiden wissenschaftlichen Arbeiten aufschreiben«. Später schreiben sie sich auf Englisch und *»sind jetzt Freunde«*. Anhand dieser Referenzen auf reale Akteure des Kulturbetriebs lässt sich trefflich die notwendig mangelnde Trennschärfe in Bezug auf literarische oder kulturelle Wertungen veranschaulichen, genauer gesagt, die Problematik, die sich daraus ergibt, Wertungsprozesse auf reine Valorisierungen literarischer Texte zu beschränken. Denn Meinecke (der Autor) bzw. sein Roman *Lookalikes* valorisiert eben nicht nur Fichte und dessen Texte oder die zahlreichen verwendeten Literaturquellen, sondern auch andere, sekundäre Kultur-Akteure, auf die er sich bezieht.
Am sinnfälligsten wird dies am Beispiel Wiebke Kannengiessers, der Programmassistentin des Goethe-Instituts Salvador-Bahia, die ihre – unveröffentlichte – Magisterarbeit über Hubert Fichtes *Explosion* geschrieben hat, Meinecke zitiert diese am Schluss seines Romans und archiviert sie dadurch. Doch bereits zuvor wird Kannengiessers kulturelle Arbeit gewürdigt: Vor Ankunft in Salvador da Bahia wird ihre freundliche

letzte E-Mail an Meinecke zitiert, in der sie seine Abholung am Flughafen ankündigt. Im Weiteren wird sie zu einer wichtigen Figur der Handlung, da sie ihn zur Candomblé-Zeremonie begleitet (»Irgendwann während der dreistündigen Feierlichkeit bietet Thomas Wiebke feierlich das Du an.«), ihm das Leben in Bahia und die dortigen Charakteristika erklärt – »Jetzt beginnt leider auch die Jahreszeit, in der meine Kleider rapide Schimmel ansetzen.« Außerdem fungiert sie als Übersetzerin, somit mehrfach als Gatekeeperin für ihn und erläutert ihm *Explosion*, bevor er dazu kommt, es selbst zu lesen. Vor allem aber führt Meinecke mit Kannengiesser ein 25-seitiges Interview, das nicht nur um Fichte, sondern auch um ihre Biografie kreist – und sich laut Meinecke (Autor und Protagonist!) des Verfahrens Fichtes bedient:

»Gegen Ende des Buchs führe ich ein sehr langes Interview mit Wiebke Kannengiesser vom Goethe Institut Salvador da Bahia, was sich für mich nur dadurch rechtfertigt, dass Fichte derartige Interviews am Ende seiner Bücher benutzte, um sie regelrecht versanden zu lassen. Ich wollte mein Buch auch so versanden lassen und kein großes Klimaxgebilde aufbauen. Bestimmte Sachen schreibe ich nur, weil auch Fichte das so gemacht hätte. Bestimmte Aufzählungen, den Einsatz von Absätzen, dass plötzlich nur ein Satz da steht, hat es vorher bei mir so nicht gegeben. Das ist eine Art Stimmenimitation.«

Zugleich wendet Meinecke das Verfahren Fichtes sogleich ins Parodistische bzw. in die nicht-polemische Form des Pastiche, wenn auf das Interview mit Kannengiesser ein fiktiver Internetchat, ein Skypeinterview mit Meinecke selbst über Fichte, ein vorgebliches Interview des Borderline-Journalisten Tom Kummer mit Nan Goldin, sowie ein betont oberflächliches, rein an Äußerlichkeiten orientiertes Gespräch mit der jungen Claudia Cardinale folgt.

Die Unterscheidung zwischen Pastiche und Parodie, die Judith Butler in *Unbehagen der Geschlechter* betont, und die

Moritz Baßler auf Meineckes Texte appliziert hat, legt der Erzähler dem Lookalike Britney sogar in den Mund in Bezug auf ein anderes Spears-Double: »(S)ein Act ist eher Pastiche als Parodie, sagt Britney.« Die Variation der Form gegenüber Fichtes Vorlagen, die sich in Meineckes Interview-Reihung widerspiegelt, wird dadurch angedeutet. Pastiches bewegen sich im Unterschied zur Parodie »zwischen Hommage und Komik«. Dies Charakteristikum gilt für Meineckes Schreiben, nicht aber für Fichtes Umgang mit seinem Material. Dieser bleibt in seinen Erzähler-Rollen viel stärker beobachtendes, wenngleich anekdotisch beschreibendes Subjekt als Meinecke, der auch in *Lookalikes* den referierten Diskursen möglichst als Nachbar und nicht als Verwalter gegenübertritt, sich diesen zugleich aber nicht überlässt – dies überträgt sich selbstredend auf den Gestus der analogen Wertungen. Dabei erscheint das Kompositionsprinzip von Meineckes Text dennoch ausgewogener, in gewisser Weise gesteuerter, während Fichtes *Xango* und *Explosion* im Stil unberechenbare, aber ausgestellt subjektive Sprünge aufweisen, wenn die Texte zwischen dokumentarischen Newsreel-Fragmenten, narrativ aufbereiteten persönlichen Erlebnissen, Aufzählungen von Sambaschulen, Candomblé-Tempeln oder sogar wahllos zusammengestellt erscheinenden Fakten, Bewusstseinsstrom-Elementen, langen Interview-Passagen, der Wiedergabe von Briefwechseln, sowie drastischen Sex- und Gewaltdarstellungen changieren. Meineckes Schauplätze sind zwar wesentlich heterogener, da er unvermittelt zwischen Bahia, Düsseldorf, Paris, Haiti und London, sowie zwischen zeitlich und kontextuell divergenten Textquellen hin- und herspringt. Nichtsdestoweniger verknüpft er diese Elemente zu einem austarierten Stimmenteppich, seinem Diskursgefüge. Seine »Stimmenimitation« Fichtes bleibt dadurch (auch in dessen Tradition) eine Appropriation, keine Adaption oder sogar Kopie, wie in *Lookalikes* selbst angedeutet wird:

»Der Stipendiat (TM) läßt sich die Endstationen der im Verkehrsgewühl passierenden Busse auf der Zunge zergehen (läßt sie gleichsam auf Hubert Fichtes Zunge zergehen, der diese Vokabeln auf den Tondokumenten, die Thomas besitzt, in lustvoller Appropriation beinahe musikantisch umzusetzen pflegte): Bonfim, Itapuã.«

Die Appropriation beinhaltet auch direkte negative Kritik: Meinecke missbilligt Fichtes und Maus starken Drang, einem Blutbad beizuwohnen und dieses zu dokumentieren. Vor allem Fichtes Begründung, dass das Blutbad für ihn einen faszinierenden Nachvollzug der eigenen Geburt darstelle, kann Meinecke nichts abgewinnen: »Och nö, denkt sich Thomas, der den Schriftsteller Fichte dem Journalisten Fichte vorzieht, und dem es hier eher ganz stark um Oberflächen des Immateriellen geht, um die zeichentheoretische Wollust der Transsubstantiation.« Hier zeigt sich eine Distanz zwischen Fichtes bisweilen essentialistischem Interesse an ursprünglichen Erfahrungen und Meineckes programmatischer Beschränkung auf die oberflächlichere, vermittelnde Zeichenebene, selbst als oder vielmehr insbesondere da er beim Besuch einer römisch-katholischen Messe in Salvador da Bahia am Abendmahl teilnimmt. Im Unterschied zur Anerkennung der Realpräsenz Christi in der Eucharistie, die weder wesen- noch zeichenhaft zu fassen sei, ist es Meinecke suspekt, die Geburt als Blutbad nachzuempfinden. Hieran zeigt sich auch eine Differenz in der Wertung in *Lookalikes* zwischen Fichtes literarischem und seinem journalistischen Schaffen.

Das Überschreiben von Fichtes Diskurs und des Diskurses über Fichte wird in Meineckes Roman so weit getrieben, dass der Erzähler eine Reihe von Fichte-Forschern sowie Candomblé-Experten und prominente Bahianer erwähnt oder sogar zitiert und diskutiert. Als Fichte-Experten kommen Bernd Cailloux, Robert Gillett, Peter Braun und eben Wiebke Kannengiesser zu Wort. Den Diskurs über afrobrasilianische Kultur und den Synkretismus des Candomblé bereichern Ishmael Reed, Henry Louis Gates Jr., João S. Trevisan, J. Lorand Matory, Ruth Landes und Ernst Jünger. Als bekannte Kinder der Stadt werden Tom Zé, Marcos Ribeiro (der gleichzeitig mit Meineckes Bahia-Aufenthalt als Stipendiat in Hamburg weilt), Caetano Veloso, João Gilberto sowie Jorge Amado und Pierre Verger genannt. Zudem bezieht sich Meinecke auf einige befreundete Wissenschaftler, Musiker und Künstler. Der Fichte- und Bahia-Diskurs wird auf diese Weise vielstimmig eingebettet und kontextualisiert. Dem Roman gelingt es dadurch, eine andere Kaleidoskop-Perspektive zu filtern, als dies in Fichtes (selbst-)beobachtenden Reihungen über die Candomblé-Kultur und seine Erlebnisse in Bahia der Fall ist. Letztlich ist *Lookalikes* weniger prozessual oder fragmentarisch angelegt als die beiden Bahia-Texte Fichtes; er wird sogar pointiert abgeschlossen. Aus Kannengiessers Magisterarbeit werden eineinhalb Seiten zitiert, in denen anhand von Ausführungen Julia Kristevas das Verhältnis von Identität und Alterität psychoanalytisch erörtert wird, womit beide Textschwerpunkte des Romans – Lookalikes in Düsseldorf und Candomblé-Riten bzw. Fichte-Palimpsest in Bahia – semantisch zusammengeführt werden: »Identität im Wortsinn einer mit sich selbst übereinstimmenden Einheit ist also ebenfalls lediglich ein Konstrukt, eine Illusion, die sich über die Projektion ihres Unbewußten auf ein Außen ihrer selbst versichert.« Diese Identitätsproblematik der Versicherung über ein Außen gilt ebenso für die Wiederholung in der Kanonisierung. Der bewertete Gegenstand bleibt immer äußerlich bzw. die bewertenden Akteure bleiben dem Gegenstand äußerlich. So bleibt Kristeva sekundär zu Kannengiesser, die sekundär zu Meinecke bleibt. Und Meineckes *Lookalikes* bleibt sekundär zu dieser Analyse, deren Bewertung wiederum äußerlich und unplanbar bleibt. Vor diesem Hintergrund lässt sich auch die besondere paradoxale Dialektik von Kierkegaards Wiederholungsbegriff zwischen subjektivem Handeln und äußerlicher Determiniertheit an *Lookalikes* veranschaulichen.

Den Abschluss des Romans bildet eine Pressenotiz, die eine Umkehrung kolonialer Stereotype und absurde Folge von Katastrophenhilfe darstellt: »Haitianische Bevölkerung greift nepalesische UN-Blauhelme an, da diese die Cholera auf der Insel eingeschleppt hätten« – was sich im Nachhinein als wahr erwies. In diesen Strategien der kontrollierten Aneignung spiegelt sich ein (post-)strukturalistisches Motiv, das Meinecke (Protagonist) hinsichtlich transatlantischer Religionspraktiken einführt: der ethnographisch von Claude Lévi-Strauss geprägte Begriff der Bricolage. Synkretistische Religionen erscheinen als Bricoleurs/Bastler, indem sie »sich mit Hilfe von Mitteln aus()drücken, deren Zusammensetzung merkwürdig ist und die, obwohl vielumfassend, begrenzt bleiben; dennoch muß es (das mythische Denken des Bricoleurs) sich ihrer bedienen (...), denn es hat nichts anderes zur Hand«. Meineckes Schreib- und Wertungsverfahren folgt einer ähnlichen Technik – eine gewisse Selektion des Materials ist dabei eingeschlossen: »Alle diese heterogenen Gegenstände, die seinen Schatz (bzw. Ideenschatz) bilden, befragt er (der Bricoleur/Bastler), um herauszubekommen, was jeder von ihnen ›bedeuten‹ könnte.« Diese intertextuelle Suche nach Bedeutung produziert zuletzt Kanonisierung.

6. »Nur wenn getrommelt wird, kommen die Götter.«

Eine andere Facette des Palimpsests verfolgt Meinecke bereits in seinem Vorabdruck aus *Lookalikes* im Magazin für Popkultur *Spex* zwei Monate vor Romanerscheinen. Hier werden seine Textauszüge begleitet von 12 Bildern einer Fotoserie, die Meineckes Ehefrau Michaela Melián in Salvador da Bahia geschossen hat. Damit nimmt sie gegenüber Meinecke die kreative Rolle von Leonore Mau gegenüber deren Lebensgefährten Fichte ein. Die Veröffentlichung von *Xango* 1976 wurde ergänzt durch einen gleichnamigen, großformatigen Fotoband

mit Werken Leonore Maus, die durch drei kurze Texte Fichtes kontextualisiert wurden. In *Explosion* wird zudem erwähnt, wie sie (bzw. Irma) während des Aufenthalts in Brasilien ein Portrait-Foto Fichtes schießt, das dieser der *Zeit* liefern soll. Melián wiederum zeichnet für ein Portrait Meineckes in der *Spex* verantwortlich. Im Roman tritt sie als zwischenzeitliche Besucherin und Begleiterin Meineckes ebenfalls in Erscheinung und der Erzähler erwähnt, dass sie in Pierre Vergers ehemaligem Haus »ungeniert Photos« mache, mit anschließender Auflistung der Motive. Hierauf folgt ein direkter Vergleich mit Irma resp. Leonore Mau anhand einer Aussage aus *Explosion*, dass Irma dort nicht fotografieren durfte. Auch im Weiteren werden Meliáns Foto-Aktivitäten dokumentiert, zudem begleitet sie Meinecke u.a. zur Fundação Pierre Verger, zum Bembé do Mercado (einem traditionellen Candomblé-Straßenfest) sowie zu einer rituellen Candomblé-Zeremonie.
Meineckes Vorabdruck in der *Spex* fungiert nicht nur als Zuspitzung des Palimpsest-Charakters seiner Fichte-Referenzen. Es dient zudem als ein Diskurseintritt für seinen Roman. Bereits am 12. Oktober 2010 hatte er denselben Auszug im Radioprogramm von *Bayern 2* gelesen sowie ein Interview dazu mit Martin Zeyn geführt. Der Text wurde mit Anmoderation unter dem Titel *Schwarz – Thomas Meinecke auf den Spuren von Hubert Fichte* online veröffentlicht. Zudem wurden andere Textauszüge, hier allerdings Passagen, in denen es nicht um Bahia, sondern um die Düsseldorfer Lookalikes von Shakira bis Serge Gainsbourg geht, als Audio-CD, als *6 Portraits in Wort und Musik*, publiziert. Thomas Meinecke liest dabei seine Auszüge, jeweils zu einem Lookalike eines Prominenten, während David Moufang ergänzende musikalische Tracks produziert. Meinecke trägt dazu passende Samples aus seiner Plattensammlung bei. Bereits vor der offiziellen Romanveröffentlichung sind damit Teile von *Lookalikes* öffentlich archiviert. Vorerwartungen sind geweckt, und die bei ei-

nem Suhrkamp-Autor – noch dazu einem bereits als intellektuellem Pop-Autor bekannten – zu erwartenden Rezensionen (s.o.), quantitativ und qualitativ, tun ein Übriges, um den Roman abgesehen von der bloßen Archivierung im Diskurs sogleich in einen breiteren Wertungsprozess zu überführen. Gerade die Fichte-Folie bewirkt dabei ein Wechselspiel zwischen Aktualisierung Fichtes und Relevanzzuschreibung gegenüber Meinecke. Ein neues oder zumindest verstärktes Interesse an Fichtes Südamerika-Texten geht mit einer sich etablierenden Auseinandersetzung mit Meineckes Fichte-Appropriation einher. Im »Windschatten« – wie Meinecke seine eigene Position gegenüber Fichte nennt –, d.h. eigentlich mehr noch in synchroner Polyfonie mit Fichte und Meinecke erfreuen sich eine Reihe anderer Akteure (das Goethe-Institut Salvador-Bahia und seine Mitarbeiter, Fichte-Forscher, Pop-Stars und deren Lookalikes, Ethnologen und Gender-Theoretikerinnen, Journalisten und Mode-Marken, sowie Candomblé-Praktiken) einer aktualisierten Relevanz und Wertschätzung. Denn sie werden in *Lookalikes* markiert oder lauern im Text implizit auf Enthüllung und Valorisierung – es sei denn, Meineckes Roman fällt bei ›der Kritik‹ und den übrigen Lesern durch, wird vergessen und verstaubt im Archiv. Die Candomblé-Zeremonie liefert eine treffende Metapher für die Beschreibung dieses Prozesses: »(N)ur wenn getrommelt wird, kommen die Götter.« Auf Kanonisierung übertragen: Nur wenn für jemanden oder etwas getrommelt wird, also nur wenn auf einen Gegenstand referiert und dieser so aktualisiert wird, vollzieht sich ein Wertungsprozess. Meinecke begründet mit diesem schönen Zitat, warum er sich bei den Geisterbeschwörungen neben den Trommlern aufhielt: nämlich um einer Inbesitznahme durch die Götter vorzubeugen. Denn die Trommler haben eine zeremonielle Aufgabe als Produzenten und dürfen selbst nicht in Trance fallen. Auf Meineckes Text bezogen, kann dies auch veranschaulichen, inwiefern er selbst sich bzw. seinen Text nicht als kanonisch invozieren kann. Dazu bedarf es weiterer, evozierender ›Beschwörungen‹ durch Referenz und Wiederholung.

GRACE JONES: LA VIE EN ROSE
(Piaf/Lovigny) aus der LP PORTFOLIO, Island, 1977